月亮耙的故乡

陈应松 著

广西师范大学出版社
·桂林·

月亮粑的故乡

YUELIANGBA DE GUXIANG

图书在版编目（CIP）数据

月亮粑的故乡 / 陈应松著. -- 桂林 : 广西师范大学出版社, 2025.4. -- ISBN 978-7-5598-8019-2

Ⅰ. I267

中国国家版本馆 CIP 数据核字第 2025KG8127 号

广西师范大学出版社出版发行

（广西桂林市五里店路 9 号　邮政编码：541004）

　网址：http://www.bbtpress.com

出版人：黄轩庄

全国新华书店经销

广西民族印刷包装集团有限公司印刷

（南宁市高新区高新三路 1 号　邮政编码：530007）

开本：880 mm × 1 240 mm　1/32

印张：14.75　　　字数：300 千

2025 年 4 月第 1 版　　2025 年 4 月第 1 次印刷

定价：56.00 元

如发现印装质量问题，影响阅读，请与出版社发行部门联系调换。

目 录

1	月亮粑的故乡
14	湖光水色
30	有条河叫虎渡河
41	水乡的味蕾
56	塞罕坝大雷雨
65	火、刀与刨
72	贞丰古城记
81	那时中秋
89	春节琐忆
98	公安三赋
102	尖尖小荷上的那一只蜻蜓
109	走上祁连山
117	麻姑山遇云
123	竹之刻
131	咸安的桂
137	田野上的石兽
147	泰宁丹山
154	上翠微
161	湄潭吃茶
168	炼火者

174	酒与器
180	汉风凛冽
185	夹金山云海
190	大地的哈达
195	恩施大峡谷记
200	鼓岭遇雨
207	沉船与刺桐
214	铁观音的命运
218	茶与壶
223	听　海
230	簸箕饭·山栏酒
235	归去来兮
241	巴马的生命
247	天　马
252	抚州古村
257	浒　湾
263	土家摔碗酒
268	秋天栗子坪
273	五里坡
280	长白山
286	景迈茶山小记
293	吃草根的节日
299	太阳河森林

307	百花岭观鸟
314	苍山的西湖
320	云端上的村庄
325	茈碧湖边的古村
330	去往独龙江
338	哈尼梯田
353	高高的洛茸村
359	云南片段
367	卡瓦格博
373	白竹山中
383	遍地野生菌
392	云雨梦乡
398	抚仙湖风闻
409	徜徉玉龙雪山
414	腾　冲
422	雨林漫步
429	野象记
438	走景东
446	天下最美神农架
457	野山有茶魂
461	花　事

月亮粑的故乡

月亮粑，跟我走，
一走走到黄金口，
你割肉，我打酒，
两个吃哒搁（交）朋友。
朋友搁得高，打把刀，
刀又快，好切菜，
菜油清，好点灯，
灯又亮，好算账，
一算算到大天亮，
太阳粑粑喊收场。

  这首流传在湘鄂两省甚至更远的古老儿歌，为何都是唱"一走走到黄金口"，而不说其他什么口？比如虎渡河沿岸的闸口、支家口、太平口？原因也能说清：一是，黄金口曾经是虎渡河上的大码头；二是，三国时刘备带军驻扎公安时，军营就在黄金口，这里的柴林街就是屠陵街，是公安县城。刘备娶的老婆孙尚香，也住在黄金口旁的齐居寺，后叫孙夫人城，理所当然是各地孩童们向往的地方，割肉打酒非去的大码头。

黄金口没有金矿，不产黄金，为什么会有这个名字？这个地名来自一千七百多年前。相传，刘备的夫人孙尚香跟随刘备征战，淋雨后得了一场大病，茶水不进，不言不语，卧床不起。刘备急得不行，派人四处寻医。后来打听到柴林街有位叫王冠群的老郎中，是回春堂第十六代传人，皇帝御赐过"国医圣手"金匾，于是请来诊治。服过王先生的药汤之后，立马见效，孙尚香轻唤了刘备一声"左公"。刘备大喜说："娘娘开了黄金口！娘娘开了黄金口！"这个故事是我的外祖母口述的，比各种版本的"黄金口"传说故事都正宗、准确、生动。

黄金口，我的出生地，十八岁那年才离开。如今在黄金口村庄的某处，在一片油菜地的垄头，竖了一尊我的铁艺雕塑，还有一堵很漂亮的飞檐白墙上，印有我的许多作品的封面，我终于"回到"了儿时的村庄和小镇。应该说，黄金口是小镇，而且曾经是一个十分繁华的小镇，并非村庄。时运不济，水运终结，这个小镇就被浪打沙埋，成为许多人心中渐渐黯淡的记忆。"我"站在村头，远望河岸，远望田野上依然青葱的庄稼和生活。

在我启蒙读书的黄金口小学门口，有一块看板，上有一弯金属的大月牙，写着这样一句话：

黄金口：月亮粑的故乡

这句话感动了我，儿时的童谣又在耳畔响起。多少个月亮爬升的夜晚，我们聚集在虎渡河边的大堤上，唱着这首"月亮粑"的童谣，嬉闹玩耍。月亮我们不叫月亮，就叫月亮粑。是的，月亮就是挂在我们头顶的一个香甜可口、热气腾腾的大粑粑，我们对着它，亲切地叫它月亮粑，就像叫儿时的玩伴和发小，叫一个人的乳名。

我的乳名叫雪平。我出生的那夜，大雪纷飞，外祖母清晨出去给亲戚报喜，打开门，门前的河面已经封冻，积雪平齐了高高的门槛，于是就对我父母亲说，这娃就叫雪平吧。那一年，虎渡河里的坚冰之厚，可以走汽车。

黄金口旧有"小沙市"之称，它的确是个大码头。青石板小巷，吊脚楼河街，千帆林立，万商云集。河滩边、大堤上堆砌着高高的杉松圆木堆，摆列着小山一样的蒲包货物、棉花匣子、粮食麻袋、榨菜坛子，水果船一船船靠岸，煤油桶一桶桶登坡，车辆穿梭，摩肩接踵。

黄金口分老街、新街、老场。我家住老街，旧名益阳街，街上人多为湖南益阳的生意人。曾有各种商行，连美孚、亚细亚等洋油公司也在此设有机构。老辈子人记忆犹新的有武余林商铺、大福生豆腐坊、鲁复兴货栈、孙氏糖稀厂、陈氏刨烟铺、傅氏染衣坊、昌盛神香厂、赵世榜碾坊、洪大福匹头铺、余家二爹打钱铺、郑甲记斋馆、李贵记斋馆、周源安当铺、周守生烛厂,当然也有我母亲家的张家香铺。还有我记事时的邹银匠银铺、黄记皮匠铺、陈婆子家的中药铺、纪家的糕点铺、陶家的剃头铺、鲁记茶馆、郑记铁匠铺等等。

我记得那些深宅大院,如卫生所的三进老宅,肯定是某大户人家的宅院。我父母的缝纫社,也是封斗墙。搬运公司占用的大院有很好的木楼,二楼之大,全镇开大会都是在楼上,据说那就是美孚洋行的旧址。如今仅存的一些断壁残墙,依然巍峨在陋巷深处。我们小时候,爱在那些大石狮上骑玩,感受古老石头的沁凉。邮电所门口的两面大石鼓、高高的石头台阶上有石门槛,都是我们喜欢的玩耍之处。

志书记载:黄金口,因当地有条小河名"黄金口水",故名。"自虎渡口支分江水至此,东入茶船口,合吴达河诸水为东河。"黄金口得两河之便,河上有桥相连曰三穴桥,为石拱桥,七孔,在明代是本县邑最壮观的桥。明公安教谕阮礼铭曰:"影横星月,卧偃苍龙。七门洞达,巨流莫冲,足知其雄伟矣。"两河三岸,店铺麇集,商业和手工业兴盛。小镇名人辈出,明朝宣德、正统年间的礼部尚书杨溥、柳氏花牌的创始人柳画匠,皆是此地名人。

虎渡河是一条古老的河流,源头是长江,河尾流入洞庭湖,是洞庭湖平原和江汉平原的水上通道,在以水运为主的过去,它一直是两湖平原重要的交通命脉。

从河沿一直延伸至堤垸内外的黄金口小镇,依傍着缓缓流淌的河流，浪花舔舐吊脚楼的木柱和墙基，拍打的声音像是一首老歌，固执而浊闷。在半边悬空的街巷里，从楼旁伸入河埠的石阶，坚硬柔亮。茶馆、商铺、作坊、蹲在角落的石臼、守卫大门的石鼓，被昏暗的灯火映照在巷陌中。挑水夫一路洒下的水滴，像是石板锃亮的疤痕，这串濡湿的印迹被狗嗅吸着。月亮从荒远的河面升起，巷中的石板路陡然像一条卧龙的巨大鳞片飞奓起来。河水是天空的镜台，而参差的屋脊是时光凝止沉默的思绪。因为河流从旁边流过，带来了与小镇完全不同的神秘水腥味。会有猛烈的河音，突然刺入夜空，像一个武夫澎湃激荡的梦呓。满地的月光叩打着厚重的石门簪、门槛和门扇，青色的光波像盐晶一样泛出来，映射着小镇已经存在千年的虚静与敦实。巷口出现的影子恍似幻觉中梦游的人，那是一棵树，一棵枫杨或者一棵巨大的泡桐，它的树冠探近河水，并随着波浪一起摇晃。

在大堤上奔跑疯野的孩童们，唱着古老的"月亮粑"儿歌，而在河流的暗处，浪的牙齿阴险啃噬着泥沙的堤岸。船舶停靠在码头上，船夫和船带来了喧闹，也带来了异地的口音。他们放下帆桁、抛锚泊船，整理缆索，冲洗船舷，船尾冒出了炊烟，淡淡的柴烟和小巷中漫溚的烟霭一起沉瀣交融，将小镇送入"月亮粑"升起的空寂辽阔的夜晚。月亮悬停在青色的天空，倾洒下瀑布般的光芒，浇灌着我们的生命。月亮粑上的村庄，就在我们头顶，就像一个沿河的远方码头，可望而不可即，让我们用幼小的幻想填补着与它的距离和路程。

靠河边的吊脚楼，飞湍的河水浸淫着墙基，墙缝里生长着茂盛的芒萁、蕨、蒿和叶片宽大的吐血草。渍黑的墙脚无论生长什么样的植物，河中的影子都映衬出它们的苍老。月光里，飞檐上的跑兽，砖雕的狻猊、獬豸，在它们踞蹲的屋脊上，一只轻盈行走并张望的野猫，同样属于小镇远古般的夜晚。清澈的星空下，有许多被房屋切割的阴影，也有明亮的月光，随着天井淌进院落，遗弃在安静的小巷青石板路上，潴积在深凹的车辙中，变为明天清晨的露水。

虎渡河在夜晚流淌的声音，像摩擦在玻璃上，弯曲的石桥连接着河岸。不堪重负的椽子在沉重的青瓦下喘息，小镇的灵兽在风中出现，在院墙上踱步。墙上的砖悄悄风化，被风雪抠着粉末。

白天的蓬勃亢奋和夜晚的荒洁清寥，都是小镇显身和匿踪的方式。涛声浸漫出水汽蒸腾的岁月，闾巷夤夜挑起的灯火，挂在船桁上的桅火，沙渚上孤独闪烁的渔火，摇晃在小镇漫长的黑暗中。清晨打开临街的排门，延续着烟火里的日子，但也磨蚀着小镇的生命，最后将它们从饱经沧桑过后无情抹去，就像送别一个老人，让它们等同于野草、荒陌和废墟。成为墙基，成为承受虚空的柱础，在一扇扇完整但倾斜的、埋入河边泥沙的墙体上，从砌成、剥落到坍塌，砖与砖黏合的石灰犹在，我们抚摸到了曾经建造人家的欢笑和温暖，也看到了那无法撑住的溃退与感伤。

肥沃的河水带来的繁华与荒凉，使小镇显得不知所措。从青春年少、朱颜美颊，到衰微苍老、断壁残阶，岁月施展着无声的暴力。昔日的七孔三穴桥，以及更多的石桥和木桥、青石板街道、吊脚楼，已经不复存在。但那时小镇的夜晚，拥挤着各种声音，除了河流的浪涛声、更夫的打更声，还有茶馆说书艺人拍打渔鼓筒或惊堂木的声音，深巷独轮车推动的吱呀声，碾坊石磨的转动声和驴子偶尔的啸鸣声，榨坊油榨撞击的咚咚声和打榨人沉重的号子声，喑喑嘀咕的狗吠声。白天则充斥着商家的吆喝声、满街乱窜的敲锣卖糖声、算命瞎子的铛子声、扛包人在码头上走跳板的吼嚎声、猪行撕心裂肺的猪叫声、河边拉纤汉子的悠号声、银匠铺的小锤声、铁匠铺的大锤声和风箱的呼呼声……这些余音似还在小镇的上空盘桓缠绵。

在流淌移动的声音中，最深沉的声音应是更夫的打更声，它像暗黑的河水漫过深巷的梦境，将小镇涂抹得既温暖又寒凉。老更夫的鼻子有点齆，大家叫他齆鼻子，他是个老鳏夫，不知哪里人。在小镇上，有许多外来人，操着各种口音，有北方口音、江浙口音、四川口音、河南口音、湖南口音。这些外地人是怎么流落到黄金口这个湘鄂边地的，不得而知。他们被称为外乡人、外乡佬，就像河里的漂木，是大水漂来的。我的父亲即是，他的江西口音无人能懂，只有我们从小听他的话，能听懂他在讲什么。外乡人是受人欺负的，因为无亲无朋，孤苦飘零，被人轻蔑。

更夫是小镇夜晚的唯一清醒者，他低齆的声音喊着："水缸要挑满，灶门口扫干净！天干物燥，小心火烛！"他和他的喊声与锣声，像小镇的幽灵，使小镇深邃的夜晚变得更古老、更荒静、更遥远。

榨坊的声音是爆破性的，是一场梦境的毁灭。榨坊的撞杆是大木，长数米，握撞杆的二三人、五六人不等，把撞杆拖得远远的，然后用力跑着向前撞击，榨箍一点点往里缩，油就一点点地流出来。"手握撞杆一丈八哟，双手使劲把油榨哟，一撞榨箍三尺三呀，看着看着油滴下。"在深夜的远处，我们听到的只是简单的词儿："哎——（拖杆），——嘿！（撞榨）"每当半夜，在浓浓的芝麻油香里，小镇人的枕畔，是那有力、沉缓、执拗的榨油声。如今，在远离故乡的深宵，榨坊的榨号子永远是折磨他们的乡愁。

还有一种夜晚的声音非常扰人，这就是糕点坊的箩筛声。纪爹家的黄金口特产火燎片子糕，是用面粉制作的糕点。磨好的小麦粉要筛，不是用家常筛子，用的是箩柜。在箩柜里筛面会发出箩筛与柜子的碰撞声，声音沉重响亮，富有节奏，就跟打鼓一样。每天大约凌晨四点钟纪家就得筛面，他们箩柜的撞击声陪伴我长大。而磨面驴子的叫声，更像是受到虐待，凄厉、悠长、荒凉。

在我的少年时代，河边码头和残墙瓦砾的河滩，一直是我们喜欢的地方。南来北往的船帆和各种口音与装束的人群，以及堆积如山的货物，带给我们惊奇。小镇从来没有沉闷和凝滞的感觉，跟它的流水一样，永远在涌动、更新。货物中，我们不仅能得到一些果腹的食物,也能得到挣钱的活计。比如可以吃到巫山下来的李子和榨菜,还可以加入赶猪队去县城。因没有汽车,用船运抵黄金口的牲猪必须用人赶押到县城屠宰,如果你被选上了,一个晚上与一群人赶一群猪到县城,你会得到一块钱的报酬——这个钱对少年的我们就是巨款。

在河边最好看的是纤夫们荡纤,荡纤是一门绝活。码头泊有许许多多的船,高桅如林,下游的船来了,拉纤的人要继续赶路,就得将纤绳越过这些桅杆。又沉又长的纤绳,要一支支越过七八米甚至十几米高的桅杆,现在看来简直难以置信。赤裸上身的纤夫弓着步,绾着纤,两边晃荡几下后再爆发出力量将纤绳以惯性高抛,神速地飞越过桅杆。每当这时,河边就有许多悠闲的看客观看,看纤夫的身手,荡过去叫好,荡不过去叹惜。在准备荡纤时,泊船上的人也出来了,等着看纤绳越过自家的桅杆。纤夫船上的船妇早在船头拿着竹篙,紧张地抵住人家船尾,以帮岸上荡纤的纤夫调整好角度并稳住船。到泊船成群的码头,每荡过去一支桅,河岸上就响起一片叫好声。有的桅太高,荡几次还是荡不过去,纤夫只好从背褡布上解下纤绳,由自家船上的人收去。收一根纤绳往往耗时很长,因为纤绳实在太长太长了。收纤绳时,荡纤人就站在岸上,哪儿也不敢看,因为丢了面子。无论荡过去还是荡不过去,一番搏斗挣扎,总算经过了这个小镇,然后纤夫又拉起纤,唱着古怪、忧伤的纤歌,弓着身子,将沉重的船往上游拉去。

河边的断墙碎瓦是时间的残渣,里面藏着许多宝物。暂时无法腐烂的除了砖瓦就是金属。在河边的瓦砾里，有铜钱、铜器和金银器。有一年，搬运站两兄弟挖到一个铜壶，没有盖，他们说，肯定有盖，再在旁边挖，果然挖出一盖来，且是铜壶的原盖，丝毫不差。我在河边拾到过许多锈蚀的铜板（我们叫铜壳子）、铜钱（穿眼钱，我们叫明杆钱）、铜烟嘴、铜勺。我还拾到过一只小孩的银脚镯，上有个小银铃铛，在银匠铺找邹银匠换了三毛钱。

有一年，有人在河边墙基里刨出了一窝铜壳子，一层层码得很好，挖出来，字迹清晰，五十文、一百文、两百文的，黄铜的、紫铜的，民国的、清代的以及更早的都有。这一年，铜钱疯出，挖掘铜钱的队伍老少妇孺全出动，有的一天会挖到几十枚。那时，我们的口袋里，会装着一堆铜板，走起路来叮叮当当响，然后卖到镇上的收购门市部去，加上铜壶、铜勺、铜烟嘴、铜碗等。收购门市部有两个大黄桶，那一年，不几天大黄桶就会装满。这些铜板铜钱都拉到了城里的冶炼厂化成铜水。在我高中时，我还收藏有十多枚铜板，后来仅剩两三枚，一直保存至今。

为何河边有那么多铜板铜钱？据我母亲说，过去建房，会在墙基里放置一些铜板、铜钱作为奠基，祈求家族兴旺发达、富贵荣华。河边的吊脚楼街应该不止一次崩坍毁灭，屡废屡建，那些墙基里放置的铜板就暴露出来。另有一说，因墙砖厚薄不均匀，只能用铜板垫平。

这些年来，我春节回到老家，都会到河边去捡拾古物，有完整的青砖，有锈蚀的铜钱、弹壳，有非常古老的陶片（包括绳纹和篮纹陶片）、瓷片（许多青花瓷），还捡到一个陶制的脊兽。如今我的书柜里，有一罐子近年拾得的铜钱。

在黄金口大多沉默的历史中，除了那首《月亮粑》的童谣，还有一场北伐战争中的黄金口战役闻名。贺龙、杨其昌部与吴佩孚北洋军之部王都庆、于学忠恶战在黄金口，五天五夜的战斗，北洋军死两千余人，北伐军死千余人，北伐军旅长贺敦武战死。死去的将士全埋在虎渡河边的座金山，百年来，白骨时常被雨水冲刷出来，森然满目。史书称此次北伐战役为"惨烈之战"，北伐军若没有黄金口之战的胜利，就没有以后的攻克武昌城胜利，黄金口战役是武昌城战役的前奏。当地政府在当年的战场上立有"北伐战争黄金口之战遗址"石碑一座。

黄金口另一引人骄傲的文化遗产为花牌，俗称柳叶子、十七个，为清嘉庆年间公安黄金口人柳画匠独创。柳画匠是一个扎纸匠人，也做油纸雨伞。柳氏花牌是启智娱乐的玩具，又融书法、绘画、识字于一体。一百一十张纸牌，张张有智慧，片片藏玄机。上大人、可知礼、七十士、化三千等等的组合，三、五、七为经，分素经和花经，故名"花牌"。素经算一个牌，当经算两个，花经算两个，当经为四个，三个为一坎，四个为大坎；和牌为十七个，不到十七个算诈和，三十四个为大和。花牌的玩法和规矩，两百年来无大的变化。花牌渗透着强烈的儒家思想，或者干脆就是宣传孔老夫子和他的儒家学说。上大人，可知礼，七十士，化三千；教化了三千弟子，其中有七十二贤士。三人的游戏，寓意"三人行，必有我师"。如果四人玩，有一人为"坐省"，即休息，轮流坐省，儒家的"吾日三省吾身"也贯穿其中。柳画匠的花牌最奇特之处是它的书法，即字形。这种字怪怪的，笔画粗大，说篆不篆，说草不草，说隶不隶，说行书不行书，说魏碑不魏碑。这种字体前所未有，只好将它称为"柳体"。古拙中藏苍劲，随性中见老辣，而且一些字还故意变形，变得莫名其妙。刚开始认识不了，两三天全能认识。一大把牌拿在手，凭牌头的一点形状就能知道手中的牌，柳画匠为此一定绞尽脑汁。为什么不把字弄得贩夫走卒、老农家婆们好认呢？这就是柳画匠的大智慧，太好认就不吸引人，正因为不好认，有神秘性，才让人产生兴趣，要探究出个所以然来。于是乎，边玩边认，一百一十张牌上的字，不知不觉就认全了。这牌拿在手上，是精致的工艺品。

明末公安三袁中的袁宏道，在他的《舟行黄金口同散木王回饮》一诗中写道："乡落也陶然，篱花古岸边。田翁扪虱坐，溪女带竿眠。小港芦租户，舠仓米税船。河舫与生酒，兴剧不论钱。"乡落陶然，篱花古岸，溪女田翁，小舟生酒，黄金口这一幅桃花源中胜景图，几百年来，依然一如曩昔。

在平原水乡的芳野烟波中闪光，河流像古老的树根，在大地深处蠕动。河流是金色的阡陌，上面狂奔着永远青涩、稚嫩、快乐的童谣。

黄金口，月亮粑的故乡，也是我的故乡。

湖光水色

漫无边际的芦苇，被水鸟的声音穿透，无法覆盖的湖水，荡向云梦古泽的蜃雾尽头。水波汹涌，星光燃烧，无数大鱼的白鳞，潜动在晨曦晦暗的云层之下。河、湖、港、汊，被水路和旱路的阡陌连接起来，断裂的地方像一面面古老的铜镜，在烟波浩渺的地方闪射。

油菜花的浓香、水草的清香、荷花澎湃的艳香、稻穗的醇香，都被芦雪飞舞的惊悸掳走。稻茬坚硬，蒲草金黄，龟蟹爬动，饱满的莲蓬举着它们的收成在风中喧哗，刺入秋夜的野水。湖面上，那些潜动的鱼汛、飞扬的水烛、结实的菱角，召唤着候鸟和风雪的到来。

候鸟降临，铺天盖地。公安县处在地球四条候鸟迁徙通道的其中一条上，且在正中间。每年南迁的候鸟会歇脚在这片茫茫湖泽湿地上，补充食物，或在此越冬。

在空旷的湖面，我们并不感到特别的寒意，湖上没有结冰，有浅白的雪，积在岸边的枯草上，积在枯荷上。水蒿、茹蒲在湖中堆叠着死去，一群水雉和紫水鸡行走在上面，一边啄食一边群行，它们像蚂蚱一样站满了水中蔫伏的衰草。忽然一阵风过，上千只白鹤从湖滩的芦荡惊起，扑向天空，悠长的唳鸣划破铅云。芦苇裹挟着群体的力量浩荡摇曳，接着是灰鹤、白鹭、白鹳、白琵鹭，相继一惊一乍地起飞，弥漫在湖上，整个湖面全是拍击的鸟影。一群沙洲上酣眠的青头潜鸭、野凫、白骨顶鸡也被吵醒，发出粗野急促的嘎叫声。

雪浪起伏的湖泊，沉浸在它们千万年的远梦中，自给自足，自得其乐。盛产稻米、鱼虾和莲子的沃野，耕耘大水的公安人，傍水而居，风波浪里，以船为家，以苇为帘。烟水喋喋的碧野之上，他们像一株株柔韧的水生植物。

某一天，候鸟飞走。七九河开，几场春雨，一阵惊雷，青蛙就呱呱地叫起来了。在公安，蛙鸣是呼唤大地醒来的鼓，它就叫蛙鼓。当杨柳吐翠，草滩新绿，湖边的水就噌噌地往上涨。鸭子游进水里，菖蒲钻出水面，油菜花突然黄了，桃花倏地红了。村庄如巨轮浮出早晨的田野，云蒸霞蔚，太阳像一面铜锣呆呆而出。鱼在湖汊里跳，牛在草滩上叫。不几天，一阵风吹来，到处是新秧起伏，碧草涌动。当太阳走完一天的路程，消失进混沌，远处的小岛上，岸边的树丛里，归鸟投林，它们为争夺栖枝，拼命聒噪着，拳打脚踢，叫声狂虐，斗殴成为常态，成为每日傍晚的大战。接着，水边村庄的炊烟像洪水一样从各个屋顶升起，饭菜的香味飘出来了，那是汗水和湖泽对生活的馈赠。一会儿，月亮冲出湖波，挂在天穹，蛙声暴涨，钢锯般的喉咙轰鸣；萤火虫像喷泉冲出旷野，有如夜游的神灵，密密麻麻在薄雾中漾动。黑夜按捺着亢奋和惊喜，云烟凝露，淌滴进渔舟的梦境，朝纯银一样的月光深处挺进。

公安县被誉为最后的云梦古泽，老人说，公安是洞庭湖的尾子，意思是公安本为洞庭湖的一部分。而洞庭湖也是云梦古泽的一部分。孟浩然诗："气蒸云梦泽，波撼岳阳城。"公安是千湖之省中的百湖之县，其实，在过去，她何止如今的一百零三个湖泊，何止如今的六十万亩水面。据史料记载，民国时期，公安还有湖泊近三百个，面积约三百平方公里。一九五八年时，也有湖泊二百二十九个，面积二百六十二平方公里。我看到的湖泊演变，包括崇湖、玉湖，因为建排灌站，开挖总干渠，致使湖面缩小。而陪伴我童年和少年的湖泊杨家湖，基本消失了，围湖造田后，分割成精养鱼塘。即便如此，公安县的湖泊面积还是蔚为大观，公安人在水里捞生活，水产品琳琅满目，淤泥湖的团头鲂、银鱼，崇湖和陆逊湖的大闸蟹及中华鳖，享誉全国。

崇湖、淤泥湖、牛浪湖、玉湖、陆逊湖、北湖、郝家湖、黄天湖、菱角湖……这些顽强存在的、一个连接一个的湖泊水网，组成了公安水乡大地。

淤泥湖，就是我长篇小说《天露湾》所写的天露湖，现在已开始用此名，但淤泥湖的名字非常久远，也叫乌泥湖。明末公安派主帅袁宏道有一首咏义堂寺的诗写道："枳林之南乌泥北，中有灵芳大士国。一迦陵引百鹏雏，怒飞皆作垂天翼。"袁中道经常提到的辋湖，应该也是如今淤泥湖的一部分："早从大阳桥移舟至长安村辋湖边。湖水晶莹，周回可二十余里，可当西湖之半。"淤泥湖是一个号称有"九十九个汊"的形状奇特的湖，在地图上看，这些伸展出来的汊水像是一条虬龙匍匐在大地上，所以有人说它是龙湖。淤泥湖没有太多的莲荷，因水深浪阔。湖长二十五公里，水域面积现存二十平方公里，湖区集水面积一百五十四平方公里，是团头鲂国家级水产种质资源保护区，已经禁捕，其他保护物种包括鳡（刁子）、银鱼、鮠、鳡、鳜等。

我们乘坐去湖心的游艇，是在最暑热的时节。渔场里的两条狗躺在门口的阴沟里纳凉。在湖塍上，荷梗从旱地的小缝里钻出来，开出了艳丽的荷花，柔弱之荷，却有着神奇的力量。在不时有大鱼跃起的茫茫湖上，朋友给我讲了许多淤泥湖传说。有个青布精的故事说，湖上一个老渔夫有一天打鱼，到了晚上收网时感觉很沉，以为是大鱼，哪知拉上来的是一堆青布，而且越来越多，怎么也拉不完。他忽然想到，这是湖精作祟，于是手一松，放它入水，方圆几里的湖面都看得到青布飘飘荡荡，后来慢慢沉入水中。

淤泥湖沿岸文化底蕴丰厚。东边有报慈寺，传说是刘秀称帝后为报母慈爱而重修的寺庙。湖的西边青龙村有义堂寺，因岳飞率兵在洞庭湖一带镇压杨幺部队后，在义堂寺祭奠阵亡将士而得名。原有岳军运军粮的巨大车轮，还有岳飞手植的白

湖光水色 ‖ 17

果树,成为一方地标,有人说那青布精可能是岳飞将士们的绑腿布。双湖村有一个高岗,像一乌龟头伸入湖中饮水,四脚伏地,乌龟头上据说是陈友谅的祖坟,后来埋在此地的人,后辈都有出息。最令人唏嘘的是有个摆渡女的故事,有个青年女子替生病的爷爷摆渡,那天狂风恶浪,渡船上下颠簸,女子沉稳摇桨,哪知快到岸时,妖风突起,她喊船上的人别动,一用力,她的细布捻成的裤带断了,裤子落下,众人大惊。有个老人要帮她搂上裤子,她大喊:"不能动!"因为人一动就会翻船。船靠岸了,众人脱险,待大家再回头时,摆渡女穿好裤子,竟跳湖了……

我数次去淤泥湖边的三木庄园,这是朋友的庄园,在牧牛村,是淤泥湖九十九个汊之一的铁匠汊,老地名非常形象,叫雨弹岗。因黄泥硬,雨落地会弹起很高。从三木庄园望去,淤泥湖水天相接。我们信步去湖边闲逛,有渔家在补网晒罾,有小渔船,有摊晒的鳜鱼和刁子鱼,有晾在湖风中飘扬的衣裳。我们穿过湖陌,白鹭在绿毡般的秧田上空蹁跹滑翔。

名满天下的晚明公安三袁就出生在淤泥湖畔,他们创造了性灵文学。三袁中的袁宗道、袁中道双墓就在湖边的三袁村,他们反复书写的桂花台、荷叶山、长安里、梦溪、筼筜谷等,皆在淤泥湖边。

袁宏道诗中盛赞的"稻熟村村酒,鱼肥处处家。轻刀粘水去,独鸟会风斜",正是他家乡湖区的景色与生活。

牛浪湖也有九十九个汊之说。牛浪湖又名西湖、牛奶湖，有人说它终年浪大，如牛在水中翻起的大浪。牛浪湖名字的由来有一说是：大郎神和二郎神下凡间游玩，发现此湖中有一只装菜油的船。兄弟俩无聊好玩，比试拔船底的钉子，看谁手疾眼快。兄弟俩将船钉全部拔掉后，菜油泄满湖面。公安方言"牛""油"不分，后来讹叫为牛浪湖，它是湖北公安县与湖南澧县的界湖。

牛浪湖同样充斥着各种神奇传说。淤泥湖有传说神仙在湖边数汊，没有把自己站的一个汊算上，应该是一百个汊。无独有偶，牛浪湖也有类似传说：牛浪湖畔有座黄藤寺，以一根碗口粗的黄藤作桥渡人而得名。寺里有百名和尚，分管一百个湖汊，寺主在计算湖汊时忘了自己胯下一汊，上报为九十九个汊。其实，牛浪湖看形状，酷肖一只振翅高飞的凤凰。没有漂亮平直的湖岸线，是公安湖泊的特点。有一年牛浪湖发洪水，冲毁寺庙，唯有几百斤重的大寺钟浮水不沉，漂至新庙汊，传为神钟，遂在新庙汊新建来神庙，后那口神钟毁于"大炼钢铁"。牛浪湖也有青布精传说，还加上了一个白布精。很早以前，有夫妻俩在牛浪湖边浣洗青、白二色布纱，风浪骤起，夫妻连人带纱卷入湖中，日久成精。每当狂风暴雨之时，可见青白二精现身。其实，那白布精应该是白泛泛的浪花，而青布精则是巨大青鱼。在这两个大湖中，渔民均打到过几百斤的大青鱼。

牛浪湖边，有一白鹤山（岗丘），是公安派主将、文学巨擘袁宏道的长眠地。这里还有明户部尚书邹文盛的墓地，墓前的石人石马石碑皆屹立至今。传说这里还有益州牧刘璋的墓地，刘璋晚年在公安古堤荡隐居，死后自然埋于此处。袁中道有一次去法华寺祭袁宏道时，写到当时的輞湖、之字湖，都已不存。"从肉步（河）发舟，泊于之字湖，湖水新涨，不减潇湘。"如此大水的之字湖与宏伟的法华寺，都没入了时间的废墟。

在一个冬日，我们拜谒了袁宏道的墓址，向前辈磕了几个头，回来的路上口占了几句："垄上无名草，年年枯且荣。荒草汝可知？下有锦绣人。才华追日月，文采盖苍穹。公安成一派，性灵竟恢弘。性灵何浩浩，飞流胸臆中。身前曾叱咤，死后惟茕茕。千年冷月夜，松冈鹤唳风。前对万荡水，心与天地通。名士自风流，苍茫鬼亦雄。"袁宏道之所以葬在此地，是因为当年这里有一座被称为江南四大丛林之一的法华寺，曾经香火鼎盛，这个寺庙是袁宏道生前选定的归葬处。白鹤山前的袁家汊，即为之字湖，湖面宽阔，有九个汊，当地人说这是九龙抢宝。曾经松林苍郁，白鹤群飞，风水极好。但在二十世纪"大炼钢铁"的年代，白鹤山松林砍伐一净，辟为耕地。袁宏道墓被挖，里面没有骸骨，只有一枚碗大的铜钱，从此袁墓荡然无存，墓前的一个香炉被村民保存，后来交给了政府。

在二十世纪八十年代末，当地一个刻碑人覃明祥，平生喜爱三袁文章，知袁宏道墓与碑毁弃，立志要为其重新修墓立碑。那一年，他做好了准备，只待大寒节气，便开始动工。一个寒冷的冬夜,老覃步行到白鹤山承包人老唐家,与他商议此事至半夜,手持电筒返家。见前面有一堰塘,便到塘里洗手,将电筒置于堰边小石桥上。神奇的事情发生了,他在电筒光处,依稀看到石桥上有字迹,再细看,石头上分明刻着"袁公宏道墓"字样。他以为是梦,捧水洗净石上泥沙,此墓碑文记载确是袁宏道与夫人李氏合葬之墓碑。伟大的袁宏道墓碑,竟然成了一块过路垫脚的石板,一代文曲星英名,碾为尘泥。莫非这不是袁宏道在天之灵指引老覃,念他诚心,让他在立碑前夕,发现了这块丢失已久的墓碑?这真是太传奇了。荒垄穷泉处,下有锦绣人。三袁文章,横空出世,雄怼摹古,力断沉疴。性灵之说,惊世骇俗。曾是文才盖世之辈,天下仰慕之雄,叱咤风云,文坛绝响。这荒僻之角,荆莽之地,也许是他早已预料的归宿。"坐久衣粘石,人归雪满窗。看云开竹户,会境写花幢。手把枯藤去,孤清鹤一双。"(袁宏道)

崇湖,近十万亩的湿地和两万亩水面,数十万只水鸟和奔腾的鱼群飞舞、跳跃,钻入舞动的荷荡和芦荡中,湖波喧豗,震撼着远方的堤岸。鸟群与浪花嬉斗,在莽莽的旷野里颤悠。白天鹅一排排落在水面,紫水鸡一群群行在蒿丛,野鸭仿佛黑云滚滚,在无故的惊慌中冲向天空,又噗噗滑入水里。

春天,我在油菜花盛开的湖畔垂钓,芦芽刚刚钻出泥土,蒲草生出新叶,在水面上闪动;夏天,我乘小舟驶入荷花深处,肥大的荷叶和莲荷是六月盛夏最浪费最奢侈的泛滥。在它们的下面,会有水鸟的窝巢简单地编织在蒿蒲上,水底的黑鱼会跃起,吞吃黄嫩的雏鸟,亲鸟便与黑鱼展开殊死的搏斗。湖心一个荒弃的小岛上,人去屋空,因为太多的鸟抢占了这个小岛,树上、屋顶甚至屋内,全是白色的鸟粪,像是陈年的雪凝固在这个岛上。窗户里,到处是鸟巢。秋风中的涛声变凉了,莲荷一夜老去,蒹葭苍苍摇晃,在芦花飞散的波涌中,天空被秋云狭长的幽影挤得面目黢黑,接着候鸟不请自来。它们会准时出现在这片水域,像忠诚的情人,一年一度地叩访此地,并得到最安全的庇佑。它们心中的诗与远方就是崇湖湿地。芦花惊绽为候鸟的羽翼,而冬野的温暖来自这些陌生的鸟影和清唳。远方飞来的精灵,落入崇湖,即与湖水融为一体。万里行脚,终有尽头,西风瑟瑟,风尘嚣嚣,沧海森森,雪波滔滔。它们降落于梦中念想的崇湖湿地,在温暖的芦花中起舞高歌,向这汪美丽宽厚的湖水表达着它们的感恩。

崇湖是候鸟的天堂,是它们南迁之路上的庇护所。崇湖不仅是国家湿地公园,还入选了国际重要湿地名录。"崇湖国家湿地公园"巨大石碑上的字,为我所题,崇湖是我去得最多的地方。我喜欢它的天荒水寂,喜欢它一览无余的湖风,夏日连天的莲荷,冬天遮天的候鸟。崇湖有水生植物四百三十种,鸟类一百五十八种。

黑翅长脚鹬是莲叶、芡实和浮萍上轻功十分了得的神鸟,在水面动荡的叶片上如履平地,它夸张的巨大足趾、红蓼似的大长腿恍似外星生物。它别名红腿娘子、高跷鸻。

紫水鸡在崇湖随处可见，我在云南云弄峰下的西湖第一次见到它，惊为天仙。这种罕见的秧鸡，羽毛紫蓝，嘴红色，头戴小红帽，身上五彩斑斓，如矿石颜料所画，像金属和宝石一样闪耀在沼泽地上。它被称为紫霞仙子，是公认的世界最美水鸟。

另一种崇湖的仙鸟水雉，同为涉禽，别名凌波仙子。水雉可在菱叶上行走，又名菱角鸟。它们凌波疾行，又凌波飞翔，在水面上拖着超长的尾翎，像是传说中的凤凰，它们飘逸的身影给湖泽增加着几许魔幻浪漫的风韵。

被称为"鸟中大熊猫"的青头潜鸭，某一天迁徙到崇湖，便改变习性，永远滞留在这里，由候鸟成为留鸟。这种并不起眼的候鸟，由于过度捕杀而成为极危物种，国家一级保护野生动物。青头潜鸭头上的绿色光泽最为显眼，它曾是候鸟中的常见品种，对野鸭的捕猎，曾是湖乡雪季的常见景象。一丈长的土铳，数人抬着，在未结冰的湖面上，一声铳响，硝烟腾起，湖面上便铺着一层中弹的野鸭。现在，它成为极度濒危鸟类，如今自由生活在崇湖的青头潜鸭有一百五十七只，而全世界仅剩不到一千只。

崇湖晋升为国际重要湿地，国家一级保护鸟类有青头潜鸭、黑脸琵鹭、东方白鹳和黄胸鹀，国家二级保护鸟类有小天鹅、白琵鹭、斑头秋沙鸭、白腰杓鹬等十多种。

崇湖又叫"沉湖"，是地质演变下沉形成的湖。听崇湖的老人说，在崇湖湖底，有一个或者几个村庄，有青砖、墓碑，

湖光水色 ‖ 23

有完整的庙宇和亭子。捕鱼人经常网起来一些老建筑构件，或断砖残碑。有人亲见挖藕人挖出一具棺木，大棺套小棺，古尸官服官帽，铜扣金牙。

公安因地处云梦古泽，地基松软，千百年陵谷巨变是常事。当年我在县文化馆，考古的同事就主持挖掘过湖区水中的一座石牌坊，构件堆放在文化馆大院里，十分完整。这块沉陷的土地，埋入水中的，也许是另一部公安历史和县志。湖泊是大地的废墟，江河也是。许多沉入水底的城池与人烟，是地球灾变的结果。

玉湖，是我肩挑背驮的湖泊，是我少年汗水的长路。扁担、镰刀和绳子，没入芦荡荒旷之中，白鸟翩风，烟波野水，菰蒲摇飏，夕阳送归，星光陌途，萧萧雁鸣。玉湖是我少年梦想和眺望的窗口，那片在黄金口对岸的苍茫湖泽，在我的记忆中渺无际涯。我以为，过了虎渡河，世界就是由湖泊组成的，我们没有到达过玉湖的西岸，它应该没有岸，它的湖水，它的滩涂和沼泽，一直铺向世界的尽头。没有人烟，没有村庄，没有鸡狗和道路，有的是菱荷，是苇蒲，是草滩，是鸟群，是捕鱼的舟帆和船头懒懒的、蜷着脖子的鸬鹚。

我们去玉湖主要是砍青，扁担上挑着两根绳子，绑着镰刀。砍青是在四五月间的星期六和星期天，而暑假时，两个月都得去砍，砍青就是割草，沼泽地上的荒草大约一尺，我们天蒙蒙亮就得出发，结伴而行。过渡后至少要走五六里地，才能找到一处别人未割的地方开始下镰。十来岁的年纪，也得割三四十斤。对小镇上的孩子，镰刀有时会割到脚，有时会割到手。用草编织成绳子捆扎好，挑回来后，第二天一早就去排队卖给搬运站和县装卸公司来此收购草料的人，他们喂有大量的骡马和驴子。根据收草人定的价，一斤草不过一分钱，也可能给你八厘。比如草不新鲜、湿水过多、有杂质等等。

我记得在玉湖的某个地方，在连天荒草中间，竖有一个细瘦但很高的铁塔。铁塔不知何人所建，有何作用，塔已生锈，但仍然屹立在草滩上。我每次都会爬上那个光秃秃的、孤零零的铁塔，在平原湖区长大的孩子，这里就是登临的最高的地方。往东看，能看到更远的河流和村庄；往西，依然是缥缈浩瀚的波浪与湖烟。在塔上，视野竟那么宽阔高远，漫无边际的玉湖，一片片芦荡之后，又会是另一片乌泱泱的芦荡。一层层粼粼的波光，在太阳下像熔化的金子，云烟散尽，又被波涛卷起。这些滔天的大水，就是我们想象的源泉。

玉湖，因其色如玉而得名，是公安四大淡水湖之一，如今只有一万五千亩，但在我们的少年时代，也许比这大十倍。玉湖古名长湖，清代诗人袁照在《过长湖》中写道："水阔天渐低，风轻云将起，回顾湖上村，如坠烟波里。"另一位清代诗人毛家槐写长湖的诗曰："维舟湖畔暮云深，近水遥山客正临。无限风烟迷古渡，几多意绪触寒砧。"

玉湖是佛教天台宗创始人智者大师的故里。

看清同治本的《公安县志》地图，公安县浸泡在满当当的湖水之中。牛浪湖与栀子湖、陈家湖、戴家湖相连，秉湖、长湖、均湖、上纪湖、下纪湖、桂湖、王家湖也相连，几乎占领了半个公安县。陆逊湖和王茂湖、李林湖、下九湖、上九湖及平湖、柳浪湖相连，又挤满了整个虎渡河东岸。如今，有北湖，而没了南湖，更没有上、下纪湖，上、下九湖。管田湖呢？柳浪湖呢？平湖呢？李林湖、王茂湖呢？陈家湖、均湖呢？还有清县志提及的白莲湖、成阳湖、白水湖、磨子湖、荷叶湖、瓜子湖、花湖、熊家湖、洪家蔡田湖、车台湖、黄田湖、赵家湖、孙田湖、蒲家湖、葛公湖、斌石湖、大鲸湖……全都成为田畴和村庄，道路与城镇。

消失或变化的湖泊，最为不舍的是明末三袁隐居的柳浪湖，据考证，柳浪湖有一点子存在如今的柳浪湖公园的千亩水面里。

万历二十八年（1600）秋，袁宏道回到家乡公安，购买了城郊西南柳浪湖部分湖面及田产三百亩，"络以重堤，种柳万株，号曰'柳浪'"，还建造有柳浪馆，楼、台、亭、榭，菱、莲、鱼、茶，幻若仙湖。袁宏道在六年的乡居生活中，写有大量诗文，还编撰了《公安县志》，但县志尚未付梓，便毁于祝融。后人将此地的"柳浪含烟"列为"公安八景"之一，以示对袁宏道中郎先生的怀念。

袁宏道关于柳浪湖的诗颇多，如："一春博得几开颜，欲买湖居先买闲。""记取柳浪湖上月，隔花呼起放生船。""柳浪湖上深更月，料得诗魂近水行。""碧溪影里一僧归，漾得云光上衲衣。记取柳浪湖上水，縠纹风起鹭鸶飞。""柳匦层层水，花纷曲曲堤。古藤随意拙，熟鸟任情啼。""饶水饶烟地，临花临柳居。""西风索莫午烟迟，一万垂杨袅袅丝。""沙碧水清云潋潋，禾花将绽藕花衰。"袁中道关于柳浪湖的诗文也不少："月溪千亩净，风柳一湖摇。"在他的《柳浪湖记》中，有这样的记述："……柳浪汇通国之水，穿桥入于斗湖。柳浪实湖也田之，然常浩浩焉。"

到了清时，柳浪湖依旧，波涛仍在，柳枝尚垂。清代诗人侯家光在《柳浪怀古》中写道："柳浪湖上柳如烟，柳浪湖下浪接天。浪花柳絮交春色，沿湖多泊钓鱼船……三百年来景物非，人去亭空水四围。君不见湖柳不是旧时腰，年年风雨傍野桥。惟有三更湖上月，曾照先生贮诗瓢。"

如今，不仅三袁成了往事，柳浪湖也成了往事。柳浪远去，逝者如斯。

杨家湖也是往事的一部分，它跟玉湖一样，是我少年生活的重要记忆。

多么遥远的时光罅缝里，只有我能看到，一个手持渔竿、腰系渔篓的赤脚少年，在绿色漫涨的湖风里奔跑。湖畔的阳光在夏蝉嘶叫的正午，被湖风吹柔了。少年是野生的少年，他孤独快乐，掰芦笋、剥茭白，吮着手指被芦叶划开的伤口，站在高埠的柳荫下。他捉鱼、钓鱼、钓蛙、钓鳝、采莲、摸蟹、踩藕带。在雷电中躲进鸭棚，闪电从棚子上掠过，击中了草滩上的牛。雨声轰响的湖面，被无端的激愤搅起翻滚的巨澜。在荒僻、粗犷、无助的旷野，少年将他的命运交给了狂暴的自然。

一切销声匿迹。

杨家湖距黄金口四五里地，是垦荒的湖南人聚集的地方，湖水跟玉湖一样浩渺神秘。在那里的夏天，有时一天能钓到十多斤黄壳鲫鱼。我见过杨家湖沟岔里游动的一条约两米长的大青鱼，这样的神鱼青杠杠的，令人恐惧。我直愣眼睛，看它悄无声息地游进大水深处。秋天，是钓秋黑鱼的好季节。秋黑鱼筷子长，是当年出生的鱼，在荷叶和水草的空白处"晒花"。它们会在水里一动不动，钩上放的是大蚯蚓，秋黑鱼吃食贪婪，钩一放下去，它们就会叭的一声，将钩吞了。到了晚上，一定是满满一篓，吃不完，就晒干了留着少菜的冬天吃。我还在夜晚跟着父亲一起去捉龟，乌龟在秋天稻谷成熟时，晚上会爬上田埂，吃垂下的谷穗，可能没人知道，乌龟是吃谷子的。这时候，你打着电筒在田埂上找龟，踩到硬物，一定是龟。杨家湖的鱼在我们游泳嬉浪时，会跳上岸来，我捡到过鳊鱼，也捡到过跳上来的鲤鱼。在缺少肉鱼的年月，杨家湖几乎是我们所有优质蛋白质的来源。

在武汉或是神农架，少有吃到来自公安的水产品，可是家乡没有忘记我，快递给我陆逊湖螃蟹。陆逊湖螃蟹是全国品质最好的蟹，因为水好。我饱啖沉醉，这是秋风送来家乡最美的赠礼。白肚、青壳、金爪、黄毛,一只有半斤重,膏厚黄肥,食赏双佳。清甜味醇的蟹,里面浸沁着儿时啜饮的湖水,还有渐渐疏淡的乡愁与乡情。

"蛙鸣宿雨催春老,鱼跃东风引浪长。""梨花雨涨春流疾,柳絮风飘画桨轻。""芦花明白迷归雁,沙渚轻风漾鱼舟。""月色生红浪,湖光露白莲。""船窗帘卷萤火闹,沙渚露下蘋花开。""霜寒远树千村暗,月冷平湖一镜明。""孤舟难泊岸,远水欲沉城。夜半寻津济,烟中菰火明。"清代诗人弁治瀛曾对公安有句云:"棹泛朝云,法海之钟声遥应;网晒夕照,锅山之草色平铺。雁声达江管之浦,渔歌彻湖尾之滨,亦湖乡韵事也。"这些诗文都是对公安湖泽的赞美,古老的景色与诗意,依然葱绿漫漶,泻染至今。

有条河叫虎渡河

河流是大地的创伤,也是大地的血脉。横亘在公安水乡平原之上的这条河流叫虎渡河,正是在无数次洪水的啮噬、践踏和蹂躏中,在凶猛的杀挞掳掠中成为如今的模样。为了生存,地处低洼水泽上的人们,开始挽堤筑垸,阻挡洪水的侵蚀肆虐,不能让村庄和人畜被大水湮溺。

我喜欢"春水"二字,再加上"涣涣"二字:春水涣涣,这正是我想象和沉浸的思念。我出生在虎渡河边,那一年冬天,河里可以走汽车,冰凌之厚,前所未有。在我十四岁见到滔滔长江之前,我以为虎渡河是天下最大的河,世界上所有的河流都是虎渡河的模样。她热闹,她汹涌,她清澈,她宽阔,她是我们生饮的水,是玉液琼浆,玄醴香醪,大地佳酿,是我们生命的滋润和风尘的洗濯处。

岸边的野樱花、桃花、杏花,在春风摩擦的亲昵位置互抛媚眼,就像是路遇的乡亲在寒暄,也作为河流蜿蜒澄静的衬托。一头黄牛站在河滩上反刍,一群羊在风中疾走,它们有足够的时间，帮助河流成为风景。在河堤上，竹园、柳林、杉道、草滩、庄稼，随着河流蔓延。从大堤朝远处看，肥厚奢华、汹涌澎湃的油菜花才是春天的奇观，挟着黄色火焰的响声跃过河流的堑壕，奔向更远的平原，没入春烟深处。一条机渡船发出的声音如此寂寞，来回在两岸穿梭；一只微小的鸬鹚舟，像是从遥远的记忆仓库里翻出的画片，出现在滩头，这是我们儿时的景色。更美的景色是这样的：小船盖着船篷，船篷被雪紧裹，泊在沙洲，河上岸上，全是积雪——这个镜头一直留存在我心中的一角。但我须踏着深深的雪，去河边挑水或淘米洗菜。河面上冒着白茫茫的雾气，接着一两只野鸭在远处浮泅着，见人来了，快速潜入水中，又从另一个地方钻出来；听到了野鸭清寒的叫声，它们的叫声，叫得天荒水远。

冬天裸露出河底的沙滩汀渚，一个个伏在浅水里，好像溺毙的怪兽。只有当桃花汛暴涨的时候，河流才会恢复她丰腴盛大的模样。如今因为不时断流，河流瘦小，失去了往昔的威仪，甚至没有了涛声，踡蹲在平原的狭缝里，像偃息的闪电，不再显示她摧枯拉朽、吞噬一切的力量。在时运的冷落中谦卑、克制，蜷缩在历史的角落，没入沧溟的时间。一条被推上坡岸的老船，像是某个回忆的悲壮部分，像是天空下蓝得发烫的追念。可是，这条美丽的河流，像一条大鱼，游动在烟水苍茫中，依然是我所有闪光的乡愁。一群群白鹭是不离不弃的子民，它们翅膀的扇动，让这片锦绣大地的美更加高远无垠，深邃迷人。

虎渡河是一条野河，因为水运的衰微，几乎被人忘记和忽略了。随着三峡大坝的建成，河水变小变缓，沦为季节河，冬季不再成为航道。那些在长江、川江、汉江和洞庭湖等地跑船的船民，不再在这条河流的码头上猫冬，修补他们的船帆。他们彻底地消失了，与他们一同消失的，是青石码头上洗衣的砧声、纤夫的号子声、渡工的桨声，还有小火轮犁开波浪行驶的机器声、停靠码头和启碇离港的汽笛声。

虎渡河是一条缩小版的长江，虽是长江的支流，但不注入长江，而是由长江水倾泻其间，简直是倒灌，然后疯癫地窜入洞庭湖。原来，她不过是一条消化长江洪水的走廊，是一条凶险之河，借道公安县境，给两岸人民带来了无尽的灾难。这条向南流淌的河流，她的暴虐和柔情让我又恨又爱，恨爱交织。但更多的时候，我爱她，对于公安人，她就是养育无数生命的源泉。选择与什么样的河流为伴，是一个人的宿命，就像你不能选择母亲。在我为公安所写的赋文中，有许多文字对她赞美也同时怨怼：

"……挽埦为家，击壤为歌，与水搏命，子孙不息。以苍灏之气，承慈母之怀，筑桑溪苇岸，村烟渔火，鸿蒙摇影，接魂弄色，谷禾菰蒲，景绝四邻……真正草木榛榛，人情彬彬，山河灵秀，风俗敦庞。""蓄霓霞云气，铸藻绣文章；得烟水之哺，造富乐之邦。百湖之县，鱼米之乡，尧舜古风，厚土百丈。秀者事诗书，魁垒昂然甲三楚；朴者勤稼穑，秋社欣意开佳酿……菱藻描珉璆翠湖，黍稷覆锦绣花径。麦浪荷焰，为风物大制；碧波金畦，是丹青巨匠。不逊桃源天境，更有水韵公安。春潮恚恚引乡愁，欸乃一梦是江南。""水常割城掠地，其史以水为惧，以水为害，苦水久矣。夏汛暴涌，白浪狂突，云昏天回，惊魂难定，黎民为鱼鳖，生灵遭涂炭。民倚大堤为长城，堤护百姓以存亡。保境安澜，为民御灾，唯一堤耳！""昔时此地，螭蛟泛滥，狂悖凶愿，恶浪喧虺，浊流澎嚣，水漫四野，毁田殁舍，倾城破垸，饥溺遍野，何来安澜？幸有荆江分洪工程，浩然横亘堤畔；三峡大坝巨龙，镇澜伏魔神将。绿天红雨，花踪满蹊。风光韶秀，天净沙白。长堤岿巍，金汤永固。好景应当歌，盛世才安澜！"

公安这片水乡大地，就是史书上说的云梦古泽。《周礼注疏·职方氏》有云："正南曰荆州，其山镇曰衡山，其泽薮曰云梦。"云水之梦泽，广袤苍莽，碧雾笼罩，生命勃发，奇风靥景，异彩纷呈。为百湖之县，百河之境。河湖港汊，是其地貌特征。河流将这块平原分割成无数岛屿，只是因为河流不宽，我们没有一种在岛屿生活的感受。在桥梁稀少的年代，我们的出行，全靠渡船，有时一天要过数道河，涉数条水。

北宋仁宗皇帝有一次问公安大学者张景："卿居何处？"张景答："两岸绿柳遮虎渡，一湾青草护龙洲。"皇帝又问公安人吃什么，张景答："新粟米炊鱼子饭，嫩冬瓜煮鳖裙羹。"公安在历史上就是有名的鱼米之乡，安宁之邦。可惜好景不长，南宋乾道四年（1168），荆江大水，湖北路安抚史方滋

"使人决虎渡堤以杀水势",于是虎渡口向南泄水,泛滥成灾,虎渡河借凶猛洪水四处扩张。后又遇吴三桂扒矶,《楚北水利堤防纪要》载:"虎渡口,旧两岸皆砌以石,口仅丈许,故江流入者细,自吴逆蹂躏,石尽毁折,今阔数十丈矣。"吴三桂扒河口,为阻滞清军的进攻,但遭殃的是两岸百姓,致使虎渡河吞噬沿岸田舍,张开了血盆大口,更加肆无忌惮。

扒河引狼入室,虎渡口逐渐扩大,洪水屡屡为患。公安县铸巨型铁牛一尊置于大堤上,以镇洪魔,并改虎渡口为太平口,以杀"虎"威,祈求平安。如今的太平口已经建为秀美景区,"太平口"三字镌刻在一尊巨石上,三字为我所题。

关于太平口,我从小听到的故事是:一个叫杨令公的湖南将军带兵攻打荆州城,在虎渡口扎营时,军师说此地不可久留,羊留虎口,凶多吉少,不死也要脱层皮。杨将军遂命令人马开拔,迅速过江打荆州,结果因城内守军早有防备,杨将军部下死伤无数,败退江南。返回虎渡口时,他传下一道命令:从今以后,这里不准叫虎渡口,一律喊太平口,违令者斩。

《荆州府志》记有虎渡河之名由来:"后汉时郢中猛兽为害,太守法雄悉令毁去陷阱,虎遂渡去。"另一说为:"孝子施宜生过此,虎感其孝,负子渡河以避之。"如果古人真看到群虎渡河,我以为那是滔天浊流的幻景,洪水暴虐的隐喻。

没有一条长江支流是由长江注入,这条地处北纬三十度的河流,有她的奇特神秘之处。河流,陆地表面线形的流动水体,源头一般发源于高山,无论是长江、黄河,还是亚马孙、尼罗河。但是，虎渡河发源于滚滚长江，不过百十公里，却暴怒无常。

出生在虎渡河边的明末公安文学家袁中道的《澧游记》中形容虎渡河"仅为衣带细流"，这大约是明时的真容。公安县的清朝全境图表明，虎渡口至我的出生地黄金口主流经今荆江分洪区范围（深渊口），从黄山东入湖南境称为东河，是虎渡河的支流；另一支从黄金口直下孟家溪、新刽口、郑公渡、泗水口进入湖南境内，称为西支，又称沱水，是主流。今金狮、玉湖、东港一带全是由大小湖泊串通的湖网地带，如王家湖、上纪湖、桂湖、下纪湖、均湖、长湖、马长巷、东湖等，互相串通在港关以上苏家渡入洈水河。但后来历次大洪水，支流成了主流。

如今的虎渡河流经湘鄂两省，全长一百三十七公里，从二十世纪七十年代起开始冬季断流，在我的老家黄金口，常年有疏浚船作业，从河道中抽沙排入大堤内的湖塘中，我家旁边几个波光粼粼的小湖被泥沙填平，这些泥沙来自长江。

关于虎渡河过去为"衣带细流"，在我母亲的讲述中是真实的，她告诉我，老辈人说，他们可以在两岸抽烟借火，递个烟袋过去的宽度，这不是一条水沟吗？

我小时候的记忆中，除了湖南来的货船，就是四川的船。湖南货船常常是一船一户，船体油漆闪亮，收拾得清清爽爽，湖南人爱干净；川船破席烂篷，少有油漆，船上全是男性船夫，一个个包着头帕，大裤衩，有时赤身裸体在船上扳舵，拉纤的纤夫也是一件短裤。湖南船家的孩子会与我们玩耍，也会邀请我们到他们的船上做客，但必须将鞋脱在船头，船舱里漆光金黄，一尘不染。四川船夫不会与当地人来往，他们停泊后，就到岸上茶馆喝茶、听书，或找找小巷里的风尘女子。到了夏季，河上洪水漫溢，破堤溃垸，会淹没河边的街道。河中漩涡翻滚，巨浪滔天，河里会出现漂木、穿架子屋（有时是整屋），出现死尸（我们叫泡佬），大人告诉我们，这是发川水，盖蛟，也叫走蛟。我们却不害怕，夏天基本在河里玩水嬉闹，因而每年会淹死人，大人若知道我们在外面玩水，回家定是一顿好打。夏天河水浑浊，挑回的水必须用明矾搅拌沉淀泥沙才能用。在十几岁前，我们是不喝开水的，河水直饮，现在这条河的水依然可以直饮。

因为是季节河，随长江水涨退，到了冬天，水枯了，在河边的一些码头，停泊着许多不再行驶的船。我家乡黄金口的河堤上，冬日的阳光里总有一些补帆的女子，岸边是敲敲打打修船的人。这些人，无论男女，都晒得黧黑。等到来年四月桃花汛下来，船也就活了，然后各自升帆，各奔东西。

水运兴盛的年代，虎渡河沿岸的小镇都出现过异常繁华的历史，被称为"小沙市""小汉口"的不少，如弥陀市、黄金口、闸口、南平和湖南安乡、澧县的一些水码头。船可以进入洞庭湖沿岸，湘、资、沅、澧各条河流，包括岳阳、益阳、长沙。我后来工作的水运公司，专门运砖瓦去长沙，然后从汨罗江带回一船黄沙，汨罗江的黄沙是湘鄂两省最好的建筑砂料。

虎渡河因是连接江汉平原和洞庭湖平原的主要河道，从三湘四水来的货物，木、竹、漆、篾器、茶叶、干鱼、板栗、李子等，都经此河流向长江。而从四川、湖北、河南、下江来的各种货物，特别是日用杂品，又同时送抵洞庭湖区乃至更远。热闹非凡的码头，志书上称为"日有千人拱手，夜有万盏明灯"。仅黄金口码头就曾千帆林立，河滩上、河堤上到处是堆积如山的货物。搬运公司是最繁忙的，他们的马厩、驴圈全是拥挤的牲口，我们小时候会到湖里割草卖给他们，以赚取微薄的学费和生活费。

汹涌的河水完全是长江的汛水，常年冲刷河岸，掏空河堤，以致河流增宽，河堤年年加固，汛期年年抢险。在黄金口码头，与水相近的岸边，多是倾圮的墙基、断砖碎砾、锈蚀铜钱，有的墙基还非常完整。我母亲说，黄金口沿河过去是一排排吊脚楼，居民在后门用吊桶打水。后来，这些吊脚楼就被汹涌的河水吞噬一净。大约是一九四八年，我母亲去码头的街上帮我父亲买烟，第二天，就听说崩岸，河边的一条街，十几家吊脚楼在半夜突然崩坍进了河里，睡梦中被大水卷走，几十人无影无踪，她至今能说出那些失踪者的姓名。在河边的瓦砾、墙基和一些残存的河埠条石中，可以想象当年这个小镇曾经有过的繁华和古老，也曾发生过的残酷的沧桑突变。

百多公里的虎渡河流域，是与川湘鄂三省的江河紧密相连的，船帮众多，跟河水一样到处流动。据当年水运公司的老船工说，这条河有五邑帮、衡阳帮、荆宜帮、湖南帮、天门帮、九里帮、黄帮等船民帮口，各种船如湘驳、乌江子、湖南倒扒子、铜勺子、麻洋子、五板子、七板子、舵笼子、丫梢划子、松滋葫芦子、浏阳铲子、蛾眉豆、荆帮划子等不下几十种船形来来往往，舷摩桨击，各种口音的人熙熙攘攘。

　　船数湖南的倒扒子最多，规格因地而异。有临湘的、长沙的、湘乡的、湘潭的、衡山的、捞刀河的等等。这种船可以两头航行，吃水深，适应性强。我至今还记得"倒扒子，两头尖，有水能上天"的歌谣。最好看的船要数五板子，时常看见竖着高高三支桅杆的它，扯起三张大帆来，航行在虎渡河中，真是仪态万方，风情万种。难怪如今的画家们，若画起江河行船，依然要画上早就退出河流历史的帆桅，这种凭借风力航行的古老帆船，有着与江河更为亲密的关系，没有它们，江河上会缺少点什么。最小的船要数篾货帮的船，它是本地的一种小船，篾篷，常独来独往，夜泊时也不与大船扎堆，船头船尾盖得严严实实。它主要载运一些竹制品，而船主在没事时也爱在舱里编一些筐篮之类的篾货。

　　到了四月，春水涨了，河道通了，小火轮要开班了。在没有汽车的年月，小火轮是人们出行的唯一交通工具，在虎渡河流域大抵如此。小火轮开班，是沿岸人们盼望已久的一件大事。通常航运公司会在沿岸各小镇张贴海报，告知船期、班次。来往于虎渡河上的客轮有公安的、沙市的和湖南安乡、津市的。虎渡河沿岸的码头大多间隔七八公里，好像很早就规划好了一样。小火轮载客百十来个,上下两层,不紧不慢航行于夏季的汛水中,汽笛亮堂,船体稳当,河风拂面,神清气爽。沿岸风光千娇百媚,村庄田舍,白鹅黑狗,柳浪芦洲,草滩牛群,一路逶迤跟随,一路依依隐去。船头或跳出白鳞大鱼,船尾或鸥鸟翩飞伴航。若是细雨飘下,河上雾气蒙蒙,纱幔一般笼罩的河堤和田野,更加青葱翠绿。沤肥的柴烟在村庄弥漫,鸭群在岸边流连,嘎嘎大叫。寂寥烟雨中的水乡平原,闪耀着幽幽的雨光。河流弯曲伸展,似乎没有尽头。

虽然如今有了高铁和飞机,出行再远也是朝发夕至,但无法与慢悠悠的小火轮媲美,那是一种真正的生命享受。我在夹竹园读高中,黄金口到夹竹园,水路十五里,票价两毛,不分上下水,但我没有坐过一次小火轮,都是徒步上下学。后来参加了工作,才能坐上这种高级奢侈的交通工具。最可爱的是,在小火轮上可以吃到三毛钱一碗的红烧肉加米饭,而且米饭不要粮票。

说到虎渡河,不能不说公安三袁,那是虎渡河的骄傲。袁宗道、袁宏道、袁中道,这三位晚明时期的大文学家,以他们独抒灵性、不拘格套、领异标新、惊世骇俗的文章在中国文学史上创造了一个令人眩目的高峰。这三兄弟从孟溪扬帆起航,自虎渡河走向长江,走向京城和江南。做官也好,著文也好,他们始终保持了虎渡河一样的品德和灵慧。三袁多次提到他们家门口的这条河流:"至虎渡,即古所谓'两岸绿杨遮虎渡'也。地多水,宜种杨柳,他树不植也。""两岸多垂杨,渔家栉比，茂树清流，真可销夏。"

虎渡河虽是一条有杀气的神秘之河，水患之河，但也锤炼了虎渡河人不甘屈服的倔强性格，你淹你的水，我筑我的堤。硪歌高亢，田歌悠扬，永不言败，百折不挠。这个富饶的鱼米之乡，就是靠这条亦刚亦柔、喜怒无常的河流浇灌滋养的。好在有荆江分洪工程和南北二闸的坚强守护，保境安澜成为今天的现实。

在北闸长龙般的闸顶信步，或在巍巍长堤上行走，你能看到堤垸内庄稼如大海般宽阔无边，葡萄被河流的汁液充满，荷花和桃花鲜嫩的颜色像经过了波浪的洗濯。清凉的河风，润润着村庄之上升起的炊烟，它们曳荡着，进入了谷穗深处，我听见露水像天泉滴落在河面上的声音。

虎渡河，流淌在游子心中的母亲河。

水乡的味蕾

美食是灶与火的魔术,是味蕾上的乡愁。柴火灶、锅巴饭、柴火鸡、火里拨出的烧椒和茄子、跳入船舱的鱼虾、从水中抽出的藕带和蒲心、从荷梗上摘下的莲子,从湖滩掰下的芦笋……柴烟散卷在蒲柳人家的屋顶,成为流云般的炊烟。夕阳打在白墙上,屋影映在碧水里。羊肠圩埂的芦荡边,几只红头鹅嘎叫着,荻丛明亮的剑叶,临水刺出。菜籽油炖鱼的香味从船头漫来,再也没有比这更好闻的气味,霸占了整个水灵灵的傍晚,让世界清澈纯净,像是隐逸在神话中的村庄。

靠水吃水的智慧是对水域习性的漫长琢磨。没有菜系,乱炖,乱煮,乱炒,乱吃,于是,独特、挑剔、执拗的味蕾出现了。时绕麦田求野荠,强向湖波讨鱼羹。在北宋时期,仁宗皇帝问公安大学者张景:"卿居何处?"张景用诗答:"两岸绿柳遮虎渡,一湾青草护龙洲。"皇帝又问公安人吃的什么,张景答:"新粟米炊鱼子饭,嫩冬瓜煮鳖裙羹。"新粟米跟鱼子烹一锅,嫩冬瓜煮甲鱼的裙边,公安人吃得如此精细奢华,也只是一种形容和浪漫。但张景说的，全是水乡的美食，一点不假。公安的鱼杂火锅里，主要是鱼子，还加上鱼泡、鱼唇、鱼肠。而红烧甲鱼、卤甲鱼、粉蒸甲鱼、凉拌甲鱼，加上冬瓜鳖裙汤，证明宋时的饮食，与千年后没有本质的不同。因为水只有一种，湖只有一个。

刷锅、切菜、点火、炒制、熬汤、煎炸，都是因为饥饿，但有时只为了尝鲜。公安或者荆州人的饮食特点是辣、咸、鲜。这么说顺口，但真正应该将"鲜"排在第一，因为水乡生活，一切讲究新鲜，没有新鲜，就没有了荆州人的味蕾。鹰与狼爱吃腐物，是因为食物难觅，爱腌制熏腊的山里人，也是因为食物的匮乏。但水乡湖泽，四时都有渔获，植物近水生长迅捷，没有不可食的野菜，只有不会烹饪的人。水生植物之多，滩涂、水面、沼泽、水底、泥里，叶尖、叶梗、块根、花枝。但水乡人最爱的是植物的苞蕾、嫩芽，古人对柔荑、芦芽、蒌蒿有偏好。胹鳖炮羔，有柘浆些，五谷六仞，设菰粱只。可以看到，炖得烂熟的鳖和菰米饭是两千多年前的楚国美食，也得到了屈原的钟爱。茆、荇、蘪、蕨、茅、荪、蒲、薢、藜、芰荷、芋荷、蒌蒿，荃蕙、兰芷、芙蓉、白蘋，这些楚辞中的字词，摇荡着水泽的清润气息。炰鳖鲜鱼，笋菹鱼醢，饭稻羹鱼，从来就是楚地的饮食习惯。"楚有江汉川泽之饶……民食鱼稻，果瓜螺蛤，食物常足。"（《汉书·地理志》）

在外地，以"公安"命名的饮食有公安牛肉、公安锅盔，几乎跟沙县小吃一样，充斥在武汉的大街小巷，随处可见。

牛肉和小麦面粉，公安并不大量出产，但公安创出了这两种美食的品牌。说公安不产黄牛，也不确切，公安有广大的湖滩，大群的黄牛、水牛在草滩和荒岗上吃草、哞叫，在水中困泥躲避蚊虫的叮咬，在夕阳中晚归，一直慰藉着乡人和游子的心，成为他们心中的风景。因为公安是以稻谷生产为主，水牛是耕耘水田的主要畜力。公安牛肉近年都是以水牛肉为主，因为水牛肉口感更好。另外公安有不少回族人，他们养牛、宰牛、开清真餐馆，是使公安牛肉芳名远播的推手。说到底，牛肉火锅的成名，主要是公安回族人智慧和劳动的成果，且多是出自我出生的小镇黄金口。在县城新建街，几家回族清真餐馆创立了各自的品牌，他们不少是黄金口回族人。加上公安人对美食的偏嗜，回族同胞对公安人口味的慢慢掌握探索，弄成了品种多样的响当当的牛肉佳馐。

牛肉炉子，就是牛肉火锅，但我喜欢公安人说炉子，牛肉炉子、鳝鱼炉子、谷鸭炉子、乌龟炉子、鲫鱼炉子，热气腾腾的炉子，围炉小酌。"绿蚁新醅酒，红泥小火炉。晚来天欲雪，能饮一杯无？"哦，多么温暖的冬夜，这就是叫"炉子"的烟火气息，这就是小家圩户的平常生活，这就是幸福。炉子里垫底放的千张和火腿，须夹竹园镇的为正宗。夹竹园豆制品以火腿最为闻名，四百年历久不衰，口感细腻，在滑嫩与筋道之间，二者拿捏得恰到好处。全国打着夹竹园火腿行销的多如牛毛，但只有公安人能吃出什么是真正的夹竹园火腿，以及千张、香干等豆制品。

牛肉炉子，有牛三鲜、牛杂、纯牛肉、牛蹄筋、黄金管五种炖法。牛肉炉子，以牛身上的吊龙（里脊）为最佳，做出的牛肉口感鲜嫩，嚼食无渣。

公安牛肉炉子制作的灵魂在公安豆瓣酱，豆瓣酱是蚕豆酱，蚕豆剥皮后成为两瓣，故名豆瓣。晒酱还有黄豆酱和小麦酱，味道都没有豆瓣酱强悍郁烈。晒酱，是南方特有的制酱方式，盛夏时节是晒酱的好日子。蒸熟的豆瓣可摊在地上，覆盖稻草或者麦草，带露水的黄荆枝叶、艾草也可，让其发酵霉变一周，和上盐、生姜、凉白开，搅拌均匀，放入晒钵中，用纱罩盖着以防苍蝇蚊虫，置于屋瓦或院墙上，让其在炙烈的太阳下暴晒，晚上承接月光露水。要防雨，要翻动，中途拌上红尖椒、蒜子，也可加上更辣的黄尖椒。必须晒足一月，让酱越晒越融稠，越晒越金黄，酱味沉郁，有日月天香，再装入养水坛子密封待用。这种晒酱，又叫辣椒酱，以其刚猛热烈、销魂摄魄的魅力，渗透进几乎所有的水乡菜肴中。不仅是牛肉炉子，就是吃锅盔，公安人也要在上面刷一层厚厚的辣椒酱，让口腔的味蕾经受巨大的蹂躏折磨，摧毁身体中的所有宿郁，涤荡五脏六腑的芜秽。在湖北，水乡的味觉没有清雅素淡之说，就是狂暴炽热，就是摧枯拉朽，就是蛮横无理。楚地南人北性，荆莽野水，无拘无束，饮食亦如此。

在街头路口的某个地方，在商店门前的墙角，在露天的广场,一个油桶改制的炉膛,里面是熊熊燃烧的炭火,炉壁里的温度有七八百度。案板上是揉好发酵的面粉,还有几盆剁碎、搅匀的馅,猪肉、牛肉、梅干菜。一个围着围裙的男人,在将面团搓弄过后,包入肉馅,麻利地将一大坨面抻宽拉长,这团面有足够的分量,能保证够一个引车卖浆者吃饱。抻成很大的椭圆形,亦如鞋底板,撒上一层芝麻,迅速伸进炉子,贴进炉膛壁。这个过程,刚开始学习拓锅盔的人会烫出满手臂的泡来,反反复复,才能动作神速不至于被烫着。三两分钟,炉膛里便腾起香味,有面食烤出的香,有肉馅烤出的香,还有芝麻的香。师傅用一米长的火钳,将烤熟的锅盔拈出来,这就是锅盔,又称为鞋板锅盔。刷酱、包装,食客接过滚烫的锅盔,咬一口,烫得嘴巴咝咝抽着冷气,但牙齿接触的面食焦脆,舌头接触的肉馅鲜辣,让人欲罢不能。也只有在刚出炉时啃吃,才有锅盔的爽口快慰。锅盔冷后食用,没有了脆嘣嘣的口感和响声,也没有了边吃边从锅盔里面冒出来的香辣热气,如嚼棉絮。

公安锅盔讲究的是一个管饱,有几家做锅盔的店铺,做的豪华锅盔,不夸张地说,有一小脸盆大,能够把人吃撑。简单、粗糙、随意、火辣,吃就吃好,吃就吃饱。这哪是江南的小桥流水?完全是楚人的野莽饕餮,鳌掷鲸吞,至于吃相是否难看,一块锅盔让人堕落到馋涎贪婪的地步,锅盔的食客们谁管它呢。

不过我们小时候吃的锅盔,与现今的有很大差异,我们吃的是一种锅盔牙子,是棱形的,面厚,不放肉馅,只有少许葱花和咸味,这样的锅盔主要是面食的味道,肥脆,也外焦里嫩,撕开,中间包一根油条,叫锅盔包油条,是早餐的天花板,一般人吃不起,只能偶尔"开荤"。这种锅盔牙子,如今在公安县城,只有一家可见,大约叫"钱氏百年早餐"。那个锅盔,将我生生地扯回儿时小镇的时光。儿时的味道烙镂在我们的味蕾上,随其一生,永不磨灭。师傅的炉子,师傅的身影,师傅的神情,师傅站在街边店门弯着腰,看着火色,盯紧炉膛,押面、拉扯、贴拓、拈取、出炉的各种动作,在冒着白色热气的炉子上,他的一切都像幻影,映在时光隧道的深处,辉煌温润,晶晶闪烁。

公安鱼杂炉子,是水乡美食中另一道靓丽的风景,是一种绝味,一种变废为宝、化腐朽为神奇的佳肴。

鱼杂本是卖鱼后的下脚料,一般喂狗或者当垃圾处理。但公安人将其捡拾起来,进行拨拉研究,做出了妥妥的硬菜。鱼杂炉子中主要是鱼子,还有鱼泡、鱼肠、鱼唇。鱼泡煮熟后有糯性,有嚼劲,鱼肠也有糯性,虽然处理费工夫。鱼子要鲤鱼子,煮好后色泽金黄。最好的部分是这一锅里的鱼唇,就是取鱼头中的精华。如果鱼头不大,也是弃物,但剁下鱼唇,这样组合后的鱼杂,炖成一锅,用火炉鼎上,冒着咕噜咕噜的辣泡,经过泡萝卜和泡椒的去腥,再加入白萝卜丝,垫上豆腐,撒一把香菜和蒜苗,可以任不同的人取舍选择。筷子上撅出的是一些稀奇古怪的边角余料，却比大鱼的正身更加有味，这就是百姓生活毫无虚荣与排场的味道。一锅杂碎，虽然食材混乱，内容芜驳，却是水中美食的另辟蹊径，雅俗共赏。因为胆固醇和嘌呤太高，中老年人慎吃，小时候大人告诉我们，吃了鱼子写字手抖，但，鱼杂确实是让人难以割舍、又爱又恨的平民美食。在城市，公安鱼杂是跟着公安牛肉一起成名的，湖北各地的公安餐馆、酒店，都称之为"公安牛肉鱼杂餐馆""公安牛肉鱼杂酒店"。

鱼子灌肠、煎鱼子，是近年兴起的特色菜。

水乡湖区对鱼的烹饪，要加上更多的其他食材，使其有无数的组合，无数的历险与碰撞，产生无数的灵感，成就无数的滋味，峰回路转，别出心裁，创造风格与质地完全不同的鱼肴。鱼的吃法千千万万，鱼有千百种，但我只记住纠缠在儿时味蕾上的恩怨情仇。

谢灵运说的"池塘生春草"，大约就是菖蒲草。韩愈有诗："我有一池水，蒲苇生其间。"池塘少苇多蒲，蒲草也叫盐包草，秋天开花为水烛，蒲草老后可以织盐包袋，荆州一般叫盐包草。蒲草是春天湖水柔嫩的矛，当它刺出水面，蛙醒了，开始咕咕呱呱地鸣叫，春天就暖了。竹出笋，芦出笋，蒲也出笋，蒲草心别人叫蒲笋，但我们只叫蒲草心，这个"心"字特别惹人怜爱，嫩蕻蕻的，是从草里剥出的，深藏其间的，娇嫩得一尘不染，一碰即碎。蒲草心是水中的灵物，也是我们春夏的食物。蒲草心清炒、炖黄颡鱼，都是让人吃一口记一生的家乡菜。如果再加点腊肉爆炒，更是爽滑奇美之味。

四五月，菖蒲草已经蹿起老高，水暖了，蝌蚪在蒲丛中游动，还有产卵的鲫鱼、带着幼子的黑鱼，都躲藏在蒲苇中。我们卷起裤腿，去湖边浅水中剥蒲心。蒲心是剥的，不像竹笋和芦笋是掰的，因为它脆嫩，必须小心剥出。这一筥箕嫩白、水灵的菜，切点辣椒和生姜，在偏厦的厨屋里升起灶火，母亲将其倒入锅中，将蒲草心和作料一起炝火，翻炒，如放的是红辣椒，则颜色更好看。一会菜就盛起来，这可是湖珍，是季节菜，第一茬特别鲜香，有一丝春水的甜腥味。许多时候，母亲在低矮的灶屋里炒蒲草心佐饭的影像会出现在梦中，这是清贫而又温馨的记忆。母亲被灶上的热气萦绕，灶膛的火永远是暖暖的，红红的，永远，永远。

说到蒲草心炖黄颡鱼，有人告诉我，有一种富裕人家或者打鱼人的吃法，做黄颡鱼汤，用乡下铁锅的杉木锅盖，将水烧开，将黄颡鱼背上的刺钉在杉木锅盖上，盖上锅盖，不让鱼挨着开水，黄颡鱼在遭受滚热之水的蒸熏过程中，肉骨分离，鲜嫩的鱼肉落入汤中，骨架还完整地钉在锅盖上，其汤鲜香无匹。这确实古怪而残忍，是变态无聊的吃法，只当是江湖传说而已。

黄颡鱼煮芦笋、煮茭白、煮鸡头苞梗，都是因为对汤色和鱼汤味道的迷恋。吃肉不如吃鱼，吃鱼不如喝汤，这是老话。

鸡头苞梗，就是芡实梗，因为多刺，采摘十分麻烦，但剥出的梗茎细嫩，剥皮后切片清炒，成菜后口感有些绵软，如先用盐溇一会，炒出的菜比较有韧性，下火锅味道也别致有趣。但采此梗不容易，叶子、茎干上到处是硬刺，扎手后生疼，是辛苦得来的食材。鸡头苞梗脆甜多汁，是水乡的尝鲜美食，用它炖黄颡鱼，也可与蒲草心炖黄颡鱼媲美。

在水乡，有"水八仙"之说，它们是茭白、莲藕、水芹（野芹菜）、芡实（鸡头苞米）、茨菰（慈姑）、荸荠、莼菜和菱角。茭白，也叫高苞、茭苞、菰笋、茭笋，古诗中常出现的菰，就是它。茭白不知因何被誉为水八仙之首。它就是水中的一种寻常野菜，是我们儿时的零食。在野外钓鱼、砍青、游玩饿了之后，就会寻找它，在最粗的叶苞中一定有一个成熟的茭苞，掰出来生吃，多了就带回去做菜。有的茭苞里全变黑，吃得满嘴黑粉，我们会含着，吹到小伙伴的脸上和脖子里，这也是一种乐趣。

莼菜和荇菜不是一种，但都是水中珍品。荇菜在公安叫水蒿子，打捞上来后，只要粗茎梗，焯水后不再涩口，加上肉丝和辣椒清炒，或者凉拌。莼菜是做汤的，也有清炒或凉拌，而凉拌更佳。

柴笋就是芦笋，芦苇我们叫岗柴。芦笋是又一种胜过竹笋的水中之笋。任何食材，只要与水有关，它的味道就是津润多汁的，就有着水中生长的鲜香。但须开水烫焯，以去涩味。我以为，芦笋下火锅是最好的配菜，只是这等食材的获得费时且罕有。一般，我们不会随便去芦苇荡里蹚，里面有蛇，有血吸虫，芦苇上会爬满钉螺，它是血吸虫的唯一宿主。要找准治过钉螺的湖区，或是流速较快的河滩上，在打芦叶的时候，能掰一些芦笋。打芦叶就是打粽叶，在农历端午前，打回的芦叶要清洗和水煮，然后包上糯米，就成了粽子。粽子有两种，一是菱角粽，一是美人脚。美人脚包得特别尖细，一些手巧的妇女才能包出这种粽子，紧凑秀雅，婀娜多姿，蘸上白糖吃，比菱角粽软糯。包过粽子的叶子不要丢弃，可以切小后煮稀饭吃，有粽子的清香。

水芹进入水八仙，是因为在城里为稀罕之物。殊不知，在湖野中，野芹菜是疯狂生长的杂草。这必须是四月，你只要走到湖边水泽的浅滩、湖坝、沟坎和田塍，会看到借着春色蔓延的、肥翁翁的野芹菜。萋萋野芹，勃勃生命，只要你爱吃，一天扯上百斤很轻松。野芹菜炒香干是最好的，如果放点豆豉，加上它特有的药味，有尝鲜的冲动。这样的时鲜必须警惕，只能偶尔食用。野芹菜吃多后，会出现头闷。所以，即使遍地都是野芹菜，那也不可多采多食。

说到牛三鲜的炉子垫底，不能忘了鱼糕。鱼糕，又名湘妃糕、百合糕。将鱼取刺，加上适量猪肉肥膘，掺上鸡蛋、豆粉等，搅拌后上甑蒸熟，鱼糕就成了，切成小片装碗再浇上调料，盖上先炒好的猪肝、腰花、猪肚三鲜，加上金针（黄花菜）、黑木耳、冬笋等盖帽，这便是宴席上的头菜，也叫三鲜头菜。鱼糕比鱼肉稍微紧实，但同样滑嫩鲜香，无鱼刺，更无味蕾的冲击，性情冲淡，鲜美顺滑，滋味深长，老少皆益。

鱼丸，跟鱼糕的制作思路是一样的，把大草鱼削皮、剔刺、采肉，加上鸡蛋、淀粉，再加入葱姜水、盐、料酒和胡椒粉，搅拌黏稠，用拇指和食指成圈挤出鱼丸，熘入锅中煮熟，捞出后即可食用。鱼丸比鱼糕紧致，耐嚼，弹牙。鱼丸做汤、清蒸、做火锅配菜、加入大白菜中爆炒，还可做成以鱼丸垫底，加入肉丸、藕丸，以鱼糕覆面、三鲜盖帽的杂烩丸子。这种美食如今是大众食品，在网上十分便宜，但入口全是味精味，因淀粉掺得多，咀嚼起来很柴，没有弹牙的爽快，也没了细嫩，只剩下干巴巴的韧劲。鱼丸和鱼糕都是过去时代的珍馐，只有逢年过节才能吃上，它耗鱼、耗时、耗佐料，还耗柴火，一般人家没有此口福。

鱼冻是美丽的记忆，是寒冷的冬天赐给我们的奇味，过去只有冬天才能吃到这种食物。没有冰箱，天冷，做好的鱼多加些汤，因为鱼有胶质，会冻住。于是，这样的冻食不用加热，就这么吃，鱼冻就是冻好的汤，有点像凉粉，比凉粉结实，加上鱼冻里还掺夹有辣椒、生姜和冻住的鱼，鱼虽然是冷的，但冻住的鱼更甜。鱼冻佐热饭，吃着吃着，剩余的冻子化为鱼汤，又是鱼汤泡饭，由冰冻到解冻，味道冷热交加，体验奇异。最漂亮的鱼冻是鲫鱼冻，冷冻的鱼肉甜美沁凉。黑鱼冻、鳜鱼冻也因为胶质多，冻汁有弹性，不易融化，而黑鱼和鳜鱼少刺，冻过之后，肉质清爽。鱼冻是北风呼啸的日子，搁在火盆上的简餐，是冬天的惊喜。剩鱼汤放入碗柜里，一夜就冻好了。现在因为有冰箱，在夏天也能吃到鱼冻，几个小时就成。但这种速冻的鱼汤，肯定不如自然冷冻的口感紧密滑腻。鱼冻的口感就是舌尖上蹦跶的舞蹈，它在口腔里凛冽的摇晃和坍塌融化，这个过程妙不可言，冷热交加，令我们的味蕾西风万里，又如沐春光。

还有一种鱼皮冻，专用打鱼糕后剥下的青鱼皮做冻子，是鱼冻的天花板，鱼冻上的皇冠。

鱼菜虽然做法千奇百怪，但离不开煎、炸、熏、烧、蒸、滑、汆、炖。炖在我们那儿叫烘，烘炉子。煎与烘是主要的吃法，简单原味，煎鲫鱼、鲤鱼、白鲢、鳊鱼、黑鱼（俗称财鱼）、大白刁、鳜鱼；烘的鱼炉子丰富多彩，草鱼炉子、花（鲢）鱼炉子、混杂鱼炉子、鲩鱼炉子、黄颡鱼炉子、鳝鱼炉子、乌龟炉子、泥鳅炉子、脚（甲）鱼炉子。

鳝鱼炉子在过去的年代里，用南风盐菜烘，是令人难忘的吃法。把鳝鱼剖开后，用棒槌将脊骨敲碎，再切段，调制味道后，放入腌芥菜，就是夏天在南风中晒干的盐菜，我们叫南风盐菜。新鲜的鳝鱼跟陈年的盐菜混煮，中和了鳝鱼的鲜香和盐菜的陈香，汤汁越炖越浓酽，倒一点到饭碗里搅和，呼呼地就扒进了嘴里，浓郁的鳝鱼盐菜汤，就是生活的醇鲜味，让人品咂无穷。有多少人能享受这样简朴而高妙的烘炉？烘一烘，就是煮一煮，炖一炖，但"烘"字的意味和妙处，只有公安水乡的人才能懂。

吃鱼还有一种是蒸，楚人好蒸，也是因为食材新鲜，蒸肉蒸鱼蒸甲鱼蒸黄颡鱼。粉蒸甲鱼古怪而诡异，甲鱼只有拌入各种作料红烧再炖才入味，拌粉后蒸无法去腥。蒸碗里只要放大半碗汤汁，甲鱼就会蒸得软糯香醇，没有腥气，其汤泡饭，堪称一绝。蒸泥鳅也是嗜蒸者的美食。粉蒸黄颡鱼增加了此鱼的滑嫩柔顺。公安有一句话叫：吃蒸肉不如吃蒸鱼。吃蒸鱼不如吃蒸藕。蒸笼里铺一张荷叶，裹上米粉的莲藕放入其中，蒸出的藕软软糯糯，渗透了荷叶的清香，有风过荷塘的幽趣与沉醉。

卤制也是烹饪鱼虾的方法。卤虾，卤甲鱼，卤螃蟹，卤鳊鱼、鲫鱼和草鱼，一般是香辣味。卤甲鱼主要卤小甲鱼，四五两重，在嘴里好撕扯。

凉拌。我吃过的有凉拌甲鱼和凉拌鲫鱼。凉拌鲫鱼必须用活鱼制作，将切好的老姜和大葱塞进鱼肚里，略微腌制过后蒸好，完全冷置，再浇上调好的作料即成。凉拌甲鱼一定要野生甲鱼，不肥腻，肉紧密。这道菜简单、直接、好吃，因为调料是根据自己的口味调制的，避免了红烧和清炖的烦琐和乏味，而且大气、随性。八十年代初，公安县城有一家餐馆每天都有凉拌甲鱼，那时候没有甲鱼养殖，真正的野生，吃过之后没有腥腻味。

阳干。鱼吃鲜的说法对水乡人不适合，天天新鲜，也天天厌烦了，于是就将活鱼宰了在太阳下晒，晒成阳巴干，即不干不湿，半干半湿，再煎，加上各种辣椒和少许酱料，少许酱油，收汁起锅。在新鲜和咸干之间的这种做法，已经风靡城乡。阳干鱼可以晒所有鱼，常见的是阳干鲫鱼、阳干鳜鱼、阳干大白刁。但阳干刺鳅，许多人闻所未闻。刺鳅也叫沙泥鳅、刀鳅、钢鳅，是真正的野生鱼，我们小时候从不吃这种有刺的泥鳅，钓上来即扔入水中。皆因它脊上有一排刺，长相怪异，现在成了一种追新逐奇的美食，也应了一句老话，物以稀为贵。

酢鱼，是公安酢菜的一种。酢，就是将食物拌上酢辣椒后，装入坛子中，吃时拿出，用油煎即食。有酢肉、酢冬瓜、酢苕片、酢藕，这些酢菜，味微酸，鱼也一样。

鳑鲏过去是喂鸭子的，有歇后语为"鳑鲏子赶鸭子——活翘死"。用萝卜烘，也可做香辣鳑鲏鱼。"拦母子"，学名麦穗鱼，俗名麻古楞子，是水底的小鱼，用来做酢辣椒糊，别具一格。如今的拦母子鱼也做炉子火锅。土憨宝同为水底小鱼，也是拿来做酢辣椒糊的。

小龙虾是近年火爆的食界新宠，有香辣虾、油焖大虾、蒜蓉虾、卤虾、虾球。上小龙虾要用大盆子装，一大盆红艳艳的龙虾，色泽油亮，个头肥大，标致可人，是饕餮时代人们饮食风格的爆款。

红烧湖蚌也是新品，小时再怎么缺菜，也不吃这种味如嚼絮的东西，包括螺蛳。

剁椒鱼头、鱼头泡饭、鱼泡烧牛肉、煎鱼尾、鱼唇火锅等蹿红，皆是因为人们口味的刁钻和逐新趋异。特别是鱼头煮霉豆渣,也吃出了个出奇制胜。那样难看的霉豆渣和几如弃物的小鱼头,却能煨出气质超群的鱼汤,岂非咄咄怪事。

公安荒陬僻邑的湖区,饮食却引导着时尚的潮流,这也是水乡灵性的味蕾对生活的深沉品咂所致。

想起铁锅、炉子、牛肉、锅盔,滚烫的菜籽油在锅里卷灼起的滋滋青烟和火焰。蒲草、芦叶、茭苞的清香,水埠头的柳荫,牛在柳塘里困水,想起水缸中泡着的糍粑和养水坛里倒扣着的酢鱼、酢冬瓜。想起灶膛的余火里壅着的烧茄子和辣椒。想起早餐店里免费自取的焌豌豆、藠头和泡萝卜果子。街头喝早酒的男人们,凌晨扎堆卖出了辛苦捕捞的渔获,让这些鲜鱼活虾赶上城里的早市。在黎明的熹微中,在湖畔小巷口浮起的晨烟与湖雾里,他们围坐一起,点一个炉子,炒两个小菜,喝一杯早酒,以解除清晨的疲乏和困顿。炉子中蓝色的火焰,冒着香辣气味的菜肴,酒在口腔和牙齿间的旋响,土得掉渣的方言,生活俭朴的滋味,浅陋易得的幸福。风里浪里,泥里水里,总算有一杯自斟的薄酒来犒赏自己。

人间世事,不过一碗烟火。日出东方,湖光水韵,乡村世俗生活的一天又开始了。

塞罕坝大雷雨

闪电劈开森林，蓝色的炽焰让白昼瞬间崩坍如黑夜。接着雷声呼啸而至，暴雨碎裂的锐响像群鹿惊跳。森林，冰凉、阴郁、深渊般的森林，在雨水的凶猛泼泻中颤抖。每一棵树，都互相激励和搀扶，任由雷电在挺立的树干上扒皮割噬。

河水在倾覆泛滥，天地倒旋，沉着的树脂香味却像潜火，冲出黑暗和雨箭的缝隙。闪电狰狞的妖影，霹雳无端的轰炸，让森林恐悚且激越，狂欢来临。大地在歌唱，并痛饮这如瀑的甘霖。

绿色的铁甲，浩荡的林涛。冲溅在茂密枝叶上的霸凌之水，雷电咆哮，携着蒙古高原的大雨，在塞罕坝上演着惊心动魄的一幕。森林导演并制作了一切——激烈的冲动，无法按捺的毁灭之爱。

无论如何猛击，在大地上诞生的雨水，最后终将凝结成一声晶莹的虫吟，一颗静谧的水珠，挂在千娇百媚的枝叶上。这辽阔的水珠，是塞罕坝三代种树人的血汗。

他们战胜了荒漠和干旱，像是劳动者的炫耀，让雨水在天空澎湃。每一声林下的虫吟鸟叫，都裂变为电闪雷鸣。

北方的塞罕坝，是北方的风格。淋淋森绿的世界，因为雨水，步入史前般的黑暗，雷电鞭笞着沙漠瀚海的叛逆者，坚强的林海迫近和清理着风沙弥漫的废墟，用雨水填满饥渴的巨喉，滋润万物。大地印着树木和杂草的花纹，即使被暴力摧残，树木汹涌的清香依然浪漫地弥散在天际。

这片神秘湿润的林海之上，一会儿，将有神灵般的云烟飘浮在人类古老的乡愁里。种树人的血液，从一条条枝叶的茎脉中，流入地下，也托举到天上。雷电以隆重的仪式将森林之水抬上云端，然后，再次浇灌森林。这生命的轮回，让世代青葱。

暴雨无休无止，已经下了五六十毫米，为这场惊心动魄的雷暴之劫，大自然遽然掷下的伟力，谁又能知道，它源于森林的恩赐，源于森林的恩泽。大地的水，也是大地绿色的画笔。天空的雷电，因为与森林的际遇，才能产生滂沱的激情。这里，已经形成了塞罕坝的小气候，纵然天翻地覆，排山倒海，这威力也是塞罕坝一百万亩森林的加持。地底的水，天上的雨。

每平方公里的森林可贮存五至十吨水，天上落下的雨水，森林的树冠能截留三分之一，余下的雨水进入林地，除去林地表面蒸发外，百分之八十的雨水被森林的根部和腐殖质吸收，然后这些水分蒸发到天空，再迅速地成为雨水……云中的水至少有百分之五十是"树水",这个生态循环在广阔的森林中可以重复多次。因而森林中的每一棵树都是一座喷泉,由根部从地下吸取水分,再通过叶片上的气孔喷射到大气中。数以亿万计的树木形成了空中的巨大水流,是这些水流形成了云层,再潇潇落下……

森林是增雨机,它用地底伸展延伸的庞大根系,搜集水分,森林的蒸腾使空气湿度增加,为降水提供了发射率。因其蒸腾上升,森林通过高大的树冠,搅动大气的湍流,将气流抬升,降低了雨水的凝结高度,增加了水汽的饱和,降雨成为森林的必然。还有积雪,还有霜露雾凇,还有霰雹、雨凇,被称为垂直降水。假如地球的水分循环停止,我们将再也看不到电闪雷鸣、雨雪霜雹,再也没有晴雨阴云的气候变化,再也看不到江河湖沼,也再见不到森林和草原、动物与人类,也就没有了塞罕坝这样驰魂夺魄、撼天动地、令人惊喜若狂的大雷雨。

在地球的荒漠化极其严重的今天,塞罕坝人创造了人工绿化地球的奇迹,一百多万亩森林,简直太大太大,它们像坚强的卫士,扼守着内蒙古浑善达克沙地的南缘,替京津冀挡住了风沙,涵养了水源。

这场突如其来的暴雨终于停了,我们进入雨后的塞罕坝森林中。往前走,两边的树木更加葳蕤,仿佛置身翡翠编织的宫殿,连每个人的衣裳也泛着绿莹莹的光。浓暮中的感觉,苍松翠杉,在寂静中恢复生机的林子里,虫子的鸣声格外响亮,它们在清理嗓子，亮翅抖羽，用悦耳的声音替森林画着波浪般的曲线。一排排落叶松站得更加笔直，一眼望不到边，像一场大战的排兵布阵，这就是人工造林所产生的美感和韵律感。林下的植被，灌丛、野花、野草都已经卸下了沉重的雨水，抖擞精神，再次发出浓绿的光芒，更加洁净挺拔。它们的植被，除了大树，已经是自然生态群落，所有曾经在这片土地上生活过的动植物，都将归来，在森林里重建它们的传说、秩序和荣光。这片梦幻般迷人的森林，这片训练有素的森林，是人类战胜自然的绿色传奇。

我们沿着螺旋楼梯登上瞭望塔顶，四围是无边无际的樟子松林、落叶松林、云杉林、白桦林。清冽的凉意从潮湿的森林里漫来，森林在涌动或凝思，天空晴朗，絮云密集，所有的树木都在向上爬升，好像大雨丰满了翅羽。烟岚出现了，这是江南丝竹中的词牌，正在北方遥远的林海里徘徊、浮动和弹拨。

不远处，粼粼波光闪烁的吐力根河——也是滦河的源头，同时是内蒙古与河北的界河，在蜿蜒流淌。河的北岸是内蒙古克什克腾旗乌兰布统，乌兰布统即蒙语红色的坛形山，曾是清朝皇家猎苑木兰围场的一部分。显然，因为没有塞罕坝六十年前兴起的人工造林，所以，那边树木稀疏，毕竟，塞罕坝的所有树的树龄少说也有四十年了。

现在的塞罕坝森林，特别是白桦林，已经开始自然地混交，有大量的灌木，天然萌生，没有人为的干预。主要是阔叶和针叶的混交，慢慢成为自然生态林。单一的树种极易生病，因为混交，病虫害也少了。通过针阔混交，增强了生态系统的稳定性，樟子松林、落叶松林，一旦发生病害，没有什么生物防治好办法。这里的虫害主要是松毛虫，有一年，松毛虫大举来袭，塞罕坝林场四十多万亩林地受灾，一棵树有上万只虫子，整个受害森林里，是一片虫吃树叶的嘎吱嘎吱声，十分恐怖。四十多天的人虫大战，是那个时候的记忆。现在，通过混交，森林的生命抵抗力增强，这种大面积发生病虫害的事情，已经不复存在，森林生机勃勃。

我们在瞭望塔下，掐着酸模的嫩茎，剥皮生吃，这也曾经是我们儿时的零食，在这片森林里遍地都是。林下草丛中，有大量黄艳艳的萱草、到处缠绕的野豌豆，有大片紫色的宿根亚麻，有紫色的花苞，有高挑的长尾婆婆纳，有淡紫的缬草花，有躲在草丛中的蕨麻，有美丽的球形蓝刺头花，有俏雅的翠雀花，有飘逸的银莲花、橙色的金莲花、蓝色的风信子。几朵白蘑从雨后的腐草间钻了出来。在塞罕坝，除了白蘑，还有肉蘑（血红铆钉菇）、鸡爪蘑、松蘑、云盘蘑、榛蘑。在塞罕坝的两天，我们吃到了白蘑，吃到了肉蘑炖小鸡，还吃到了林场工人为我们采摘的许多野菜，有凉拌升麻、清炒蕨尖、清炒黄花菜、凉拌红梗菜——这种菜入口甜酸兼备，滑嫩绵软，当地人称为待黄，是待皇的谐音，听说是当年乾隆在此打猎后吃过的；凉拌的升麻茎叶脆嫩爽口，一盘被我消灭了一半。还有许多没记住名字的野菜山珍，这些塞罕坝森林的美味植物，它们美妙妖冶的口感，被我们悉数收入胃囊。

在塞罕坝马蹄坑最早的人工森林里，这里的绿色格外艳丽，所有林下的灌木和野草仿佛被葱汁泼过一般，落叶松仿佛绿成了夏日的阔叶树，森林肥厚、健硕、高大，精神焕发，正当壮年，志气盎然，人走进去，整个身心全浸泡在绿汁中，像一杯明前的芽茶。我走过太多的森林，如此葱茏鲜绿的森林并不多见。

夜晚，我在手机上写了几句当年皇家猎苑木兰围场的话："朔漠北望，京城南眺，塞罕坝上，美丽高岭。弯弓射月，历史烟尘梦里；荒原逐鹿，英雄立马风中。号角礐鼓撼野，惊破百兽之胆；万乘千骑卷地，直捣虎狼之巢。森林浩浩没天际，碧山涛涛掩黄日……"忽然，晴朗的夜空，又是风云兀变，一场大雷雨降临在塞罕坝森林。悍厉的雷声紧叩着森林，金色的闪电在天空奔突，接着暴雨如注。窗外不远的森林在闪电中雪亮跃动，密密匝匝的树木，在汹涌的雨瀑里肖然昂立，伸着它们绿色的芒戟，这黑暗中偶露峥嵘的群树，饱满、严谨，承受着黑雨和雷电恣意的暴凌，也接受着狂野的灌溉。夜晚因雷雨而深邃神秘，我体验这遥远厚实的温暖，以及在淌着树脂清香的空气中，漫卷上来的深沉睡意。

森林是我们人类最早的故乡，七百万年前，人类从森林中走出来，成了乍得沙赫人。没有走出来的灵长类动物，继续在森林中生活，成了至今没有进化的大猩猩、黑猩猩、长臂猿和猩猩。走出来的乍得沙赫人，他们有了各种各样的机遇，他们沿着空旷的平原行走，成会使用火的现代智人，他们的脑容量从走出来时的几百毫升达到了一千多毫升。他们变得无比的聪明，认识到了这个地球上许许多多肉眼看不见的东西，质子、中子、电子、光子，认识到了细菌、病毒、真菌、芽孢，并能把地球上的人送上月球。在茫茫的宇宙中，他们掌握了飞翔的技巧，他们比鹰飞得更高，比鱼潜得更深，他们钻入地底一万多米，抽出地球的血液——石油，他们砍伐森林，制造荒原。人类在飞速的进化中慢慢毁灭自己，也毁灭他们赖以生存的地球。人类要到其他星球寻找新的家乡，但是人类不应该忘记，地球的森林才是他们最初的家乡，是他们远古的故土，遗憾的是，森林正在急剧地减少。

早晨，清蓝的黎明被二声杜鹃的叫声牵来，馨烈的树脂香气在雨住之后淌漫，森林的汁液愈来愈清澈纯净，一弯残月最后寂灭在湖水的微波里。山雀混音，五色羽翼惊起，鸟鸣如又一场急雨，缠绕在邈远的森林之上。耀眼的白昼被洗濯得透明无瑕，露水滴落的澄澈之香，在新鲜萌发的草叶上，在土壤湿润的梦里渗窜。

我徜徉在清晨的森林中，所有的云杉、樟子松、落叶松、白桦，还有矮小的灌丛、地上的青草，都挂满了露珠。在初升的阳光下，静静地闪烁着。喜鹊在群聚聒噪，云雀在比赛歌唱，乌鸫在高枝炫嗓，它们用的是鸟们通用的语言，没有南方北方的口音，没有难懂的方言，它们用统一的黄金嗓子，歌唱着森林和太阳。在这片雨水充沛的北方森林里，它们的嗓子里含着湿漉漉的水雾，仿佛是江南软语。这仙境草木，是人类所植。这片林海，是血汗之海。一路上，紫色的缬草花、高山紫菀、光叶忍冬、叉分蓼、歪头菜、黄色的蕨麻、小花糖芥、蒲公英、萱草花、欧乌头、白花草木樨、硬毛南芥、梁子菜、土大黄、两栖蓼菜、沙棘和丝毛飞廉在我的身旁。这就是森林，有丰富的植被，有各种各样的花朵，五颜六色，姹紫嫣红。

大光顶子山，月亮湾的望海楼，这里海拔近两千米，天空朝霞缱绻，森林在云端滑翔。花朵铺展在坡地，坝上的地形高低起伏，我们似乎在经历着一个沧海桑田的纪年。北方的绿色，深沉、大气、慷慨悲歌，这是燕赵的大地，亿万株树木豪杰在这片坝上无声呐喊，他们的声音摩擦着历史的火花。起伏连绵，丰满茁壮的塞罕坝森林，在这清凉的夏季显得如此柔软优美。当地领导指给我看，东南西北每一个方向，这片人工林海似乎没有尽头，天边是森林，天边之外还是塞罕坝林场的森林，还是人工栽种的森林。坡度在六七十度的山上，依然种满了树，没有一寸地方有裸露之处，没有沙漠的黄色，也没有草场的低矮。当年，林场工人们用骡子将树苗驮上山，人都难爬上去，有驮树苗的骡子从山坡上滚下摔死了。我问浇水怎么办？他说他们采取大雪整地，然后用十字镐把石头弄出来，用骡子再往山上拖山下的土，把挖的树坑填满，栽下树苗后，为了保水，就用地膜，防止蒸发，保证它成活，这种方法成活率很高。

　　林场领导指着东边山谷的远处的一个断层，可以看到栽树后，最上头是一层薄薄的土层，就是森林落叶形成的腐殖质，而下面全是沙子和石头。就靠了这层经年累月才养育出的腐殖质，改善了塞罕坝的土壤和气候。

　　塞罕坝林场，由一棵松到一百一十多万亩人工林海，他们无愧于联合国颁发的最高荣誉"地球卫士奖"，也无愧于联合国防治荒漠化领域最高荣誉"土地生命奖"。绿化千疮百孔、风沙漫漫的地球，重新给废墟般的土地以蓬勃的生命，使我们人类远古的故乡重获新生，从被遗弃的状态进入活色生香的年代，为这一刻，塞罕坝三代人的劳动，造就了这片无法用言辞描绘的伟大林海。

　　刺破荒漠和死寂的生命眠床，辽阔浩荡的磅礴绿潮，正在我们的眼前像烟水蜃景般久久波动。

火、刀与刨

良药,在火中炼就,被刀切割。一块块丑陋乌黢的根茎,变成云霓般轻巧的物质,变成薄如蝉翼的饮片,变成赏心悦目的药,顿减患者心中的沉翳。

黑夜像一颗巨型水晶,笼罩在赣东大地上。火焰冲腾,金鳞闪烁,而夜愈来愈深,寒气愈来愈烈。火舌炙烫着夜晚最深沉的位置,并将围灶中那些神秘凶猛的附子毒性一点点逼退、杀净。这个过程十分漫长,这是一场史诗般的对峙与较量,是正与邪、良与恶的蝉蜕龙变。先用水涤泡析出,再用火慢炙暗煎,使其归顺为剿灭人类沉疴的救亡助命之药。在如此肃杀的氛围中,火焰的殄戮不动声色,将其匠心深隐,炼药者神闲气定,成竹在胸。火光照着他睿智的、风霜历历的脸,淡远的眼神时而掠过青空,时而注视火苗。

落叶萧萧,星空邃邈,寒露苍茫,红焰闪闪。在空旷阒冷的树林里,在火与药的割咬缠噬中,一个老人端坐于用砖头搭建的奇特围灶边,运筹帷幄,进行最为神秘的中药炮制。这种炮制方法严格按古法进行，其古法为中药炮制的药帮"建昌帮"所有、所用。老人为建昌帮炮制流派"非遗"第十三代传人刘芳保。

夜深了，金黄的火苗在风的助力下倏忽萎靡，又迅猛蹿出，并发出呜呜的啸叫，仿如炮制者指挥的歌吟，那声音回旋于夤夜的清寒和寂静之中，有如猛虎在山涧的低吼。谷糠燃烧的气味，附子被灼烫时痛苦辗转呻吟的微音，生姜片的气味，混合在夜半的霜露中。

他虽已苍老，但面对炮制的药材时他更加老辣沉潜，心廓被中药的神秘充满。他深谙药材的药性，知道它们的软肋，知晓它们如何在自己的手上仙妖突变。所谓炮制，就是用无情的水火共制，"耘樵得甘芳，龁啮谢炮制"（苏轼）。食物需要炮制，中药则完全依靠炮制。拿刘芳保老人的话说，再好的医生，再好的药方，没有炮制得当的药材饮片，一切为零，毫无用处。炮制者，炮炼也，由魔鬼而天使，由剧毒而灵药也。出于葛洪、雷公。葛洪炼丹，正是在建昌帮的发祥地江西南城县的麻姑山里。炮制始祖在此传授了多种独特的加工药材之法，与建昌帮的声名远播、源远流长有密切的关系。

围灶需燃烧一天一夜，他和衣而坐，任由寒风侵袭，禅定若山。长夜如刀，他清楚地知道，火，虽然温和地舔舐销熔，它金色狰狞的牙齿藏而不露，进入附子的身体，它会有强烈的快意向药毒的内部挺进，那些在炙热中绽裂分解的毒性随着青烟袅袅飘散，形神巨变，脱胎换骨，凤凰涅槃，一切在他的预料之中，难逃他的股掌。一种旷世灵药，像神话一样，以响亮晶灿的形象，正在丹霞满天的清晨缓缓升起。炮制者的仁心与匠心，如一轮朝阳，浮现在层林之上，闪着圣洁高深的光华。最后围灶的余烬，如舍身成仁的药毒，坍塌殆尽，带着惬意的微笑，沉沉睡去。它梦见了一个垂危者，从病榻上，从死神的手上，重新走进美好的人间，一路春风碧露，花香满途。

炮制附子的绝技在建昌帮的古法里，只是其中一种，但也是重要的一种。刘芳保老人给我说，附子是过去老中医普遍使用的一味药，因为它是中药中起死回生、振衰救逆、斩关夺门第一药，是还阳草，老中医用险药，只有险药才能救人危命。说白了，附子就是鬼门关捞人的通行证。李时珍《本草纲目》中说："乌附毒药，非危重病不用，用之不当，致祸甚速。"其实，刘老说，致祸的主要原因是炮制不当，而如今的炮制者手法平庸粗糙。首先，附子来源非四川江油产区，也非运用建昌帮炮制术。他说，生附子的水火共制，仅在水中就得泡四天，每一天换水三次，晒干后再浸泡，反复晾干，上甑蒸十四个小时，再在野外行一天一夜的文火煨法。糠尽灰冷，煨好之后，从火中取出，敲击出现空洞的声响，表明附子毒性退去。为什么要在野林中、天地间炮制，我问其故，刘老神秘地笑了笑，说，老祖宗们从来就是如此，人命关天呀。

在建昌帮炮炙十三法中，除了煨法，还有炒、炙、煅、蒸、煮、炆、熬、淬、霜、曲、芽等法，而最为称道的是炒、炙、煨、炆、蒸法等。传人刘芳保的煨附子则是保留了唐代

"糖灰火中炮炙"最为正宗的煨制法，此法在他的手上，更加丰富、娴熟、精粹。建昌帮名满天下的特色饮片有煨附片、阴附片、阳附片、淡附片、姜半夏、明天麻、贺茯苓、童便制马钱、山药片、泡南星、醋郁金、炒内金、炆熟地、炆远志、炆黄精、炆何首乌、酒白芍等。

  炮制后如何切它，成为建昌帮最为称道的独门绝技。切术在严谨认真的建昌帮传承中，以建刀和雷公刨为经典代表。建刀即切药刀，又名刹刀、琢刀、豚刀，在南城县同善堂药业集团的刘芳保工作室即百草坊，我看到了一排排架在切案上的建刀，它的形制与其他药帮的切刀长相完全不同，也与我看到的许多中药铺的切刀迥异。这刀架在一个木案上，下可踏脚，木案为防止药片的掉落，四围略高。刀把斜伸且长，前端固定，刀身宽大，刃口深锐，靠在铁栏边，以达到切片时的端直、均匀，便于长时间操作而不走样。建昌帮切片讲究的斜、薄、大、光等特点，就在这把标志性的刀上完成。此刀重约一点五公斤，柄长达二十六厘米，可以对付任何坚硬的根茎、藤木、果实和全草，可以切成各种片、段、丝、块。这种切药刀制作工艺繁杂，淬火极佳，能够斩钉截铁，的确如雕刻师手中精致的琢刀。其打制过程需三十三道工序，经过四十四次淬火，才能够完成这把传说中的神刀。

  用建刀切药，建昌帮的药工做到了巧夺天工，精妙卓异。一颗长约三厘米的槟榔干燥种子，能将其切成一百多片，据说最高纪录为一百七十片，业界称为"百刀槟榔"。刘芳保老人告诉我，他可以将槟榔切成一百零八片。所谓"防风飞上天，桔梗不见边，枳壳人字片，槟榔一百零八片"。在刘芳保工作室，我看到了切成薄片的槟榔，也看到了用簸箕盛着的切成人字片的枳壳，还有切成细丝的药片。刘芳保老人说，这些药丝细到可以穿针，他切出的极薄片为零点一五毫米。除薄片、圆片、直片、叶类丝片，还有斜片（包括柳叶片、竹叶片、瓜子片）、马蹄片、人字片、铜钱片、腰子片、肚片、半圆等等。刘芳保的精湛刀工，是他七十余年炮制生涯练就的绝活。建昌帮的刀功包括括个、斜捉、直握、手托四种送药切制法。药材切薄，药力才能最大限度地发挥出来。

雷公刨，同样为建昌帮独创独有独享。

一根竖放着的长圆木，这是刨子吗，这与刨子有关吗？还有一大块石头，磨盘一样坠在头顶，穿在圆木之上。雷公刨，多么凶猛的名字！刘老将那根长圆木取下，穿入石盘，竖放在一个木匣子上，木匣子里面放上药材，底下就是一个大刨子，跟木匠的刨子没有两样。他把这个穿了石盘的木棒压在木匣子里，坐上宽宽的凳子，开始刨药。他刨的是枳壳，要刨成人字形，药块的块茎要刨得透明，一片片薄而不断，薄而不乱。多么笨重的、复杂的刨子，只为求得一片药材的最佳疗效，这手上的功夫多么了得！要对这具庞大、奇特的刨子机器举重若轻，得心应手，完全靠细腻的手感、靠心灵的触摸、靠经验的累积，才能刨出想要的薄片来。我惊叹这个刨子，问为什么叫雷公刨，这名字真的够响亮、够雄壮。刘老边演示边说，你听听我刨动时,上面的石盘发出的声音,像不像打雷一样的响声?还真是。他快速地推动沉重的刨子,整个刨具,连石带木带匣,发出类似滚滚的闷雷声。也有另一说,因为中药炮制界有一位南北朝的雷敩,史称雷公,中医"针灸之祖",著有《雷公炮炙论》三卷,记述了中药的净选、粉碎、切制、干燥、水制、火制、加辅料制等法,如今仍是中药炮制的经典规范。还有传说,此刨就是雷公所创。在刘芳保工作室内,挂有雷公画像,以他的名字命名此刨,并成为建昌帮独一无二的炮制图腾。

掌握雷公刨的刨功,与掌握建刀的刀工一样,得经过漫长的锤炼。雷公刨能刨制出长、斜、直、圆各形薄厚片,因为在来回地刨制时,是靠木棍上的石盘加力下压,因此刨片效率比刀切高了许多。其刨法包括圆斗加压刨法、手按刨法、压板刨法、长斗刨法四种,与刀切四种方法,并称为建昌帮"刀刨八法"。建昌帮药界认为,只有圆斗加压刨法才是雷公所创的正宗刨法。刘老向我展示了几种刨法,每一种刨法都靠双手包括手腕、手指、手掌的精妙灵活运用,犹似魔术师的鬼手神工,动如电光石火,令人眼花缭乱,不可思议。在刘芳保工作室里,我还见识了铜铁木陶等各种材质的炮制工具,如铁碾、枳壳榨、槟榔楔、香附铲、泽泻笼、茯苓刀、附子筛、麦芽篓、炆药坛、圆木甑、硫磺柜等,这些工具五花八门,琳琅满目,其对中药炮制的精细研究,达到了令人叹为观止的地步。

建昌,为江西省南城县之古称,该邑历代为建昌军、建昌路、建昌府治驻地，因处于赣闽通衢之上，经济繁华，药材资源丰富，医药业异常繁荣，宋元时期已成规模，明清时代，达到鼎盛，因而形成了建昌药帮。建昌帮与江西樟树帮合称为江西帮，为全国十三大药帮之一。药界至今依然流传并笃信"药不过樟树不灵，药不过建昌不行"的说法。建昌帮名师巧匠辈出，炮制素以毒性低，疗效高，饮片外形美观、色艳、气香、味厚而著称于世。

年已八旬的建昌帮第十三代"非遗"传人刘芳保，让我见识了什么是建昌帮的神奇炮制古法。刘老十二岁开始学习中药炮制，如今体强心健，满面红光，演示讲解他的古法炮制，侃侃而谈。中医博大精深，积厚流光，每一种药材的炮制，都是历代古人心血与智慧的结晶，是经验之大成，是科学探险的艰难发现。中医来源于对自然百草的神奇点化，除了医生和药方的运用，炮制者对药材药性的深刻了解与萃取，也是中医至关重要的部分。

轰轰的雷公刨仍在我身后药香满屋的百草坊里响起，而夜晚煨附子的红焰也孤亮在大野，不舍昼夜。在火焰、铡切与刨声中，中药炮制的温柔与暴力美学，已然形成了数千年，它透明无毒的饮片，神秘的药香，拯救了无数的生命，创造了无数的传奇。那沉沉如雷的巨刨声响，厚重、深邃、锐利、磅礴地挺进着，撞击着，滚压着，蒸腾着，绵绵不绝。强劲的气息，依然在大地上弥漫和颤动，点亮了中华医术奇异的光芒……

贞丰古城记

古城是暗夜的燔火，顽强燃烧，抵抗风化和摧毁。有的胜利了，有的被时间打败，退场了，坍塌和失踪是大多数古城的命运。散发着糯米香味的贞丰古城是胜利者，她在"中国糯食之乡"，她粘黏住了那些飞檐与青瓦的屋顶，抟聚住了城墙的走失和倒下，赓续着六百年的脚步声、打更声。

黔西南，浩瀚的群山中，北盘江大峡谷像大地的一道美丽刀痕，在不远处，贞丰古城静卧于澄蓝的天空下，放射着纯银的光芒。一艘艘的船只运来了棉纱、布匹、白糖、胶鞋、火柴等日用百货，运走了桐油、茶叶、草纸、皮革、陶器。斜月西沉、马帮铃响的清晨，渐起的市声和高矗的城垣、巍峨的城楼一道醒来，悠长的棹歌持久地叩打着峡谷的石壁，白层古渡帆樯林立，启碇声与浪花一起喧腾，花江铁索桥上，行走着商人和骡夫们的苦旅。

在贞丰，两湖两广、江西四川的客商，将这异乡之地当作了故乡的憩园，还有从云南、陕甘来的回民，征戍的兵士，古城的烟火牵扯着他们的脚步,这里的美食,让他们疲惫的身心得到了滋养。那一刻,他们在滞留的羁旅突然找到了家的感觉。

嘈杂热闹的马草巷、捣衣砧声的东门外,人欢马叫,卖水的担子、赶集的山民、卖糯粽的吆喝、银匠清脆悦耳的锤声、榨坊的撞击声,在城墙的垛口缠绕回旋。潮湿、曲折的青砖木楼深巷中,石板上潴积的雨水照亮磨损的车辙。店铺门前垒起的石头货台边,背篓客卖出山货,购回他们需要的日用品,或者敞着怀,歇上一气,在茶馆里喝一杯茶,在小吃摊品尝一碗糯米饭、一个布依灰粽。柴炉燃烧,冒着被油烟爆出的蓝焰,而铁匠锻铁的煤炉呛着行人,他们挥舞大锤,背脊上的汗珠像泉水滚落。

歇山重檐,硬山穿架,悬山花墙,青瓦石基,凤山之下的这片古老建筑,人烟稠密的生活中蒸腾的市声、水井边疯长的蕨草和月影,深宅里伸出的苦楝枝条、柿子红果,粗糙的凿墙缝长出的灌木和芒草,砖石斑驳,瓦甍青黝,仿佛一个个挺立的人,一张张神秘的脸,被烟火熏燎的群像,叠印在渐渐黢黑的院墙上。屋脊重重的剪影犹如神话中的大青鱼群,密密麻麻地拥挤在古城的夜晚。打更的锣声在窗格和排门泄漏的光亮里梦游般行走,诵读声、算盘的拨拉声、马骡的响鼻声、茶馆的惊堂木声、酒肆的猜拳声、戏楼的唱念声,在夜岚飘入城巷的时刻,延伸着这座边城的魅惑。

天井中的大石缸、石头镌刻的对联和檀木牌匾,为了往事多一些文字和证词。木梯上脚步踏动的咯吱声会越来越沉，越来越远，只有烟火是不老的，石头也抗不住时间的暴力啃噬。因为炊烟升起，古城有着丰腴的躯体和好闻的气味，而非一具徒有其表的躯壳，这里是活着的博物馆，是生命不断更新的城堡，是进入我们生活的红血球，她依然风韵犹饶，情态雅致。

一座修复的古城，是一册半文言半白话的书。院舍的空间、街巷的辐射是文言的，而烟火里的生活是白话的。一座古城，是一些人的记忆和寄托，是后来者的讶异与邂逅。无论多么遥远陌生的古城，只要它曾经古老，便会一见如故人。

在当年未曾修复的年月，这里有苍老的街石，有倾圮的城垣，有颓靡的门楣，溪中青苔杂草，院里狐窜蝠飞。但这里却依然有烟火袅袅萦绕，人群闲逸幽居。如今这座古城已经修复完毕，在他们的规划中没有将城中居民搬迁的愚举，而是让烟火延续，也延续古城未曾中断的历史，记忆氤氲的岁月。都说贞丰出美女，而古城中温润婀娜的女子，为刺梨花开的雨巷，增添着穿越时光的韵致。哦，刺梨花一样优雅的美人，她们踏着铿亮的石板，让这曲折幽深的古城，闪烁着逝去岁月的光泽，像被风雨剥蚀的石头上安静的月光。

据当地朋友说，这座古城有许多怪事，比如一城五门，没有北门，西门却有两座，大西门和小西门。而大西门是重建的，巨石拱门，如此厚重的城门，仅仅是一个复制的"古物"，却气势磅礴，宏伟壮观。城门上的城楼飞檐高挑于云端，沉雄灵跃，有着它应该有的端庄和威严。最早的大西门建起之后，城门之外，又形成了大片的街巷市井，如油榨街、花牌坊、龙王庙、瓦厂头、坡阳脚等，还有许多以井为名的地方：龙井、艾子井、石夹井、大水井、方家井、新水井等。有市有井，就是市井生活。

老辈子人回忆，从凤山上望去，曾经有无数参差美妙的庙宇道观，聚集在这片城区，老南门有城隍庙、观音阁，旧城街有文庙，顺城街有关岳庙、药王庙、万寿宫，大街有寿福寺、天主堂。街后有川主庙、黑神庙、清真寺，鱼塘坎有文昌宫、文庙，后山上有望海楼，西大街有火神庙，城外有龙王庙，教场坝有东岳庙。庙宇中的万寿宫、川主庙和城隍庙均建有戏台，供川戏班唱戏。但不知何时，它们消失在了时间的无情淘洗攫啮中。

回忆起东门外峡谷的夏天，到处是戏水的壮汉与少年，妇女洗衣的砧声、晾衣的绳阵、流水的喧哗，曾是古城繁华烟火的一部分。一座古城的运转，除了商人，就是匠人，他们显示着生活的便利、丰富和精细程度。九佬十八匠，木匠、篾匠、箍桶匠、鞋匠、银匠、铁匠、鞋匠，钟表修理、肉铺、杂货铺、茶馆、戏院、制陶、制革、制糖、碾米、榨油、造纸、纺织、鞭炮。民国时贞丰城里的行会组织有轩辕会（匹头业、缝纫业）、张爷会（屠宰业）、老君会（五金业）、药王会（医药业）、鲁班会（石木匠人）、詹爷会（烹饪业）、马王会（驮马运输业）等。新中国成立之后，这里还有近二十个同业公会及十多个手工业同业公会。

各种能工巧匠，各种买卖行当，各种作坊车间，各种店铺货摊，充盈在马草巷、鱼塘坎、中街、南大街、后排街、田坝街、田坝后街、厂坝街、老南门街、十字街、旧城街、顺城街、肖家巷、晓街、花牌坊、油榨街、猪市坝、洗布河街。

……弯曲逶迤的街道和麻石路面，没入密集的青瓦屋顶和它们的墙脚。石缸、石槽、石磴、石鼓，商家门前宽大的石砌货台（据说是专为来往的骡马队和乞丐夜晚准备的，晚上属于他们，白天属于商户），院落里精美的桌椅、阁楼中斜挑出的窗幔、沿街盛开的三角梅、小吃摊上的火炉和那些身着奇异服装的布依族、苗族、仡佬族妇女，她们头上和胸前闪闪的银饰、油纸伞上圆润滴下的边城雨珠，汇成岁月的风情。

贞丰县，曾是古夜郎国的一部分。城因石头垒建，故名石头城，亦称珉球，据说是与城中的一块珉球石有关。贞丰城内有三座奇石，一为珉球石，一为蛤蟆石，一为昂蛇石。这三石甚为奇特，美姿天成，尤以珉球石最为神奇。此石高约十三米，由上下两截组成，上石如弹丸，下石呈扁圆柱形。石色黝亮，轻叩石头，便发出当当声响，恍如古钟。变个角度看，此石又酷似一位仙女，亭亭玉立，凝眸远眺。"珉球"何意？珉是美玉，原是布依族的寨子，称为"珉谷"，是布依语"绵谷"的音译。在珉谷大寨，珉球是一团美玉，这"球"字应该是形容此玉的可爱，我猜想，应该还与当地的糯米美食团子隐隐有关吧？

贞丰古城现保存的有两湖会馆和两广会馆，而四川会馆和江西会馆则成记忆。

湘鄂两省因靠近黔地，有大量商人来此，于是，曾经是一座"寿福寺"的宗教场所，被两湖商人捐款改建为两湖会馆，为客商们提供议事谈生意和寄宿的便利，还为两湖省籍的旅人提供各种帮助。

这座会馆现在是一个香舍，出售各种香料。但我惊叹于它的建筑，依凤山山势而建，是一个侧座式四合院，中间的场院不大，却有一个戏台在二楼，旧时商人们优雅的生活让我们艳羡。这个戏台，保存有两根垂莲望柱，雕工精美。有荷式花坛交错在石阶庭院里，是为"茶墙"。后面的单檐配殿，是办公或商贾们居住的房舍，后殿还有逃生窗口，发生战乱匪患时，可从此逃出钻入凤山避险。

在两湖会馆不远的街对面，有一座不大的两层楼房，一排拱形的窗楣，有与众不同的欧式风，但又是传统的中式老瓦，坚固的石勒脚、青砖墙、小青瓦滴水，中西结合得天衣无缝。

大量的南北商人汇集于此，于是此地有了京杂货、苏杂货、川杂货、广杂货，棉纱、布匹、食盐、桐油等大宗商品的贸易迅猛，也因此富庶繁华，被称为"小贵阳"。贞丰曾为州府，后为县府，当地朋友说，这里曾建有黔西南地区唯一的银库，银库建在山洞中，以黔西南包括广西云南边地的税银，集中在这里，运至贵阳，再运往京城。

珉球书院距今已有一百八十年，培养了贞丰历代的众多人才。这个四合院里有不少曲径通幽处，儿童阅览、成人阅览、展览、喝茶、咖啡、各种艺术实践和文艺沙龙活动、儿童绘画和书法班，全是免费，使得这个古老的书院成为网红打卡点，展卖的文创产品有许多布依族和苗族的文化元素，新颖古朴，琳琅满目。

文昌宫气势恢宏，主体建筑是一座二层楼，一楼是一长溜木雕窗户，二层有通长的美人靠栏杆。两边的泮池很大，有很多鱼，很多荷花，泮池是长方形的，中间一座石桥通往宫中，远看就是一个"中"字，而整体建筑由低而高，错落有致，正殿外观似"高"字，连起来意为"文笔高中"。文昌帝君，是科举之神，兴文昌学，文昌宫在古城的位置，跟珉球书院一样，是文化底蕴的基石，是以文化人、以文化德的重要场所，也是古城的魂之所在。

古城阁楼不是一个阁楼，是一栋独立完整的楼阁，是贞丰历史最悠久的回族纪念建筑。六角攒尖顶，穿斗式木结构，有"走马转角楼"直通各层。正脊中有葫芦形宝顶，鳌鱼翘角，风铃高悬，在凤山吹来的风中，叮当有声，有如诵经。一百多年的老建筑，记载着因为商业昌盛而在此落脚的回族人的迁徙史。

这里虽为三省边地，也有百年建成的天主教堂和法国传教士。教堂起初设在火神庙，因遭大火焚毁，后在离原址不远处另建了精巧的天主教堂。

贞丰古城的文庙（贞丰州学），始建于清乾隆年间，单檐歇山，面阔五间，有大成殿等老建筑。马二元帅府在县一中内，原是雍正时期修建的"长坝营游击署"，亦称"武官衙门"。咸丰同治年间，马斯俊为首的部队设帅府于此，故当地人称之为"马二元帅府"。贞丰古城内有县一小和县一中，这也是古城文脉之所在，几千个学生每天穿街走巷，给古城增添了勃勃生机。还有保存完好的望海楼、观音庙、谭家大院、赵家大院，这些建筑，无不在诉说着贞丰丰厚骄傲的历史。

为什么这个古城的烟火气息如此浓郁？当地政府有远见卓识，留住城中居民，如果古城没有了人与烟，只有商业，要么就是个死城，要么就是个古建筑博物馆，要么就只是个旅游景点，而居民的烟火气象，是想象、延伸和激活古城的荷尔蒙和多巴胺。贞丰古城还是遐迩闻名的美食之城，这也是她活力满满的源泉，无论是赶集天，还是平日里，城中大量的美食吸引着四面八方的饕餮客。

小西门、大西门、洗布河、新市场、花牌坊，沿街尽是香喷喷热辣辣的小吃摊点。饵块粑、糍粑、粽粑、小米粑、吊浆粑、糖烙粑、豆沙粑，油糯米饭、八宝饭和素糯米饭；素糯米饭又分白糯米饭和黄糯米饭。

最负盛名的是贞丰粽粑和油糯米饭，贞丰粽粑又称布依灰粽，是布依族传统美食，这种灰色是用糯谷草灰染成的。另一道制作工序是炒米，即用草灰、猪油和香料一起炒糯米，既要把糯米炒成灰色，还要炒出香味。最后就是包粽子和煮粽子，粽子馅，除了各种猪肉，还可以加入板栗和其他坚果核果。煮粽子的香味和烟雾混合在一起，在风中搅拌，越来越浓地在街巷漫漶走窜，被人们的食欲拔高成世俗生活的天堂，烫着宁静的日子，一颗颗、一丝丝黏扯住他们的乡愁。

油糯米饭，是油浸润的童年滋味，上面要铺上十几片瘦肉叉烧，并有大头菜、腌萝卜、腊肉、盐菜、折耳根等。油糯米饭是贞丰这个"中国糯食之乡"的美食天花板、代名词，贞丰古城是被油糯米饭泡着的，没有人能离得开它。还有苗家的腌食、洋芋粑粑、五色糕粑、褡裢粑、布依八大碗、凉糕、剪粉、菊花饼、泡梨、牛肉粉、肉裹子……

我在花江铁索桥边的摩崖石刻上，看到有"履道坦坦"四个大字，让我瞩目良久，这是古代商旅行客对黔西南群山的冀望。如今，在北盘江上，有曾经是亚洲第一跨度的北盘江大桥，还有花江峡谷大桥，是世界第一高桥，桥与水面垂直距离为六百二十五米，一时半会没有谁能超越这个高度，基建狂魔的建桥奇迹发生在此。从北盘江往万丈悬崖上看，有飞架的高速公路在云端里穿山越洞，这是真正的天路，这里正在悄悄产生桥与路的神话，真正的"天堑变通途"，真正的"履道坦坦"。贞丰，茶马古道上的古城，在黔西南尖锐而又辽阔的大山波涛里，犹似打开了一坛秘藏老酒，向世界溅射出令人眩晕的醇香气息。

那时中秋

那个田野和河流之上的高天满月,一直是我们乡下孩子想象的源泉。可以在我们有限的经验里无限制地玄想。但这种想象,还是离不开农耕时代的田野与生活。月亮到底像个什么?我们不会这么那么形容:红薯、脸盆、美女的脸、西子的明眸、烧饼、灯笼,都不会。我们想象的是另一个地方的生活,是一个人,或者几个人,有兔子、癞蛤蟆,也有美貌的嫦娥,有胡子拉碴的吴刚。但是,他们就活生生地生活在我们头顶。哦,那些人、兔子、蛤蟆,生活了几千年(老人说的是几千年),却不死,永远地在那儿,他们的生活多么诱人。就是这样,那儿,天上,是真有其事的,那是我们头顶上的一个村庄,我们深信不疑。

八月十五,据说也是亲人团圆的日子。在那个时代,人们很少外出,不存在分别和团聚的问题,它就是一个农耕节日。春祭日,秋祭月,应了时序节令。秋收已至,仓满廪实,一年的劳作终于有了回报,于是将丰收的粮食制成糕饼,将成熟的瓜果摆满稻场，桌上还有酿制的桂花酒（包括桂花伏汁酒）、桂花糊、桂花糖。圆月之夜，桂花清香，这种犒赏家人的活动，是生活的恩赐。而在水乡赏月，仰首苍穹，皓月当空，一泓银河，万斛星尘，湖阔波平，月光潋滟。秋风微凉，草木零落，秋蛩鸣，寒露生，恍兮惚兮间，的确很让人生出今夕何夕的浩瀚感叹。

我儿时记忆中的中秋节，也就是天气转凉后一年一度的吃月饼。有秋风，有蟋蟀在墙角里吟叫，好像告诉人们要添置冬衣了。这个节日叫中秋，得看看这一晚吴刚砍树怎么样了。平常没有人关心月亮上的事，只有到了农历（我们叫阴历）八月十五，才有老人指着月亮说话。小孩子这一晚就是看月亮，吃月饼。看月亮的大多是男孩子，因为大人们交代女孩晒了月亮，是蓄不白的，不比太阳，晒黑了可以蓄白。于是女孩一般在月圆之夜，则要待在家，不得在月亮底下乱蹿乱晒。其实这可能是一种愚昧的吓唬和教化，就是要女孩子晚上不得乱跑，以免出事。古有"满月之日，乱性之时"一说。

湖北荆州，中秋节吃的月饼为"苏月"，从来不吃"广月"。苏月就是苏式月饼，咬一口，千层皮酥脆的那种。苏式月饼不如广式的甜腻，有嚼劲。冰糖、五仁、黑芝麻、桂花为常见，也是我至今的最爱，口味从来没有改变过。这种皮酥是如何制作的，不得而知，但它的味道却被我固定了。月饼一般是父亲在中秋节傍晚用草纸包回来的，一人两个，很小，一口就吃了，但我们一般不会一口吃掉，得慢慢地小口品嚼，因为太珍贵太奢侈了。

　　看月亮，听故事，吴刚伐桂、嫦娥奔月、玉兔捣药，估计南北大同小异。但我们会真的看到月亮上那个手拿斧头在桂花树下砍树的吴刚，那棵树真的很大很像我家屋后头的一棵苦楝树，枝影参差，很是好看。我外婆说，这棵树吴刚砍了几千年，砍一斧头它又合拢了，砍一斧头它又合拢了，永远砍不倒。这跟西方的那个西西弗斯推石头的故事有异曲同工之妙。我们听到的故事大约是说，这个吴刚住在南天门，跟住在月宫里的美女嫦娥有一腿，经常去月宫里幽会。玉皇大帝知道后，非常恼火，便罚吴刚到月宫去砍那棵月桂树。如果吴刚不砍倒月桂树，便永远不能重返南天门，更不能与嫦娥相会。这个吴刚哪知玉皇大帝是故意下了套子惩罚他，他不停地砍树，玉皇大帝就派了乌鸦来到月桂树边，把吴刚挂在树上的上衣叼去了。吴刚放下斧头去追乌鸦。衣服追回后，吴刚回到树旁一看，他砍开的树干又愈合长拢了。他于是再砍，捣蛋的乌鸦又飞回来，又叼去了他的衣裳，他又去追衣服，回来砍开的树干又长拢了。吴刚无可奈何，只有不停地砍，不停地驱赶乌鸦。我们就想，这吴刚太可怜了，在月亮上天天砍树，没有歇息的时候。他弯着腰，挥着斧子，旁边还有一只捣药的兔子，我们都能看到。听得到砍树的丁丁声，还看得到鸦羽乱飞。我们会分辨那捣蛋的乌鸦在哪儿，在黑压压的树影里，好像有许多无耻的乌鸦，它们展开黑翼，叼着可怜的吴刚的衣服，这是一种什么样的苦役？为何这样漫长没有尽头？还有那只捣药的兔子，跪地捣药，就跟我家隔壁中药铺捣药的男子一样的姿势。可玉兔捣成的是长生不老药，这药里面放的是蟾蜍吗？蟾蜍是可以治病的。它捣的药是不是都给玉皇大帝和王母娘娘吃了？我们凝视着月亮，苍茫遐想。乡村那时的夜晚，没有任何声音，那种寂静和玄想滋养了我十八年。

我的家乡公安县，因在湘鄂两省交界地，又靠近鄂西的少数民族地区，节日的习俗是杂糅的。荆州算是传统习俗保存得完好的地方。清《荆州府志》上说："中秋，各家陈瓜果饴饼以庆月。此夜之月关乎来岁元夕。俗有云掩中秋月，雨洒上元灯之谚，是夕妇女连臂出游，谓之走百病。"

这个"连臂出游"的习俗，只能是在荆州城里的富家女子，乡下的女孩是绝对不可能，也不可以的。

那时候，我们并不知道月亮神是谁，我们知道的月亮上的事，都是天上邻家的事，亲切、有趣，仿佛月亮就是我们头顶上的一个村庄。外婆还告诉我们，你半夜起来小解，说不定会看到"月开门"。因为是在夜深人静之时，在没有人看他们之时，月宫开门，嫦娥就会出现，这时候，嫦娥就是有求必应的观音菩萨。那天晚上，我一定会半夜起来去门前小解，看看那月亮上的门打开没有。我的门外是雾气蒙蒙的田野，天上没有一丝云彩，只有闪耀的银河悬挂天空。而月亮太亮时，银河就不会那么明显，只剩下浩渺青空，想起一个词：月在青天。如果月宫开了门，会是一种什么情形？门是什么门？里面飘着出来的仙女是什么样子？嫦娥是月亮神，也说她是癞蛤蟆变的月精。但当年毛主席的诗词中，有"寂寞嫦娥舒广袖，万里长空且为忠魂舞"这样的词句，小时还能看到嫦娥奔月的年画，嫦娥在我们的印象中，与癞蛤蟆和妖精没有任何关联，她就是天上绝世的美女。

其实中秋不只是对月胡思乱想，在乡下，也有烟火气息浓烈的行动，比方"摸秋"。

我不知道北方有没有这个习俗，是怎么摸秋的？但我见过的摸秋很是欢乐的，基本上是一次公开的偷窃甚至抢劫行动，而且是团伙作案，明火执仗。摸秋的意思是把别人秋天的收成据为己有，窃取他人的劳动成果，谓之"共享"。你即使失了财，还得乐呵呵的，还得感谢人家的"光顾"。

偷鸡摸狗的不算多，主要是偷人家瓜果，到菜园里去"扫荡"，还有树上的果子，进而干脆"摸"人家的大树。我们那儿还有养蜂的人家，他们的蜂蜜也一定在这个晚上遭劫。秋天本来是摇蜂蜜的季节，而且中华蜂一年就摇一次蜜，偷了就没有了。但中秋偷蜜不叫偷。而且这蜜还要摸多的、瓜要摸大的、树也要摸粗的。木料在我们那儿奇缺，如果你家建房子，看中了哪家地头的一棵树，你就提前暗示：我家缺根檩子。这人来到你家说这事，一定是打上了你家树的主意，你也佯装不知，让他中秋晚上将这棵树锯走。看中了你家的树，是你的福气，你得感谢人家。真是岂有此理！

为这个陋俗，还有人编出了个故事，说是在三国时期，刘备驻扎在公安，中秋夜那天，有几个士兵见老百姓家的菜园有成熟的香瓜，便摘了几个吃了。这事被人发现，告知了刘备，刘备大怒，要将士兵治罪。菜园的主人知道后，替士兵求情道："咱这里，八月摸秋不为偷，你摸了我的，是给我带福气来的。"刘备于是有了台阶下，将兵士放了。

摸秋演变成摸吉兆，送吉祥。据说偷瓜的人，有婚后未生育的，就去摸南瓜，摸得越多越好，专生儿子，因为"南"与"男"谐音。如果摸到了蛾眉豆呢，则会生女孩。偷到冬瓜送给待生的人家，也是一喜，因为冬瓜的体积巨大，象征会生一个冬瓜样的胖娃娃，甚至你还可能做这个娃娃的干爹干妈。后来全民狂欢，老人也趁机去摸上一把，摸到安乐菜（就是马齿苋），则家庭安乐；做生意的摸到芝麻，生意就芝麻开花节节高；年轻的摸到甘蔗，则事事成节节甜；小孩摸到葱，则学习聪明……我也听说摸秋摸到寡妇床上去了的故事，因为这个女人就叫秋。

摸南瓜，摸金瓜，摸冬瓜，到送南瓜、冬瓜、金瓜，这又是好事者的夸张表演。因为南瓜、冬瓜、金瓜都是象征男孩，于是这枚南瓜、冬瓜或者金瓜，就放置在亭台中，用锦缎衣服、绸缎香包包裹装饰起来，由家里男丁兴旺的人捧在头顶，敲锣打鼓，送到待孕或者待产者家中，让其早生贵子。而这家人必以酒肉款待，说白了，混酒喝而已。

书上说的摸秋是欢乐的民俗，而现实中的摸秋绝对是偷偷摸摸的恶习。我记得初中时住读，跟着高年级的男生去摸秋。所谓摸秋，就是为了对付吃不饱的饥饿，在人家的菜园里摘来了不少的甜瓜，回到宿舍吃，多是未成熟的，瓜瓤是白的，还没生籽，味道涩苦，就把这些瓜掷到宿舍墙上用以发泄。最悲惨的是在读小学四年级的时候，一个陈姓同学跟其他两个未读书的玩伴，游泳去台渠对岸摸秋摘瓜。这个同学不会水，被两个玩伴抬着下水，到了台渠中间，两个抬他的男孩没劲了，手一松，这同学就沉入了渠底，摸秋摸出了人命。

荆楚之地，还有一种基本消失的中秋古俗，谓舞流星香球。将一根竹棍插入一颗柚子之中，柚子上插满点燃了的香签，小孩们吃着月饼，举着流星香球，到处乱跑，尽情玩耍，这应是城里孩子们的玩法。据说，中秋之夜小孩舞流星香球，可以求得月神保佑，平安健康。

我查《荆楚岁时记》，没有记载中秋习俗。竟然只有一个八月十四的"天灸"："八月十四日民并以朱水点儿头额，名为天灸，以厌疾。又以锦彩为眼明囊，递相饷遗。"我喜欢"天灸"二字，说不出来的神秘，有烧灼感。但书上说的并不是用火灸额头，而只是点朱水，类似吉祥的祝福而已。但我仍然相信天灸是用香艾灸其额头，以此除秽去疾。这更像是一种巫术，在酷好巫鬼的楚地，天灸是存在的，比如民间有退妖鬼法，就是用火烧灸人的皮肤。传统艾灸的狠劲如肤灸和明灸，就是要烧燎你的皮肤，出现水泡直至溃烂结痂。

《荆楚岁时记》为南北朝人作，证明那时楚地还没有中秋节。但该书也记载了八月十五这天的祭祀仪式："秋分以牲祠社，其供帐盛于仲秋之月。社之余胙，悉贡馈乡里，周于族……掷教于社神，以占来岁丰俭。或折竹以卜。"这种娱神之仪，巫术占卜，应该是中秋节的雏形。

我家乡的晚明公安派中坚袁宏道，写过中秋，他的《江陵竹枝词》之一："陌上相逢尽楚腰，凉州一曲写吴绡。鹍弦拨尽南湖月，更与唱歌到板桥。"袁宏道辞官后，回到家乡，住江陵沙市长江边，造卷雪楼。他写的江陵（荆州）人中秋踏月走月，大约就是"连臂出游"以走病的习俗，现在真的没有了。

如今的中秋，如果在城市，那只是超市眼花缭乱的月饼，而这种来自南方的月饼（广月）都包装过度，华而不实，卖价畸高，似乎与天上的圆月没有了关系，就是浮华世界的一种表演。节日一过，听说滞销的月饼就回收给养猪场了，一文不值。

但今日中秋真的是想念家人、思念故乡的节日。如今遍地别离，人在异乡，故乡的圆月，家里老去的父母和年幼的孩子是否安好？老少寒衣是否已备？那轮清秋明月，孤独在天，天涯是否真能共此时？

那些四处漂泊的游子羁客，看到的月亮，就是一只思乡的梦中月饼吧。

春节琐忆

公安县地处江汉平原和洞庭湖平原的走廊，湘鄂边上，这里的民俗兼有湖南和湖北的特点。比方，看戏与听戏，公安县人都听湖南花鼓戏，而不是荆州花鼓戏，实实怪哉，过年的民俗也略与湖北的不同。

春节我们叫过年。过年得忙年，忙年至少一个月，但一般到了冬至就开始杀年猪。就算忙年一个月，过了春节，还得请春客一个月。这么算来，春节大约是两个月的节日，够漫长了。在农耕时代，这种生活节奏是很吸引人的。何况，冬天太冷，人们需要希望和想象，来打发漫长的寒冷，迎来春节——即春天之始的节日，再想象春暖花开，阳光明媚。虽然公安县在长江以南，但春节离春天依然十分遥远。

有一句旧时俗话说："大人望种田，小伢望过年。"过年才有肉吃，才有新衣穿，才有钱花（压岁钱），才有鞭炮放，才能敞开肚皮吃饱饭。对于长期处于半饥半饱中的我们，过年就是另一个世界的生活，而这种生活很短暂，昙花一现。

中国民间的传统节日大都与鬼神有关，在喜好巫鬼的荆楚，春节是要与死去的祖先们一起过的。春节有一连串的祀祭活动，从大年三十吃年夜饭时给过世亲人们烧的纸、"叫饭"，到傍晚去给先人坟上送亮（上灯），到正月十五夜给先人坟上挂灯，有一种想象先人们的回家和参与，是人与鬼大团圆的节日，而人鬼不能分开，依然如活着时一样。炽盛的巫风加深和渲染过年习俗的繁缛，也是呼唤人神同娱、三界同乐的一个借口。

在一本同治年间的《公安县志》上，有这样的记载："……以牲醴祀神，换桃符，写春帖，向晚祭墓，掰芦作栀子灯，插于先墓，野田荒冢，恍若灯市。爆竹之声。远近交应，通宵不寝，谓之守岁。元旦黎明，举家盛服祀先，择吉时开门，迎喜神，谓之出行。八男女遂拜尊长，男人出拜族党，谓贺新年。"

印象中小时过年总是大雪纷飞，而且齐膝深的雪是寻常景色，这样的雪让过年变得年味十足。

所谓忙年一个月，即指进入农历腊月之后，过年的气氛就蠢蠢欲动了。杀猪声是属于别人家的，我们家因为父母是裁缝，家里没人养猪，养过一年，杀的年猪很小，杀猪时会有羞愧之感，因为别人家的年猪膘肥体壮。但不管杀与不杀，家里总会有腊肉腊鱼晾在檐前。再穷的人家，腊月间也要弄两刀不论好坏的腊货装点门面。

干鱼是我们穷人家孩子年前要干的活。"干"读一声，就是在一些野沟里，截一段，两头筑泥坝，将里面的水戽干，捞里面的鱼。筑坝的工具有戽斗和锹，用戽斗拢软泥，用锹挖硬泥。再加上一个水桶将水戽干。这得大半天，而且赤脚入水，冻得人双腿麻木。如果太冷，就会生一堆火，烤烤后再戽水。坝里面可能就几条小鱼，也可能有一两个甲鱼，一两条大黑鱼，还有鲩鱼和鳊鱼，但鲫鱼肯定不会少。反正，作为一个男孩，团年时桌上的鱼是要指望你的，还得弄些腌成腊鱼。我的记忆中，每年的冬天，我们都要到处找荒湖野塘干鱼，冻得不成人形。

还有，就是挖藕。因为藕要用来煨汤，用砂罐煨，穷家小户的，就是一大罐骨头藕汤，可以吃半个月，也是家家必备的年节菜。藕从哪里来？自己挖。我家的周围有大面积水塘，都是野藕。但有时也有人管，不让挖。别人家养了鱼，要等鱼抓完后，不要这藕了。挖藕的工具跟干鱼的一样，戽斗和锹。挖藕同样需要筑泥埂，然后戽水，找泥中藕芽，顺着挖下去。藕有深有浅，深的在硬泥里，会很吃力。赶藕，一根藕有的两米长，你要一锹锹挖，还怕挖坏了藕，淤泥进入藕孔，这藕就没用了，洗时费力。这样挖一锹必须用手抠藕沿两边的泥，全是十个手指特别是指甲的功劳。挖时不觉得，到了晚上睡觉，十个手指尖焦辣火疼，这种疼痛会持续一个星期以上。挖藕难受的还有寒冷，一般是腊月二十后，天寒地冻，北风呼啸，有时还会大雪纷飞。但这都难不住为了过年的男人们，赤脚，上身穿旧棉袄，两个袖子下掉。烧一蓬火，跳下湖去就什么也不管了。像我这种瘦弱少年，一天也可以挖几十斤。

干鱼、挖藕，我青少年最痛苦的记忆。

这些除了自己动手，其他的春节食物，也靠自力更生，没有上街花钱去买之说，说白了，没有钱。

晒苕（红薯）皮，先将苕煮了捣成糊状，薄薄地刮到被单上，划成小块状，上面可撒些芝麻，待晒干或晾干后剥下，以备腊月二十七炒苕皮。摊豆皮，豆皮是用米加荞麦磨成粉后蒸好，摊成薄块再切成丝，然后放在冬阳下晒干，成干豆丝后，可放很久。苕皮、豆皮摊晒在门口禾场，作为家底殷实的一种显示，是不能少的。但摊豆皮时，村里的邻居要参加，摊好的热豆皮，切成丝后，要让大家共享，炒热豆皮，里面加些大蒜，如果家里富裕，可放些肉丝，刚好杀了年猪，再摊豆皮，一定肉丝炒豆皮，一人一碗。摊好的豆皮吃去一半，主人家会高兴。反正，别人家摊豆皮，你也去吃，轮流坐庄。

打糍粑也是左邻右居都要参与的事。打糍粑是用碓窝，将蒸好的糯米放入碓窝，三四人用木棍杵，杵得愈久愈细愈好吃。碓窝家家转，一天晚上要赶几个场子。有一年我家因未能借到人家碓窝，糯米又蒸熟了，没法，就想到用水缸代替。这水缸薄，必须小心翼翼，基本上不是杵，是搅拌。好在米蒸得烂，竟把糍粑"杵"好了，到最后收工之时，乐极生悲，一不小心，我把水缸杵破了，杵了个圆洞。后来这水缸用一个大盘子，糊了水泥补好，装水还是漏，只好做了米缸。杵好的糍粑未冷却时，就得切成块，等它变硬后，得放入水缸泡着。糍粑可用鸡蛋炒,可用豆皮一起煮,放点腊肉青菜最好。还有一种吃法,是在炭火盆里,用长火钳搁在火盆上,将糍粑烤着吃。糍粑遇火,会鼓起来,烤得焦黄之后,将鼓起的糍粑戳个洞,里面灌入白糖,这种糍粑外焦里嫩,香糯柔甜,热噜噜的,甚是好吃。

大约到了腊月二十,小镇上通文墨之人,就会摆出对联摊子,写些除旧迎新、春回大地、福满乾坤、人勤春早的对联。在我们那儿,写对联有一种鸟形字,不用笔,用竹片蘸着各色广告颜料,每个字由数只彩鸟、蝶组成。这种鸟形字写在蜡光纸上,是彩色的,很好卖。如今,这种鸟形体对联没有失传,依然在公安乡间流行,竟然还有了印刷的鸟形体对联。

公安县是腊月二十四过小年,这一天,家家得扫堂尘灰。因过去是茅屋,家中烧柴,烟熏火燎,屋梁顶上伸出的稻草上会吊出一条条堂尘,越吊越长,随风摇曳,如今想来非常奇怪。这一条条的堂尘,只有到了过小年这天才能扫,还要洗桌子板凳,为吃年夜饭作准备。一年的大清扫,大清洗,都在小年这天。

接下来就要准备团年饭了,家家小孩都被驱赶到虎渡河边的码头上,一桶桶地洗藕、洗苔、洗海带、洗猪蹄、整猪头。天虽冷,但小孩大聚会,河边热闹非凡,一双双小手冻得通红,想着团年饭的饕餮口福,谁会拒绝这样的河边热闹?

"酥食"的准备也很重要,这是待客的必备之物,也是一年才有的稀罕食品。平常,没有哪家会吃得起这些东西:黄豆酥、水晶糕、酥饺。做酥食的师傅，在公社小镇上，就一两个，得夜夜赶场，帮你做，也就给两包烟。他们是腊月之后飞俏的人物。因为是一次下油锅，所以，必须在做酥食的同一天炸苕皮、炸米叶子、炸肉丸、炸藕夹（我们叫藕鸡腿子）。

炒货必须在腊月二十七，谓之"炒七不炒八"，炒了八，翻过年来天天"吵"。炒货甚丰，炒花生、炒苕皮、炒豌豆和米子（米泡），米子用糖稀浇，又成为米子糖。炒货炒好后将陶坛擦干、烘热以便贮藏。贮藏得好，几个月还嘎嘣脆。炒米子，不是一般的米泡，是糯米蒸熟后，晒干，称为阴米，再炒。阴米做的米子糖，有嚼劲。

团年饭，北方可能叫年夜饭，但我们叫团年饭，也有写成团圆饭。那个年代的团年饭，在我家至少也有六七碗菜。生活稍好一点之后，团年的年俗才讲究，即"吃十碗"。有豆腐、鱼、肉，珍珠三丸子，粉蒸肉，排骨、鸡和肠肚三扣，有藕夹，炸苕丸子，藕丸子，炸鱼块。还有一个重要的头菜，就是鱼糕，用三鲜浇帽。鱼糕叫湘妃糕，但现在叫公安鱼糕，已经名声在外，这也说明，公安的菜肴主要是湖南风味。因为公安为有名的美食之乡，这些年，公安锅盔、公安牛肉已是名满全国，乡下的生活越来越好，吃饭越来越讲究。我们过去是一个火锅（公安叫炉子），不知哪年开始，一个桌子上有五六个火锅已成常态。而团年饭，已经达到二十多碗了。农村有八大、八小、八拼盘二十四盘的"腰汤席"。

团年饭开席一般在中午前后，先在门口燃放鞭炮，然后关门,"叫"(祭)祖先及去世的亲人,同时在桌下烧纸,弄得满室烟雾。祭酒则倒于地下,接着才入席用餐。

公安有这样的习俗,团年桌上煎的鱼不能动,谓之"年年有余";不能喝汤,否则来年出门即遇雨。

但如果你在公安过年,你会发现在腊月二十九半夜,燃放鞭炮团年的多。这是何原因?其实,公安约有一半人为湖南人,都是当年从湖南过来开垦湖区的,往往聚村而居,全说湖南话。而他们团年与湖北人不同,就是在腊月二十九半夜,说法很多。在我看来,他们因为是外乡人,是想与湖北人在团年上抢个头彩吧?而且他们团年桌上的鱼是用木头雕的,此"鱼"数年不换。我见过各种雕鱼,若有爱好收藏的去收购,一定不虚此行。

团年过后最重要的事,是去祖先及去世亲人的坟上"送亮",也叫"上灯"。每年,我们都会自做这种供奉先人的灯,用墨水瓶加灯捻子,放入煤油,纸罩,用四根树枝支撑。带纸钱和香,去几个先人的坟上送亮,让先人们也亮堂堂地过年。在公安县年三十夜的田野,到处是荧荧的灯火。如志书上说的:"野田荒冢,恍若灯市。"这情景,真是温馨而又怅然。生与死,生生死死,在这片田野上,是何等壮观,又蕴含着什么样的田野或者村庄的伦理?慎终追远,不忘亡者,而民德归厚矣,这真的是地道的中国情怀。

年三十晚上全家围着火盆守岁,也有叫辞岁的。年三十夜在没有电灯的时代,大约是最黑的一个晚上,但小孩子则是聚集到另一家宽畅好客的人家里"摸眼"（扑克），小赌，一分钱一盘。到了子夜时分鞭炮大作，叫着"出行"，这时候，在外玩牌的小孩就要摸黑回家。这种回家，就是两眼一抹黑，等于是闭着眼睛凭感觉找路。而此时，由母亲将猪头放置在灶口，焚香，跪拜，据说这是拜灶神。为什么新的一年第一个要拜灶神？我感觉是想让灶王爷保佑老百姓在新的一年有饭吃，天天灶火不断。

正月初一去长辈家拜年，就是以拜年的名义讨压岁钱，讨得五分一角就不错了。而父母给的压岁钱，也就五分。我们叫牙酥钱，意思是买酥食去吃。

这一天开始，玩狮子、龙灯、采莲船、蚌壳精的，送财神的，走马灯一样来来去去。

采莲船唱的是"采莲船来得快，恭喜老板把年拜"，真正的韵味在众多衬词"哟哟，呀嗬咳"中，最有水乡特色。当然，蚌壳精同样是水乡的产物。这蚌壳精是用竹篾做的，人在蚌壳里，蚌壳打开，是一个乡村嫂子，红袄绿裤，妖冶异常，就像是一个大蚌壳里藏了个女妖精。

玩狮子的一来总是气势逼人："我金狮，踏春风，踩祥云……"一般人家，也就是一包烟打发而已，富裕人家（或单位）还"挂红"。"红"是红布，用绳子系在堂屋中檩上，狮子得搭几张方桌才能够到。两人的狮子，须配合默契，有些功夫，稍有闪失，桌翻人落，不摔个半死才怪。玩狮人多是高手，不会出偏。取了"红"，满堂喝彩。

送财神的多为老者，所谓财神，一张红纸条，上有木雕财神的印戳，进门即唱："财神进门来，四季广招财……"财神印戳各不相同，像原始的木版画，是挺有价值的民间美术作品。

公安有请春客的习俗，从正月初一到正月三十，家家轮流请客，吃了张家吃李家，日日酒宴，夜夜欢歌。公安人好客，也会吃，整个正月总是吃得满嘴跑油，村里酒鬼乱窜。各家的好菜都尝遍了，春耕也就要开始了。

正月十五的元宵节，在公安县很淡，俗话说三十的火，十五的灯。这天依然要到先人坟上挂灯，现在是电子灯。那时没有汤圆，也没有灯节，但"赶毛狗"的习俗甚为特别。元宵之夜，田间地头，不约而同点起柘树枝叶，一同燃起，齐声吆喝，还有敲锣敲盆之声，煞是热闹。毛狗为何物，即毛虫也，为害庄稼的田蚕也。春至，害虫蠢蠢欲动，乡人必须将其驱逐出境，不让有虫灾，庄稼才丰收。也有说毛狗是吃月亮的天上的妖狗。不管是什么样的"狗"，就是人们恐惧的、为害一方的妖怪。那狂乱的喊声，敲打声，同仇敌忾，气势磅礴。人们从来没有这么团结，在这一天，在岑寂的田野上，一起喊出他们内心的排斥和愤怒，一起用群情激昂的声音，表达他们对丰收的渴望和呼唤。他们石破天惊的喊叫，他们点亮烧退妖魔的熊熊大火，将驱走一切邪秽，让大地吉祥，人寿年丰。

公安三赋

公安赋

公安名邑，古称屠陵，得天垂灵跃，呈云龙之象，纷英杰磅礴，如笋拔春响。荆水卷雪摧娄，黄山巍峨千嶂。邃古之初，为云梦大泽；湘鄂边地，幸沃野枕江。挽垸为家，击壤为歌，与水搏命，子孙不息。以苍灏之气，承慈母之怀，筑桑溪苇岸，村烟渔火，鸿蒙摇影，接魂弄色，谷禾菰蒲，景绝四邻。固为荆州要塞，江汉门户，潇湘孔道，七省通衢。真正草木榛榛，人情彬彬，山河灵秀，风俗敦庞。

蓄霓霞云气，铸藻绣文章；得烟水之哺，造富乐之邦。百湖之县，鱼米之乡，尧舜古风，厚土百丈。秀者事诗书，魁垒昂然甲三楚；朴者勤稼穑，秋社欣意开佳酿。

左公刘备，金戟嘶鸣苍穹在；湖渚渔歌，柔情绕指芳野徊。荆江之畔，长堤青蠶镇狂澜；南北二闸，巨兽扬鬐锁洪荒。车胤囊萤，漫为天烛，后起之秀，奋翮远翥；智者大师，东土释迦，指茅为穗，幻耀佛光；三袁妙笔，玑驰璧坐，独抒性灵，惊雷斧天；竹溪传道，灼灼鸿儒，桃李蒸云，举国栋梁。南平会师，青史煌熠；荆江分洪，工程奇迹；九八抗洪，壮可歌泣。公路铁路，风蟒电骥；大桥码头，虹卧虎踞。葡萄牛肉，龙虾锅盔，鳖裙鲜羹，鱼子米饭，美食珍馐，举酬逸逸。

菱藻描珉璆翠湖，黍稷覆锦绣花径。麦浪荷焰，为风物大制；碧波金畦，是丹青巨匠。不逊桃源天境，更有水韵公安。春潮恁恁引乡愁，欸乃一梦是江南。

三袁赋

搜剔慧性，万丈文光历历；溯探真源，千仞冰瓯岳岳。晚明文坛猛士，数我公安三袁。率恣逆情思，横空出世；创性灵之说，惊世骇俗。所谓信腔信口，皆成律度，只因灵窍于心，性情之发。不求险僻，独求醒豁。三袁文字之婉妙灵隽，之奇逸摇曳，之简凝活脱，誉流华夏青史。自有三袁文风新境一开，若天竿绝响，云瀑飞空。灼灼烟霞满纸，拳拳真心溢怀。

公安在云梦之泽，枕江抱湖，平原浩荡，春霭秋高，草木葳蕤，烟水苍莽。楚人性情，直通山水。此邑注定天纵英才，地涵雅士，锦绣文章，汩汩而生。文脉炽盛，从来冠甲三楚；文人骚客，无不仰慕追逐。

为文者惟耽情山川，不屑权门，真心真性，才有绚烂奇谲之语，神跃超拔之致。三袁从蕞尔乡垄，至森严文坛，振臂一呼，昭聋发聩，雄忿摹古，力断沉疴。逆流俗而行，破陈辞而动。心纵万壑，笔取八荒，口无旧唾，墨有新锋。气象阔大，襟藏天地，情真语直，率性而书。领异标新，痛快俊颖，笔飞语烫，壮夫所为，如雷破山，如虎出涧是矣。

性灵公安，文脉绵延。名在后世者，今人崇之。今人崇敬三袁，殊为崇敬性灵之真谛，文学之至理也。

安澜亭赋

安澜亭在埠河三八洲之外滩，斗拱飞檐，黛瓦赤柱，雕梁画栋，俏然凌波。观澜听涛，为极佳去处。金堤千里，水光潋滟，雪浪浮烟，碧霭落照。荆江九曲，虹桥飞卧。一湾风月，满目芳野。川峡舟下，楚天澄阔。鸥鸿掠翼，翩若仙灵；桅灯闪烁，灿似星汉。亭前伫立，凭栏远眺，云水苍苍，心廓茫茫。大江东去，浪淘潮回，章华琼台觅何处，左公霸业今安在？

噫！乘浮槎兮云梦，瞰烟波兮沧溟。长堤内外，美梦清风。芦荻春垄雁鸣，麦菽夏雨鹭飞。芳草护龙洲，杨柳遮虎渡。得明霞秀月之乐，叹崩云卷雪之惊。

昔时此地，螭蛟泛滥，狂悖凶慝，恶浪喧豗，浊流澎嚣，水漫四野，毁田殁舍，倾城破垸，饥溺遍野，何来安澜？幸有荆江分洪工程，浩然横亘堤畔；三峡大坝巨龙，镇澜伏魔神将。大禹息壤,乃今吾民,绿天红雨,花踪满蹊。生态屏障,沿江荫翳。风光韶秀,天净沙白。长堤岢嵬,金汤永固。好景应当歌,盛世才安澜!

尖尖小荷上的那一只蜻蜓

深邃无边的江南是一口古井。薄雾如雨,村庄如幕。郁湿的空气舔舐着新秧的秀发,绿焰轰响,它们灼热的呼啸一直卷向南宋。一个独自行走的诗人,他扛着小楷,手摘着鲜嫩的词句,装入他的诗篓。

诗眼是涗塘。

诗眼是涗塘村的一口塘。

诗眼是江西吉水涗塘的一口塘。

诗眼是涗塘一口塘里的小荷,是小荷上的一只蜻蜓。

他从涗塘出发,他走回涗塘,遭遇了一塘荷,一只蜓。他从涗塘出发时是二十八岁(中进士),他走回涗塘时是六十六岁。他叫杨万里。

蜩螗嘶鸣,蛱蝶扶摇,天地如旋。瓜藤疯狂覆垄,牤牛仰天哞叫。江南可采莲,莲叶何田田。这肥美的雨珠把一枝枝荷伞擦亮,雨雾沉瀣,撕扯苍老的烟云。蛛网在草间闪烁珍珠的光串,烟树笼罩着古村的静谧。一只蜻蜓,穿越时空的长廊,它翩翅于某个端午过后的夏日,被一阵轻风招落于一株南宋的尖荷。这位杨姓乡党蹑手悄足,惊动了塘畔蛙、袖边雾。他——乡愁的情种、旷野的智者、诗歌的仁士。大地的神灵屏息于他童贞般的凝视,点亮了泉声阳光,任由他把一枝荷、一只蜓,拓染在时间的宣纸上。这片奇迹撒满的乡垄,诗缀如清晨荷塘的露珠。他用诚心拨开了诗心,用诗心点亮了童心,水泽里盛开的荷花落在他的手心。从此,荷花不再熄灭,霓裳袅娜的蜻蜓,隔着无数世纪窥望着我们,像神秘美丽的花妖一样晶闪在江南水乡。

泉眼无声惜细流,
树阴照水爱晴柔。
小荷才露尖尖角,
早有蜻蜓立上头。
(杨万里《小池》)

杨万里在他六十六岁这一年,深谋远虑,做好了回乡的打算。首先,他上书谏阻江南郡行使"铁钱会子",不奉诏,因此得罪朝廷,授官不任,以生病为借口,自动免职。回到浕塘的十五年间,朝廷多次进封,召其入仕,杨万里已渐暮年,坚辞不就,铁心归隐。"已晚相逢半山碧,便忙也折一枝黄。花应冷笑东篱族,犹向陶翁觅宠光。"自东晋以后,陶翁的弟子们一旦入仕,便会患上回乡"躺平"的归隐病,这"病"在乡村出身的知识分子中间极易传染。

回到涟塘的杨万里，真正过上了两袖清风、漱石枕流，养音九皋、戢鳞潜翼的生活。他在自己的故居，开辟东园，凿小池，育花圃。他为花园题《三三径》："东园新开九径，江梅、海棠、桃、李、橘、杏、红梅、碧桃、芙蓉九种花木，各植一径，命曰三三径。"当时的周必大《上巳访杨廷秀》诗曰："回环自屦三三径，顷刻常开七七花。"我们伟大可爱的杨老头儿为此写了《三三径》："三径初开自蒋卿，再开三径是渊明。诚斋奄有三三径，一径花开一径行。"说去说来，杨万里是陶翁的铁粉，是陶渊明为中国文人画出的归隐路线上的追随者、朝圣者。

杨万里暮年回家后，还继续被陆游推举为南宋诗坛盟主，让他坐诗坛的第一把交椅，但他婉言谢绝。他本属乡野，是日月山川的自然诗者，是风雨雷电的混音歌手。被南宋朝廷的尘烟挤兑，乐返家乡的南溪，得一自在身，在不在"坛"，做不做"主"，又有多大关系？河汉迂曲的归途，暮雪绕岸的灯火，回到儿时家园，梦傍芦花枕畔。藏在万顷炊烟、千亩荷塘、荇藻清流、莲香蒲摇中的村庄——涟塘，这个寂寥之地便成为南宋最巍峨的诗歌神殿。他孤军奋战，探珠骊颔，将麦浪谷垛、霜橘雪梅、夜雨檐滴、秋风孤桐、幽径篱花、远岫碧烟——抢收并供奉在诗歌的神龛，就像把野草插进宝瓶。他遍摘芰荷、啖尽莲蓬（"玻璃盆面冰浆底，醉嚼新莲一百蓬"），他与黄昏的水波约钓，与野亭的农夫品茶。吟落夕阳，独理雪衣。花径满袖芳馥，诚心一斋诗情。两脚新泥，半襟乡风，三更残月，万古初心。何其淡哉！何其快哉！何其美哉！

杨万里并非在南宋文化的中心临安，他偏安一隅，却被称为"一代诗宗"。在当时，他一个人创造的诗歌流派"诚斋体"，就已名满天下，但对杨万里这个乡下老头儿来说，他过的是莳花弄草、散发扁舟的生活。"坐忘日月三杯酒，卧护江湖一钓船。"哪有什么宝谟阁直学士、庐陵郡开国侯的痕迹和威仪？后人的评价直冲云霄，与他的活法了无关系。在当时，诗坛就有一些明白人，称他的"诚斋诗"是一种活法，亦叫活法诗。他的好友张镃评价说："目前名句知多少，罕有先生活法诗。"活法入荒野，则诗歌野性未泯；活法鲜灵活泼，诗就鲜灵活泼；活法自然幽趣，诗便自然幽趣。

仅仅把目光投向他的退隐生活，而断言他是个闲情诗人是错误的。没有他的谏言谔谔，铁骨铮铮，哪来后来的诗情柔柔，乡情澹澹？

"霜后寒波洲吐尾，芦花十里雪茫茫。""溪回谷转愁无路，忽有梅花一两枝。""二月尽头三月来，红红白白一齐开。""人家四面皆临水，柳树双垂便是门。""一雨万畦都水足，却将倾泻作溪浑。""童子隔溪呼伴侣，并驱水牯过溪来。""儿童急走追黄蝶，飞入菜花无处寻。""童子柳阴眠正着，一牛吃过柳阴西。""接天莲叶无穷碧，映日荷花别样红。""绿池落尽红蕖却，荷叶犹开最小钱。""竹深林密虫鸣处，时有微凉不是风。"这些句子，太上头了，一个江南村庄活蹦乱跳的日常生活，恍如昨日，俨如今日，千年过后，依然冒着阳光雨水蒸腾氤氲的温润气息。

仔细揣摩杨万里的运思方式，则是见景入诗、生情忘性、直率有趣。不需捻断数茎须，搜尽枯肠肚。词在意后，词也在意先，性灵开路，直捣诗境。因景成句，因情逮意，童心盎然，天真未凿，无拘无束，妙趣横生。

吉水本土学者杨巴金对《小池》这首诗的校注说：因该诗其前有《晚步南溪弄水》《钓雪舟中霜夜望月》等诗，且《赠刘景明来访》诗有"行尽南溪北涯"之句；其后有《极暑题钓雪舟》《中秋前二夕钓雪舟中静坐》等诗，表明作者那时一直生活在家乡，创作地点应是在吉水境内无疑。湴塘村南面有南溪，村庄与南溪之间原有二十多口水塘。自古以来，溪边、塘里处处种有莲藕，荷叶四处可见……据湴塘村老人口口相传，"父子侯第"（杨万里故居）西南五十米处小水塘，即是《小池》诗的原创地。

多大年纪所写，在哪儿写就，这已不重要了。重要的是，一只荷尖上的蜻蜓能点亮一千个夏天，这只有杨万里能够做到。而在当时，江西吉安府那个偏僻的乡村，一只蜻蜓扇动着小翅，却引发了南宋文坛的飓风。诚斋体直指那些因袭成风、窠臼不脱的陈词滥调，否定了佶屈聱牙、滞涩生硬的流行诗体，开了南宋新的诗风，影响了后世的众多诗人。

杨万里不仅作《小池》，类似这样荷塘小景的诗还有不少，同为神品，我信手抄了几首。《荷塘小立》："池小泉多强欲留，留他不住恣他流。荷盘不放荷尖出，穿破盘来却又休。"《荷池》："小池岁晚石泉寒，荷叶低垂绿柄干。一似渔人暮归后，败蓑破笠挂鱼竿。"《咏荷花中小莲蓬》："山蜂愁雨损蜂儿，叶底安巢更倒垂。只有荷蜂不愁雨，蜡房仰卧万花枝。"小景入诗在杨万里这儿真是灵性迸泻，妙趣天成。他爱荷爱到了什么地步？在他的《诚斋诗集》中，他为荷花作诗一百九十二首，可见他对荷花的情有独钟。

我站在涟塘杨万里的小池畔，这里莲荷满塘，逗妍斗色。我在荷浪上痴痴地寻觅着蜻蜓，终于看见了一只赤蜻，它旋飞在水面，没有停下。这是南宋的那只蜻蜓吗，它要展翼何方？杨万里看到的就是这一只吗？

蜻蜓是蜻蜓目昆虫的统称，包括了蜻、蜓、螅等，在我国就有四百多种。那只飞入杨万里眼帘的蜻蜓是玉带蜓吗？是锥腹蜻？是赤蜻？是异色多纹蜻？也许立在荷尖上的是一种细小的灰绿色褐斑异痣螅，还有一种我们俗称为老虎蜻蜓的大团扇春蜓。江南最美丽的蜻蜓则是一种我们叫洋婆婆的黑丽翅蜻，它是蜻蜓中的蝴蝶，在阳光下会闪烁出五颜六色的金属光晕。杨万里看到的也许就是这只美丽的黑丽翅蜻吧。但作为在水乡长大的我，以为最可能的是那纤细的褐斑异痣螅，褐斑异痣螅也叫青纹细螅，是蜻蜓目螅科之一种。我小时候老以为它是蜻蜓的幼虫，只有它是在荷尖上倒立着的，而不是平歇着的。当然，艳丽的赤蜻永远是妖冶的，是翠色荷塘的点睛之笔，也许在风中它会立着,它最配出现在杨万里的咏荷诗中。不管是哪一只,这江南荷塘水面上无数复眼帛翅的小精灵,都是美的,它们落在哪里都美,落在涎塘的小池里,美了一千年,还将美一万年、十万年。只要这个民族存在,它将一直美下去。

走上祁连山

过了达坂山，祁连山脉的群峰遥遥在望。在一个垭口的隧道前，看到一晃而过的路牌上写着：海拔3792.75米。这片天空突然布满了烟尘般腾起的浓云，乳白，灰白，山火一样暴烈地燃烧。苍凉劲美、沉郁庞然的山体越来越大，积雪越来越白，听到那被风云擦过的山峰吱吱作响的声音，峡谷在回响。残雪历历，在山沟间顽强地白着，不肯死去。但更多的水奔腾下山，去滋润大地上的生命和秩序，滋润河流、草原、森林、禽兽和人类，滋润他们的文化与习俗，滋润所有生命裹挟的欲望。

祁连山，万山之宗。在三百万年至七千万年前的印度板块向欧亚板块俯冲，在喜马拉雅山造山运动中隆起的这片高原上，诞生了昆仑山、祁连山、秦岭，造成了扭曲的、倾轧的、蹂躏的、悲愤的经受过无数死亡和冰川时代的绞杀后，遗存的大地奇观，出现了奔跑的动物和疯长的植物。生命的洪波涌动，高高抬起的石头，铁骨铮铮的山脉，大地伤口上凸起的累累痂痕。在祁连山脉，横亘一千公里的汹涌群峰，矗立着大雪山、托来山、托来南山、野马南山、疏勒南山、党河南山、土尔根达坂山、柴达木山、哈尔科山和宗务隆山。它的主峰叫岗则吾结，海拔五千八百零八米。在我们将去的路上，还有牛心山、卓尔山、冷龙岭、岗什卡雪山……我们将沿着大通河逆水而上……

祁连山是青海的北大门，是青海北部的天然生态屏障，是通往西域的要道，丝绸之路的南线经过此处。这条古道上，无数的骆驼和无数的商旅，无数的征人和无数的掠贼，都曾目睹并感叹过祁连的壮美。"祁连高耸势岩峣，积素凝花尚未消。"（郭登）岩峣，这两个字用得太妙了，我不知道诗人是指山势，还是指雪峰之美，或者是指云雾？但它真的只是娴静和幽深吗？"马上望祁连，奇峰高插天。"（陈棐）仰望者的诗，是要拔高行程的奇险。"祁连不断雪峰绵，西行一路少炊烟。"（徐陵）这荒凉之美，抒发着南朝官员出使路上的漫长孤寂。

中国湿岛，中国湿地，都是赠给她的美誉。因祁连山阻断了巴丹吉林沙漠、腾格里沙漠、库姆斯格沙漠和柴达木戈壁的沉瀣一气，连成一片，而让中华大地上鸟语花香、青山绿水。祁连山，像一位伟大的母亲，替我们遮挡了所有风沙、痛苦和灾难。她庞大的冰川，充沛的雨水，众多的河流，是对一切生命的盛大恩泽，在古老的祁连山民歌中，她被称为"洒满乳汁的山川"。

牦牛点点，山顶上的积雪像一条壮丽的白色长城，沿着山脊蜿蜒而去，通向无边的苍穹。这就是祁连山脉积雪的奇景，它用雪线勾勒出漫长的、连续的山脊，将山与天空分开。如此高耸的雪线长城，在这个星球上是独一无二的。

我们到达门源回族自治县的青石嘴镇，在这里小憩，即将进入中国最美的草原祁连山草原。门源被称为小江南，也是祁连山的一个大风口，常年大风劲吹。但因为美丽的河谷和草甸，这里成为一片不小的平原。祁连山已经完全呈现在我们眼前，更加壮观和巍峨。云彩团簇着向上卷动，与山峰缱绻相偎，大通河哗哗流淌的声响，代表着祁连山的活力。发源于祁连山的大通河，是湟水河的支流，而湟水又是黄河的支流。

到达一个叫羊肠子沟的地方，草原突然开阔无边，一览无余的祁连山脉被积雪完全覆盖，像是披着巨大的白色绒毡。云彩澎突，跃上苍穹，天之蓝是洪荒的蓝，没有任何注释的蓝，既羞怯也袒露的蓝，既空荡也丰厚的蓝，是白云的衬幕，是祁连山千古的眠床。更高峰上的雪，最后被白云遮断和洇化，成为烟霭。"青海长云暗雪山"，这是王昌龄的诗句，青海有长云才使雪山暗淡缈远，"暗"是隐去，是渐渐消逝于眼际的白。可是在这个河谷，祁连山一下子明亮起来。被白云熏炙千万年的天空，在激越、散漫、悠闲和沉默中得以壮美的山脉，显示着自己的野旷与高洁。祁连山所备下的这片天空，风云激荡，坚硬沉默，光芒显赫，宛似巨型无垠的湛蓝美玉。

这里，白色火焰腾空的景象再次出现，云彩更加放肆。它们的下面，横陈在青藏高原的远古戈矛、戈矛的列阵，旌旗飘

走上祁连山 ‖ 111

扬的幻景，征战迸溅的热血，灼热的躯体，是祁连山脉的浩荡群像。悲风猎猎。寒燧狼烟。羌笛胡笳。黄沙归雁……这些刺痛天穹的山峰，卧在苍茫大地上的众神。铁青。白雪。冷隽的巨兽。被冰霜和积雪的暴力鞭笞的躯体，被时间摧折漫上来的苍苍白发……我无法形容这些群峰和群峰之上千年的积雪，我瞩望着这陌生的地质老人，其实它还非常年轻。

我躺在草地上，一只旱獭从地下钻出来，站着，扬起头看着我。山腰的云杉林带郁郁葱葱，十分盛大。云杉是青海的主要树种，可以攀上海拔四千米生长，除了雪松、云杉，还有塔松、华山松、祁连山圆柏、桦树……这里的植被极像天山深处的模样。而野生动物有雪豹、野牦牛、白唇鹿、马麝、马熊、野驴、荒漠猫、豺、盘羊、岩羊、雪鸡、蓝马鸡、天鹅……

开满了蓝色五星的邦锦梅朵（龙胆草）和金黄色的哈日嘎纳（金露梅）的草原，鹰在天空盘旋。我寻找着虫草，一无所获，但有人终于挖到了一根虫草。这里产冬虫夏草，会挖的，每天可以挖上两三百条，是当地藏族人主要的收入来源。

太阳明亮如炬，照在静穆的祁连山脉断崖，一层一层的敞豁，一片一片的灿烂。雪山摊晒在高原灼烈的太阳下，条状的白雪冲向山沟，有的山峰干干净净，好像摆脱了冰雪的纠缠，露出它亘古的肌理。这些山上的积雪，属于神话中的部族，不属于白云，也不属于山冈，只不过它们居住在这片祁连山脉之上，分割成无数个部落和个体，顽强地保持着白色的基因，让人们仰望。云影奔走，我追逐着一群羊，它们是小尾寒羊，像是粉嘟嘟的野蘑菇，开放在山谷中。噢，那么多盛开的紫杜鹃，这个季节最绚烂的花，太多太多，它是藏族人煨桑的配料。大花，单瓣，香味刺鼻，又叫千里香。这千里遍布的香味，一直浪向远处蓝色或者白色的帐篷中，那里，有牧人的炊烟升起。从祁连山蓝色的血脉里渗出的溪河，让空气湿润，芳野蓊蓊。

我忽然看见公路边上有巨大的地名牌，上写：祁连山草原！

这就是祁连山草原！祁连山脉中间有八条大的谷岭，其间就是中国最美的草原——祁连山草原。如今，我正在这片中国最美的草原上。一群牦牛在沟壑间吃草。这些牦牛个头不大，它们呈黑色，长尾拖地，腹部的长毛飘曳。它们活着的任务就是吃草，跟羊一样，它们的牙齿就是一部割草机，而它们的胃，就是一部粉碎机。这些家养的牦牛温驯，胆小，一些牦牛吃饱了在打盹，一动不动，像是一尊尊草原的雕塑，或者在入定和灵修。牦牛在神祇充满的青藏高原上，同样是有神性的。它们只是埋头吃草，但心中一定想着天地大事。祁连山雪水滋养着高山草甸，同时滋养着这些高原的牦牛，无论是家养的牦牛还是凶猛的野牦牛。野牦牛高大，大的超过五千斤，一般有两吨左右，它们在残酷的生存条件下进化出强大的体魄，以对抗严寒、缺氧和无数天敌的霸凌，在高原上成为庞大的武士。作家古岳给我说，他看到过当地牧人家里用野牦牛头骨做的沙发，在两个犄角之间，可以坐两个壮汉。

我们进入了祁连县，这个县以祁连山命名，它正在祁连山国家公园里，也就是说，我们进入了祁连山的腹地。在我们居住的五矿酒店后面，即是神山阿咪东索（牛心山），它是祁连县的标志。过去，它的积雪是冰盔，终年不化，现在山体现出了躲藏万年的石头，冰雪褴褛。为什么叫牛心山，是指过去的冰雪披淋而下，像牛的心脏蒙上了一层白油，十分形象，现在的牛心山只有残雪点点。八宝河在它的面前淙淙流淌，河边的悬崖，被风雨切割成传说中的城堡，像一层层被石柱撑起的楼阁，这样的地质地貌真是罕见。

卓尔山，即宗穆玛釉玛，最高峰的海拔有四千三百二十八米，而我们已经爬上三千六百米的烽火台。它的山体为红色砂砾岩崛起的丹霞地貌，被岁月侵蚀的红色砂砾岩绝壁上，赤焰飞瀑倾泻，凝止在它跃下的瞬间。这壮丽的飞跃，触目惊心的血色之崖，在飘浮的云彩中俨如岿然不动的兵阵，它就叫千兵崖。烽堠万里，长烟落照，汉阙霜秋，铁马冰河，它们都曾亲历……而这血红之崖，如千万将士捧出的彤红的心脏，裸呈在祁连山深处的一隅，任朔风劲吹，沙惊石怒，铁甲裹冰寒，鼙鼓动地裂……而另一边，八宝河的对岸，阿咪东索神山的积雪勾勒出山的坚硬皱褶，大片的云杉林苍郁浓密，承接着阳光的抚摸，一直蔓延至山顶。森林葱茏，雪山高远，长云袅袅，鹰翅啸啸……

我们进入了真正的祁连山国家公园，野兔在身边奔跑，旱獭结群巡游，森林鸟声如雨。虽然无法亲睹雪豹的身影，但在这里我看到了一只雪豹标本，又重温了曾经轰动世人的五只雪豹出现的镜头。这些健壮的雪豹，高举着尾巴，用前爪刨地，在冰雪中打斗、嬉戏。它们在夜间出行，在乱石中散步，它们一只只体毛丰厚，肚腹鼓胀，表明它们衣食无忧，怡然自得，没有天敌。虽然它们个头较小，但凶猛灵巧，战斗力强，捕食一只六七十公斤的岩羊不在话下。眼前的这只标本蹲在山岩上，它英气未泯，冰净雪白，但也有造物主为它绣上的斑点，犹如它生命的神秘符号。雪豹是雪和悬崖的宠儿，是峭壁上的灵兽，是奔跑的雪与冰，是祁连山的一块冰种美玉。沉静，高贵，灵跃，纯净，一尘不染。雪豹让祁连山千年的雪原复活为激情和生命，它神出鬼没，在悬崖绝壁之上，为了捕猎一只岩羊，它同样冒着粉身碎骨的危险。雪豹是雪山之王。据当地的动物专家讲述，一只被牧民收留的雪豹放归山林之后，从给它戴上的GPS电子项圈监控得知，它已经翻过了南坡，进入甘肃一侧，远行几百公里，经常逮到岩羊。专家介绍，雪豹的活动范围可以达到一千公里，寻找食物的路途在漫漫风雪之中，巍巍高山之上，是何其艰辛。

地球上仅存的雪豹有七八千只，徜徉在祁连山脉的雪豹就有两三千只。五只雪豹的出现，要有一千只岩羊的种群它们才能够生存。雪豹是这片高山上真正的主人，它还是所有豹类的老祖宗，保存着豹子这种美丽动物古老的基因和英雄的血脉。

多好啊，在高山裸岩上，雪豹和岩羊们在生活和角力；在森林和灌丛中，有马鹿和蓝马鸡在奔跑；在草原上，有黄羊、秃鹫和旱獭在生活；在荒漠，有野双峰驼、沙鸡和沙蜥在游弋……

"青海青，黄河黄，更有那滔滔的金沙江；雪浩浩，山苍苍，祁连山下好牧场。这里有成群的骏马，千万匹牛和羊，马儿肥牛儿壮，羊儿的毛好似雪花亮。"从牧民的嘴里，我听到了这首青海民谣。而身边是雪山、森林、冰川、草原、河流、沼泽、湿地、山脉、野兽，这些遥远美丽的字眼，一般人无法靠近。但如今，我这个惯于行走的人，独自享用着这浩大的山河盛宴，多好，多好。

麻姑山遇云

有成簇的杜鹃花从浓绿的树丛间红艳地喷出，这是山间四月的标志。因为太阳，山色清晰并鲜亮起来，到处是狂热吐翠的焰影，岩畔欹树欲倒，危姿颇有仙风，如振翅欲飞去。古松老杉，龙吟鹤舞，云舒云卷，恍若神兽逡巡。泡桐在高处，喷薄着如炬的花朵，覆盖了整个山冈，尽情招摇于碧空之上。一路危磴千级，层岩回旋，泉声幽咽，松涛沉动，飞溪陡下，琤琮如弦。群峰青霭若绢拭，丛林岚气似云蒸。新篁夹道，野茶爆芽，远山遥看如城堞，寺观仰瞻似仙隐。

春涧鸟鸣，香雾盈鼻，可以感受得到，盛大的花事已经在山上展开。这些春天的信使，在如此旷朗无尘的时日，数不清的花朵，绽裂着赤霞般的激越，在天地间夭夭荡漾。

我们小憩于半山亭，看到的却是"垂玉亭"匾额。"垂玉"二字，惊世骇俗，让人眼亮。总有一些雷鸣电闪般的命名，让我们赞叹震撼。同行者说，之所以叫半山亭，是因为到这里此山才爬了一半。亭虽小，但峙立于崖，飞檐凌空，山风凛冽,飞瀑如雨。此半山亭或者垂玉亭,来头不小,毛泽东于一九三二年八月,率领红一方面军,在此打尖小歇吃过午餐,古代众多大诗人在此写过诗。一个普通的风雨小亭,却有一干伟人名人歇脚并赋诗,大概全国也不多见。

所谓垂玉,乃瀑布也。只见两道飞瀑从崖上裂解而下,鸣玉相和,散为仙女裙裾,映出七彩霓虹。明人徐芳观此瀑,有寒飔扑面,崖端澎湃,崩雪卷玉,烟雨数丈,天日为蔽等形容,写出了非凡气势与情态。石刻"玉练双飞"不如"垂玉"二字惊艳,但也增色。命名垂玉者,心中有大壑。唐宋八大家之一的曾巩当年曾在此山读书,师从北宋思想家、哲学家李觏,他曾有两句形容此处风景的诗:"树杪苍崖路屈盘,半崖亭榭午犹寒。"李觏干脆写《垂玉》一诗,用了"飞流直下三千丈"之句,化来了李白的诗句,虽说夸张,但对家乡山水的赞美是诚挚的:"龙卧溪潭亭可见,仙归石室邈难攀。"

敞怀观瀑,沐风饮水,不经意回头望去,忽见四围青山间,浮出一涡白云,翻滚如涛,盛在半崖,恍若梦境。山谷如一巨盆,盆底即为南城县城,但此刻城郭街道,市井烟火,皆已不见。只有那云海席卷冲腾,窜跃澎嚣,狂悖泛滥,状如洪水。无奈四山如笼,纵然趑趄嘶鸣,躁动撒野,也似群龙无首,徘徊不前……没想到在此休息眺望,却遭遇到一片滚滚云海,而我们正坐在亭中。明代诗人米万钟诗半山亭:"不须凌巇外,已自出人间。"这就对了,这里已是仙境,我等已成仙人。仙山琼阁,烟火市声自山下逶迤而来,近在咫尺,却被云海遮挡,顿时隐去了世俗城阙,人间悲欣。山行者呢,却并不恍兮惚兮,依然故我,只是心境换了而已。

俯瞰云海苍茫,但闻云瀑怒号,无声胜有声。山下似已阴,山上却正晴。不知山顶云,化作人间雨。亭外阳光普照,姹紫嫣红,春深似海,翠筠如染,梵钟悠悠,声如天籁。天上耶?人间耶?休且管他,我等继续在云上亦仙亦人吧。激昂的水瀑,汹涌的云涡,隐匿了坚硬繁忙嘈杂的世俗生活。我们在山中悠闲辨认和寻觅神仙们的足迹,以及这座仙山的前世今生。一路有友人介绍:这是全球华人长寿偶像麻姑仙女的发祥地;这里有唐代颜真卿天下第一楷书《麻姑山仙坛记》;这里是朱熹"问渠哪得清如许,为有源头活水来"赋诗处;这里有李纲、文天祥主管过的麻姑神殿——仙都观;这里是葛玄、葛洪、白玉蟾追慕过的云中洞府,是葛洪炼丹处;这里有谢灵运、白居易、刘禹锡、曾巩、杨万里、陆游、汤显祖、曾国藩等留下的诗文……

历代名人都来了,我们的行走不是多余的。各人心中一座山,各人眼前一汪云。各人笔下一片景,各人纸上一畦情。胸襟不同,则气韵不同;经历不同,则境界不同;笔力不同,则文字不同。

对一般人而言,知道"麻姑献寿"的故事,知道《麻姑帖》,这就够了。记得小时候家里贴过麻姑献寿的年画,艳丽、梦幻。一个神话中的仙女踏着祥云,在天庭的琼楼玉宇间行走,衣袂飘飘,手托玉盘,盘内有寿桃寿酒,还有一童子背有一巨大的仙桃相随。《麻姑帖》当然是学颜体楷书必须临摹的王帖，笔力苍劲、敦厚、雍容、挺拔、正气，无人能及，不愧为天下第一楷书。

云海正在不远的脚下缱绻，在县城笋林蜂巢似的楼宇与屋顶之上，麻姑山以仅一千一百余米的高度，超拔了凡尘，讲述着天穹上的仙人传说。

龙门桥下有神功泉，传说为麻姑酿长寿酒的酒泉，有"一勺之多"四字，为明代御史邵梅墩所题，四字大有深意。此泉水比山下水每百斤重六斤四两，后为大医学士葛洪发现，其竟流连不去，在此砌炉炼丹。至今葛洪仙井遗迹犹存，其井水清澈，仍可饮用。龙门桥下，锦溪之侧，有日月二泉，日泉形如朝阳，大若盆；月泉似半月，半盆大小，终年不涸，甚奇。

古柏深深的碧涛庵古刹，有神应泉和两排如卫兵的森森古柏，庵内只有二尼姑，苔痕深厚，静若远空。不远处即大名鼎鼎的仙都观，供奉着麻姑的古老塑像。依山而建，肃穆庄严。

麻姑为何人，为何有人说麻姑其实就是妈祖的化身？麻姑可能就是"妈阁""玛迦"的谐音，因为麻姑山紧邻福建，麻姑与妈祖两位神仙，是一个人，是天后妈祖（Makeda）。麻姑跟妈祖一样，都是农家女子，都是年轻美丽，善良慈悲，普度众生，都是救苦救难，法力无边。一个是出魂救人，一个是掷米成丹；一个是仙寿娘娘，一个是海神娘娘。有史家考证，麻姑应为妈祖信仰之先声，在山为姑，在海为祖。有传说麻姑是一名叫麻秋的将军之女；颜真卿《麻姑山仙坛记》记载得很清楚，麻姑为神仙王方平之妹；还有一说，麻姑为秦始皇的女儿，这就拉高了她的出身。但当地的传说是，麻姑不过是山中一个老农麻老爹五十岁生的一女，普通的农家小妹而已。她聪明漂亮，心地善良，经常为村里的孤寡老人挑水、洗衣、砍柴。传说麻姑有三生三世，一世为麻姑山一村姑，二世为女仙，三世为妈祖前生，投胎转世林家，取名默娘即妈祖。

仙都观中的麻姑像，眉目神态俱是妈祖，体态端庄丰盈，含眸凝视，面带微笑，与我在福建见到的妈祖像大致相同。而后我们又徒步爬上了山顶的麻姑塑像广场，麻姑依然是一副朴素慈善的模样，她身旁左仙鹤，右神鹿。此时云雾渐起，山谷的云海正在往上漫溯，飘散为缕缕轻烟，如鸟羽，如溪流。麻姑高大的塑像似乎正在云雾中升腾，我们也在随麻姑往云端飞升，此中幻觉蜃景，愈来愈烈。任何被景仰的东西，都是在天地间不断升华的，但其根依然在人间的情感中延伸。在所有的麻姑传说中，我喜欢她的扶危济困，喜欢她一个小小村姑的形象，比如她救饥饿老人，救患病婴儿，救遭灾村民，救受伤小鹿，忠于感情，疾恶如仇，是一个怜恤他人，热爱万物，心地善良的纯洁村姑。也因而，她所做的好事，在历史长河的传扬中被许多神话晕染，跟妈祖一样，是因为她们的菩萨心肠，经过传诵的漫漫岁月拔高到神仙境界，成为人们心中仰慕和追逐的圣者。但圣者的本质是一个人，一个普通人。

山不在高，有仙则名，说麻姑山太贴切了。此山汩汩灵性，涓涓清音。有明代官员在《麻姑山志》序中形容此地：神宫翼翼，仙迹彰也；表颜森森，芳躅标也。谢灵运的麻姑山诗中有"遂登群峰首，邈若升云烟。羽人绝仿佛，丹丘徒空筌"句。白居易的麻姑山诗有"籍庭云色卷青山"句。刘禹锡有"云盖青山龙卧处，日临丹洞鹤归时"句。李商隐谒麻姑山诗中云："从来系日乏长绳，水去云回恨不胜。"清人罗鋗在游麻姑山时，遭遇到了比我看到的更壮阔的云海："至半山亭，俯视下界，模糊莫辨，四山云气腾涌，如泛海涛；城市晓烟万缕，遥与云接。风过处，则披离四散。"古人称麻姑山为"白云乡""云门""云泉"，古人与诗家们说的是云，说的也是境。"白云乡"出自《庄子·天地》，比喻"仙乡""神仙居所"："乘彼白云，至于帝乡。"徐霞客两次来麻姑山，说此山以水胜，他不如我运气好，若是春和景明之时，遇上一次滔滔云海，一定会记上麻姑山以云胜。云者，仙也。即使没有云海，麻姑山也重重云境，道道云门，处处云乡。

竹之刻

竹刻在楚国出土的竹简上有。我曾写过诗，说竹简为竹中之竹，刻下的是黄金之语，刀下的每一声呻吟就是一段历史。但留青的刻法是在来常州时第一次听说，且知道它在唐代就已出现，在宋代有了明确记载，到明代，竹刻盛行，但不是常州最盛，嘉定和金陵才是竹刻中心。风水轮流转，这些年常州留青竹刻有了名气，潘向黎在南京说，你到了常州，就写留青竹刻。好！查资料，有这四位是大家：白士风、徐素白、徐秉方、范遥青。前两位去世了，后两位因时间紧未见着。但这也没事，常州有两派留青竹刻人，分白派与徐派。徐门写意，白门写实。白门留青，徐门浅雕。其实我看到的作品，徐派也有写实和留青之作，白派也有写意之作，互相渗透发展。白派奉白士风为祖师，徐派祖师为徐素白，他们的传人众多。这两个人年龄相差十多岁，在二十世纪七十年代先后去世。后人赶上了好时代，人们手上有了闲钱，也不愁温饱，艺术品的需求量大了，只要与艺术和收藏沾上边，什么都看涨，留青竹刻这么好的东西自然被人们追捧，争相收藏，于是留青竹刻再次辉煌。

江南胜地，衣食富庶，人文气息弥漫，才有了把玩艺术的趣味。各种工匠出现，各种工艺出现，玩家如过江之鲫。对司空见惯的廉价竹子也要雕刻出惊天之作来，这不得不说是江南奇迹。在我的家乡湖北，也是竹子遍地，但人们只会将其编织成生活用品，或者在竹子的童年——竹笋时就把它煮来吃了，而无雕刻的闲情逸致与雅赏乐趣。看来，艺术是要有经济作为基础的。

还是得先说说什么叫留青竹刻。通俗一点说，不是我们惯常想象的在一个做笔筒的竹筒上雕刻点什么山水花鸟，这太简单，称为阴刻，留青竹刻在于留青，即将皮铲掉，将青皮图案留下，也就是阳刻。这个难度是谁第一个挑战试验的？简直是不要命的一种工艺。竹子皮非常难雕，我在年轻时刻过印章，木头石头都刻过，木头下刀柔和，极好掌握；石头更加好刻，雕刀下去，声音爽脆，而且面积不大，还是平面。留青竹刻是在弧形的竹片上，竹皮太硬，稍有不慎，几个月刻的东西会毁于一旦。比如线条，细如发丝，在一块竹子上留下这根线，像柳丝、丝瓜须等，是如何有这等本事？一刀偏一点，铲断了，你的作品也就前功尽弃了。这是何等可怕的艺术，艺术如果这样让人胆战心惊，如履薄冰，那不是太恐怖无趣吗？艺术在创作时是要享受的，可有人偏偏认为这也是一种享受，譬如常州艺人。

留青竹刻的制作过程烦琐复杂，一个竹片，包括采竹、煮青、雕刻三个步骤。采竹要在最冷的春节前后，采三至五年的毛竹。煮青，要将竹片放在柴锅里煮开，去除竹子里的糖分，杀死寄生虫和虫卵，再晾晒几个月。雕刻分画稿、切边、铲底、分筠、平地……复杂得我都不想记下了，这真是一种劳神费力的工艺，谁想干留青竹刻，得要下比出家更坚定的决心。所以，真正能够从事这门艺术的，寥寥无几。铲去图案以外的竹青后，露出竹青下面的竹肌，这种留青后雕刻的器物精巧异常，是典型的江南艺术，而且竹器外表色泽莹润，通过经常把玩摩挲，竹肌光滑如脂，温润如玉，色泽深沉发红，近似琥珀，同时图案部分不会磨损，反而更加清晰突出。

在常州的第一顿饭就有竹笋，竹笋大而嫩，心想这多可惜，要是让其长大，雕成花鸟鱼虫，山水自然，不就价值连城了吗？

见到的白派传人是白士风的女儿白雪飞和侄子于常青，听介绍说还有白坚仁、邵风丰等。白雪飞刻有《牡丹小鸟》，得过国家级金奖——她的父亲也刻过这个题材。于常青刻有《百寿图》，邵风丰先生刻有《秋蟋》等珍品。我们参观了白派的私人艺术馆，陈列有白士风三代人的留青竹刻作品。看着那些作品，我的意识一直纠缠在雕刻家们的刀功上，我在琢磨这些东西究竟是怎么刻出来的，刀要玩到什么地步才能将这些画面精美地、清晰地展现出来。写实虽是传统功夫，但有时候，写实更显功力更耗时间。我看白雪飞和邵风丰的雕刻，也有流畅奔涌，释放自己情绪的张扬感，有艺术家的独到悟性。

白士风先生有许多精品存世。最为轰动的是他刻的竹简《孙子兵法》，全套共十三篇六千一百二十八字，约九平方米，在竹刻史上绝对前无古人，或许也后无来者。二十世纪七十年代被新加坡藏家以三万元从常州工艺美术研究所买走，几年后台湾藏家又以六十万元收藏，在那个年代算天价，现在若拍卖，应该是千万以上的天价。我听到的白士风先生的故事是，当时的常州工艺美术厂，因为雕刻一件作品耗时耗力，常常发不出工资，就靠白士风先生在香港拍卖他的作品养活大家。

写意派徐派传人，徐素白两个儿子徐秉方、徐秉言及徐秉方的女儿徐文静、徐春静，徐秉言的儿子徐枫、女儿徐云，女婿沈华强等，都是名声响亮的大家。

我们去武进区拜访徐派二代中的徐秉言。徐秉言先生家的门上有一副对联：一心雕就清奇韵，十指拓宽锦绣程。七十四岁的徐先生拿出他包装好的大件红木作品《苏东坡饮乐图》给我们观赏，是红木浅刻，浅刻正是徐派的特点。徐先生的父亲徐素白在上海以浅刻著名。徐先生还有一幅未到客户手中的红木浅刻《龙马图》，是常州画家莫静坡画，他雕刻。他说由留青竹刻到红木浅刻，是程十发先生给他的建议，艺术总要探索新的领域。他拿出他父亲留下的一个竹笔筒，留青刻法，花与花苞几层雕刻，毛茸茸的小鸡栩栩如生，确实与我见过的当代许多留青作品迥然不同，有古风雅趣。这个笔筒用布袋装着，要小心翼翼地打开，要戴上白手套，得慢慢观赏。这可是价值连城，是徐家的传家宝，也是留青竹刻的罕见珍品。

徐派的特点，就是雕出中国画效果，有书卷气，以竹皮为墨，跟着墨一样，以刀法显示墨色的浓淡枯湿。简洁、浑然、写意。徐秉言这一幅《苏东坡饮乐图》，刻了二十多天。徐秉言说，要刻出透明感来。我在他刻的作品中，看到了水杯中养的花，跟真盛着水一样，他说他刻出的蝉羽有四层，是透明的，这是他的功夫。他的作品在大英博物馆有收藏。我问他，你现在还能刻留青作品吗？他说当然，他视力好，不要放大镜。他之所以视力好，是每天转眼睛二百五十次。坐公交车，或没事时就转，白内障都可转好了。

他的工作室的台桌上，几十把雕刀，这就是江南工匠、江南艺人的工具，看起来是雕虫小技，但它能成为艺术绝技。一件作品往往要几个月，将一块一元钱的竹板雕成一件值价几万几十万元的艺术品，这真是化腐朽为神奇的一个漫长过程。我还是无法相信，一根兰草，一根柳丝，能在竹片上将它留下来，内心的安静肯定比高僧入定还要难，要进入到一个相当无我、无他、无扰的境界，徐先生说这种修炼是几十年的功夫，白的弟子和徐的弟子都是几十年的雕功。我摸了摸徐秉言先生的右手，靠近雕刀的手指间全是老茧，这跟我右手拿笔的地方全是老茧一样，也是几十年磨出的，甚至变形了。为了一种工作，一门技艺，必须一辈子苦练和坚持。

徐先生的一些竹片都是放了二十年以上的，他说他有些竹片要专门放到新疆半年，这样竹片的性能才稳定，不会开裂。

他拿出有些年头的他的作品让我们把玩，说好的留青竹刻要时常放在手里摩挲，让其有陈年古味，就是包浆。我说，您留下的那么细小的一条线，长期摩挲不就消失了吗？就是石头也会棱角磨圆。他说不会的，竹子皮十分坚硬，故雕刻时要有力，手上功夫要好，一刀下去要稳准狠。我试着雕了几刀，根本铲不动，手上一滑，就不知道滑哪里去了。

徐派到如今徐秉方、徐秉言大师，以阴刻为多。如徐秉言先生追求的大写意，我看他的竹刻，是真正的艺术创造，有大开大合的艺术境界，有奔放的激情和开阔的气象。他的龙马图之类，已经没有了刀刻的痕迹，简直就是用笔写意，这种技法，已经达到了羚羊挂角，无迹可寻的地步，有巧夺天工的造化之感。他的《双龙图》，有留白，有浓淡干湿，淡墨染色，有在宣纸上作画的渗化和干擦的特点，有焦墨皴染之韵，不求形似，只求神似，其刀法粗犷、遒劲而又细腻，整幅以气势取胜。七十多岁的人激情充沛，有童贞之趣，充满了充盈的活力和创造的喜乐。我喜欢他具有创意性的刀法，他的精神感染着他的画面与匠心。

他给我说到画与刻的区别，实在是彻悟之言，他说：画与刻使用的工具绝然不同，笔是软的，一笔下去就能产生浓淡干湿的墨迹效果，而刀是硬的，一刀下去只能留下一种特定的刀痕。笔可以用中锋、侧锋、顺笔、逆笔，从而产生不同的墨色效果，刀则必须综合使用如单面斜锋、单面平锋、双面平锋、双面槽口锋等不同刀锋，通过切、削、铲、推、拉等刀法，才能表现好画面中点、线、面的组合。画家的一笔，刻家往往要数刀甚至百十刀才能完成。画是用笔做加法，刻是用刀做减法，刀笔统一相融，是一辈子探索不完的艺术世界。

红木浅刻大写意，有几十种刀法。要表现出中国画的丰富层次和韵味，要表达出作者的内心世界，在精雕细刻中有疾风暴雨的写意和快意，将一个瞬间分解成无数个漫长的时间，再叠加呈现成一个瞬间的笔锋。要达到酣畅淋漓的效果，要爽辣干脆，这将是一个多么折磨人的过程，是一个难度系数奇高的活计。徐秉言和他儿子徐枫的一些作品就是这样，像徐枫的《胸中云山》，刻画的是一个云雾混沌、风雨欲来的苍茫景象，没有了传统的刀法和表现，不再清晰优雅，是一种动感十足的表达。

说起来，江南艺人的工匠精神令人敬佩，雕一件作品几个月甚至一年是常事，这种宁静的，在创作中等待、在等待中创作的内心，在作家中已经不多见，都是短线操作，没有多少人想到要先把活做好。浮躁、匆忙、潦草，潜心做一件事的人似乎很稀罕了。

参观常州工艺美术研究所时，一个叫夏嘉钰的女孩在那儿刻一幅《渔舟夜归图》，这幅画已刻了几天，要刻完还得六七天。但我看到她旁边有几幅裱好的工笔画，画的是枯荷寒鸭和春雪鸬鹚，字也写得好，什么"积雪暮寒三月余，江水江南终有春"。我惊叹这女孩画这么好的工笔，却花一周刻那么点竹片，一片听说也就卖六七百块钱，莫非这么好的工笔画不能卖五千一万的？他们是怎么想的？为什么偏爱那一块竹片，一把雕刀？

江南工匠，是一个天大的谜。

咸安的桂

桂花被称为天香，也被称为仙香，是从天上飘下的香味，是神仙挥洒的香风。小时候，农历八月十五中秋夜，大人指着头顶的月亮告诉我们，月宫里吴刚砍不倒的那棵大桂树，有五百多丈高，它的花香不仅盖住了月亮，也飘到人间。而人间的月桂树，是吴刚从月亮上偷下种子赠给人们栽种的。宋代杨万里有诗："不是人间种，移从月中来。广寒香一点，吹得满山开。"李白也写过："风影清似水，霜枝冷如玉。独占小山幽，不容凡鸟宿。"看，桂树不是人间所种，皆是月宫神木。因为有嫦娥、吴刚、玉兔、金蟾和桂树的这些神话，月亮成为我们头顶上充满幻想的一个村庄，至少在我们的儿时，就笃信月亮是一个我们无法到达的村庄，村口就是那棵隐隐约约的大桂树，它会在夜晚到来时陪伴我们，成为我们亲切的、近在咫尺却远隔天涯的邻居。

桂花的确是太香了，它的香味带着袅袅仙气，妖妖魅惑，而且一树一树地荡漾，是香的波浪，香的风雨，漫漶、飘摇、席卷，铺天盖地熏醉着一个暖暖的秋天。它与人们的生活，与村庄和土地贴得很近。每年桂花开时，我都会摘一把桂花放进上衣口袋里，让桂花的香味萦裹全身，让自己提神醒脑。也会放一把桂花在枕畔，让它馥郁的香气催我入眠，送我抵达梦乡。在汤圆中，我喜食桂花汤圆，而月饼，我最爱桂花月饼。桂花虽香，并不浓腻，也不张扬，是一种清润辽廓、水过无痕的清香，是使夜晚安宁的静香，沁心泽脾，它的确像是从月亮上飘下来的，随着潋滟的月色悄然降落，细细品，桂花的香味有着月光的味道。

如今人们已经繁育出四季桂、月月桂，一年任何时候，你都能闻到桂花的芳苾。不过，我认为，在中秋节前后由秋风酿出来的桂花香味，才是最纯正最地道的。那浮动飘洒在月光下暗暗的、隐隐的、带点神秘气息的桂香，是在时令清寒中的人生慰藉。秋风一扫，万物萧瑟，可是还有一种秋香在渐凉的空气里悠荡穿梭，即使有飘零的感叹，离别的愁绪，在涟漪般漫上来的温润优雅的香风里，我们找到天地间的暗示和抚慰。

循着馥郁的天香，我们来到了咸宁的咸安区，这里可是人间桂花香味麇集、桂树最多的地方。咸安作家程文敏，曾是省文学院的签约作家，现为咸安区政府的副区长。他发给我的照片中，一群女子在清晨的霞光里打桂花，村姑们撑着篷布，随着竹竿的敲打，金色的花雨纷纷而下，幻若诗境。桂花是要趁露水扑打的，因露水的浸润漂洗后特别清香，此时，要留住它散发出来的醇浓香味，用以制成桂花成品。

一路上，我都在想这个"桂"字，它是双土中的树木，是不是说，桂树的根要扎得深，要扎在厚土之中。什么叫厚土？我在几天踏访咸安的山水间，有了深切的感受。咸安的桂是生长在淦河蜿蜒、古木参天的汀泗桥古镇，生长在刘家桥、高桥的古老村庄里，生长在官灵桥、白沙桥、汀泗桥、万寿桥、刘家桥、官埠桥等古老石拱桥畔的神树。当它挺立在沧桑过后的炊烟和流水边，挺立在古宅深院里，它就不仅仅是自然之树，而是文化之木。

桂花源风景区在咸安区的桂花镇，我们去的木梓坳，就是桂花源风景区，其后山就是古桂园。这座山上现存有全国最大的古桂群，树龄在五十到一百年的桂花树达两千余株，百年以上的古桂花树有五百七十六株。据说日寇占领咸宁时，在这里砍伐了上万株古桂树烧炭，因为桂木炭有一股特有的清香。可恶的侵略者！如没有他们的砍伐，可以想见，现今的古桂园将是一幅何等壮观的景象。好在苍天有眼，大地有情，留下的这片桂树林依然十分密集，多是品质优秀的金桂。在咸宁的桂树中，金桂最美，丹桂最香，银桂最雅，四季桂最小巧。

古桂园有众多景点，如嫦娥掷桂、桂子泉、祭月台、夫妻桂、龙鳞石、桂源亭、吴刚伐桂、天书岩、岩桂、姊妹桂、瑶台桂母等。穿行在古桂园中，桂花多已收获，但空气里仍盘桓着阵阵幽香。这些桂树枝干粗壮，绿叶葳蕤，造型奇崛，或三两相倚，组成风景；或一枝独秀，仪态万方；或挚聚成簇，气象宏大，许多树都有它们美妙的传说。每到收花季节，山谷

咸安的桂 ‖ 133

里，山峦上，桂花怒放，香熏十里，乡亲们便上山来收获绽满枝头的鲜花。树下的人牵着布篷，收花人有的用长竿扑打，有的攀上树枝摇动攀摘，花雨如瀑，欢笑喧阗。这三秋桂子，玉朵悬霜，清影醉舞，高枝奇芬。真的是九天月殿仙风爽，异花绮靡人间来。金粟万点，银露千樽，玑珠凝璧，妖娆泛灵。苍苍碧山满桂树，衮衮晴霞暖江南。咸安大地上，金瓣入茶，丹蕊覆瓮，蟾宫折桂，云里盈香……

"桂花仙子"刘依源一路给我们详细讲解，这位二〇二二年咸安评选的桂花仙子，其实是咸安区桂花镇的宣传干事。我问小刘桂花仙子的评选标准，以及角逐桂花仙子的难度，小刘说，角逐还是蛮激烈的，要通过才艺展示、语言表达、知识储备等竞逐比赛，确定当年的十名桂花仙子花落谁家。参赛选手有咸宁本地的，也有来自全国各地的女孩，有教师、大学生、公务员，也有八九岁的小学生。十名桂花仙子，有颜值、有才华、有胆识。具体评选标准严格，但主要还是形象好、气质佳、有相当的知识储备，比如拥有一定的咸安文化、历史知识以及对咸安桂花的独特见解。

我们来到桂子泉边，但见泉水清澈，碧澄幽深，相传是观音菩萨净瓶中的神水，有桂香味，喝过之后则求子灵验。有诗曰："桂子月中落，天香云外飘。一城十二泉，泉泉有洞天。"说的是咸宁多温泉，但咸安的桂子泉则甘洌幽幽，芳漪澹澹。我们走到桂源亭，亭柱上一副对联撰刻工妙："天下浓香称桂子，咸宁玉树出蟾宫。"沿途观景，拾级而下，遭遇到一棵八百多年的古桂王。据当地的朋友说，过去这棵桂树遮天蔽日，每到开花季，满树喷吐出的桂花，香飘十里，可如今因为动了周边的土，坏了它生长的小生态，有萎靡之忧。为了保护这棵古桂树，找了许多专家会诊，终于救活过来，目前正在康复之中。但愿它能够再次焕发青春，欣荣蕃茂，花开似锦，成为人们拜谒的不老桂仙。

这漫山遍野的古桂树群，当地村民守护它们度过了数百年的风霜雨雪，雷击电斫，是与他们对自然神灵的敬畏和对生态的朴素认知有关的。看到咸安那么多保存完好的古建筑，我就知道了，这一切都有着隐隐的联系和联结。一个古风悠悠的地方，不可能没有古桥，没有古俗，没有古寺，没有古宅古院，当然，也不可能没有古树，特别是温暖的桂花树。

顺着坡道逶迤游弋的路上，我们观赏了姊妹桂、抗倭神桂、瑶台桂母，还有一尊嫦娥掷桂的雕塑。基座上刻有唐代皮日休的诗："玉颗珊珊下月轮，殿前拾得露华新。至今不会天中事，应是嫦娥掷与人。"按皮日休的说法，是天上的嫦娥掷桂人间，传说总有不同之处，但桂花不管是吴刚还是嫦娥所掷，都是从月宫里飘落人间的天上神品。

有了好桂，不愁没有佳馔，对桂花情有独钟的咸安人，将他们心中的仙朵圣花琢磨出了各种饮食，如桂花糕、桂花酥糖、桂花松塔酥、桂花茶、桂花酒、桂花酱、桂花汤圆、桂花饼、桂花宴……在咸安，我们吃的第一道美食，就是咸安闻名的桂花鸡。在桂花弥漫的咸安，人们的嗅觉和味蕾都被桂子的馨香涤荡过了，连梦境也是香喷喷的。桂花对于他们，只有品尝过之后，进入各种食品之后，才会变成最深的乡愁。

充满天地敬畏的咸安人，对着中秋的圆月和桂花，还保存有几百年延续下来的繁缛的祭拜仪式。人们会在中秋那晚，在一个叫大雷屋的村庄里，在繁花似锦、香飘如雾的桂花树下，进行最古老的祭月活动。乡亲们将桂花月饼和水果摆放在屋场前，要放一盆清水，让月亮圆圆的影子落在清水里，祭月活动就在锣鼓唢呐声中开始了。祭月队伍巡游到祭月坛前，主祭带领队伍祭祖、请神、娱神、送神。主祭退场后，铳手鸣铳二十四响，妇女和儿童跳起了《月圆舞》。由主祭散福，将桂花月饼分给仪仗队及围观人群，鸣炮收案，燃放烟花。至此，在冉冉升起的圆月下，在满地的皎皎月光和依依桂香中，表达他们对月神和桂仙的崇敬之情。

据当地的文化学者考证，当年屈原流放途中，在咸宁写下了"蕙肴蒸兮兰藉，奠桂酒兮椒浆""美要眇兮宜修，沛吾乘兮桂舟"的诗句。乘桂木之船，载桂酒之饮，沛然而行，既无悲秋之叹，更无流放之哀。"灵液飞素波，兰桂上参天"（曹植），有了兰与桂，天下多美才盛德，君子贤人。遍植桂树的咸安古人与今人，原来对世界、对生活有如此深情的芳心与匠心。

田野上的石兽

应该是一九八〇年的秋天,我们的船进入大运河。我们运送的是一船三角蚌,是丹阳人在湖北荆州我家乡湖区购买的,用来养育珍珠。夜泊丹阳,远处的田野上,一轮明月挂在黛青色的天空,大运河像一条晶闪的巨蟒在月光里悄然游动。完全没有想到,在这片月光下,静静地踞蹲着无数庞大的石兽,它们从南朝的齐梁时代便一直蹲在那儿,已有一千五百年。蹲得面目风化,瘸腿折羽,但依然以充沛的激情挟风携雷,阔步欲行,视时间如无物。满天的星月,永远是它们身影的衬景……

天气渐寒,重返大运河,这条人工河流依然在江南的大地上蜿蜒流淌。初冬的两岸,黛瓦白墙,芳树绿草,清云透迤,宁静如玉。在丹阳萧梁河边,当地朋友告诉我们,当年的石兽原料,就是通过秦淮河,再通过大运河(破岗渎)进入萧梁河,然后抵达陵口。陵口,埋葬了齐梁两朝的十一位皇帝,也遗下了巨大的镇墓兽和高大的石柱、石碑。

这些石头,是一种坚硬如铁的青石,从江宁的青龙山开采，数十吨的整石，经古运河运至陵前之后，由南朝的工匠们现场制作。皇帝的棺木，同样是从皇都金陵，由古运河乘船，由萧梁河至皇陵。有记载当时棺木进入萧梁河时，新开的河床上不放水，上面铺满瓦，瓦上铺起厚厚的黄豆以减少摩擦力，棺木牵引至陵墓。但棺椁与巨石比，一定没有什么运输难题。

在田野上，在陵墓前，在风霜雨雪中雕凿神兽的工匠们，真正是餐风宿露。这样的雕凿，放在今天，也依然是大师之作。工匠们粗糙的手，只属于那个伟大的齐梁时代。这双手不会轻易粗制滥造，去雕刻一匹麒麟或天禄或辟邪。他们代表着那个时代《昭明文选》《文心雕龙》和《诗品》般的高度与深度，代表着与盛唐和北宋比肩的艺术成就。一只搁弃在荒野上的石兽，就是一部石刻版的《文心雕龙》或《诗品》。齐梁朝，这江南大地上诞生的政权，真是一场艺术的盛事。这些神兽，因一些人的隆重死去而在田野上盛装出现。但是主人已经驾鹤西去，化为微尘，却把他们带来的神兽留在了这儿，让它们在这片田野上怒吼千年，腾跃万载。

江苏丹阳是一个神奇之地，名人众多，历史遗迹繁茂，王陵随处可见。号称"北有十三陵，南有十二陵"，地下的文物尚在沉睡，但陵前的石兽却十分张扬地威武了无数世纪。以庞大的体积和震撼的雕工，上承东晋，下启隋朝，将南北朝石雕艺术的旷世杰作，毫无保留地奉献在这块土地上。

对于那些走近它们的人来讲，这些石兽以先声夺人的气势首先让你屏息,尔后,再来探究为何有如此高超的技艺,为何有如此庞大的体量,为何要用想象中的、独特的神兽来镇墓护灵。这样大的神兽,它们远离我们世俗卑微的生活,在如今想象力萎缩的去圣化时代,人们对神灵麻木不敬。这些仿佛从土里钻出的远古神兽,曾是我们民族遭遇到的另一种精神生活,一种因敬畏而创造的奇迹和想象。

南朝的陵墓雕塑在中国的艺术史乃至世界艺术史上,都是黄钟大吕,撼人心魄,它以中原北方的雄浑为魂,却全力饰以江南文人的匠心,俊逸、潇洒、细腻、华丽、灵动,堪称世界雕塑史上的传奇。

即使它们在荒凉的旷野上,即使它们是石头,即使它们张着巨口,尖齿峥嵘,神色凝重,但也并不狰狞恐怖,却显出一股志得意满、俏丽轻灵的亲切,触动了我们心上对神灵亲近的某根情弦。它们腹侧上的双翼,与其说是要飞翔,不如说是它们的身体上的一件配饰,或如天使背上的翅翼,纯粹是可爱俏皮的象征。

石兽的配置和安放也是有等级的,如帝陵前的石兽,头顶有独角或双角,有长须垂胸,而四肢前后交错,如巨兽踏行,足音轰响,大地震动,王者之气,直冲霄汉。兽体雕饰繁缛、精细,体态健硕,线条酣畅,英姿飒爽。王侯墓前的石兽则头顶无角,鬃毛下披,长舌多外垂胸际,微卷舌尖,造型同样威猛。

这些神兽无法收敛它们神秘的冲动和激情,在时间粗暴的蹂躏和鞭打下，它们铁骨铮铮，就是历史的质地。不可征服的意志和力量，睥睨着世上的一切。知道在它们的周围，会一次次成为荒野，一岁岁杂草蔓生，一场场狂风暴雨、坚冰酷雪，但你无法摧毁它，这就是一匹神兽永不衰竭、神灵充满的生命。

在陵口，有齐梁四陵——齐明帝萧鸾的兴安陵，梁开国皇帝梁武帝萧衍之父萧顺之的建陵，萧衍的修陵，梁简文帝萧纲的庄陵。这片齐梁皇家的家族墓地，如今菜畦青碧、芦苇摇曳，满头飞白的芦花，是又一年结束的标志，每当它们出现，时间的纪年又往前行进了一格。

我们来到梁文帝萧顺之的建陵，它位于齐明帝萧鸾兴安陵与梁武帝萧衍的修陵之间。这位所谓文帝，并没有做过皇帝，不过是齐开国皇帝齐高帝萧道成的族弟，梁武帝萧衍之父。子贵父荣，被皇儿追尊为文帝，庙号为太祖，陵则名建陵。一边是杂树林，一边是芦苇丛。河里水草荡漾，游鱼怡然。我们在冬日的阳光下远远看到了一尊巨兽，它叫麒麟，正豪迈扬腿，大步往前跨奔。这个傲视群雄的神兽，春风得意，双翅上挑，紧贴身侧，批毛卷曲如花瓣。烟蹄爽劲，嘶风啸月，仿佛陵墓的主人重又拽住了它的缰绳，骑上这巨硕的神兽，驰骋天地，巡游九天……这匹石雕的神兽，就是墓主放牧在时间长河岸边的灵兽，它俯瞰湍流飞漩，任由朝代更迭，兴亡轮回，锐长的吼声从未改变，踢踏的巨响没入云涛，炽热的血脉由工匠最后的一凿而注满，它永不会死去。它拥有齐梁统治者对自己文化、艺术、生命的诠释权，是那个时代用征战，用笔，用杀戮，用千万工匠的凿刀挣扎出来的沉重身影，是枭雄般的灵与肉、动与静、死与生……虽然这尊麒麟的独角已经失去，上颚已经残缺，四肢也不知所踪，就算没有修复，只有一张嘴，一条腿，你也能感受到强劲的齐梁王朝，山一样向你冲撞而来。石头的野莽，如铁血灼人，铜骨敲心……

我渴望抚摸它，感受久远之前留下的温热。……冰凉、粗糙，在风化中一些部位变得凹凸不平。可是，一千五百年的风霜，它却被冲洗得干干净净，雕琢的花纹、线条依旧那么清晰、尖锐，就像是刚刚凿完，似乎还有未清扫的粉尘，依稀能闻到工匠们额头滴下的汗水味。对于这种巨大的神兽，它的身体根本不屑于无聊的包浆，它完全能承受和抗衡时间的凌迟与风化，剥光所有的粉饰，一身骨头，坚硬，冷峻，执拗，狂野。蹄削日月，奔风千里，傲首扬鬃，一骑绝尘的石兽，虽是画翅，却如飞翼，哪有一丝守墓者的浊邪、困蹇与哀伤？

齐与梁，几十年如此短暂的朝代也是朝代，同样刀光剑影，英雄际会，诗酒风流，壮怀激烈。站在这里，在丹阳的旷野上，手抚石兽，你觉得离那个有四百八十寺的南朝这么近。它的千里莺啼，姹紫嫣红，它的临水村庄，依山城郭，它在江南丽日里处处掀起酒旗的熏风，它的亭台楼阁、寺庙佛坛，在朦胧的烟雨中时隐时现……

作为齐梁众帝的家乡，他们最后的归宿自然是这块土地，这就叫故土难离,叶落归根。"鸟飞反故乡兮,狐死必首丘。"贵为南朝的齐梁皇帝,死时大都很惨,被砍头的,夭折的,饿毙的,闷死的,溺亡的……这些生前才华过人、卓尔不群的帝王,死后大多归葬家乡。国都建康(南京)对他们而言并非永久眷念与安息之地,虽然丹阳没有虎踞龙盘的气象,但齐梁的皇帝终归都是大文人,心中有乡愁,死后入故土。

其实这种被当地人称为石马的麒麟,并非如今我们常见的形象,但在南朝,它就是这个样子,是传说中的一种神兽,祥瑞之物,镇墓守宅。而天禄又称"天鹿",也称"挑拨""符拨",它能被除不祥,永绥百禄,故为天禄。有专家说,辟邪与天禄都是一种,也叫貔貅、百解。龙头、马身、麟脚、形狮。南京的市徽上就有它的身影。在进入南京的路口,我每次见到它雄壮灵巧的身影,都会有一种激动,它像一只突然蹿进城市的豹子,有莽撞之态,令人喜欢。司机对我说,它们都叫貔貅。对于这些称为天禄、麒麟、辟邪的巨神,一般人还无法一下子分辨区别,这些神兽的造型,陡然的相遇,会摧毁并征服我们的心灵,唤起我们心中蛰伏的英武之气,啸嗷之慨。它们气吞山河的形象,无论是在闲花野草中,还是荒冢残阳里,都是巨石之神,它们的徜徉逡巡,豪气干云,它们的铁齿,它们的呼吸,依然来自劲风横吹的南朝,青面铁蹄,咆哮生威。如今只是暂时收敛它们的狂暴,在荒凉的夜晚如困兽沉睡,或者在大荒之中,星月之下固执地寻找和呼唤着它们的主人……

那个伟大的放牧者，他因何事遗落了这一匹匹走散的巨兽？他又去向何方？……

我们从梁文帝萧顺之建陵向左，沿着乡间的小路，穿过小河，即是齐明帝萧鸾的兴安陵，他的陵前是一只保存相对完好的麒麟，这只更加壮美和傲骄的神兽，我忍不住上前扑向它，有一种接近神灵的渴望和冲动。粗壮的尾巴，飘拂的长须，仙翼由四只小翼组成，与飞扬的胸毛浑然一体。它的头颅更加高昂，身材更加修长，体态更加壮实，不可一世，就是一只追风胁月、踽踽独行的异兽，有一种隐隐的阴森和神秘之气。

虽然我拒绝将神兽与所守陵墓的主人联系起来，但这尊石兽却不禁让我想起有迫害妄想症的齐明帝萧鸾。这位皇帝年幼失怙，全仗高帝萧道成扶养。因萧道成长子文惠太子早夭，武帝死后，文惠太子之子萧昭业继承皇位，此时萧鸾竟然连杀萧道成二少子，自立为帝。尔后害怕报复，将太祖、世祖、世宗的诸子诛杀干净，典型的恩将仇报，以屠戮亲人为快，到了恶魔之境。莫非工匠们心中有隐隐的悲愤和不平，要将这尊石兽化作萧鸾之影，钉在历史的耻辱柱上？这也许是我的臆想吧，石兽就是石兽。但历史是有记忆的，也是有痕迹的，它深深刻在某处，让我们品咂。

好在，这只石兽只是在河边的岸上，面对着一些菜地和杂树，身上有些许的树影，阳光明媚。它的残暴的牙齿被人敲掉了，空空的大嘴像是被堵住，再无力嘶叫，历史将它定格在伟大而凶险的南朝,阻止它迈向新世纪。它石化在自己的记忆里,遥远的、庞大的、沉重的、激烈的和变态的身躯,以及往事,都在这里归零,成为一尊雕塑。

我们回返,沿着苗圃中的一条小道,去往梁武帝萧衍的修陵,萧衍为萧顺之之子,这位出类拔萃、节俭勤政的皇帝,八十六岁时竟饿死在寺庙中。他陵前的这只麒麟威武、粗壮、修长,尾巴粗大有力,它没有傲视阔步之感,似乎在驻足观望。它没有欲飞云天之意,仿佛只是人间的一只孤兽,被临时放养在这片田野之上踱步。它的双翼,也只是一种装饰图案。它的造型在我看来,颇显沧桑,张嘴如老夫呢喃,内心仿佛有忧患。这只异样的石兽,没有神灵之气,完全是写实的、简朴的,但有着巨兽的威仪。从后面看,它像一只浑圆的豹子,有能力向前一扑,咬住猎物。

梁简文帝萧纲的庄陵在萧衍修陵旁二百米处,萧纲是萧衍之子,他是被降将侯景派人用土袋闷死的。他的陵前只剩半只石兽,一个头,一张嘴,仿佛从地底下钻出头来喘息呼喊。这是一个悲惨的故事——残兽和它的主人。这半只兽,已经被不明的魔手给掐断了,时间是残暴的。萧纲是梁武帝萧衍的第二个儿子,长兄萧统即著名的《文选》编者"昭明太子"。自古有"文选烂,秀才半"之说,这本《文选》中的文字,将比这些石兽更加不朽。萧纲和其兄一样,也是文学大家,是著名的"宫体诗"代表人物,在文学史上占有重要地位。他们父子一个个才高八斗,不输"三曹"。

除了在丹阳田野上的这些石兽，还有许多在江南各地的石兽，如在南京栖霞萧秀墓前的，在萧景墓前的，在梁始兴忠武帝萧憺墓前的，在梁临川靖惠王萧宏墓前的众多辟邪与麒麟，还有在江宁、句容等地的齐梁众多石兽。而齐开国皇帝萧道成泰安陵前的石兽，本已残缺不全，后在"文革"中被炸毁，令人扼腕叹息。在丹阳博物馆里，还保存有疑似泰安陵的石刻残件，等于是灰飞烟灭、魂魄失散了。为什么要炸毁这些石兽？历史不会回答，历史也会健忘，石头也有无缘无故成为齑粉的一天。

听当地专家说，丹阳的石兽中，齐武帝萧赜景安陵的麒麟最为独特，我在画册中见到此兽，虽然残缺，但残存的麒麟，体形修长优美，如神兽中之窈窕俊秀者，昂着夸张的长颈，像是觉察到什么响动，在张望聆听，这只神兽真是能够飞腾的神鸟，它的神翼只要张开，定能嗥叫云天，心临万仞。另一只完整的天禄，也是身材修长，腰肢呈流线形，一眼望去，身体充满了弹性与韧性，正处于青春勃发之时。周身的装饰繁复华贵，其雕刻技法也丰富炫目，圆雕、浮雕和线雕交替出现，是南朝石兽雕刻的巅峰之作。

世界上现存最多最大的丹阳古石雕群，堪称宏伟的艺术。它们大多残缺在时间的刀斧里，在时间惯有的反噬中难逃一劫。当赋予石头神性时，魔性同时并存，由敬畏而生的恐惧和疯狂，可能是被腰斩和破碎的原因，加上大地坍陷，陵谷沧桑，万物的命运只能是消隐和失踪。

我在云南陆良看过大爨碑，其碑沿残缺不全，如狗啃过一般。一问，才知当年弃在野外时，因传敲下一块碑片煮水喝能治病，故被人慢慢敲碎。丹阳神兽，我也在那里听到一些传说。靠近陵墓石刻的四个小村，长期以来人丁不旺，有人抱怨是这些墓前石兽成精害人所致。说它们样子昂首阔步，欲飞不飞，踯躅可怖，心怀鬼胎。到了晚上，等百姓关门，它们就蹿进村庄害人，许多女子被它们所惑所害，面黄肌瘦，不能生育。于是人丁少的家庭，迁怒于石兽，用铁锤敲砸它们，有的石兽被敲得面目全非，以此吓唬住妖怪石兽，家中女人才能怀胎……有多少代的铁锤抡向了这些无辜的石兽？再坚硬的石头也经不住千年敲打砸击。直到解放后才查出这里的人多染有血吸虫病，得病者肚腹鼓胀早逝，人丁当然不会兴旺。明白了科学道理，损毁的石兽也不可能"破镜重圆"，哪怕成为国宝。所幸，它们至今大多还完好如初地屹立在丹阳的田野上，像神话一样坚实地存在着，成为伟大的艺术群落，带着南朝的热血，昂首嘶鸣，威风凛凛。

泰宁丹山

在深秋的燠热中崛起的红峰,阳光迸射在陡壁上,仿佛血液冲腾,凝止于惊鸿一瞥。一只只庞大的赤色巨兽,汹涌的血潮被按捺住,憋忍住,铮铮响亮的铁血丹心,袒露在大地和碧水之上,燃烧的灼痛烫伤了所有向它端视和仰望的眼睛。

从来没有停止过内心的激情,血脉不会干涸,不会停止流淌。火焰在无尽地喷射,向着夕阳与蛋青色的星空,在水中,这彤红的肌肤之下,生命执拗于炫彩,澎湃于天地之间——闽西北的这片霞色山地,这片云水间的啸唱。

雨泐,风蚀,雷殛,凶锐的斧錾,不停地凌辱它们——抬升于海底的岩石,那些砂岩、砾岩,来不及坚硬,一块块、一层层地剥落、裂陷、坍塌,留下残骸巨骨,造就了无数触目惊心的洞穴,千疮百孔,凌厉遒劲。石头在凋零、破损和崩裂中,任由时间制造着千古地质惨案,成就了大地的奇观。

深峡。奇峰。断崖。岩穴。天桥……泰宁的丹霞地貌荒诞魔幻,摄魂夺魄,惊世骇俗。

我将赞叹山水的目光移向纸上，惊异于"丹霞"二字，这两个字源于地质学家的诗情和想象，它们的出现增添了这种红色山体的瑰丽与艳麋。"丹霞"二字，是一幅天地剖判的旷世图景，意味着浑然天成的壮美意境。

它是世界自然遗产，世界地质公园。但武夷山周边的丹霞地貌区很多，有江郎山、冠豸山、桃源洞、龙虎山、龟峰等，若论面积巨大，造型迥异，风格殊卓，只有泰宁堪可称雄。宋代名相李纲所说的"泰宁县山水之胜，冠于诸邑"，评价中肯老到。

古人对山水的敏感与深嗜，远超今人，将泰宁的这种地质奇观，称为"泰宁百岩"，其壁龛式、蜂窝式洞穴，不能尽数。其中如甘露寺、宝盖岩、栖真岩、李家岩、丹霞岩、狮子岩、仙枰岩、醴泉岩、状元岩、芝岩、莲岩、约岩等已天下皆知。

在偌大的"世界地质公园"里，峡谷群的密集度每平方公里达二十三条，七十多条线谷（约一米五宽），一百三十多条巷谷，四百多条峡谷。不管是寨下大峡谷，还是九龙潭，或是大金湖，闯入我们眼帘的景物，有梦幻般的质地，仿佛这个地方曾是天火焚烤之堆，落霞寝寐之榻。岩峰齿齿，像远古兵士的戈矛；岩柱林林，似巨人劳作的杵棰；岩锥锐锐，宛如野笋拔地；孤岩尊尊，恍若天空城堡；岩洞幽幽，酷肖桃源入口……有如今色似渥丹，灿若霞霓，亿万年地壳畸变，岁月蹂躏，沧桑苦情，才有这惊天杰作，幻化万端，冠绝东南。

明代池显方为写泰宁丹霞山水之高手,他形容泰宁丹霞山"皆纯骨""丹嶂插天""万仞倚天如赤城""望三山丹色,瀑如雷,高数十丈,名水帘漈""拔嶂巉巉,曲涧涓涓……泉飞上下,洒珠曳玉"……这些美句,是泰宁山水的绝配。

寨下大峡谷,又称金龙谷,有天穹奇岩、云雀天碑、赤壁洞穴、巷谷巉谷、堰塞湖泊、天崩地裂等一众大景。分悬天峡、问天峡、通天峡,三条峡谷,令人晕眩。虽然暑风不透,两山夹道,古木荫翳,尚有凉意,举目抬望,震栗生寒。这里有一个古老的客家村庄寨下村,村里三十多户人家,全部姓杨,为杨家将杨七郎后裔。此地丹霞岩壁,通红异常,血脉偾张,座座如杨家将群像。住在此处,会饱啜天地祖先英豪之气。

一路险峻幽邃,光线晦暗,藤萝虬曲,依岩攀缘,风吹古林,气荡危崖。树有阿丁枫、米槠、苦槠、柳杉,往往数人不能合抱。古木栈道,苔藓覆阶,加上巨大的岩块崩落堵塞,形成了"金锁关"(当地人的叫法)。

往里走,遇五线谷、问天岩、三仙岩、祈天峡、倚天剑、佛足岩、天穹岩、云崖岭、金龟寺叠瀑、金龟爬壁、千藤壁等。比如金龟爬壁,就是丹霞岩石崩裂坍落后形成的错落体,崖壁峭削如镜,断崖的一块岩石上刻有"云崖岭"三字,这里便是大峡谷最壮丽的"通天碑",且是一块无字巨碑,破云插天。岭下有累累崩石,上镌"山崩"二字。此巨石的崩坍在二十世纪九十年代,村民们听到大峡谷传来轰响,大地剧烈颤抖。循声进峡，山谷中有巨石崩下，塌垒一堆，形成新的山岭"云崖岭"。山崩于此，在大地的裂缝处，这里的地质纪年安排好了一次次地裂，再安排一次次山崩。山崩。地裂。天塌。地陷。当你目睹山崩的现场，山崩就如天塌一般，地裂就是地陷一样。看这条裂谷，像是深深的刀口，切入山体，欲把整座山劈开，又深窅地向地底凹陷下去，阴森森黑漆漆如无底深渊，这就是地裂。

再往上去，见一大湖，名雁栖湖，便是那次山崩后的堰塞湖，一次地质灾难会制造新的山水。看来，所谓山水，都是灾变景观；所谓沧桑，就是向死而生。

天穹岩的岩穴像是密密麻麻的蜂巢，壁龛石穴丛生，大穴套小穴，有如一场宇宙大战后留下的弹壁，撼人惊眼，光秃秃的，寸草不生。这样的景致，将我们对山水描摹的词汇逼入穷巷。此处山川，迷幻难述，亦神亦妖，亦圣亦魔。

"泰宁的丹霞地貌正在发育，它还年轻。"我喜欢这句话。它最终将成为什么，还会有多少次山崩地裂、天塌地陷，只有上苍知道。

在泰宁我写过一幅"碧水丹山"的字。此四字指的是大金湖和九龙潭，还加上上清溪。

大金湖是养着一湖活山的碧水，大金湖泊着一个碧池，但湖面上浮满金粉——那是它怀抱丹霞紫烟，沉迷销金铄石的生命因缘，也因此，这片湖水多了一份妩媚与壮丽。四百多米长的大赤壁，一道巨型绝壁屏风，峛崱赫然浮浸水中，这才是真正的赤壁，阳光迸击壁上，比太阳的红色更加奇瑰厚重，或者雨水披淋而下，清洗出岩石的血红，令人悸动骇叹。

正在行驶的船上观景，几只苍鹰出现在天空，数数有七八只，它们在云层下盘旋，悠然自得。这些猛禽，我们无法看到它们逮捕猎物时的狰狞与狠厉，我们只看到它们展开的双翼，骑在气流上的英姿，不动声色，缄默如止。它们才配拥有这高耸入云、嵯峨奇诡的血红丹崖，这片碧水丹山，蓝天白云。

大赤壁。白水际瀑布。仙寿岩。情侣峰。晨钟。暮鼓。甘露岩寺。水上一线天……景随船移，目随景迁。

佛家道家的去处总是把神灵高藏或深匿，此处是将灵修之地洞藏。在泰宁，丹霞山岭的七十二洞穴中，多建有寺庙道观，关于丹山洞穴之妙处，对我们认识宗教的奥义，有触类旁通之理。无论是佛家还是道家，都对这样的险境修道十分迷恋，将寺庙道观建在飞鸟不到的云山绝壁间，是宗教的癖好。甘露岩寺，一柱擎寺，顶起三层参差庙宇；寺庙依山岩之势，错落有致。明人江遵有一诗吟此寺："峤岩千嶂抱，奇峭半空悬。门隐虬松内，楼浮海市先。四时泉滴露，一片石为天。层折弥幽邃，苍苍绕古烟。"将一座寺庙藏在丹霞山的洞穴里，且又在危崖之上，第一位行僧走至此处，他有什么样的执念，要在此修行，并建成他理解的禅境洞天，他挚爱的山水胜景？

船行至一线天峡谷，其逼仄处也就两米吧，常行此处的舵工技术绝佳，虽时常有两边碰撞，却把这条水巷犁通。头顶望去，两边丹崖如闭脯，泉水飘洒而下，似细雨纷飞。想到夜游九龙潭的一线天，更加逼仄，最宽处仅一米五，有一千米长，如此幽深的水上线谷，泰宁就占了两处，算是上苍对泰宁的眷顾吧。

九龙潭在上清溪的上游，而上清溪长达五十公里，乘竹筏漂流的一段是上清溪最经典之地段，十六点五公里，两个小时。此处上清溪的丹霞长峡，束水为景。按传统说法，筏过处有"九十九曲，八十八滩，七十七湾，六十六潭"。在四百年前乘筏漂流的明代官员池显方有美文《游上清溪记》，已将文字写尽，并称"兹奇果逾九曲"，此地的漂流超过了武夷山的九曲溪水，"如渔父之别桃源也"，等他漂流出峡，恍若梦遇桃花源。但此地应更比桃花源幽曲险叵，滩湾急流，石色嫣红，石骨怪诞，石壁辣峙，山如斗兽。飞岩怒壑，如天阙之门，时明时幽，时旷时仄。为崖所挟，湍流嗖嗖，惊水百里，浪光熔霞。有水流清平者，有险滩暴啮者，但终归有惊无险，一路濯足撩水，何其沁脾，山歌入耳，更是惬怀。

六人一筏，一筏为两筏连接，每筏九根楠竹。筏工为上清溪漂流"状元"、全国劳动模范黄盛腾，其朴素智慧，口若悬河，如上清溪水滔滔不绝，出口成章，雅俗交互，庄谐皆能，句句惊艳。

明代贡生陈九畴，泰宁人，漂流上清溪后，有诗曰：混沌乃人生，山泽发其窍。不睹清溪奇，不识玄化妙。用山水开人生之窍，得益于自然造化之灵，赏山川景，悟自然道，洗尘俗心。一筏可航，一棹可歌，山川不负我，我亦不负山川，何其幸也！

　　想起漂流中兰花峡的幽香，落霞壁的讶异。兰花峡的兰花尤以蕙兰、墨兰、建兰、报岁兰居多，丹谷幽兰，它汹涌的清香抵消了溪谷中曾经魍吼虎号的寒凉。而为落霞壁命名的人，一定在此游弋流连多时，停棹伫立，长烟落照，晚霞苍劲，如泼血一般的霞色，渐入苍茫的山水，让他莫名激昂。一种惊世的红，一个惊世的崖名，呼之欲出。命名者将与此溪此山此霞天荒地老，互为照耀，煌煌闪亮。

上翠微

三月赣南的大地上，拥挤着河流、菜花、竹笋和春雨，空气透明芳馨。在铺向村庄的油菜花海中，突兀起一座山峰，以及一群山峰，通体丹红赤艳。油菜花鲜嫩的金粉被风吹起，喷涂在它们光洁、高耸、傲然的躯体上。那片耀眼的浪潮中，春天正在喧嚷。但山是岑静的，它的树，它的竹林，它路边疯长的黄堇、青蒿和野豌豆，无声且沉醉，花朵在醒来的草丛间泛滥。风跃上峭壁时，竹子会轻轻地摇晃，像历史发出的微弱叹息，像一个老者的回忆。战争、盘踞、隐居、修行、传道、苦读，都在这山里发生过，如今成为游览的指路牌，成为一行行汉字。只有碧虚宫和青莲寺的烟火在袅袅上升，在晨钟暮鼓中，叩动传说的梦弦，迈动时间的足履，像我们此刻在山间的行走。

在翠微峰，我们遭遇的是初春正午的暖阳。通红的峰峦没有翠微的翠，浓重的丹崖，为什么不赐予它一个红色的名字？但它就叫翠微峰，在宁都，在无数如雷贯耳的江西丹崖被遮蔽的缝隙中，在赣南的一隅彤红地存在着。

一座山体整个地倾欹一边，似乎将要倒下去，而另一扇山壁又将斜过来，欲把我们压扁。我们已经穿过了一个山洞，我们仍将在山体的迫近下，惊悚地欣赏和赞叹它逼人的形状和气势，仿佛这是我们的因缘。有一座山，仰头望去，山有宽檐，如屋檐一般，山体曾经无数次坍塌，却不坍下山盖，实在奇幻。

哦，真美，丛林荟荟，嶂崖岳岳。在山道上，在这里，三月的亢奋随着油菜花粉艳的香味远去，成为山下薄雾中的蜃景，被河流带向了远方，去熏染天空和大地。伟大磅礴的山总是孤独的，它在历史的阐释中被拔高，渐入云端。只有四百多米，但，也许，它真的壁立万仞，高不可攀。

往上走，上翠微。远方群峰杳霭，碧空如纱，微烟笼树，轻岚抱石。山下青畦房舍，历历在目。眼前已至翠微峰脚下，翠微为此山十二峰之一峰，以一峰之名，冠群峰之名。其峰孤高绝矗，势若劈瓮，山俱纯骨，铮铮可敬，其色绛红，其姿异禀。山本无路径，经人指点，路藏在崖中一小罅缝中，未进入者不可窥，非猿蛇者不可攀。虽谓石阙，惊为游丝，人若爬行，险不可状，磴级为粗凿，仅一脚或半脚能存，缝中回旋，疑为天路。愈往上，愈危殆，两股战栗，四肢瘫颓。上顶之后，清风全扫，有平旷之地，有田畴数顷，有竹林人家，有篱落数椽，有水池数口，可耕可居。当年易堂七十二间房舍，已为荒垄断壁，废础苔阶。但此处云中桃源，仙气弥纶。山为巨石，震之不靡，撼之难移。藏蜕在此，可以为隐士，可以为仁师，可以挑灯看剑，可以陌上躬耕，可以为栖身茅庐，可以为灵修书院。隔窗天际，自燃烟火，避尘世于峰峦，处云端以传道，授业解惑在缥缈之间。中国清初"三山学派"之翠微学派的发源地，即在此处。

这真是中国学府与学问的一大奇观。

有九个人，他们沿着一道山的裂纹——那里生长着野草和杂树，是毒蛇、蜥蜴与荆棘的深藏处，从这条隐秘的缝隙里挤了进去，最终挤进了历史的书页，成就了一行字。这行字里充满着正义、节操、德行和忠贞。因而，翠微峰的存在更加伟特丰赡，这九个人，在此隐居达一个甲子，在这里，成为一个比丹崖更加壮丽的记忆，它穿透了几个世纪，还将穿透无数世纪，在中国人的心里，留下倔强的火种与隐喻。

这几个零星聚集的明代士人，旧朝遗民，以汉家衣冠、儒家文化为中华正统，区分华夷。以遁世为抵抗，隐居为守贞，不忍偷生清朝。想起在当时的朝鲜，有更加猛烈的端倪。清兵入关之后，朝鲜知识分子痛哭流涕，宣称中华已亡，将他们自己视为中华的嫡系传承者、"小中华"，继续保留明朝的年号，不与所谓的"满清"政权为伍，这等操作，也算得是一种气节。在中国的历史上，南宋、明末时期的遗民与隐士都做过同等倔事。他们散入林泉，退隐尘烟，心怀故国，不仕二朝，不食周粟。貌似深隐，却心有悲怆的亡国之痛，为旧朝守节，饱读诗书，却报国无"国"，空有一腔才学，虚掷大好年华。但也精研玄理，著书立说，以此永日。

在"易堂九子"中，以魏禧最为闻名。他是清代著名散文大家，有文《大铁椎传》被收入中学课本，和当时的侯方域、汪琬一起，被称为"国初三家"。史载魏禧为明末诸生，明亡后，隐居翠微峰勺庭，人称勺庭先生。何谓勺庭？大约是谦称吧，即一勺子小的庭院。在翠微峰小小的峰顶平地上，有一勺子之地建立自己的居室，也是难得的。也有记载说是在易堂的东边，魏禧在自己草堂前用石头垒起了一个小池，如一柄勺子。勺庭"广榭阑干廊步，花木纷翳"，看来也不小。"经易堂后圃地，登近百级石阶，有一泓池塘，池中种莲荷，池周遍植桂花、梧桐、蜡梅、梅、竹、月季等，桂尤盛，四时花不绝。池北垣筑土木结构楼屋三楹，前有栏干走廊，即为勺庭。"有说易堂建筑宏大成群，"屋前屋后遍植桃树，与松、竹、梅相映"。其他八子的居处亦"泉水涓涓，藤萝交荫，花实瑰异"，可见翠微峰顶，确如浓缩的仙山琼阁。

"易堂"成为一个历史名词，一个精神符号，虽未如白鹿洞书院、岳麓书院有名，但也是一处赫赫的历史人文景观。"易堂"之名说法不少，但历史认定它为怀念明朝之意：易字上为日，下为月的篆文。这等解释更增加了易堂的厚重与大义，为九位隐士镀上了金身，历史的意义是叠加的。

隐士之所以能隐，大多家有闲钱与余粮。魏家是明代宁都的名门望族，据载，在明嘉靖年间此地发生大饥荒，魏家放粮万石，受到朝廷表彰。买下翠微峰顶，魏氏三兄弟几乎卖掉了所有田产，到此山顶隐居讲学。"囊中剩有江湖气，归卧西山百尺楼。""不知故国几男子，剩有乾坤一腐儒。"魏禧和他的八位同人，在这样高耸的孤山上居住讲学，也是天下奇闻了。天下有道则见，无道则隐。含贞养素，文以艺业。这是孔子对隐士们的期许。九子毕竟不是真隐，有不与当朝合作的拒绝意图，有反清复明的僭越之心。九子中的魏祥，有《翠微峰勺庭》诗曰："拔地孤峰逼太虚，青松黄竹隐吾庐……三径露葵千日酒，万重云岫四围书。"这是写勺庭吗？是，也不是。这样三径露葵，千日酒盅，万重云岫，四围皆书的生活肯定不是他们想要的。但是，在明朝灭亡之后的士子们，生在那样尴尬憋屈的年代，也只有如此了。陶潜结庐在人境，九子结庐在仙山。野樵牧歌，荒林宿鸟，落日松房，丹霞渥眼，青灯黄卷，山月唯明。"采蔬池上圃，煮茗石中泉。"

魏禧和他同人们的隐，就是无视且敌视清朝。明朝之所以值得怀念和效忠，在于它曾给予如魏禧这些精英士子以理想的生活方式与环境。怀柔政策和招降纳叛，在魏禧这种人身上毫无作用。因为抵抗和拒绝，蕴含有中华民族流传久远的英雄主义气质，它奔腾在身体和血液里，这是一个不可剥夺的德行与操守。"吾不乐近贵人，耻为世之名士。"康熙十七年时，魏禧"被征博学鸿词科，称病不就，抚军怀疑有诈，遂以板扉抬至门，魏禧以棉被蒙头，病笃始放归"。装病、叫苦、撒泼、扯垛子，是那些遗民归隐的几大办法。两年后魏禧在江苏仪征游历，客死舟中，五十七岁。一生不仕，壮志未酬，无怨无憾。

魏禧们的上翠微，也是为了下翠微，为了与世界联系，掌握时局，以图东山再起。但时运乖蹇，渺小的个人不足以与强大的王朝抗衡。可对前朝的悲思和对当廷的抵抗，会生出一种叫情怀的东西。他们生活在某种幻觉里、陈规中，他们的失败是必然的。失败者却成为历史时空中的英雄，皆因一颗心有着理想的光芒。他们难道不知前朝的痼疾？那些残暴和贪婪对社会的摧毁力量，明朝的更替莫非仅仅因为清兵入关？但有一种人生伟大的挫败感、失落感和兴亡感，让家与国、身与世连在一起，这种蛊惑和认知，充盈着理想主义的悲情，以穷节为大义，以苦修为标杆。"虽伏处岩穴，犹将任天下之责。"这，只能是精神和信仰的乌托邦。

宁都有"诗国文乡"美誉，这也得益于易堂九子的赫赫贡献。九子中，除魏禧外，还有其兄魏祥，其弟魏礼，三兄弟被称为"宁都三魏"，为九子中的中坚，以魏禧为领袖。还有南昌彭士望、林时益，余为同乡宁都士子李腾蛟、邱维屏、彭任和曾灿。这些人皆追随三魏，远拒仕进，聚隐自然。

据说，那条似不存在的罅中险道，为魏家先祖为避乱而凿。魏氏三兄弟之父魏兆凤"明亡，号哭不食，剪发为头陀，隐居翠微峰。是冬，筮离之干，遂名其堂为易堂，旋卒"。原来，魏家的反清复明之心，自魏父始，其父对故国败亡耿耿于怀而暴亡，后辈心结郁甚，不可遏止。

所谓遗民，可能是某个时代的遗民，也可能是某个观念的遗民，某个体制的遗民，某个理想的遗民，某个风尚的遗民，某个社会的遗民。遗老、遗少、残梦、余孽、阴魂、活鬼、落魄者、顽劣分子、死忠者、旧派人物、保皇党、老朽等，都是对这种人的污名化。但它同时也接受着坚守、守贞、贞烈、贞魂、忠谠、忠臣、孤忠、节气、操行、义士、风骨这样的赞美。

　　此番来访，为探幽，也为拜谒。但通往山顶的缝径已锁，我们不得而入，只能望罅兴叹。到达此处，却无法登顶，这也许是一个有趣的象征。

　　返往山下，走到很远，回看这座气势磅礴的孤山绝顶，在赣南的天地间孑立着，金涛一般拍打着的油菜花潮一直漫向夕阳之下的丹崖。一座庞大的红色山体，一座在风雨如晦中挺立的古老书院，一群人的石像，正在我们眼里向上飞升。

　　"却顾所来径，苍苍横翠微。"

湄潭吃茶

在天下第一壶建筑里吃茶，是一种什么感受？

吃了太多的茶，写过太多的茶文章，但这次吃茶要有勇气，要经过几十米高的两条玻璃长廊，要上四次电梯，有恐高症者，最好慎行。吃茶的那晚，我们在壶的最高层"贵州茶香"馆里吃茶、写字、下棋、聊天，外面是暴风骤雨，惊雷闪电。遵义作家肖勤那天的微信传来一张图，强烈的雷电正打在壶顶大楼上，枝形闪电撕破夜空，久久不肯离去，仿佛要把这尊世界最大的茶壶劈裂。还是因为建筑太高了，六十六米，而且建在火焰山山顶，近看，远看，都过于高大，而茶壶的造型更加增添了它的奇峭险峻，就像是一座在神话和科幻电影中出现的山，出现的建筑。往这里去吃茶，就像走入神话的宫殿，进入了现实与魔幻交叉的时空隧道。吃一杯茶，就是一次梦游。

在这迷宫里，我看到了一幅字：听茶。我更加恍惚，茶不是吃的，不是喝的，不是品的吗？如何去聆听茶？聆听茶水？

茶的沸腾和缥缈？这不是一个禅悟，而是一种特殊的参与、回忆和追溯。我们在大风大雨中，在一只几十米高的壶中，听茶，这茶壶中的风暴与激荡，历史掷回来的啸声，袅然升起在我们耳畔。

湄潭翠芽、遵义红、贵州针、湄江翠片、遵义毛峰、兰馨雀舌、古树茶、兰馨金尖、老鹰红茶、老妖怪，还有一种叫"吃月亮"的奇茶银针白茶……都是名声显赫。

黔红，中国红，遵义红……湄潭是中国红茶的重要出口基地，但湄潭的绿茶也有一连串亮丽的名字，特别是湄潭翠芽，与西湖龙井并称，品质超群，誉满神州——这两种茶的渊源深厚，其外形与西湖龙井近似，扁平光滑饱满，酷肖葵花籽，色泽翠碧，遇沸水，则栗香伴花香，山野之春的气息漫漶而来；湄潭翠芽是贵州四大名茶之一，形似瓜米，色如翡翠；遵义毛峰，秀外慧中，银光闪烁，嫩香持久；龙泉剑茗，茸毫披露，嫩绿似剑，嫩香柔和；贵州银芽，外形扁削，挺直似剑，汤色黄绿清澈；黔江银钩，美名美汤，形似鱼钩，自带花香。还有清江绿、湄潭银峰、湄潭翠芽、夜郎富硒茶……湄潭群峰山谷中的所有绿意，所有的鸟语花香，皆汇聚在一杯杯香茶之中。

在湄潭吃茶，最难忘的是兰馨茶场的"老妖怪"茶，这不属于山茶科而属樟科的野树叶，它粗暴的口感，妖冶的回味，古怪的刺激，可以让人放下吃茶者的矜持、雅趣和禅态，可以渴饮，可以饱餐，可以饕餮。湄潭小江南一般的情调突然变成了西南云贵高原上的风云，古树深林的魅影……

在湄潭吃茶，真是茶香萦脑，七窍生津，生气满满，诸神腾腾。我虽然去过云南的景迈茶山，去过翁基村，写过景迈茶山的万亩古茶园，去过西双版纳的南糯山等遮天蔽日的古树茶产地，却不知道在贵州有古茶树超过一百二十万株，其中两百年以上的古茶树十五万株。同为遵义市的习水县，就有二十三万多株百年以上的古茶树，而这些古茶树所产的茶叶均为全国顶级品质。

被称为中国茶海的"湄潭茶海"，更是波澜壮阔，气势磅礴。站在茶海中的望海楼上，看楼下四野碧绿的茶海，绿浪汹涌，蛟龙飞腾，潮声触山回，卷地白云倾。整齐的茶垄，翕闪的茶园，一直淹没至山峦的尽头，与村烟和蓝天融化在一起。这里，是真正听茶的地方，听茶，看茶，赏茶，品茶，咏茶，歌茶。清风满楼，云水望尽，雨洗青山，雾蒸芳野，茶香浩荡，心极无穷。一杯茶，吃出壮士豪情，家国情怀。真正是"茶香高山云雾质，水甜幽泉霜当魂"。

在观海楼顶，观海品茗时，突然听到一阵《六口茶》的歌声，熟悉的民歌竟然勾起我的乡愁。这首民歌出自鄂西，在神农架每天都会唱起。后来才知道，遵义与川渝是有渊源的，而神农架也与重庆相邻，《六口茶》有渝东民歌的特点。我循着歌声望去，在一个长条桌上，一群退休的城市老人，分男女两边对座，边喝茶边对唱《六口茶》。面目单纯沉静的一排老爹唱道："喝你一口茶呀，问你一句话，你的那个爹妈噻，在家不在家？"那些穿得红红绿绿的老妈，双手放在膝上，端正坐着唱道："你喝茶就喝茶呀，哪来这多话，我的那个爹妈噻，已经八十八。"男方接唱："喝你二口茶呀，问你二句话，你的那个哥嫂噻，在家不在家？"女方回唱道："你喝茶就喝茶呀，哪来这多话，我的那个哥嫂噻，已经分了家……"

我想起神农架婚宴时男女的对唱，也是桌子两边的男女，憨厚的小伙们，羞涩的女孩们，他们的对唱跟这一模一样。因为喝茶，不论年岁老小，心中朴实真诚的爱意，被这些老人家演绎得那么诚挚感人，这是茶海中最美丽的风景。后来在晚上的一次吃茶间，遵义文联的孔红副主席，见我是湖北来的，要我与她对唱《六口茶》。这风趣幽默、朴素动情的民歌，在茶乡遵义，在茶海湄潭同样风靡，老少咸宜。

吃茶不忘种茶人。在四万亩茶海中游弋听茶，听到了中国种茶史上一段峥嵘的岁月往事。以望海楼为中心的四万亩茶海，曾经是国民政府一九三九年建立的中央实验茶场，也是我国第一个国字号的茶叶科研生产机构。国家不幸茶叶幸，抗战的烽火，将浙江大学逼迁到了这个黔北小城。我们已无从知道当年浙江大学西迁时，竺可桢校长是否考虑到了这儿"小江南""黔北粮仓"的优越地理位置。一九三九年，当时国民政府农业部在湄潭县建立"中央农业实验所湄潭实验茶场"（中央实验茶场）——从这第一个国家级茶叶科研生产机构开始，湄潭注定了将与茶叶世代结缘。

我们在湄潭的文庙——浙江大学西迁历史陈列馆中，读懂了这段历史的脉络。一九三七年，县长严溥泉力邀浙江大学迁至湄潭，这是湄潭历史上的大事件。严溥泉作为曾经留学英国的江浙人，做过江阴县长。热情相邀浙江大学在湄潭自己的辖地办学，自然有思乡情愫在里面，更多的是为湄潭的文化与科技着想。若不是因为可恶的日寇侵犯，浙江大学做梦也不会到一个黔北的县城来办学，那些顶尖的大师，他们的出现就是湄潭历史的浓墨重彩，可以提升和改变湄潭文化、经济、科技的所有品质。果然，竺可桢校长的应允，竟然玉成了未来湄潭之茶的誉满世界。可以说，没有国立浙江大学的迁入，就没有中央农业实验所和中央实验茶场。从此，美丽的湄江河畔，开启了中国现代茶工业伟大而艰难的步伐。就是这样，浙江来的国家级茶叶专家们，也把龙井的制作工艺带来了，这才有了湄潭翠芽的诞生。

中国茶工业博物馆，这是一个代表着我国茶工业发展历史进程的国字号博物馆，它在湄潭县城的郊区，曾经是湄潭茶场制茶工厂的旧址。所有的工厂面貌都未曾改动，依然保持原貌，没有一件伪文物，仿佛一声令下，这个工厂又可以开始生产，仿佛工人刚刚下班离开。这是一个简陋的、陈旧的，但也是一个制茶设备齐全的、努力工作过的工厂，而且不是一般的工厂，是中国贵州红茶的出口基地。就在这些毫不起眼的平房里，他们制作的红茶，远销到巴西、北非等世界各地。

然而，令人难以置信的是，这里庞大的生产线竟然全是木质的。从一个车间，到另一个车间，那些连绵不断的机器，全是木头所做：立式木质茶叶风选机、切茶机、双料抖筛机、围筛机、飘筛机、拣梗机、匀堆装箱机……天上地下，包括吸尘机器，机关重重，笨拙巨大，经过了无数次的试验和改进，它能将茶叶的杀青机、分选机、揉捻机、烘干机，巧妙地串联一起，全自动运转。虽然它噪音巨大，不能经久耐用，时常出现故障，但从来就没有中断生产，这又是一个奇迹。按专家的话说，它就是我们国家茶叶智能化生产的前身，就靠它，生产着世界闻名的红茶。据说在这个茶叶加工厂里，就有一百多位木工师傅，他们负责着这套设备的制造、运转和维修。还有一些钢铁机械，如浙江杭州茶叶机械厂一九八四年四月生产的三叶牌茶叶烘干机，还有衢州生产的杀青机、揉切机、锤切机……庞大、笨重、粗陋、占地方。这些机器——不论木质的还是钢铁的，都能看到我国工业现代化蹒跚起步的艰难旧影。触目惊心的木头机械，活生生地定格了我国工业现代化的稚嫩雏形，让我们心疼，让我们震惊，让我们感叹，让我们崇敬。保存它们吧，跟它们的主人一样，这些献出了生命的机器，拼命地、顽强地运转过，如今衰老不堪、疲惫异常，静静地踞蹲在这个亢奋和激情消退的角落，像历史的老人，沧桑满面地告诉我们，国家的强大从来就不是一蹴而就的，它凝聚着几代人的心血、拼搏和理想，它必须从筚路蓝缕、寝苦枕块、披荆斩棘、拓荒辟土开始，没有任何捷径可走。

湄潭吃茶，在湄江边，才知湄潭很媚。湄潭县因湄江而得名，为乌江支流。据《湄潭县志》说："东有江水流转至县之主脉玉屏山北，经绕县城，转西至南，有湄水桥之水颠倒流合,汇为深渊,弯环如眉,故曰湄潭。"原来说的湄潭之媚,在她的眉宇之美。但湄潭,因好水佳茗,真是风情万种,媚态千姿。湄潭,好生妩媚!

炼火者

火与血，呼啸的猛兽。蛰伏在黑夜深处，狂暴的腾跃被暂时锢守着，准备随时蹿出，成为千百只癫顽的魔爪，啃噬你的肌肤，喷吐它的火舌。就算碎了一地，每一颗炭，都是它灼烫狰狞的牙齿。蓬燃在广场上的火堆，足有一米多高，是敞开的大炉，各家挑来的木炭，是最好的木炭，叮当作响，跟钢铁一样，一百筐或者一百五十筐，必须用干枯的蕨草点燃。这是全村老少的嘱托，汇聚着他们的热情，燃烧起来。已经烧透，呆呆透亮，金碧辉煌。拢火的人往上铲炭，接着火焰腾起，火星汹喷，火力四射，如金色的蝗虫飞舞，能够感受到那酷烈的、滚烫的火力……火焰焚烧后的热烬在天空曼舞，像纷飞的蝴蝶，落到每个人的头上和肩上。山风吹过，火光舐卷。铲火的人将火堆得更高。大皿村广场上，火的家族突然啸聚，这是一次重大的火拼。围观的人们面红耳赤，情绪正在被激起……胡公纪念堂大门上有一块匾额，写着"赫灵"——是的，这赫赫的神灵，火的神灵。被火供奉的、生于北宋的进士和清官"胡公大帝"胡则，被当地视若神灵。他在云端，在深邃的夜空俯瞰并接受着他爱火的子孙和乡亲的祭拜……

炼火的人来了。

炼火者一律光膀、赤脚、蓝裤、白肚巾。他们举着长长的平头刀（火铲），若有所思，气定神闲，临危不惧。夜，双峰山黑魆魆的、诡异的、凝滞的、不敢吭声的夜。这广大的黑夜中我们曾经恐惧过的一切：道德、习俗和宗教，还有漫长岁月中的隐忍与屈辱，都将被火冲溃。

大锣响起，健壮的少妇们挥动起鼓槌，敲响咚咚的鼓点，这是踩火的序曲，在火海里行走的人即将登场。他们是地道的农民，没有五大六粗，没有腰圆膀肥，没有豪气干云，有的年老，有的瘦小，有的甚至带着农民的羞涩。执起火铲，晃着手臂，张着脚丫，对那堆燃烧的火炭没有畏惧，熟视无睹，泰然自若。

是的，它叫炼火。炼火，这个古老的、藏在浙中山区的壮美习俗，这英雄主义的玩火，就是炼火，不用解释，是最好的名字。就是锤炼锻打下的铁血之火，是炼狱里焚烧一切的火。它也叫踩火，这轻描淡写的踩火，让伟大的、豪壮的行为变得风轻云淡、波澜不惊。沸腾的火堆，狂烈的勇士，被神话、巫术和信仰激励的人们，他们是黑夜的精灵与火舞者。

散布在南方群山间的火焰，堆积如山的炭火，是撩拨和造就好汉的，是一座活火山，是人们景仰的高峰，是狂欢和呐喊的理由。在浓烟中升起的火图腾，一个又一个沉沉的黑夜，是

炼火者 ‖169

风雨雷电的磨砺。南方的血液如惊湍，呼啸而至，太阳里的火，正在靠近我们每一个人。这个神秘假寐的幽灵，即将从火的深处醒来，石破天惊，火光冲天，它将焚毁一切的黑暗和邪秽，点燃人们的渴望，驱赶大地的寒凓……

东南西北四角的长竹火把点燃，火把的方向就是水门，踩火者从火海中踏过，必须往水门而去。那个胖胖的类似巫师的山人，为踩火的勇士们象征性地净身，在"赫灵"二字下，站成两排的踩火者，双手挂着平头刀，脚踩画有避火咒符的黄斋纸。这些踩火人已提前三天斋戒、沐浴净身、不近女色。山人又点燃三张黄斋纸，给炼火者全身上下熏扫一遍，称为"烙火浴"，所有的晦气和秽气被焚熏一净。在香官的指引下，胖胖的山人，腆着肚腹，有将军气概，面带神秘的微笑，傲视群雄，睥睨一切。他来到火堆前，一声喝吼，声震夜空。燃烛。供酒。念《三捻香》。唱《香赞》《水偈》。念《净水咒》。他边念诵边画着神秘的符咒，他带着踩火队绕火三圈，这火叫火坛，是的，火的祭坛。从火坛的东，到南，到西，到北，同样念着咒语，似乎在向火禀告着什么，脸上有虔诚和谦恭，就这样，他一一打开了四方的水门和火门，这片天地就属于炼火者们了，召将请圣，全是护佑他们的神灵。他们将顺利地蹚平火山，跨过火海，胜利归来，毫发无损。他们视火山如平地，视火海如溪沟……

倏然，山人口含圣水，喷向火坛，一阵烟雾腾起，他躬身向火坛虔诚祭拜……

灯光全熄，大地进入天地初创时的黑暗，一时的岑寂，广场上鸦雀无声，如万古长夜……炼火者消失了……乍然，鼙鼓动地，万骑烟尘，火坛爆裂，火星迸射，流光溢彩，璨若金殿。人群疯狂惊呼，瞬时山摇地动。手执长柄火铲的人，将火堆扒开了！一个在夜火中飞跃的影子，像一只灵豹，扑上火堆，他向火山攀跳而去，然后几步跃下，每一步，脚下都是燃烧的火焰。他的双脚踢踏出澎溅的火蕊，像是钢花沸腾，射向人群，炉膛一样的暴热向观看者嗖嗖飞来……

一次一次地拨火，一次一次地扬火，一次一次地跃入，一次一次地蹚过。每一次，攀越火山和跨过火海的英雄，矫健的身影，在金色的火光和通红的火堆中，在飞溅的火星和滚烫的火焰中穿越的人，就是神话中的英雄和永生的神灵。宛似九月稻谷的闪光，饱满、炽烈、金黄、喷射。摇荡的金秋之舞，粗犷、野蛮、无畏。火中的灵魂，天真释放的豪情，璀璨的星空，火焰下茁壮成长的子孙，他们收割着谷粒和生命的火焰。这九月丰产的烈火风暴，如此壮美，不可思议。就算是炼狱，命运也是使命。热风吹雨，吞噬卑怯孱弱的肉体，烘燃世界冷漠的魂灵。

那可是由八百度烈焰和高温组成的火堆，如果一步、两步、三步还跨不过去，如果在火堆上凝滞几秒，或者绊倒在火堆中，他将遭受大面积烫伤，甚至会危及生命，焚燃在火堆里，成为一缕青烟。想想都不寒而栗，那些踩火者，是一种什么样的力量支撑和鼓舞着他们？是什么样的冲动和魅惑使之赴汤蹈火？那火中的幻觉，火中的召唤，如何将他们诱入这烈焰蒸腾的火海中心？

红焰嚣嚣。怯懦者走远了，留下真正的勇士，在火中聆听自己血潮的暴涨，聆听深沉的血脉在这个古老村落的夜雾中叩击跳动。黛蓝的群山剪影中，沿着祖先指点的路翩然而下，在灼热的火山上找到他们。纵然，化为灰烬的只是骨肉，而精神和传说长存。生命爆发的光焰，因这些舞火者，在滚烫的大地上恢复了祖先们的骄傲与奇迹。这是献给神灵和先人的祭火，这一瞬间的闪耀，火中的身影，就是我们梦中祖先的神奇显灵……

炼火者越来越欢，越来越勇，北门冲入，南门杀出；西门冲入，东门杀出。"十字插花""双龙出水"……火的苍天和大地，冲破荆棘和封锁的火门，频频听到炼火者体内响起的远古血性的呐喊，火坛上升为穹窿，所有的血脉，都是一座庄严巍峨的祭坛。

一刻钟，一坛，四十五分钟，三坛。踏火山、闹火海，炼火者蹈袭在火中，已经是一只只摇头摆尾、踢踏烟尘的金狮，是一只只浴火重生的涅槃凤凰……而那个潇洒的大肚山人，更是在火海中、火山中如履平地，闲庭信步，让人目瞪口呆，不知有何高深的道法。大锣铿锵，钲鼓齐鸣，金蛇狂舞，火龙飞腾……这乡村的狂欢，如火如荼，似焚似炼！

据《磐安县志》载，胡则被当地百姓尊为"胡公大帝"，生前喜观炼火,他死后,当地案堂每年都要到永康方岩炼火,意为胡公"跑炼乌金"。磐安大皿村胡公纪念堂前的炼火,千百年来,从未熄灭,一条金色的河流,一直滚动着逼人的热浪,沸腾着他们的血液,并照耀着那片土地上生生不息的人们。

火山蹚平了,火海黯淡了,大地还是滚烫的。炼火者从火海的中间扫出一条道来,所有观看的人,都要从中走过,感受这火坛的余威,祈祷来年的日子红红火火,越来越火,顺利走过这人生中的火焰山……

磐安炼火,为国家级非物质文化遗产。如此剽悍、狂放、刚劲、酷烈的炼火,藏在浙中山区的野地里,火焰煎炼的民风、披着闪闪金鳞的蹈火者,彻底颠覆了我对柔性江南的印象。

酒与器

在泸州受邀采风，是郎酒安排的。夜晚遭遇六级地震，震中在三十公里外。梦中惊醒，听到桌上器物的叮当碰撞声，以为有闯入者掀我的床铺，醒来，吊灯剧烈摇晃。主人赠送的酒壶放在桌上，它依然如初，闪着瓷器高雅的光泽，喜庆、华贵、温润，用它柔和的光和家的氛围安慰我的惊悸。它在这次地震中气度不凡，安之若素，完好无损。

包括斟酒器和酒杯，这样的酒器是值得信赖的。这套酒器，它镶的金边和杯脚的金色，据说是真金，酒壶上描绘的荔枝图也是。在红花郎与青花郎的酒瓶上，每年耗去的纯金有三百公斤，这个数字着实吓人。一天十万个酒瓶的生产，在泸州合江县的华艺陶瓷基地，这家为郎酒提供所有标准酒瓶和订制酒器，包括郎酒系列和郎牌特曲系列，酱香、浓香和兼香等酒器的工厂，让我叹为观止。

展室里、流水线上，绝美的酒瓶，壮观的酒瓶，大大小小、高高低低、造型各异、色彩斑斓，兼有孤傲的峭美和浩荡的壮美，令人目不暇接。这里已经成为我国著名的陶瓷艺术展示中心，其收藏和正在创作的陶瓷艺术品琳琅满目、水准一流，在陶瓷瓶和器具上手绘的画，写意、工笔、书法、现代派、后现代……难以细数。这是一个高品位高格调的艺术创作中心，一个将酒器典雅化和人文化的梦工场。

酒是一种世俗的饮品，而酒器在现代只是一种盛酒的大众化器皿，但在郎酒这里，酒器成为一种极致的艺术创新、艺术制造、艺术品鉴和艺术收藏，让我们看到了时代的高端审美和工艺水平。

想起在湖北恩施的摔碗酒，酒下肚，酒瓶酒碗就摔掉了，这种酒叫biangdang酒，摔酒碗的声音，破罐子破摔，是对酒之器的蔑视和轻慢，是破坏，是粗野原始的酒宴礼俗，是民间的放肆与恶搞。那个酒碗并非瓷器，而是一种粗陋的陶，有刺，变形，歪瓜裂枣，碗沿有一点点釉，但整个碗毛糙不堪，不配酒神之饮，成本几毛钱而已，也是准备让你摔打的。这种酒，适合酒鬼和疯子的啸聚，反正，摔它个稀巴烂，是最好的结局。我记得我一次在酒桌上就摔了二十多个，主人说，摔吧，摔吧，值不了几个钱。

但在古代，酒是礼神和娱神的，喝酒是有仪式感的，器具是精制的，酒是通神之物，饮酒不可亵渎神灵。《说文》中有"爵，礼器也。象雀之形，中有鬯酒"。在《礼记》中："先酌鬯酒灌地以求神。"由敬神、娱神到实用，从天空走下神坛，成为寻常百姓之饮，是一个漫长的过程。酒是农耕时代的伟大

酒与器 ‖ 175

发明，是神秘的液体，是神灵所赐。我们在华艺陶瓷基地，看到了那些经过一百零八道工序制成的酒器，喝一口酒到嘴里是多么不容易，其间的艰辛劳动并非人人能够知晓并目睹的。

酒瓶的制作跟酒的生产，除了加入现代科技，同样需要传统的支撑，需要古老的人文情怀和人文情愫。酿酒的五月"踩曲"，我们知道，那是对神灵的侍奉与恭敬，是顺应天道、天人合一的某种仪式。但在"静坯"之前用一只小手指对酒瓶口中圆润度的探摸，就是用人的手指对酒的倾泻孔道进行抚慰，有可能使酒入口时绵滑、温润，有一种人性的暖意注入里边。这虽说是猜测，但谁知道呢，本来嘛，酒就是神秘的，与酒有关的一切都充满了不可言说的魅惑。

我们有幸看到了郎酒的酒瓶是怎么由一粒石子逐渐诞生的，在酒柜，在商场，那个酒瓶的造型，就是一个传统酒壶去掉壶柄和壶嘴。这种简约的、婀娜的、典雅的造型，直抵酒与壶的本质，形如女人人体最优美的曲线，是属于诗与雕塑的。采用低温红上釉，配以金色宝相花纹饰，这位"红花郎"既有烟火气息，又有仙女品质。精致华贵的储酒之器，是酒与器的完美结合，就像池塘盛满了碧水和白云，好酒盛在这样的器皿中，是完美意义上的一瓶酒。

我一眼就看到了原料中的天然玛瑙石，那一颗颗巨大的玛瑙石，花纹奇特，五颜六色，它应该是当宝石制作工艺品或精密仪器的，得知竟然从法国进口，全部研磨成粉末，再加上泰国的高岭土、石膏、钾长石、方解石、石英粉、白云石，化为石浆,通过球磨、细筛、打浆、压滤,柔滑已如丝绸,细腻宛似牛奶,真是过于奢侈。经自动注浆、成型瓶体、滚压瓶嘴黏结、修洗坯后成为合格的静坯,再进入高温窑炉,浴火重生、羽化成蝶、凤凰涅槃,再贴花、镶金、烤花、贴牌……才能成为一只酒瓶。

而酒瓶的成型烧制是德国的工艺,千万支陶瓷瓶要保证釉色均匀统一,真是太难了,为此,大批的科研人员研制出了十多种陶瓷酒瓶专用设备,还有最先进的全自动化设备、机器人,保证两百万只陶瓷无一有色差。两次高温的熔炼,两次高温的烤制,仅用五个小时,没有一丝粉尘,没有一缕烟雾,从原石至成品,一道道关隘,一次次考验,一百零八道工序,干干净净,一尘不染。我看到偶尔有废弃的瓶子,只有一点点瑕疵,肉眼不可见,都会被扔掉。从制坯开始,就算机械化、自动化的程度很高,但每个工人仍然是不可或缺的,他们仍然是品质的重要推手,他们的细心、精心和匠心,在每一个工序环节,不允许有一点差池。心有美器,则必成之。

酒器的开发和创造,在华艺陶瓷这里达到了登峰造极的地步。那些毕业于美术学院的年轻画师们,在酒坛上创作的画,是陶瓷艺术的极品。我们看到手绘"合川三宝"的一个瓶子,创作者说要绘制一个月,一幅《荔枝图》要半个月,有的一幅画要半年时间。这样的酒器,已超脱了它的实用性,而是纯粹艺术的表达,使一杯酒更加沉甸甸的。来自德国、日本和我们自己研制的那些设备,则是科技对一杯酒的现代塑形。一杯酒，喝下去容易，但盛满一杯酒的瓶子却是太难，难到成为一个庞大的企业，一个巨大的创意，一个宏大的艺术叙事。

有酿酒就有酒器，《汉书》上说："酒者，天之美禄。"酒是为神灵所赐的天上饮品。我们在博物馆会看到历史上的各种酒具，多为青铜所制，爵、卣、尊、彝、觥、斝、觯、瓠……贮酒的又有樽、钟、钫、壶等，饮酒的有羽觞、卮等。所谓爵者、尊者，后来都引申为更多的意指，如加爵、爵位，尊敬、尊贵。但最早的酒具就是实用的食具，如碗、钵、罐、瓮、盂等器皿。成为礼器，是在商周时代，渐而有了敬神和娱神的功能。青铜酒器的巨大、威严、精巧、华贵，用以显示贵族与皇室的权威，在宴飨、朝聘、会盟时，达到显摆和震慑的效果，如兕觥、尊、卣、方彝、罍等。也就是说，酒之器，我们的祖先从来就没有简化过，比之现在，更加雄伟、精制和繁复，但，也显得笨拙、朴莽。

我参加了郎牌特曲的秋酿开窖仪式，作为嘉宾，我们下到窖池，用铁锹铲开那封存了一个夏天的窖泥，我听到了一句话："千年老窖万年糟，酒好全凭窖池老。"郎酒的浓香窖泥是泸州本地特有的黄泥，它封存的，是窖池内神秘的、众多的微生物和香味物质，在黑暗中向酒窖深处渗透，化作金浆玉醴，汩汩而出……

这是一个有着四千九百二十八口窖池的巨型厂房，蒸腾着浓郁的酒香。广义地说，这些窖池莫不是一种巨型的酒器？它盛放着正在神奇变化的酒糟，沉睡了整整一个夏天的发酵粮食与酒曲。开窖后,我们闻到了那从窖池深处涌出来的酒的味道,这股原始的酒味,沉着有力,密集绽放,接着要在秋天这个丰收的季节持续七十多天的投粮、加曲、发酵、蒸馏、取酒。这个秋天,盛大的收成将是五千多吨的原酒,续糟配料——每完成一排发酵需要沿用五分之四的母糟,再重新加入新的粮食和辅料,让新粮老糟参差交替,深度融入,以此循环往返,生生不息。一个酿造周期,夏季转排后的第一轮生产为秋酿,经过冬酿、春酿和夏酿。四次的蒸煮、四轮的发酵、四排的取酒,四类不同风格的酒:秋酿酒浓郁、冬酿酒绵长、春酿酒甜净、夏酿酒爽冽。面糟、上层糟、中层糟、下层糟、窖底糟,所出酒液等级分为二曲酒、大曲酒、头曲酒、特曲酒、调味酒五等。这五千吨原酒再经过储存、勾兑、检验,盛入精制的酒瓶里,只有美酒才有资格配丽瓶。一滴甘露落入口,千粒珍珠滚下喉。物与灵,人与神,酒与器,在此相遇,这种难解的千年之缘,终于完成了由一粒粮食到一瓶酒的神奇之旅。

汉风凛冽

身着褐衣的凿石者，紧攥着灼热的錾子和铁锤，对准巨大的石头，凿着，凿着……这是汉代无数为逝者忙碌的工匠，映在历史帷幕上悲壮沉重的姿势；顺着背脊和胸膛滚下的汗水，冲洗着厚厚的粉尘，留下一道道闪着盐晶的沟壑。叮叮当当镌刻画像的铁质声音，迸溅、轰鸣、翻滚，直至被深邃的时间吞噬得一干二净。那些粗陋、细致的刻痕终于冷却，留给了历史。

是史诗。这激越的汉风，不曾偃息，曾经幽咽，从未掐灭。铁写的、铁磨的历史，錾尖的墨水，心灵的诗篇，在天地浩宇间呼啸。石头，沉重滞缓、不易被时间风化和打败的物质，从一开始就沉默着，变成血脉的风暴。内部的火焰灼烫，坚守着坚硬的秉德。强悍粗莽的体积，它神秘的黑暗深处，潜藏着一个朝代的骨骼。

用铁錾解救出囚禁的生命，解开身体的锁链——他们曾经生活并将永远生活在那个令人神往的汉代。还有兽，禽，子虚乌有的传说中的仙灵，闪烁在汉代人的想象中。怪兽，异禽，腾跃的影像，被錾子凿下的一刹那捕捉，将它们狠狠地摁住，摁在石头上，将它们压入石头，像远古生命死亡后的化石……一个时代的悲欢、想象、渴望和骄傲，一个时代的响动和脉跳：农耕、捕猎、征战、婚嫁、殡丧、庖厨、骑马、梦境，以及出现在灵魂天穹上怪力乱神的世界，朱雀、玄武、渊龙、彩凤、玉兔、麒麟、羽人……"左朱雀之茇茇兮，右苍龙之跃跃。"（宋玉）这热气腾腾的三界，从深古的墓室、威严的汉阙、亲切的宗祠、王侯贵爵亡灵的神道，再次向我们袭来。力。美。气势。狂放。粗拙。恣肆。在血汗和艺术的祭奠之处，在磨亮的石头上，在繁密苴壮的时空里，诸神充满。

石头之书。一个怎样的汉代才配得上这上面的线条与图案？什么样的艺术才配装饰这生与死的舞蹈？永恒不朽的石头，从无数山体崩裂而出，掠过飞尘，狰狞扭曲，倾轧蒸腾，点燃祭祀的灯，标示时间的方向……疾风初起。这石头横空出世的壮观景象，在众神狂欢过后，拉开了汉代神秘的长卷。这浩瀚长卷，无声的石之河，历史的倒影，成为我们远去的玄想、仰望和怀念。

将一座山齐刷刷地劈下，不对，应是凿下，像刀切斧削一样壁立千仞。狮子山楚王陵的墓道，既是石刻，也是石切。难道这些凿石工，不是农民，不是石匠，不是在蒙面的粉尘中谋生的卑贱者？来自田野的雕刻大师，他们谙熟生命在石头上存在的秘密，抽出每一根线条的黄金，他们是揭示秘密的人。一切艺术诞生于旷野。

在狮子山楚王墓前，有许多庞大的、未凿完的石头，它们横七竖八、犬牙交错地胡乱堆砌在那儿，这是一个未完工的工地，似乎看得到石匠们尚未走远的样子，他们从沉重的巨石里爬出来，像一只只甲虫，满手老茧和血渍，看着自己即将完成的杰作，在一个血红的黎明悄然离去……

……凿石者在石头上留下了温驯的牛和尖锐的犁——它们可爱地耕耘着汉代的大地。嬉戏的羊、飞翔的大鸟和心怀叵测栖居在屋顶及车轼上的神鸟。扬鞭的农夫、握锄的农夫和播种的孩子。接吻和交媾的男女。炮鳖烩鲤的美食家。执桴击鼓，羽葆飘扬，投琼著局、嬉耍玩乐的艺人。

……凿石者在石头上留下了歌吟、吹奏和长袖起舞的仕女。留下了织布、络纱、摇纬的农妇。迎宾的侍仆、下棋的闲客、烧烤肉串的饕餮者。背牛、扛鼎、拔树、伏虎的力士（他们的脚插进了泥土深处）。

……凿石者在石头上留下了头戴斗笠，身着蓑衣，手持耒耜，引凤升天的炎帝。熊首人身，口吐仙气，体生双翼，乘黄升仙的黄帝，青鸟为其衔食的西王母。在楼阙上亮翅的三足鸟和诡异的九头兽、九尾狐，以及人首蛇身、马首人身、鸟首人身的众神……

无数梦幻与现实的场景，雷公雨师出行、象奴戏象、转石成雷、水人弄蛇、幻人吐火的百戏图。羽人戏麒麟、傩舞图、秦皇泗水取鼎图（众人拉鼎，上有飞鹿神骏，下有鱼鹤怪鸟，那条啮咬鼎绳的龙，惊恐紧张）。车骑过桥、宾主宴饮、侍者献食、仙人点灯、玉兔守鼎……水中的鱼车、蟾蜍驾车、玉兔驾车、飞鹤驾车、祥龙驾车、神鹿驾车，虬龙、星象蟾蜍、风神、伏羲、女娲相送的盛大升天……超凡的艺术想象，让笨拙的石头成为天空和灵山，成为神祇的圣庙，成为诸神飞翔的穹窿。死亡像一场狂欢，是生命的另一次开始。削去楚辞"魂兮归来哀江南"的凄婉幽愤，生命不可终结，永远高亢存在，这澎湃烂漫的灵魄，精骛八极、同气相求，犹如天地初创时的大典。

云龙风虎的遒劲造型，挟风云雷电，携日月星辰。浑圆饱满的线条，以大朴不雕之雕，大道无言之言，大象无形之形，组成了石头上的大汉风景。什么叫汉唐气象？在徐州，在我见到的汉画像石上，一个时代的伟大气魄和盛世年景如辒重和沉雷从天庭滚滚而来，撼人心魄。

沧桑历尽，从荒野上挺立起来的石头，就像汉代，仍在遥远的地平线闪光。那些灵魂的仰望者，对天堂的渴盼是从神道开始的，石碑、石柱、石人、辟邪、石虎、石马、石牛、石羊，如仙槎，生双翼。至石椁、石棺、石阙、石祠……笨重的石雕，因紧贴大地的煌煌匠心，而身轻似燕，飞入袅袅青空，冲破云烟，进入太虚圣境，脚下，仍是磅礴的汉家厚土。

两汉文化是以荆楚文化为重要基础形成的，"汉风楚韵"是徐州历史的真相与格调。汉延续楚的旋律和回声，荆楚浪漫恣肆、奇诡炙热、"独与天地精神往来"的艺术气旋，汇入汉代气势汹涌、古拙天成和浑厚沉雄的血脉狂潮之中。这涅槃般的淬炼，视死如生的冥想，击破了天堂和世俗的边界，穿越了历史的沉幕风烟，回肠荡气，虹腾霞落。

徐州，汉文化的重要发源地，"大汉起于小沛，大汉根在安国"。虽然汉兴起于楚，但两汉是汉族自我确认的时代。她的自信、青春、强劲和力比多膨胀高昂，其他朝代无可比拟。她的开疆拓土，到达过河西走廊和南疆的沙漠深处。我想起"三十六人抚西域，六头火炬走匈奴"的班超，这位以三十六人平定西域的杰出汉使，以强大的胆略和吸附力，收服了西域五十多个国家。没有像班超这样挟持大汉之风的吹彻，吞吐八荒的豪杰，没有汉画像石这种体量的艺术之魅，文景之治、昭宣中兴、光武中兴又有什么神采和气韵？

"大风起兮云飞扬，威加海内兮归故乡，安得猛士兮守四方！"大风，猛士，这就是徐州汉画像石透射出的凛冽之气，无数灵跃的石头垒砌着，占领了惊涛轰鸣的历史河岸，带来森严激荡的气象，横亘在千山暮雪、万里长云的时空，雄浑、苍劲，成为汉代的丰碑。

夹金山云海

宝兴因多种宝贝而兴，比如大熊猫——这里是中国第一只大熊猫被发现的地方，有金丝猴、扭角羚羊、牛羚、马鹿、宝兴歌鸫、珙桐等珍稀动植物，还有夹金山——红军长征途中翻越的第一座大雪山，还有这里的嘉绒藏族。可宝兴也是多难之地，经历了"5·12"汶川大地震和"4·20"雅安地震，两次地震使宝兴元气大伤。但宝兴也因为这些灾难而得到了全国人民的关心，我到过的两个宝兴村寨，是震后重建的，一个是雪山村，一个是戴维新村。雪山村在陡峭的山崖上，而戴维新村在一个山谷中。这两个村的建设，都有国外的设计团队参与，其美丽程度是其他国内村庄不可比拟的，真是风情万种。

去到硗碛藏族乡，才遇到夹金山。硗碛是一个藏族乡镇，意为高寒山脊，在海拔两千两百米的山上。下了车，转身即看到白雪皑皑的夹金山，四周风马旗猎猎，带来了雪山的寒气。山上真的很冷，房间里要有电暖器才能坐下。到处买衣裳，菩萨保佑，终于买到了保暖内衣。这个藏式小镇上走着服饰奇特的嘉绒藏人,他们不像康巴藏人,也不像卫藏藏人,他们的服饰与丹巴嘉绒藏族的也不同,但他们的确是藏族。而且,这里的藏式火锅如此好吃,不知名的野菌汤撵走了高山的寒意。我们傍晚散步时,看到夹金山从云中露出了她的真容。山峰在云之上,在晚霞的映照下,孙惠芬说多像天上的宫殿。她长期在大连,没有见过如此高大的雪山,这让她有许多美妙的联想。的确,就是天上的宫殿,是众多菩萨居住的地方,也像屹立在远方的传说中的古堡。

第二天早晨,云彩上升,大雾弥漫。但这一天肯定属于佛祖的庇佑,在多雨的雅安宝兴,从刚刚下过雨的硗碛乡出发,竟然天色大开,万里澄蓝,峰壑历历,天地如绢拭水洗过一般。

一路上在琢磨夹金山的名字,很怪,夹着金子的山?主峰叫夹金峰,一座山峰也夹着金子吗?古人敬山,不会把山糟践,不会给山取个狗剩、憨豆的名字,对山有敬畏。何况,这里是藏族聚居区,藏族同胞心中的山都是神山,湖是圣湖。在山上一看,四山围着一汪一望无际的云海,这个白云的海子,就叫它"白云措"吧。虽然我到过许多名山大川,看到过不同的云海,但我看到的最漂亮壮观的云海就在夹金山上。

我站在最开阔的山崖边,接近四千米的高度只有积雪和高山草甸,但盛满白云的山谷像涨潮一般在激荡,周围的山只剩下山尖,远处的积雪山峰像白色的狮群蹲在那里,它们是云端的神兽。啊,那些黏稠的、松软的、絮状的、轻盈的、饱满的云海，那些无边无际的云海，那些在阳光的刺激下鼓动不安的、藏匿着无数深壑的、带着某种诱惑让我们恨不得一跃其间的云海，触手可及，仿佛我们站在天堂的门口。昨天傍晚的那些天上宫殿，就在我们身边，这是多么神奇和不可思议。更神奇的是在东面的雪山中，我们竟然看到了四姑娘山的峰尖，在阳光下金子一般闪耀。

当地人告诉我，夹金山在清代还称甲金达，为藏语夹儿的译音，意为很高很陡的山峰。主峰夹金峰海拔为四千九百三十米。又听说夹金山是指道路弯曲，翻越夹金山到达阿坝，就是翻越王母寨垭口，这里海拔四千一百一十四米。夹金山还有一名叫大雪山，这名字直接。红军翻越夹金山的故事是我们小时候读过的课文，好像还有插图，穿着羊皮背心拄着树棍的红军互相搀扶着往山顶攀登，走在纷飞的大雪里。按现在的话说，这是一只庞大的登山队，海拔四千米其实对职业登山人来说，根本就不是问题，怎么会碰到书上说的冰雹，死去无数人？那个巨大的登山队，无心欣赏如此壮美的风光。在没有被追杀，没有粮食短缺，身体健康的情况下，看景人只对它的景色有兴趣，革命只是一个插曲。雪山、峭崖、峡谷、湖泊、飞瀑、森林、野兽、云海……这一切是何等的壮观，这座山，有一万个理由不赋予她政治色彩。但，这座山注定是属于革命的。

在所有的回忆录中，这长征中的第一座大雪山是那样艰难和神圣，成为巨大的障碍，但也是红军起死回生的一道生命之门。虽是六月，对长途征战，人疲马乏，强渡大渡河、飞夺泸定桥之后的红军，夹金山是一个鬼门关。山如此之高，六月，依然白雪皑皑，大家饥肠辘辘，衣衫单薄。据说能分到三个土豆就不错了，筹集到的辣椒水还不够喝。对从瑞金来的南方人，喝辣椒水比喝毒药还难受。我在纪念馆看到红军用过的重机枪，这得几个人抬才抬得动，但山上空气稀薄，山石陡峭，又常年被冰雪覆盖，走路都很困难，这样的机枪是如何抬过去的？还有炊事班的同志挑着锅碗瓢盆，又是怎么过去的？果然，我找到了这样的记载：炊事员们不顾轻装的命令，坚持负重六十到八十磅，锅里还装着米和其他食品。三军团的炊事员在山顶停下来，为抢救病人做姜辣椒汤。他们坚持说：我们不能让任何人死在雪山上。他们把热汤做好了，两名炊事员却倒下了，再也没有醒过来。红军到达陕北时，这支部队牺牲了九名炊事员。在记载中，翻越夹金山因为高原反应和寒冷，倒在这条山路上的红军战士有几百人。后来的部队看到路边有许多红军遗体，也无法掩埋，他们就永远留在了这山顶，这云海深处。

夹金山不是一座山，是一条山脉，我们的汽车依盘山公路上到山顶，都花去了两小时，红军一天翻过，是不敢想象的。据宝兴当地学者考证，红一方面军一九三五年六月十二日上山，六月十八日才胜利翻过雪山，前后耗时七天。这七天也许是指所有部队，但每个人要翻过去，必须一天，还只能在下午四时前，否则留在山顶过夜必冻死无疑。

此刻，四月的山上寒风呼啸，一忽儿风，一忽儿雾。山顶垭口的积雪有三四十厘米深。在五道拐时，雾霭突然迷眼，雪风呼啸而来，气氛十分诡异。一会天才大开，王母寨垭口阴坡的积雪更深，脚踩下去嘎嘎直响，在雪山坡上打滚，摆剪刀手照相，手脚一会就冻僵了。如果不小心，会一直滚到山下。山势陡峭，雪成冰壳，走一步都艰难。这支队伍中有毛泽东、朱德、周恩来、张闻天、王稼祥等。被抬着长征的王稼祥，最后因为山路太陡，只得从担架上下来，被搀扶着翻过了垭口。

虽然路上的地名不雅，什么牛棚子、筲箕窝、蚂蟥沟、五道拐、九凹十三坡，但回头看群山奔腾，云海茫茫。革命者毛泽东徒步登临过如此高的雪山，四十多岁的他，正当盛年，壮志未酬，胸中气象定不与蒋介石在一个档次。常走大山，一定胸有大壑，神闲气定，看过这样的云海，心内激情奔腾，其境界与眼光，气场与襟怀，定在四千米之上，打败老蒋是一定的。"五岭逶迤腾细浪，乌蒙磅礴走泥丸。"看一看这诗人的气度吧，眼界吧。翻过此山，天下还有什么不可征服的？

不管出于什么目的，你都应该在人生中遇见一回夹金山，她的云海，一定会在你的心里留下圣洁高远的怀念，并且时常会在眼前飘荡和奔涌。

大地的哈达

大地如此慈祥圣洁，这条河谷就是神灵幽居的古老故乡。沿着大渡河两岸，以及她上游的大金川，一百里盛大的花海，盛大到浩荡，到奔腾，到翻滚，到衺延不断。只有一种色彩：洁白；只有一种味道：清香。这百里的白，满川的香，这被梨花淹没的一个又一个藏寨，被馥郁洗劫的一座又一座山头，仿佛大雪突兀而至，雪崩席卷而下。这样的村庄，为迎接春天的到来，用一万株、十万株、百万株古老梨树的花，抵抗山顶雪峰的冷，大河奔流的寒。

蜿蜒飘拂的梨花海，爆着响声的玉佩，点燃耀眼的浮冰，云帛重锦，这是大地的哈达，献给春天的吉祥祝福。这是大地的奇观、人间的奇景、世界的奇迹，农耕文明的壮丽长卷，它就横亘在川西，横亘在阿坝州的高原之上。

梨花真的开疯了，完全疯了，有吐尽天下芳香的豪气。我闯入这样癫狂的花海，像一个少年一样带着童贞的亢奋，被这春天之火的魔力快乐烫痛，有如一个蹈火者。高原的阳光照耀的那些纯真笑脸，那些青春丽影，那些在花丛中徜徉和歌舞的人，那些蜜蜂的嗡鸣，那些吹起的长长的铜钦、甲铃和敲响的咚咚的藏鼓，那些嘉绒藏族男女跳起的马奈锅庄，服饰奇美的女子，头插雉翎、手握藏刀的剽悍男人，像是花仙，像是雄鹰。这茫茫的香雪海，玉洁冰清的漩流，疯狂地旋转在金川的土地上。在沙耳乡的神仙包，相传这里是成吉思汗东征病逝的安葬之地，巨大的土堆疑似他的墓冢，这漫山梨花是对一代天骄的最好祭祀。在咯尔乡，俯瞰大金川河谷，依然是燃烧的花海，那种气势就是一场声势浩大的季节起义，是对冬天的彻底反叛和决裂，对春天的攻占与欢呼。

沿着梨花的长廊，织着河流的花环，这里的大金川河谷已经完全是茫茫花海，不仅仅是沙耳乡、咯尔乡，还有庆宁乡、勒乌乡、万林乡、河东乡、河西乡、集沐乡、撒瓦脚乡……数不清的千村万寨，全笼罩在梨花盛开的赫然气魄中，梨花烂漫，粉妆玉垒，雪浪翻飞，不可遏止。

金川在阿坝藏族羌族自治州，是一个特例，它被称为阿坝的江南。不过我更看重她的气候，三月这里如此温煦，春风如此和蔼，阳光如此明媚，天空的蓝把梨花的白和雪山的白衬得格外纯净，因为梨花的肥厚，近看像是水晶雕出的巨大花树，在河流的滋润下，以天真的素白照耀和守护着这儿仙境般的生活。收获果实的秋天一定比想象的还要壮观，也有同样的温暖和甜蜜馈赠给这儿勤劳的人们。

这种恢宏的春天的仪式，是古老先民为子孙创造的狂欢节，它依然浸透着祖先们的记忆、嘱托和想象，让春天变得华丽如"东女国"的皇宫，这是大自然装饰的宫殿，用千万朵鲜花打扮的瀛台，盎然吐放着他们的激情和基因，那么浓郁、强烈、雄健、妩媚、炽热，洪波涌起，渐至澎湃。被点燃的高原之火，白色的烈焰，是山川的血液。群山在梨花中浮动，绚烂瑰丽，令人情迷意乱的磅礴光流，被流淌弯曲的大渡河带向世界，像是高原洁白的神话和梦境。

在这无边无际的花海中，一定有一位巨神，是她丰腴晶莹的躯体，一直在眷顾着这片土地。让人们吮吸她丰沛的雪乳，滋养他们的道德、精神和信仰。那几乎透明的花瓣，细小精致的花蕊，有黄，有红，有绿，以微小的光芒组成汹涌的火树，点亮这片吉祥的天空。在夜晚，她是千万个月亮照耀下的银之川水，这白色的精灵，月光的河流，纵情劲舞，跳跃和奔泻在春梦间，被河水拉曳成银色的星空。火焰相互串联的秘语，是遵循着高原季节的召唤，一瞬间喷发如春雪。被这发狂的花海夹拥的大渡河，即将湮没和窒息我们的躯体与意识，我听见了梨花喊叫、拥挤、争吵和闪烁的渴望。煨桑祈福的烟火和村庄的炊烟汇合，从花缝里钻出来，流溢和洇染在梨树林、古碉和藏式小楼之上，这袅袅的、慵懒的、牧歌般的自在日子，被花海宠坏了，这里的藏、羌人民如此幸福地陶醉在静谧如童话的梨花园里，令人艳羡。

梨花的怒放，梨花的挤攘，梨花的壅塞，梨花的嚣张，在这片高原上、河川里滚滚向前，就像春天冰河炸裂，就像传说中东女国妖娆的女子,盛装华服,炽翼凤飞,粉汗为雨,歌吹为风,与春色一道翩然降临人间,进行一场高原盛大的加冕典礼。那些在梨花丛中评选出的梨花仙子,是嘉绒藏族和东女国花魂的复活,娇艳的重现。而她们,那些独特美丽的嘉绒藏服,高贵、冷艳、妩媚、矜持、神秘,在山坳里,在山冈顶,在河滩上,在悬崖畔,蓬勃、放肆、凶狠、狂狷、骚涌、直拗、坦率、硬气、洒辣、轩昂、堂堂正正、云气如剑,似大鹏展开垂天巨羽。嘎达神山、索乌神山和琼布神山上的雪峰,雪峰之上的白云,这高原上最浩荡的白,天上地下的白,是真白。这是众神的花筵,三千珠履,飞觥献斝,卜昼卜夜;这是放逐的花妖,烟纱玉瓒,春宵倩影,炯然窈窕。漫天纷飞的花语,属于云朵之下的善良人民。

香气蒸腾,银光堆泻,这春天之火,静静地在阿坝高原上燃烧,这古老而又年轻的玉树琼枝,一年一年带给人们无尽的惊喜和狂欢。

我今天遇到的这一切,这生命的瞬间,是一种隆重的恩典。在这里,流蜜的、翡翠的河流,洁白无尘的梨花海、雪峰、寺庙、铜钦、古碉、经幡、优美的舞蹈、神话和部族的传说、雄劲的信仰、树木的传奇,全都闪现在强烈的阳光下,葳蕤并滋润着这片香风花雨之地。

嘉绒亦即嘉莫绒,意为"女王的谷地"。只有女王才配有这片膏润的谷地,才配有这片谷地上盛开的古老梨花,才配有在花下生活的美女如云的嘉绒藏族。

金川，是一个产出金子的地方，也是一个曾经让乾隆皇帝头疼的地方，乾隆"二征金川"的历史惊心动魄，但金川的雪梨也曾是乾隆和以后清廷皇帝的最爱，为上等贡品。"中国雪梨之乡"的美誉天下闻名，这里有金川一枝花——金花梨，也有数百年历史的鸡腿梨享誉全国，被专家们称誉为"全球雪梨最佳生态区"。这里的雪梨果大汁多、形态光洁、果肉脆甜、肉汁洁白、入口即化，品种达八十一个，品种之多，真是琳琅满目，令人眼花缭乱，让人口腹大饱，而金川雪梨是全国唯一的、独有的梨子品种。

一年一度追寻你的踪迹和香魂是不可能的，但我会记得这次流蜜的偶遇和邂逅，记得你在天边的一隅散发的异香，展示的幻景，阿坝连绵起伏的高原群山之间，你汹涌腾越拍击天穹的花海，清香的气息。是一双什么样的巧手，是谁，织就了这条巨大的哈达，捧来这满满的祝愿和崇高的敬意？这属于高原的永远的花季，让金川永远吉祥，永远明艳，永远甜蜜，永远年轻……

恩施大峡谷记

恩施大峡谷,为大器晚成之地。因山闭塞,久不闻名,累石巨柱,独啸旷野,深壑纵谷,藏于山中。因埋名隐姓,更比他山阅历深久,沉静世外。任他熙攘浮嚣,人景杂沓,而此大峡谷新境一开,万众瞩目成绝响。

以亿万斯年的驻颜相守,待深闺人识,一跃而起,举世皆惊。深闭神秘,迷障重重,未尝不是最后辉煌的见证。尽管峰无其名,谷无其姓,山固有奇,名不畏俗,一炷香也好,玉笔峰也罢,岩湾天路也好、母子情深也罢,无甚要紧。山本奇诡,志在大雅。崔嵬难述,无可旁类。天容我自巍然,岂有他哉!

从马者村吃过午饭出发,微雨渐收,空气润如花房,茶园青青,草色如黛。突见峡谷绝壁横亘,为雨龙山绝壁。其气势磅礴,斩切而下,如狂雷砰訇,砸于足前。往上仰视,此绝壁喷薄而出,直可上天。环顾四周,全为神剜鬼削之势,如巨人城栅,满座皆栗。如此庞然大物,气势汹汹,意绝尘寰。

再往前，是朝东岩绝壁，在雪照河之对岸，如斧劈去一半，另一半失落云空，一半留与人间。雪照河水，如雪照景，白如素练，悠然东去，注入清江。其大峡谷之势，已全在眼前。真是罕世绝景！明代写山高手袁宏道说：如井者曰峡。科罗拉多、雅鲁藏布、长江三峡，皆曰大峡谷。科罗拉多荒凉可怖，雅鲁藏布诡异迂回，长江三峡狭长逶迤，独有恩施大峡谷为天下大井，函泉万方，开阔森朗，胸有大壑，喉如天啸。百多公里，其域广袤。大河碥、前山绝壁、大中小龙门、板桥、龙桥、云龙河、后山、雨龙山、朝东岩、铜盆水，在屯堡、沐抚、马者、木贡、板桥诸地恣肆狂欢，傲若无人。

云龙河地缝在去七星寨路上，忽见前有大罅，如大地裂骨，天斫一刀，何等瘆人！地下奇景，飞瀑狂注，晴雷喷碧雪，地心贯长虹，如巨蚌之含玉，石榴之咧嘴，五彩缤纷，不可名状。

一线天又名七星门，两山对垒，令人晕眩。进去则四山巉壁绝渊，千围万仞，处处孤根拔地，支支独笋插天。仰望则帽落，长啸则音回。往山上攀去，到处鬼泣神叹之崖，如入狼号虎阚之地，岌岌莫知其端。

兴致大增时，顺山势诱入深峡长廊，才知已到半山。如有恐高症、心脏病者，辄不能往，可寻另一平缓岔道而行。但大胆者十有八九。万丈峭岩，千尺断崖，有我一路。脚下万里苍翠，山坡梯田隐隐，人间城郭，尽收眼底。但山太高，人悬半空，远荒云路遥迢，腋下风急，两股战战，四肢瑟瑟。周遭烟蹄雾爪，不知天上人间，神思苍茫。但也有在此谈笑风生者，奔跃摆pose者，长歌狂吼者，作征服状，无畏相。本是无路客，却从云中行。如今人们看山确比古人有福。可在如此险峻危崖上凿出一条路来，让人们从近处深入山之腹地，看清它的面目。但也许不对，山只可远观，不可近玩。特别是那些气魄非凡之山，本不是凡间物，何必以区区之俗我扰赫赫之神圣，讨狎昵之嫌。有人在此寸步难行，如黏岩之鼫鼠，窘态尽出，那便是山之高远不可犯，威严不可欺。群群蕞尔小人，穿山腰而过，既如英雄，亦可忽略不计。人之渺小，如蚁如蝼，空中绝岩成大路，乃是托凿工之福；万里空烟作远瞩，根本是天梯偷景。有种者，云槎乘去，邀我胆魄，可唤魂兮归来。

走过此段，悬心稍放。在岩湾山中幽谷小憩，松风袅袅，吹汗无缕。再往上行，又见一绝壁，直立如切糕。上有一松，是我族类，是名鞠躬松。此松欲跌欲飞，奋翮有姿。亦如一人鞠躬，礼向深谷万岩。可以理解礼失求诸野：大谷有礼，全在高险处。礼失于世，藏之危崖，其义昭昭，真可警示天下。

攀入大楼门，惮愕于路断天门，可一缝进入。真是欲往南墙撞，却有鸟道行。两山相对，如掰开之豆荚，如双帆高悬，二峰骈立，如此对称，宛似人为。有此神工，造化达极。呜呼！绝境又通烟塞，山中又有新途。

再前，但见一峰突起，云雾飘来，峰似桅杆。正惊呼时，其夹缝中还有一峰，更是怪异，云崖飞渡，摇摇欲坠，其细如一深秋荷梗，支其无力，惊世骇俗。这便是稀世奇峰一炷香。

我谓一炷香道：

山之坚贞不屈，非凡人所想象。最细处仅四米，高百五十米，却屹立万年不倒。其骨骼铮铮，风雨难撼，冰雪难欺。一峰孤出，立于云表，心有雄志，不弃不毁。苦难寂寥，奈我若何？其躯之弱，危如累卵。其脊之韧，令人惊魂！世有万山，独我昂昂。锋锷之拙朴，却锐利有刃；身廓之逼仄，却擎天有根！

一炷香后，还有玉笔峰、玉女峰、玉屏峰、拇指峰、孤峰等峰之奇观，或如笔，或如女，或如母子，或如拇指。步步景色，无有赘复。常细雨滴落，化为云雾，飞云聚散组合，山岳时隐时现，如魔似幻。渐至孤峰时，天色大开，视野辽阔。往山下行，再回首，群峰狰狞，山壁如墙，门牖全闭，高不可攀，拒人以千里之外。感觉此行游历似不可信，从何路而出？群山如茧，全无阙处。金峰玉屏，穿崖歃石，已不是沿路所见景色，消隐无踪。阳光普照，好似南柯一梦尔。

我说恩施大峡谷，以山之雄绝衬峡之深切，以峰之怪诡衬路之险骇；以千钧狂野之气，托宇宙幽冥之志；以生僻无扰之境，撩纯情娇媚之容。

往高峰远路，看大气象，得大境界，赚大胸怀。神惊一回，百世不悔。人与山似，不喜平庸；人与谷肖，爱做深吼。有麓泉之乐，可常相忆，万念耿耿，系于一山，情眷在兹，魂倚不倒。常想从酒池肉林，入清风大野，万壑一开，涤我心尘。人生苦短，纵乐更短。近山水取滋润，亲天地得灵魂。

人有时真可遽然以他景之境，让心与乾坤契，襟与大荒合。倏忽之间，可以壑为喉，以谷为歌，以山之骨为脊，以云之态为臆。神笔一柱，浩浩写我大风。

从恩施回，特记于此，以谢大山。

鼓岭遇雨

冬天也被植物纠缠的山野，笼罩在黧铅色的天空下。寒意是从雨雾中升起的，通过古老的街道、房屋和石板路，这些越来越黯淡的景物，又通过冷雨聚集在一起。深埋在时间厚壤下的记忆，那些人，那些古人和洋人——番仔，在雨中，他们会时常出现在闪着冷冽光芒的街道上，彳亍游荡。他们，古老的人，仿佛有最后一个坚守者，一个番仔，执着地，打着洋伞，皮鞋发出被雨水浸过的沉闷橐橐声。他刚从大清五个夏季邮局之一的鼓岭邮局出来，给遥远的亲人发过一封信，贴上大龙邮票，有沉重的邮戳在信封上奋力一跺的声音，他在鼓岭生活的信息便传送到大洋的另一端。他趿了个弯到邮局背后的古街，用地道的福州话点了一碗放有岭上薤菜的海鲜锅边，与店里的山民食客们聊天。然后，他买了挑担卖菜的几把水灵灵的青菜，还有牛肉，有香草——那是炖牛肉必放的。这种鼓岭生长的草，会把沉醉的香味留在味蕾上、梦境里。那些低于街面房顶的黑瓦和蓄水的石槽，都在雨中顽强呈现。他孤独地走过田陌、水井、坟、荒地，走近石砌的屋子，百叶窗在风中啪哒作响。檐廊上，一杯咖啡已经冷凝。溪水正在流动，溪上的大石圆墩墩的。

干净的石墙，经过了一百年，依然百毒不侵，连青苔都没有感染星尘，它们的自净能力太强大、太神奇。也许到了半夜，它会悄悄掸掉身上的尘土和苔藓，挺着贞洁干净的胸，拗着脖子，站在这风雨如磐的时间里。

开始蒸腾起来的市声在一个山岭上，在曾经虎窜狼行、古木参天也鸡鸣狗吠的村落。千年紫杉横卧的虬枝像巨大的钢栅显示着它们的躯干，井壁上长满蕨类的水井台上，光滑的井圈刚被那个番仔汲水的绳子摩擦过。番仔在这儿有几百人，像候鸟一样，等五月天气转热后就会准时出现在这里。他们大兴土木，啸聚山林，兴办教育，传播宗教，免费治病。他们打网球、游泳、跳舞、赛马，也端着猎枪射杀山兽，在他们打死的斑斓大虎面前吹着滚烫的枪口摆pose。

射杀老虎的美国牧师柯志仁，还射杀过豹子和豺狼。他的枪和那只搁放死虎的凳子连同他自己，都不知所终。他们欣赏自然，扼杀自然，行为古怪。但他们优雅的生活透过幽冷空寂的石屋，使我们看到精制瓷器的碎片、门的铜手柄、地板细细密密的纹路、沐风且私密的百叶窗、宽大舒适的石阶和设计精巧的地下室、通风口……

通过石阶凹陷磨损的部分，我想象着夏日清凉中那些在雨雾里撕扯的身影，他们走在宋代铺就的南洋官路上，在石磴道上，抬着"竹笕"的褐衣乱头的笕工，吱呀的竹杠刺出雾霭，沉重的喘息与白雾汇在一起，在迂回曲折的街巷逶迤移动……前面是什么？是卖油条、油饼、老鸭汤粉的小吃店。民宿。杂货店。杂货店门口摆有一溜小摊，塑料篮里有鼓岭生长的香草、人参菜和天门冬。香草炖鸡鸭鱼肉，是一些风干的藤叶，有着植物特有的香味，一元一捆，自己投币。钱投在一个空空的剪口的油壶内，全凭良心。人参菜健胃润肠，可以清炒和凉拌，五元一包，也请自己投币。还有紫背天葵，就叫西洋菜，是当年番仔带过来的。草药天门冬三十元一斤，想要自己过秤自己付钱。这是老街一百年的规矩，菜放门前，投币自取，绝无贪小便宜者。当年郁达夫和庐隐都来过这里，吃着村民的酒，睡着村民的床，也沉醉于此地的乡风人情，享受着仙境般的桃源生活。庐隐说："若能终老于此，可算是人间第一幸福人。"那个发现鼓岭的美国牧师伍丁应该是首先发现了这儿天境般的乡情才流连于此……

此刻的雨雾依然带着一点黛蓝，好像暮色来临。行人全无，门口的对联亮着唯一的红。但角落里的野茅、竹丛和梅花都在顽强生长，梅已打苞。往四下望去，松林和深厚的山体阴影将视线隐去，那些造型各异的石头屋，古堡一样蹲在层景中。在迷蒙深处漂浮的屋脊与院墙，全像是用巨石凿的，像搁在旷野的怪兽，在绵延的青烟中忍受风雨和寒冷的刮削，它们残存的身影是冬天黑色的慰藉。

那个在石头上凿出的游泳池，是浪漫主义的杰作。巨大的空间,像是一场舞会过后的枯寂空寞,盛满了特别伤感和别离的残液,落叶成为信物。我们坐在池畔的椅子上抽烟。隔着桌子,关仁山给我们敬烟点火,火光带来的丝丝温暖慢慢渗入身体,仿佛在劝说我们忍耐和勿言。烟在烧,风很硬,我们在寒冷中吸着烟。当年更衣的屋子成为茶室,有电暖器和热气腾腾的茶水。电暖器照着桌上喝茶的器皿和套绒的椅背,泛着归家的红光。可是我们还是不愿进屋,我们这些人,依然坐在洋人们夏天身着泳装坐过的地方,望着空阔枯竭的泳池,像坐在落叶荒寺前。山坡密匝匝的松林里,似还有别墅的废墟,在那儿半露着它们的哀伤。风动山冈,一阵阵的浓雾从山上翻滚过来,像是天瀑,使得在这疏肃的季节,我们无论如何都无法逾越某种悲伤的意绪,各自想着那些与我们无关却深深触动我们的事情,内心空落茫然,莫名惆怅。挖掘的石池,堆砌的石壁,在建造之初就似乎想到了它们的结局,隔绝了时光的温馨抚摸。芦花飘飘,冻雨霖霖,那些已经离弃的身影,像孤魂野鬼,漂浮在异国的荒野,或散落在破碎的回忆中。

失去主人的奇异石屋,它们的内部是我不愿意走进的,好像你前行一步,就是与某个孤魂汇合,看他手擎油灯,从百叶窗透出的幽幽光线里,那被石头潮湿的反光勾勒的脸,在一瞬间,又嵌进石壁,一阵淡墨洇开,变成了旧时的镜框和水渍。

在万国公益社高大的挡风墙外,当地人指给我看纪念郁达夫的鹤归亭,在那儿,是农历清明,他曾在村民自酿的酒中醉过,并酒后吐真言:"魂若有灵,我总必再择一个清明的节日,化鹤重来一次。"更远处是东海,有一条通往连江县的路,但我们看到的依然是无边起伏在细雨中的山岭。

大梦书屋的出现是一个小小意外。也许它就是志书上记载的商务印书馆或者开明书局的前身——我愿意这样想。就像在无人荒郊遇到一个妖冶女子,有前世的气息。这座灵异的书楼,在冷雨清寂中独自优雅,也可以是一座书的教堂。是谁将那么有水准的书搬运至此,在门外的野云与寒风灌进来时,那些书,文史哲,都是精心挑选上山的。阔大,幽深,还有着书楼的美妙幽暗,仿佛偷蓄着随时可能失去的整个人类的智慧,让一个探秘者发现这儿满地宝藏。还是石屋,是一个石头垒砌的库室。那些深刻的、在历史星空中闪亮的文字,静静地摆放在这里,因为潮湿,翻动书页的声音暗哑而低细。云雾一团团涌进,萦绕在书架和走廊里,你忍不住有想要挺身而出保护这些古老而脆弱的书籍的念头,怕它们在如此的严寒中衰老和死去。再新的书在这里,都像是一件古物,蒙上了羊皮封面,里面画着通往奇境的地图。它们如此幽寂,简直像在暗夜里摇曳的寺火。我们在迂曲的书架中穿梭、寻觅,脚步轻轻地迈上楼梯,进入二楼,继续寻找,看书,静坐,在窗口向外张望。绍武、跃文、马原、我,我们搭着肩,这张被夏无双小朋友拍摄的照片成为那个冬日书屋中精灵般的亮点。我们在书楼听雨。我们在窗口看山。那渐渐爬升的石磴道上,隐隐传来当年番仔们的赛马声,马蹄敲打着石头。蹄声远逝,云雾缭绕,寒风吹彻。这清简浩大的凉意,在白鹭与云雾沉瀣一气的野岭,适合我们远眺。

鼓岭最值得敬仰的景物是那棵一千三百年的紫杉树，一定在浓林如墨的时代，它只是其中的一棵。以它的体位占据宠大时空的树，枝丫泛滥，挣扎在微亮的雨中。"谷暗山尤静，林昏地愈明。"在那"如絮飘扬，如突烟瀹涌"的鼓岭浓雾中，虎阚狼嗥的阵势敲击得群山嗡嗡直响，那种被群山掷下的空旷和时间，变得如此辽阔苍茫，它的挟风的厚重与神秘，几乎覆盖了一座山岭的历史。只有它才有资格与时间对峙，充当证人。想到与东海澎湃一样的字眼，那曾经连绵起伏、莽莽苍苍的紫杉丛林，奔跑过多少珍禽异兽，它们美丽的羽毛和花纹，它们强健的蹄爪和骨骼，它们的吼声，赋予了多少生命的壮美，每个夜晚的森林骚潮声，与那些灵兽同在。可这棵树，老树，它太老，太孤独，简直像神一样，这是多么可悲的现实。寒冬来临，它吞咽着扰人的雨雾，鼓岭的山川在它眼里缓缓移动。生命太久之后的寂静是一场苦刑，曾经一起磅礴流淌的吼声，消失在大地深处。激越的倾诉，凶猛的摇撼和椎心的疼痛，漫漶成无边无际的悲剧。好在，在宜夏别墅门口，我又看到了两棵千年紫杉，无奈它们离得很远。孤独是永久存在的理由。孤独有着圣像般的庄严。

这一棵树，和这几棵树，有如鼓岭的沉重鼓槌，它们引而不发，永远只为汹涌欲狂的激情做一个姿势。

那天的雨，我又想起在吃饭过后，被马原索去的一蔸蕹菜，青翠可人，它将被马原带去栽种在西双版纳的南糯山。无论是乔木还是柔软的草叶,在这里经历过万年,如果它们与我们相遇,一定有某种道理。现在我的口里还留有蕹菜香软腻滑的美妙气息,植物生长的神秘气息和浓密阴影,有如穿过大地的深邃甬道,抵达生命的秘境。在生命尽情狂欢过后,一株草,连同一棵树庞大的影子,将被带往各处,继续呼吸。

沉船与刺桐

作为一名曾经的水手,我深知水的凶险和残酷。湖泊,江河,我领教过它们的暴虐。水吞噬过多少帆影和生命?那些敢惹江河与大海的人,他们是悲情英雄。为生活所迫,无意间成为最远的文化信使和最远世界的瞭望者。大海永远是咆哮的荒原,在千万条用生命的墓碑和沉船铺就的"路"上,有一条水路,缀满了传说中的金子。它只属于少数幸运的人。

没有绝对的成功,每一次远去就是诀别。这些乱头粗服,赤脚两片的人,把性命掖在腰上,乞求神灵,从这里出发,许多人最后抵达的却是死亡之乡。

无论是内河还是海洋上的船工,他们都叫海员。他们喜欢穿海魂衫,衣裳的扣子是特有的海员扣,扣子上面是一只锚。衣裳破烂了,要将扣子绞下来,缝在另一件新衣服上。因为锚是安全和岸的象征,是水手的图腾。动荡漂浮的生活是危机四伏的,行船跑马三分命。

你看它:这只沉船静静地搁在博物馆里。它早在八百年前就死了，死于与家乡港口咫尺之遥的地方。连船板都腐烂了，驾驭它的水手们呢？曾经征服过多少惊涛骇浪，越过多少暗礁险滩，从天际归来的船桅让在岸边日日伫望的亲人——老婆、孩子和老人，惊喜万端。但是，它沉没了，像是一个天堂里的玩笑。他呼号，他在浪里哭泣。他功亏一篑。他死不瞑目。而船成为大海坟场里的又一个坟墓，成为鱼的穴居，成为盐分和贝壳啃噬的美餐。成为一次海难。成为偶然中的必然：会玩水的水上死，会玩刀的刀下亡。也成为航海针路簿（也叫《针经》《针谱》《针簿》）、航海海图。

　　这条沉船，它现在叫展品。它占领了一层展厅。它太大。它本来可以在淤泥中安详地腐烂，让世人忘记它。它不想回忆往事，可它却成为泉州最辉煌的往事和见证。只是，它残肢断臂，衣衫褴褛。一具风浪中的骸骨而已。当然，它是一具巨大的骸骨，是众多当年风浪中出现的恐龙。它经历奇异，远走他乡，四海为家，天生的浪荡公子。这艘曾经骄傲的船，这艘南宋末年的海船，能抗住时间腐蚀的残体只有这些了：长二十四点二米，宽九点一五米，深一点九八米，有十三个隔舱。出土的桅杆长十七点八五米，是迄今为止泉州出水的最长桅杆。尖底、龙骨结构、水密隔舱、多重船底板、有操纵尾舵升降的绞车。它身躯完整的时候有五十米。有人推断，一条这样的船少说可装两百吨货物。在当今，在我工作过的水运公司，二百吨的铁质船也是相当可观的，是公司的当家船。航行在长江之上，也是气宇轩昂，气象万千。而当时，数百年前，是什么样的雄心壮志和非凡气魄，让泉州人可以建造如此庞大的船呢？这个设计师和船主是什么样的英雄豪杰？

可是，相比于郑和下西洋的宝船，长四十四丈四尺，阔一十八丈（长约一百三十八米，宽约五十六米），这艘船只能是小巫见大巫。想一想郑和船队的阵势吧，两万多人，数十上百艘船，艏艉高翘，金碧辉煌，气势磅礴，如庞大的水上宫殿，"其所乘之宝船，体势巍然，巨无与敌，篷帆锚舵，非二三百人莫能举动"（巩珍《西洋番国志》），简直是一个水上移动的国家，所到之处，怎不会万人空巷，让人欢呼惊叹？

今天看来，这条船依然有些单薄，除去风化剥蚀的厚度，我这样一个老船工，掂量它的时候，仍然不禁为它捏一把汗。它航行了一万海里？十万海里？它到过波斯、阿拉伯、印度、锡兰、埃及、马六甲、苏门答腊、莫桑比克？到过南海、红海、地中海、印度洋、太平洋？是一个多大的商船队？他们历经了多少日子？虽然它有前人足够的航海经验，但这样的船如何一次又一次抵御无法预测、突兀而至的台风飓风？如何战胜漫漫长途上的千万暗礁险滩？我知道，在长江上，就是铁壳船，沿着航标灯标出的航道，再有经验的船长，稍有不慎，也会触礁翻覆沉没，何况这样的木质船，何况在万里荒凉的大海。虽然有智慧的密封舱，但路途迢迢，险象环生。他们是如何借用这简陋的船体，走过无数国家；面对如此之多的异域和异人，如何与他们交易？怎样用文字和语言交流？如何保存交换来的财富？如何战胜没有蔬菜和维生素的海上颠簸与煎熬？

沉船与刺桐 ‖209

一船的男人,他们会斗殴吗?他们会染病吗?他们隔绝了亲人的消息,他们会发疯吗?"鲸舟吼浪泛沧溟,远涉洪涛渺无极。"这是谁的悲怆绝望的诗句?

在这样一条船航行浩渺大海的时候,我只能感叹他们是些神人。神不可能完全保佑他们,这只是一种幻想,他们自己是神。他们也不可能插上翅羽像一只海鸥在波峰浪谷间飞翔,他们必须一点点地利用这块并不坚固的、轻如羽毛的木质漂浮物,在茫茫的大海间寻找陆地。想一想,这是何等的悲壮!不到万不得已,一个人是不会如此去远方的大海上冒险的。前面是大海,后面,是坚实的陆地,有经商头脑的泉州人,一样可以沿着另一条丝绸之路,一步一个脚印,踏实宽心地走向异国他乡。这是怎样的一种天性?如今,养尊处优和精神退化的我们,不可能进入他们狂野的内心。也许他们认为山石嶙峋的土地不是土地,而碧波万顷的海洋才是土地。古代的泉州人,是内心有翅膀的人,而他们的灵魂,已经惯于四海飞腾,风波浪里。

丝绸,当然是丝绸,泉州丝绸。还有德化瓷器、安溪茶叶、铜铁器物、中华文化。运回了什么?檀香、沉香、乳香、龙涎香、降真香等各种香料;珍贵药材、珍珠玛瑙、钻石翡翠、真金白银、槟榔胡椒;奇异风情、美人美食也随之被带回。而尾随而来的各国商人、探险家、传教士、落难王子……塞满了古时的刺桐(泉州)港。

一条这样的船,据推算,相当于七百匹骆驼的载重。可是，在浩瀚沙漠之上的七百匹骆驼的驼队，同样充满了巨大的危险。而泉州人是海洋的孩子，他们喜欢船，并且像海豚一样喜欢嬉戏于自由的大海之上，这是一种基因，一种对动荡生命的越界想象。他们更喜欢咸腥的风和鱼，喜欢帆桅和海妖的歌声，喜欢水天一色。

这是一片蓝土，在泉州人眼里，因为有了巨大的"福船"，海洋在他们眼里是无边无际的充满了诱惑的蓝色沃土。海不属于任何人，任何国家，任何君王，可以尽情开采。以船为犁，以风为季节。每年春夏之交的四月和秋冬之交的十月两次祈风，如农人祈雨一样虔敬。"当山岳般的波涛笼罩他们的时候，他们虔诚地祈祷真主。"这是泉州清净寺石砌墙上刻着的航海家们的古老祈风文字，在水手们的眼里，因为洋流和东北季风，冬季是出航的最佳时机。归航的日子是夏季西南季风最强劲的时候，正好将各地的候鸟们从世界的各个角落吹回泉州。他们就是特殊的候鸟，深谙大海季节的神奇羽人。

在这条沉船之侧，在一个静静的角落里，我看到了一个大铁锚。它是否来自同一条船上？这样的铁锚必须有巨大的绞车。有人根据该锚推算，它所在的船舶至少可载重四百吨，会比这展厅的沉船大一倍。

这是真实不虚的。我曾在二百吨的货船上工作过，我们的锚没有这一半大，但每次起锚时，得有四至八人绞动钢缆才能出水。而这个庞大的锚，要更多的人来推绞，想想这拔锚启航时分壮观的场面吧。

还有一块长三米六六的石碇。什么叫扬帆启碇？看看它。这么巨大的石碇我也是第一次见到，它又是来自哪一条船的？这些船都去了哪里？锚也好，碇也好，也是一次海难的沉没物吗？这些沉没物出水的地方，也是遥远时候的悲恸之地吗？

还有一些没有消失的，比如从异国港口带回的压舱之物，如牡蛎壳。当地叫蚵壳。在海边蟳埔村，到处是用巨大蚵壳垒砌的房屋。这些亮晶晶的、粗糙的、怪异的墙壁，是大海的馈赠。当年远航的人们，回来时船舱空了，为了压舱，捡拾他国海边遗弃的大牡蛎壳放入底舱，以抵御风浪的颠簸。这些数百年前带回的牡蛎壳，成为海边居民垒砌房屋的材料。住在这房子里的主人，有一些是曾经远航的老水手，他们不再出海。但在晚上，他们说，仍然听得到这蚵壳墙壁上传来的大海的潮音。而他们死后的棺材，也是石雕的船棺。死后，他们依然在船上生活，他们依然是驾驭大海的伟大骑手，依然倾听大海的涛声入眠，让大海安抚自己的灵魂。这生命是何等的浪漫与依恋，是何等完满的结局！死亡是另一种开始。那些砌进墙壁的牡蛎依然在澎湃，它们是凝固的海。

我想起此行中，在汽车驰过泉州街道时，同行的泉州籍女作家潘向黎隔着车窗不停地向外拍照，并指着告诉我们："看，那就是刺桐，花都开了！"刺桐，高大的海边乔木，火焰般的花序，张扬，骄傲，巨大，华贵，喧闹，沸腾般地红。

泉州古称刺桐港，刺桐港曾是宋元时期东方最大的港，也曾经是世界最繁华的港口之一。樯桅林立，百舸争流。一条船沉了，十条船沉了，更多的船将在刺桐花开的时候，驰向这里。有人看见了故乡的刺桐花正开，有人看见了东方的刺桐花正开。有人，成为亡灵，沉入海底。他的梦，他的魂依然会盘桓缠绕在刺桐港和刺桐花下。"我与大海一道/成为/一口清新的/棺材"（翁加雷蒂《天地》）。

> 再见吧，大海！你壮观的美色
> 将永远不会被我遗忘；
> 我将久久地，久久地听着
> 你在黄昏时分的轰响。
>
> 心里充满了你，我将要把
> 你的山岩，你的海湾，
> 你的光和影，你的浪花的喋喋，
> 带到森林，带到寂静的荒原。

普希金对大海的赞美和留恋，是葬身大海的所有海魂永远的歌唱。

铁观音的命运

这里是安溪，茶香鼎沸。在众多寻茶朝圣者的队伍中，往一个叫打石坑的地方走去。上山顶。又往下。松林头，果然松林荫翳，巉岩累叠。探入深涧，听到那从石缝中爆出的流水声响，有一种早已与天地共谋的幻觉，杖藜山中，想在石上煮茶，默坐听泉，一尺琴声，半寸箫鸣，剑意无痕，泠泠清欢。沿途的野草和杂树和高山芦荻，仿佛不要水的滋养，白花花地摇曳着。滑了一跤，差点坠跌崖下。在混合着冬日寒气与风云的山头，山冈的样子是那么沉着和坚硬，仿佛贡献了一切，被剥夺精光，有着被宰割后的嶙峋与对峙。茶树留下老叶，怪异地坚守着它们的位置，枪戟褴褛，在堑壕中挺立。没有雨雾，鸟声噤绝。长空中的晚霞升起来，在远处横溢成血色河流。干渴，包括我们的心臆。扯下一片叶子咀嚼，这坚厚的叶片有说不出的苦涩又有说不出的清香。它就是铁观音。白色的茶花在小心翼翼地盛开，几近透明，香气被冬天逼得很低。

接着，我们看到了传说中的铁观音母树。三百年，那么小，像一蓬刺棵，散乱长着，甚至枝干只有拇指那么粗。它的传说赋予了神迹，发现者成为铁观音的始祖，继承人成为铁观音的嫡传。

再接着，在传人魏家喝手工茶，太珍贵，十八万元一斤，叫"魏十八"。人们哑着品着搜索枯肠寻找准确的词形容荡入肺腑的感觉，形容它的香，到了什么境地，贴近地面还是飞上云空？是一种什么样从未遭遇过的旷世奇香？人们冲着这诡谲的香气，像欣赏一个巫师的魔法，追逐者趋之若鹜。那么怜弱的山野粗叶，任人揉搓和烘焙成皱巴巴的样子，是树叶的死亡之香勾引了人们的味觉，想它的悲壮，在水煎火攻中完成被人给予的高贵名分。这盅水，热噜噜的，浓酽酽的，除了解渴，还有什么点化人们精神和灵魂的功能？这里的每一处，优雅的人们都在烫煮你，研究和想象着忽忽闪闪的佛神，企图靠近你的匠心。哦，微汗，平心，涤浊，有风从肋间滑过，就是这样。有谁在帮我们整理心事，顺着那条气息铺就的天路，抵达梦中的忘乡。

到处蒸腾着茶的醇香，人们怀着斗茶的渴望，铁一样的血性，在茶中逞雄，偏安，沉醉。这茶树，在安溪硬戳戳地长在裸岩上，粗粝，矮壮，剑芒一样。那么矮，简直是丑化，矮到可笑的地步，没有一片可以伸展的叶片，坚硬的枝条一簇簇聚集在岩畔，栽者采者的拗犟不可思议。安溪的山上，崇岭千叠，布置着这些侏儒样的灌丛野士，一溜溜。

人们渴望喝上三十年的老茶，为了这一盅，可以与它一起老去。"老铁"是铁了心的叶片,不然不能叫铁观音,它的劲道潜伏得很深很深。它是岩缝长出的生命之铁,有铁的基因。这种神秘的草莽之气,是经过时间的炙烤和蓄谋已久的酝酿,躲藏,背过身去,了结了一段人与山、人与云雾的恩怨。桀骜不驯的暗流,被发现者和欣赏者化解。在壶中的铿锵之声,是历史久远的回音,像暗红色的火焰,销熔在水中。由铁至水,山长水阔。

摇。炒。捏。焙。香。韵。形。味。

硬。沉。老。钝。摇撼。

摇撼,就是摇,摇青之后的摇撼。这很特别。它幻化的水气摇撼着我们的往事和埋藏在心中暖意的念头,很强悍,有一双无形的手在推醒我们。那些明亮如汤色的光晕,烘烘的,轰轰的,像铁甲驶近的声音和卷携而来的春潮,在心头沉沉萌动——又一畦茶芽从心上悄悄生起来了,将在生命的任何时候舒展,挑着旗,随水而起。无论贫富。无论贵贱。无论荣辱。无论成败。无论悲欣。这就是传说中观音指路得到的天上佳茗。

在安溪,我像被诱入神秘植物丛林中的一只甲虫,在蓊翳的季节不停啜饮那来自神话中的煮沸的汤液,像是补充前世稀缺的能量。我不由自主,饥渴如旱地,浸泡在它的清香和浓香中。清香,浓香;浓香,清香,不停转换。在这种汤液中泅渡的人,是为了到达彼岸,还是为了溺沉其间?是因为喜爱嗜好,还是因为随缘从众?是因为附庸风雅,还是因为蹈古性高？是因为坐月清风，还是因为冰河铁马？

我在汹涌的茶汤里饕餮。小盅，但贪婪。壶，瓷器的光芒和身边那些优雅的人群。茶的艺术的暗示。那些摆放文静的器皿的木格，用铁的力量削斫和阻挡了山中草木野莽的侵犯，蓬勃葳蕤的绿焰喝成虚幻缥缈的气息，壮烈的烟霞只为了沁成那一滴古老的润喉春水。

十年养肝，二十年养心，三十年养寿。十八道工序。这个过程是驯服一片叶子的过程。制茶人铁心已定，他深谙植物的软处，他有耐心，要将它残存的生命提拎到云端，神化到与天空齐平的高度。这黑暗的蹂躏，是十八次，是十八劫。是一片树叶被铁敲打，也是一片树叶被铁锻造、由物变神的过程。三十年的冥想，等待，转侧，三十年的囚禁，雪藏，现身。这就是铁观音的命运。

茶与壶

梦玮邀我去宜兴走走。宜兴不就是紫砂壶的宜兴吗？我答应了。因为，约二十年前，我一度喜欢上了收藏紫砂壶。但凡武汉有卖紫砂壶的地方，总是要去逛逛。一次在汉口江边的文物市场，认识一宜兴的紫砂壶老板，他想赶紧出货回家，我于是掏了近千元买了他二十多把壶，有方壶、圆壶、花壶、提梁壶；有平盖、嵌盖、压盖；有弯嘴、直嘴、包口嘴；有圈把、飞把、横把、硬软提梁。此人还送了我几把非紫砂的壶，都是仿竹的，也挺有趣味。之后，我还买了一些铜壶、铁壶、瓷壶，丰富我的博古架。这些壶尤其是紫砂壶，如今肯定价值不菲了。关于紫砂壶的记忆，小时候见过老人们的老壶，满是茶垢，几乎变黑，躺在竹躺椅上喝的那种，我们叫"咪壶"。"咪"字很形象生动，小镇上的老人，在老房子里慢悠悠地咪茶，慢悠悠地享受小镇凝滞平和的时光，没有比这更幸福的。我于是也想把壶从博古架上请下来，开始咪一壶好茶。因为到了夏天，紫砂壶泡出来的茶"越宿不馊"。紫砂壶这种玩器，有一个其他东西不具备的特点,即捧着越摩挲越可爱,可以是小狗小猫,可以是爱人肌肤,可以是玉石质地,说它粗糙,手感却很细腻。陶本身冷硬,但装上茶水就温软得不行。就算不装热茶,抱一把壶也有温润感,至少比瓷亲热人。它圆乎乎的,亲切可爱,有把有嘴有盖有肚,有踏实感、空间感。紫得敦厚,紫得喜庆,紫得沉潜,紫得令人信赖。于是请下一把小巧玲珑的圆壶,开壶后天天一杯茶。茶有好茶,毛尖、龙井、碧螺春都有。可是一天不小心,将壶碰坏了,虽说没碎,壶把损了一道细裂纹,基本废了,只好又将它放回柜子里。后来又试了几把,因睡眠不佳,也就慢慢淡了端壶咪茶的兴致,一杯白开水就够了。

  陶在瓷兴起的时代照说没有任何竞争力,但偏偏明朝时,因为文人的参与,茶客们竞相"黜银锡及闽豫瓷,而尚宜兴陶"。首先还是它的特殊材质平添趣味,又有其他壶不及的优点;再则江南器皿的制作不是一般的精巧,又加上一些顶尖书画家在上面刻写留痕,或者干脆制壶者就是书画大师,与壶留名千古的愿望成全了宜兴紫砂壶的文化档次。茶本身是集雅文化之大成者,紫砂壶既可把玩,又能解渴,脱颖而出也是顺势而来。当壶与字画,茶与佛禅结合之后,在中国文化中定是所向披靡。

  在宜兴,看到了中国最好的壶,有两把价值连城的供春壶。看了几个制壶的作坊,看了蜀山古南街的烟雨小巷里,宜兴紫砂壶穿越时空的优雅姿态;拜访了制壶大师顾景舟的弟子徐秀棠先生，他现在也成了大师。在他的工作室亲手尝试做了一把壶，但歪歪扭扭未捏成形，干脆又抟成一坨，捏了个牛头，也让他们帮着烧好寄给我，留作一次不成功的制壶纪念。

没有壶哪来的茶道？所以在宜兴品茶有追根溯源的意味。宜兴品茶用的是好紫砂，而且宜兴有好茶。

宜兴古称阳羡，有好茶的历史比紫砂壶更长，什么阳羡雪芽、荆溪云片、善卷春月、竹海金茗、盛道寿眉。其中雪芽最负盛名，苏东坡有"雪芽我为求阳羡，乳水君应饷惠山"句，看来是恋上这里的好茶和好壶，以至于最后想老死阳羡："买田阳羡吾将老，从初只为溪山好。"

老天助人，我们去龙池山时，正是雨后的春天，万亩茶园因为修葺得很好，绿汪汪的茶园在白色雾气的笼罩下一眼望不到边，茶垄整齐得就像跑道，给人的强烈感觉是茶树们都在拼命吐芽生长，那些水灵灵的鲜叶是可以生吃的。小小的芽子让我突然想到荷叶钻出时的嫩芽，芦苇的嫩芽，蒲草的嫩芽，它们都很像。这些江南水乡的植物，都有着水的属性，有着嫩玉的容颜，有着雨的灵性。我摘了几片叶子放进嘴里，清香中带点甜味，没有茶叶的苦涩，这可真是怪了。江南在烟雨里浸泡着竟然如此之美，飘然于云雾中。岂止苏东坡，谁不想在此买田终老？见过太多的茶园，但置身于这种水汽氤氲的茶园还是第一次，有一种奇妙的感觉，身心有漂浮的恍惚，这种感觉想必只有身处江南才有。

接着我们被邀去湖㳇竹海喝茶。这个"㳇"字很特别，就是湖的父亲的意思。在竹海"海底",一股泉水从腾腾而起的云雾中流出,上有一刻石:"太湖之源"。小雨淅沥,寒意顿生,竹风飒飒,泉声泠泠。如此疏肃古寂之地,绿波浩荡之景,一杯碧茶汤,暖意熨热肠。茶寮里,素服高髻的茶艺小姐如云中飘来,已经备好茶与水。水是太湖之父,竹下山泉,水质极好。茶叶有两种,绿茶是"阳羡雪芽",红茶是"竹海金茗"。温杯、赏茶、投茶、洗茶、泡茶、出汤、分茶、奉茶、品茶。两种都品,先红茶,再绿茶。红茶是江苏最好的,汤色橙红透亮,直暖人心,香浓扑鼻,回味甘醇;绿茶香气幽雅,有板栗味道,汤色碧澄,厚朴藏慧。果然有"如云正护幽人垩,似雪才分野老家""轻涛松下烹溪月,含露梅边煮岭云"的意境。一行人中,懂茶爱茶的高手如云,林那北、南帆、写过几本茶书的潘向黎、裘山山、鲍尔吉·原野、贾梦玮、鲁敏等。竹海绵雨中,浓密得喘不过气来的竹林浸雨后不堪重负,如一头头大绿熊耷拉在我们头顶,好像随时要兜一捧水朝我们洒下来。茶寮里雨声滴答,寮外烟雨迷离,竹笋冲天而出,站满山坡,像一支支大戟。天色有向晚的昏暗,时间回到古代,氛围诡谲悠远。但一杯上好的雪芽可以定神涤心,红茶又可温胃。这样坐着,聊着,不时去竹林里小走几步,云雾山中赏景品茶,难得有这种雅趣闲心。江南真是温柔乡啊!要不是山下还有活动,这样的时光是可以让它停止的。禁不住口占二首,算是一点微澜,赐赠宜兴:

一

有闲来买江南水,
煎得谷雨满城香。
万垄春色半盏茶,
一生荣辱去他娘。

二

四月寻泉人迹远,
烟笼细雨雨笼烟,
春茶半杯松风梦,
鹧鸪一声到江南。

听 海

一

海。蓝色的水。赤裸裸的荒原。鱼和波浪的牧场。这大地尽头的蛮荒，蛮荒尽头的大地。动荡的大地。眼泪和苦难的收集器。一条孤零零的线，帆的窠巢。人类幻想远方的标记。大海，地球上的绿松石。安详地沉睡，收藏着生物的骨骼和花纹。收藏着它们的襁褓和摇篮。等待着它们归来。

二

曾经，我是放逐的羁客，心狱的囚徒。我是幻听症患者，耳边混乱着市声的喧扰。歌唱。叫卖。警笛。笑谑。呵斥。经诵。金属的切割声。人欢。马叫。莺声。燕语。

海，仗剑天下的浪子。悄悄地潜行，你带着深穴闯荡的气息。警觉。清醒。你来自远方危险的地域。你来自天外。来自传说中的蓝。

我将文字写在波浪的恐惧之上。我将在珊瑚、海铁树和马尾藻的丛林中迷路。这大地尽头的悲伤,比秋更郁烈。天之涯。礁石像狞笑的海狮。陌生的天空和水鸟。陌生的巨浪。以粉身碎骨的造型,表达时间。永无尽头的倾诉。咸味的语言。一层一层赶过来的死亡飞羽,唤醒你身体里沉默的风暴。在盐的宁静深处,是人类最初的村庄。

三

此刻我依然倾听着你,大海。在黑暗中,动荡不息。沉睡吧,海。在人类卑微的鼾声中,在灯火渐熄的远方,你可以屏息入梦,像一匹回厩的马,开始冥想。海太久远,使用地球最古老的语言,说着。星星升起来了。这些古老的精灵,在天上和地下应和着。涛声,巨人的足音。伟大的吟诵师,天穹下的夜行者。

四

别吵了,海。风也太坏,把你的头发吹成儿时。听海。听哑人说话。听它吼,听它发怒。听它伟大的骂街。听它爱你。这个野蛮的水妖。

早晨的海。疲惫。娇懒。让阳光刺激它。几条狗在海滩觅食。人不会缺席。一夜的涛声。你不会消失。你不会一声不吭。说些什么呢？寄居蟹在奔忙，从一个壳到另一个壳。没有安全感。到处是家。房奴。珊瑚和贝壳都回到了岸上。海汗流浃背，满身咸味。海，荒野的流民。夜不归家者。地球上的守夜人。

太阳升起来了。海突然亮了。最妩媚的时刻。一只小船出现在远方。海，在晨祷中课诵。宏伟的钟声。浩瀚的经卷。太阳翻动它。听吧，这金色的梵音。大海如此仁慈，仿佛残忍。海鸥凄厉，飞舞的圣徒。天空下的苦行僧。海在控诉礁石，把愤怒掷向它。花蕊边上的永远的恶魔。

五

伤感吧，呼愁吧。桑提亚哥式的伤感。纵然，你一辈子与海搏斗，靠海养活，海也不会亲近你。海，永远的生客，一样的面孔。冷漠。粗野。亢奋。混乱。雄壮。冰凉。狮子假寐时的宁静。当桑提亚哥不时梦见狮子的时候，他在恐惧，隐隐的。一个老渔人悲凉无奈的恐惧。把海刻在眼睛里，你会悲伤。海，我爱你。

那个老人对那条大鱼说：我只有杀死你才能爱你。那个老人说：是谁打败了我？什么也不是，是我走得太远啦。

他葬在海边的墓园，继续忍受大海慈祥的诅咒和安慰。一条破朽的渔船也在岸边。隔着沙滩，海在嘲笑它们。你只有过曾经，而它有永远。海把一切变成往事。凭吊吧，逝者。死去的爱和征服，在古老的盐粒中腐烂。海岸，大地最荒凉的墓园。逝者的摇篮。海，催眠的谣曲。永恒的祷歌。风中奔跑的亡魂。

六

流水之中，眼泪成河。

他们爱你，却没有谁真正啜饮你。这呛人的水，属于鱼和死去的人。

风暴和鲨鱼的肆虐地。最炽烈的死亡，拥抱闪电的鞭子。劈开天空的罅缝，直到激起它的愤怒。不可侵犯的尊严，带着晶莹剔透的凛冽，掀翻世界。黑色的吼声。撕开笼子的困兽。让它们胆寒吧，冲向山冈和街道的你，扭断石头、椰子、棕榈和船。摧枯拉朽，手持毒辣的长蛇和戈矛，扑向觳觫的大地。痛恨它吧，海依然蔚蓝。无法理解它的暴虐，就像俯首称臣的云彩，对它敬而远之。

恨它。用无数攫取的手勒索它，把它撕成碎片。纵然有一万道枷锁和高墙，也无法阻止大海狂热的歌唱。

七

你海底的火山，煮沸着地球的脉动。

在它潮湿雄壮的嘴里，大海的吻充满盐粒的激烈芬芳。波浪的唾沫如愤青。我，海语的聆听者。请你浇灌我的血管，篡夺我的籍贯，改变我的口味，喜欢咸腥压榨下的美，动荡不息的汹涌生活。真挚的表达。默然的沉思。怆然的抒情。爱你，像衣衫褴褛的椰树，癫狂的爱，摇荡着月色和夜。应和着你的节拍和呼吸。用语言和文字制造潮汐。在真理的盐场，翻晒大地的隐私。

八

大海，星座的皇冠，宏大的教堂，响彻着潮汐澎湃的圣钟。

没有不能愈合的伤口，盐像时间的针，缝补着帆和远方。大海不会破碎，不会干涸。

让被风吹响的潮音，枕在耳畔。在海中繁殖着希望，倾听，也是一种凝视。承接它的潮汛。让贝壳里仅存的一滴水，成为大地的圣泉。

九

大海长着古老的牙齿，啮噬着海岸和礁石。这些千疮百孔的坚硬食物，撩拨着它的胃口。

海底的参天大树，长着甘露的枝叶。通过苦难的航行和盐粒的缝隙，慢慢渗透到根的深处。

那些伫望的岛屿，孤独中潜伏的影子，是大海的亲近之物。爬上岸的梭尾螺、芒果螺和蜥蜴，与它交欢。岛屿，盐制的坟墓。穿过坟场。穿过坟场，那些腐蚀的墓碑望着我。一个驾驭大海的故事，被飓风一次次掳去。那些水鸟，站在悬崖上，像传说中的神物，像天堂的群像。

我可以想象在你海铁树掩映的海底村庄行走吗，亲爱的海？一条鱼在村口徘徊，到处是我们久违的远亲。那些贝壳的房子里，住着擎灯的母亲。海底的光辉如大地的道路，四通八达。可以用珊瑚装饰我们的婚房吗，亲爱的海？可以荷锄采菊吗？可以在肥沃的田垄间耕种波浪，并摘下风暴的嫩芽吗？

十

所有的鱼都是梦游的歌手，佩戴着鳍的腰刀，悠闲而阴鸷地鼓着它们的鳃，眼睛瞪着暗处，像面壁千年的隐士。

用鲸类的油脂涂抹那条海藻疯长的小路。和它们一起狂欢。海象。海狮。海狗。海豚。美人鱼。观看阳光降落的奇迹。苏鼠斑正在乱窜。方𩽾在踱步。怪头怪脑的老虎鱼鼓着浑身粗壮的刺。九尾鲨、尖嘴双髻鲨、斜齿鲨耀武扬威。海鳝、鳗鱼和蝠鲼像闪电，消失在巨大的水母和章鱼群的追赶中。花蟹。海胆。扇贝。贴石鱼。膏蟹。刀鱼。狗母鱼。马鲛。把自己紧缩成一团的面包蟹。介子螺、橄榄螺、鹦鹉螺、刺贝、牡蛎、砗磲、虎皮斑纹贝，在几乎静止的生死轮回中石化。海星闪烁,像梦幻的生命。箭形鱼。蛇形鱼。带形鱼。团形鱼。雷形鱼。长着鳍的动物和飞鸟。用鳃呼吸的植物。在盐水中浸泡着,却生意盎然。

哦,这片囤积着盐和风暴的地区。被上帝遗弃的翡翠。蓝色的花园里生长着危险的蜂巢。盐是唯一的营养。桅尖像溺水者的手。像兰花指。贝壳依附在船舷上,发誓最后将它凿穿。

十一

在如此的惊涛骇浪中,你要默守一个时辰。看星空如炬,探听着隐隐的死亡奇迹。在夜半磷光铺就的道路上,一只渔船归来。锚已生锈。渔夫消失。霞光染织的沙滩上,泪水正在形成,缆桩上飘荡着一颗破碎的心。

我爱你深沉的夜。磷火闪烁如宫殿。辽阔的想象。涛声像困兽犹斗。梦被装饰成钟声响彻的教堂。愁意漫过,海侵蚀你的呼吸。

这片神秘的森林。浸泡着无数鱼类和贝类的保鲜液体,不明的液体。澄明的液体。盛满神话和悲剧。盛满了船夫的棺木。流放的海。在浓浓的思乡中睡去的海。被盐呛醒。写出雄壮的诗篇。吐出满腔的哀怨。在旋风中探听自己的音讯。在落日下盘桓,天涯尽头的倒影。

连哭泣也被喝止。一个人会悄悄写下,注定震惊的名句。心中悲愤,必有名篇。

簸箕饭·山栏酒

在海南的保亭黎族苗族自治县各村寨里，整天就是看看看，吃吃吃。在椰风椰树下吃。在海边湖畔吃，在鸡叫蛙鸣中吃，在黎歌苗曲中吃，主人生怕没有招待好我们，倾其所有，将山中可吃的，都精心烹饪后给我们吃。特别是吃山栏酒，处处在，时时有。那酒柔而不软，迷而不醉，甜而不腻，香而不艳，绵而不淡，醇而不黏。没有汉族人高度酒那么凶悍，那么火爆，那么摧残。

槟榔谷的午餐是簸箕饭，记忆犹深。盛饭的簸箕，小巧玲珑，是用竹篾编的，竹篾是黎族常见用具的材料。里面铺着芭蕉叶，芭蕉叶新鲜，绿茵茵的，油亮、厚实、平滑、干净。盛着鸡肉、鸭肉、烤罗非鱼、卤鸡蛋、青菜、甜点、菠萝、小西红柿，还有一盅雷公藤山鸡汤。主人为我们斟满了山栏酒，簸箕中间，则是红白二色米饭。

山栏酒是一种糯米酒，是用山栏稻中的糯米酿制而成的，当地人称之为"biang"酒。山栏稻是黎族人种的旱稻。第一次听说旱稻，种在山坡上，也不要水。《崖州志》中说到海南稻有粳糯二种："山稻，类甚多，最美者，名九里香，宜山林燔材积灰而播种，不加灌溉，自然秀实。黎人种之。""旱稻亦曰坡黏，宜高田及坡园。四月种，八月熟，最耐曝。"所谓耐曝，就是不怕热带的阳光，也不需要水吗？稻子不是生长在水田中的吗？我在那儿看到了种旱稻的老照片，在刀耕火种的年代，燔材积灰，先烧了山，冷却后，男人在前面用竹竿捅一个洞，女人在后面往洞里撒谷种，然后不再管了，竟然还能亩产三百斤，这只能说是老天照顾黎族人，也说明海南的土地肥沃，雨水充沛。总之这真是一个奇闻，谷子在旱坡上也能发芽生长。还有照片看到收割旱稻与收割水稻的方法也不一样，是用手捻小刀一穗穗捻割，与镰刀一片片收割不同。山栏稻有三种，山栏红米、山栏糯米、山栏香米。山栏糯米酿的酒，大约有十度，没有后劲。我想到在这个县的报什黎族苗族村吃长桌宴时喝到的山栏酒，叫七仙山栏酒，瓶上还印有一首诗：玉液山栏美味香，常喝日久益健康。黎家千古人长寿，补气滋阴润脸庞。这诗夸赞自己民族的好酒很到位很自豪也很实在，不卑不亢。到黎族人家做客，没有茶水给你喝，进门一杯山栏酒，还热情唱起黎族的民歌《奔格内》，"奔格内"是黎语"来这里"的意思。这倒使我想起神农架的风俗也是如此，进门一杯酒，谓之冷酒，以酒代茶。待冷酒下肚，再上十盘八碗，邀你入座，此时喝的酒叫热酒。这是一种盛情款待客人的风俗，将那种山里人的热情一进门就热辣辣、爽歪歪地送到你的嘴边，没有由淡而浓的铺垫过程。

簸箕餐中的饮食，代表了海南黎族人对瓜果、对稻米、对肉食挚爱的多样性。实话说，我多次来到海南就为了饕餮海南的美食，那些带皮的东山羊肉，为我最爱。还有带皮的黄牛肉，皮又有嚼劲，又有糯性。什么五条腿的猪、不回家的牛、会上树的鸡、会冲浪的鱼，这些涌动着海南地域特色的食材，就像一句广告词说的：在这里能吃到意想不到的美食。

报什村的长桌宴也基本是簸箕饭的变体，是更大更宽更爽更劲的簸箕饭。也是芭蕉叶铺桌子，上面放着各种饭菜。粽叶包的山栏饭，三色，这又有了苗族的特色，红、白、黄。黄色的饭是用黄姜染的，掺黄姜汁在饭中，先把黄姜舂烂，取其黄色姜水煮饭。饭质黄色，有独特的香味，具有清热解毒的功效，最宜给产妇补身子。当然少不了乡亲自制的山栏酒。酒杯、斟酒器、盛酒器，全是竹筒，当场锯出的。筷子是用硬硬的葵叶梗做的，而菜中有芭蕉花做的菜，还有芋头梗、荷叶梗、波罗蜜做的菜，一溜长桌有二十米长。

竹子、芭蕉、鸡鸭鱼牛羊和山栏稻，这些蓬勃生长的动植物，在海南真是得天独厚，像这热带的阳光和雨水一样充足，俯拾皆是，它们在哪儿都能疯狂生长，给黎族和苗族以及其他人带来源源不断的美食和热量。

我在合口书苑，数过一株巨大的死去的榕树的年轮，它那么粗，也不过几十个年轮，因为阳光和温度，生长和生命的周期更新加快，更多的叫不上名字的各种植物，能吃的，不能吃的，我都爱它们。爱它们奇异的造型，爱它们张扬的身影，爱它们勃勃的繁殖力，爱它们摩肩接踵挤得水泄不通的热闹。像四棱豆这样的蔬菜，虽南方一些地方都能生长，但全国数保亭县毛感乡的为最好，他们的四棱豆在网上为五十元左右一斤，进入了北京上海的超市，价格更贵。其具有降压、美容、助消化等食用和药用价值，功效超出其他豆类和一般蔬菜，被誉为"豆中之王"。在雨林仙境酒店，我们不仅吃到了四棱豆，还吃过一种野菜丸子，这是八种野菜制作的丸子。野芭蕉花也可食，雨林旱鸭、栳叶煎蛋、无骨鱼煮芭蕉花、诺丽果鸡汤，还有栳叶炒鸡、红藤芯煮淮山、南瓜花、牛大力粉丝筒骨汤、椰丝卷、雨林三宝。雨林仙境酒店的董事长黄谋，一个爱好黎族文化的痴汉，拿出他自己酿制的牛大力酒，这种酒是治风湿的。在合口书苑，周燕老总也拿出她自己酿制的甜酒，这些酒配上山栏米饭，自有一种特别的情调。在秀丽山庄，我们吃到的小鸟菜、鹧鸪菜、辣木叶菜，这些稀奇古怪的可食植物，还有椰子汁，每餐必备的佳品，让我们品尝着大自然馈赠的盛宴。黎族是阳光的宠儿，大自然对他们恩宠有加，赐给他们的食物如此丰富，这是他们与大自然相亲相爱，互相哺育的结果。

特别是椰子汁，我称为上苍之水，这是上苍最甜美的馈赠。上苍贪玩、幽默，他把清甜的水沿着高高的椰子树内部送上云端，藏在厚厚的椰子壳中，然后让你惊险地爬上去才能采摘得到。这是在考验人类的勇气，要你想想如何将这一罐罐神水取出来。上苍将它们的味道配制得这么清甜可口,储藏得这么严实绝密,挂在半空之上,真是有趣得紧,但并非所有人都有栽种和享用的资格。《崖州志》载:"椰子,树高五六丈,似槟榔,实大如升,外包粗皮,里壳圆坚,剖之,瓤白如雪,厚半寸许,中空,有浆数合,饮之醇甜。或投之以曲酿酒,其味甚美……唯州东及诸黎村多有之。"将椰子汁称为"浆",也是一种美妙醉人的神饮,一种玉液琼浆。

《琼州府志》称:"黎人者,蛮之别落也,后汉谓之俚人,俗呼山巅为黎……"原来,黎族是指住在山岭的民族。这个民族在高山之巅种着他们的旱糯稻,喝着他们的山栏酒,吃着他们的簸箕饭,与琼崖万重翠岭相依为命,创造着他们的文化和财富,创造着造化天工的黎锦。

在吃着簸箕饭,喝着山栏酒的时候,黎族的男女来我们的长桌上敬酒献歌,他们满怀深情地唱道:"……好年好月一起去,夫拿锄,妻拿锹,做早稻,做晚稻。做好长好得,做田种水稻。砍山种山栏糯米稻,谁出力气大,谁就得多谷。糯米水稻、玉米高粱,年到月回,装满谷仓……"又唱《奔格内》:"……奔格内,奔格内,喝完这杯山栏酒,我们永远是朋友……"

有了这样的好饭,有了这样的好酒,如何大家不"奔格内"呢?

归去来兮

一棵彤红的乌桕从溪谷中冲出来，摄魂夺魄的红，侵入人眼，像是这清寂的时节大地吐出的锦心绣口，或是一个千年隐者突然与我们遭遇，他披着东晋的红。天空湛蓝而温暖，浓绿的植物依然壅盖着秋天的山冈，溪水从巨石中逶迤流开，大约就是潺湲之态吧。"寒山转苍翠，秋水日潺湲"，写的莫非是此地的物候与景致？即便秋色还在夏日里盘桓趑趄，但红叶开始漫漶，惊艳悄然而至。王维在苍苍的寒山中，在秋水的轻流中，却滋生出一种"狂歌五柳前"的僭越之情，无论是辋川，还是桃源，人的精神真是不可预测的跌宕。

这里的确是桃花源，也叫康王谷。抬头望去，秋云悠淡，隐隐的红叶正在山林中爬升、泛滥，一直延宕至庐山主峰汉阳峰。气流像鹰的翅膀一样平缓。一条高垂的瀑布溅散白雨，它叫"谷帘泉"，飞漱深潭，响声如雷贯耳。唐代茶圣陆羽当年曾赐它以"天下第一泉"的美誉，称它"甘腴清冷，具备诸美"。村舍藏于翠竹和古木深处，整条溪谷在庐山主峰的背面。那个东晋渔人正是在夏季涨水的时候,驾着他的渔船,从这条溪流进入的吧?果然,前路豁然开朗,山道逶迤蜿蜒,如长烟无尽入梦。一个渔人就此发现了洞天奇地:土地平旷,屋舍俨然,美池桑竹,鸡犬声声,芳草鲜美,落英缤纷,黄发垂髫怡然自乐,不知有汉,无论魏晋的一个世外桃源。但,也只有那个渔人在蜃烟飘忽的某天邂逅此处,后来想寻找的人,染病夭亡。从此,这个想象中的避秦村庄,消失在茫茫的时空中,成为人们永不得见的幻景。

我在乌桕燃烧的某个秋日,走进这个神秘的山谷。鸡犬无声,偶遇一条狗,独行在阡陌上;一个耘地的农民,面目古朴。溪河收缩,卵石裸露,山风微凉,峡谷虬深。古木荫荫的半山房舍,像有无数古代的隐者在此幽居。逼枕溪声近,当檐岳色寒,携仙鹤长啸,采松花覆床,捋霜髯而寥泬高旷,佩芝兰以芳香满径……

《桃花源记》,给每个中国人的心中植入了一个乌托邦。其实,它就是一篇魔幻小说而已,有史志笃定说这里就是陶渊明写《桃花源记》的原型之地。陶渊明的隐居地南村(栗里)就在这条峡谷中,村头有一座简易石板桥,上刻"柴桑"二字,此桥始建于魏晋。史书中清晰载有陶渊明辞去彭泽县令后,隐居浔阳柴桑。村民说,当年陶渊明每天从这座桥出入。而在栗里村溪畔,有一块巨石卧在路边,光滑的石上有一人形凹印,村人言之凿凿说这是陶渊明经常醉卧之处。此石成了历代文人的签名册,朱熹也凑热闹题写了"归去来馆"四字。

陶渊明只当了八十五天彭泽县令，一辞了之，在此隐居躬耕二十多年，心存忠义，身如古井。但拜谒者的心绪是复杂的，首先，他会怀疑此地的杜撰性质，却又会回到一千六百年前的遐想之中；他寻找陶渊明的生活痕迹，又怕玷污了陶渊明的高洁清旷。无论是隐居之处，还是桃源之境，此地不过是一道虚拟的中国古代读书人的精神"哭墙"，一个悱恻殇祭之所，一个留言簿而已。

陶渊明以归隐田园的了结方式，完成了中国人的一次人格升华，并成为读书人的榜样，读书人一种比较体面的退路，并可以提升不得意时的道德高地站位，这种高级退路被称为隐逸情怀。但是，真的有许多人，在某种令人郁闷的、窒息的体制中滋生陶渊明的想法，心生退意。辞职还乡也好，卸甲归田也好，终老林泉也好，人不就一辈子吗，何必那么拼，那么苦，那么变态扭曲厚黑？

这种生活态度，这种精神幻术，不知害了多少后来人追随五柳先生，他们从陶渊明这儿找到了崇高的依据和理由。五次辞官，坚辞县令，他直接影响了我家乡的明代公安派三袁中的袁宏道。陶渊明称官场和社会为"樊笼"，不为五斗米折腰。袁宏道更加极端，在他二十七岁，在吴县县令任上，七次辞官，并称朝廷如果不批准，他将逾墙而走，也就是从县衙翻墙逃走。"我当这个县令，备极丑态，不可名状……人间恶趣，我是一身尝尽矣。苦哉，毒哉。"他还说任职县令，"简直是牛马不如"，辞职后，不觉惊跃，如魇得醒。

归隐生活被后来者美化得有如仙境度日，简直一个个蜕变为仙风道骨，不食人间烟火。或种豆南山，或采菊东篱，在旧林故渊里，茅棚方宅间，在榆柳桃李旁，在墟烟云水中。户庭无有染尘，虚室却有余闲。荆扉柴院，带月荷锄，披榛丘垄，濯足山涧，松风漉酒，寒暮听蝉，佩兰采薇，踏雪寻梅。更有那桃花源中，青溪云林，欣抚耒耜，抱琴听松，摘菊盈把，孤影挥杯，泛舟捉月……

我们想象的美妙归田，在陶渊明那里却一团糟。拿梁启超的话说，陶渊明"不过庐山底下一位赤贫的农民……真是穷到彻骨，常常没有饭吃"。他的七八间茅屋据说是村里的一个傻儿烧掉的，只好搬至一条破船上。确实有人仰慕他，经常给他送酒送钱，这其实跟杜甫晚年有人送肉一样，是饥饿至极的偶尔一顿牙祭而已。一个光鲜的县令，一个伟大的诗人，竟然有一首披露自己不堪生活的《乞食》诗，这似乎没有什么丢脸的："饥来驱我去，不知竟何之。行行至斯里，叩门拙言辞。主人解余意，遗赠岂虚来……"而且他从不忌讳自己的不堪，自诩"贫士"。

一个小小县官的离职，简直不算什么，皆因他是一个诗人且不美化自己的贫寒而名留青史。浔阳是出隐士的地方，因为山水实在太美，适合放浪隐居。与陶渊明一起的，还有周续之、刘遗民，合称为"浔阳三隐"，但其他二位在历史上没留下什么名气。说到底是陶渊明隐而诗，隐而文，一个才华横溢的人，锄草、灌园、乞食、小醉，都能作诗，这种人就算不隐，干啥都会留名，他实在太会写了。出仕万里路，归隐千般情。这与苏东坡一样，像苏东坡这样的才子，流放贬谪到哪里，都会写出千古名篇。贬到一个文赤壁，竟然写出了武赤壁的惊涛拍岸，乱石穿空。

我读陶渊明归隐后的诗，有一种浩荡浑醉、忘形山川的豪气，也有举目茫然、万事皆空的悲郁。"人生似幻化，终当归空无。""吁嗟身后名，于我若浮烟。慷慨独悲歌，钟期信为贤。""千秋万岁后，谁知荣与辱。"……这是一种无可奈何。活着又能怎么呢？不就是喝酒嘛："但恨在世时，饮酒不得足。"怎么会！一个才高八斗者，这样的天才，上苍怎会让他长醉不醒？诗人虽然每日酩酊，但内心着实迷惘空荡，不知是佯醉，还是真酣。在后来的苏东坡的《赤壁赋》中，同样有这种浓烈的感情，如出一辙："纵一苇之所如，凌万顷之茫然。浩浩乎如冯虚御风，而不知其所止；飘飘乎如遗世独立，羽化而登仙。……哀吾生之须臾，羡长江之无穷。挟飞仙以遨游，抱明月而长终。知不可乎骤得，托遗响于悲风……"苏东坡是陶渊明的忠实追随者，两人何其相似乃尔！

但是作为最早的生态作家和诗人，田园诗歌和自然主义的揭牌人，陶渊明是我们的明灯。他在山川自然中，在松风菊丛里，等待了我们一千多年。所谓中国文人的隐逸情怀，自陶渊明始，成为一种道德高地的审美。这类诗文，得益于山水烟霞的滋养，在草木榛榛中，在鹿豕狉狉中，我们的精神与肉体回归浩大的山水草木，于自然生态中萃取文化的性灵，这曾经是中国文学的精髓。守拙归园,披薜躬耕。田园将芜,胡不归?归去来兮!归去来兮!

　　被呼唤的人们,执拗地回到山水大地中,似在那山垄陌头,在溪桥亭榭,磨损的石阶、陈旧的苔藓,那个葛巾野服的隐者,拄藜走过山涧,他久远的气息泛出丝丝的薄寒幽凉。

巴马的生命

去往巴马，大雨如注。去年往新疆的天马之乡昭苏时也是大雨如注。莫非去这些神奇之地，既遥远也要受罪？想想去巴马的每年十万"候鸟人"，也有如此惊险和艰难的旅途？巴马是世界五大长寿之乡，这种地方绝不可能在城市，也不会在离城市很近或者交通便利的地方，都是相当僻远之地。仿佛那些珍稀的"人瑞"，都是躲在密林与深山中的，带有某种神秘感的人。或者在高原，比如高加索地区，再或者在新疆、北极。

先要算去河池市，再算去巴马。要坐长途汽车，坐支线飞机到百色，再坐汽车到巴马。到巴马了还不算，再坐汽车去甲篆，去百魔洞，去坡月村，去有神泉的地方。不就是冲着那个魔洞和那个神泉去的吗？……去往巴马的路上，植物绿油油的，河水清亮亮的，天空蓝澄澄的。植物生长得真凶猛啊，空气中含着糖分，还有雨后的泥土里散发出的浓郁气息。大地给人足够的能量，同样推动万物生长，包括人类。人类这样特别的"植物"在广西，在巴马，好像特别蓬勃。水的流速也很快，全是从山缝里、山洞里流出来的，冒着一种说不清的石头里元素的气味，或是多种微量元素的气味。这种水不是平原上的河水，也不是一般的地质层里流出的水。再说了，其他地方的水也没有这么汹涌，这么丰沛。听说巴马的水是很特别的，当然还有阳光，好像全是红外线，还有地磁，还有食物，都很特别。找了几个专业数字是：地磁为零点五八高斯，比其他地方高；空气，在百魔洞里，负氧离子每立方厘米为六万个；阳光为"生命之光"，是四至十四微米波长的远红外线，能调节血压和自律神经；水为弱碱性。

在巴马有一股生命的矢能，像百魔洞里的石笋，水晶宫里的石笋，似也在呼呼地往上蹿，这种感觉在其他溶洞里没有遭遇过。石头都是蓬松的，好像要长出枝叶来。从水到天空，到石头，都仿佛是时鲜，可以生吃，水当然可以生饮。在百魔洞前的河里，我也痛饮了一顿"神水"。有点甜，但也不是很特别，味道最平淡的水就是好水。多年未饮生水了，却没有闹肚子。想到小时候，我们从不烧开水，全是生喝河里的水，那时候没有听说过污染。现在，在巴马，终于让水回到了几十年前。

在百魔洞口的河里，我看见取"神水"的人，全为来自全国各地的候鸟人，都像干渴了许久似的，都是开怀畅饮。进入百魔洞后，许多安静的老人或坐或卧在洞中。好在洞是大洞，洞中还有一个植物葳蕤的大天坑，天坑过后还有山，山上还住着一个瑶寨，从那里下来或者上去许多神秘的、面目平静高古的瑶族人。他们与这个世界联系的纽带就是这个洞，这个地方不就像陶渊明写的桃花源吗？数万的候鸟人就居住在这周围几公里的地方，全是养生公寓，他们是来治病养生的。他们怀着对生命的渴望，企求在这里小住一段时间后，身体会发生奇异的变化，所有的病灶被祛除，化为乌有，恢复为生机勃勃的状态。人们求生的欲望如此强烈，但慢性病养生的老人更多，无外乎是高血压糖尿病之类，有的老人竟然一次性支付了二十年的房租。还有许多人与当地农民合建房子，即他们出钱建一栋楼房，给原住户一半，他们得一半。全国的候鸟人以东北人居多，人们看中的是这里温和湿润的环境，四季如春。那些在百魔洞每天静静躺着或坐着的人（竟然还有和尚尼姑，也有智力不全的人），他们心中是怎么想的？进行天然磁疗，让磁能穿透身体，祛除体内的邪秽，清理体内污浊？让神力加持，道法渐深？我看到其中的许多人精神萎靡，似乎是一些被生活抛弃和打败的人。没有生活的激情，体内的阳气就不盛，无法去浊扬清。生命的动力还是要自己发动的，应该对生活有恒定的热情，怀抱寻常的幸福，内心要有持久的微笑。

在所有关于巴马百岁老人的故事中，有一则最有趣也最有参不透的深意。有人问一位一百一十多岁的老人："您每天早上吃什么？""玉米粥。""中午吃什么？""玉米粥。""晚上呢？""还是玉米粥。""那您白天干些什么？""上山种玉米。""晚上有什么活动？""在家掰玉米呀。"一个人的一生，就是种玉米，吃玉米。在南美洲，有一种说法，人就是玉米变

巴马的生命　‖243

的,人也许就是一株玉米。巴马的玉米是小棒子,叫"巴马黄",也叫珍珠黄,小且甜。巴马的好东西都不大,有一种巴马香猪,怎么长也就几十斤,而且是近亲繁殖。人们探寻这些老人吃的菜,除了小巧的玉米和香猪,也就是喝生水,吃野菜,什么雷公根、苦麦菜、野牡丹之类,要不就是火麻。因为生活没有惊奇,几乎一辈子平淡如水,也就不惧怕死亡。连活都不怕,还怕死吗?稀里糊涂地一活就是百年,这简直不算什么。也有高大上的誉词,嘉庆皇帝给当时的巴马"人瑞"——活了一百四十二岁的蓝祥写的诗中有"烟霞养性""道德传心"句。皇帝这样拽词,把一个巴马遐想成仙境,百姓整天在烟霞深处,都成了仙。但百姓的生活没有这么超然浪漫,就是一个农民普通地活着,且直接坦然面对死亡。比如这里也有与其他地方如湖北一样的习俗,人到了六十,就得为自己备一副寿棺。一般的寿棺就是放在堂屋里的,我在小说中写到神农架人就是这样,平常用棺木存放粮食。但巴马的老人则更好玩儿,自从有了自己的棺材,干脆就睡在棺材上。就这样对抗死亡,与死亡游戏。有个老人,就这么睡在棺材上,睡坏了四副棺材,结实的棺材坏了,老人却越活越精神,死神被他打败了。

对生命长短意义的理解是不同的,有人追求的是"生如夏花",不求长久,只要绽放过一次,绚烂过一回,生命在质不在量。一辈子,连县城都没去过,天天吃火麻汤玉米粥,纵然活一千岁又有什么意义?

这只是一种活法。但巴马"人瑞"的生命是我们这些追名逐利、贪图享受的人无法理解的。在他们看来，一生能活过几个皇帝才是有趣的，世人皆知的名，金山银海的利，你都有了，但没了生命，有什么用呢？

但是，民间说，一个人的寿命是上天早就安排好了的，在佛教中也是这么说的，因行善尽孝可以延长你的寿限。

一个人的身体是上天所赐也靠上天照顾，父母遗传给你什么，你生在何处，这没法选择。一个人想要在后天追求长寿，得有各种机遇和运气。比如一个人不能太瘦，病病恹恹的不行，要滋润，滋润又不能太胖，滋润与肥胖与高血压糖尿病高血脂之类慢性病离得非常近。即使你非常滋润且很健康，不烟不酒不荤，也不能保证你一生不遭遇危险，在当下生活，挣钱养家糊口多是危机四伏，恶劣的工作环境对很多人来说司空见惯。像巴马老人们所处的环境相对是安全的、安逸的，但你得安贫乐道。这里没有污染工厂，没有污染水源，没有化学毒害，没有横穿马路，没有粉尘噪声，没有单位复杂的人际关系与算计，也不存在陷害暗害、工伤事故。有道德则养心，有烟霞则养性。也因此，安贫则有道，荒淫则无道。说到底，讲的还是个贫——我理解的贫就是俭朴的生活方式，大道至简。一个人被花花世界蹂躏得未老先衰，生命透支，然后"放下屠刀，立地成佛"，这有可能长寿吗？我身边的朋友许多是放任自己的，抽烟喝酒天天上牌桌几十年，看着他们在酒桌上豪气干云，也看着他们头发渐枯渐无，看着他们步履蹒跚疾病缠

巴马的生命 ‖245

身。我庆幸在漫长的写作中熬好了性子，也隔绝了享乐，这未尝不是一种安贫乐道。看看巴马的"人瑞"们，就跟树一样安静，身上都静得起了苍苔，长寿也是一个磨性子的活。就像云来云往，生生死死，什么都看淡了。没有太多的索取，不占有太多的资源，活得几乎没有社会成本。据好事者琢磨，无论繁体还是简体的寿字，下面都是个"寸"字。他们解释说，长寿老人只活在一寸的地方。只要一寸地，一寸纱，一寸心。你有万丈豪情，你有万丈良田，你有万丈绫罗，那都是你们的生活。寿字底下没有"丈"，这太有道理了。

因为宣传的需要，现在巴马的老人成为至宝。有的给矿泉水做广告，有的给养生食品做广告。骚扰他们平淡安静生活的多了，这未必是好事。我写过一部小说就叫《人瑞》，写的是一个神农架百岁老人被开发成旅游资源，让他不得安生，打乱了他的生活常态和节奏，最后提早结束了他的生命。

为了成为中国最佳的养生休闲之地，中国的王牌景区，巴马开始骚动。巴马的生命已不在静谧中颐养天年，被佑天福。但是我相信，巴马的生命是有韧性的，无数的巴马老人支撑着这棵生命的主干，并给世界带来传奇。我们需要更多的"人瑞"，显示人类生命抵抗衰老和死亡的奇迹。

巴马，一个永远的谜。

天　马

草原因为辽阔而静止，雪山因为高远而静默。

如果没有马匹和骑手，没有马的长嘶和奔腾，草原一如远古，或已经死去，草原上将没有英雄和传说。

但是有一万匹马，一万匹从天山奔腾直下的马，摧毁一切的声音，如远雷滚过天际，带着天穹下的烟尘和雾霭，突然撬开我们的眼睛。这片草原，在疼痛和喜悦、战栗和快感中醒来，开始呼吸。马在草原上驰骋。

一次次，这就是送给草原的馈赠。

是我心中的某一匹马？超越了我的想象。这不曾是我视觉应该尽享的盛宴，这个物种，我并不熟悉，它们的气味，它们高大的比例、匀称的身架，它们的长脸，它们眼睛里的东西，它们的脊鬃和甩尾，它们奔跑时山崩地裂的爆发感。它们躲在我们一生的词语背后，在遥远的天山深处，活着，空间巨大。它们活在书里，活在虚幻的高不可攀的意境里。说来就来。像一阵风，一阵狂风，卷起天空下的血潮，呼啸而来，陡然间将我和草原淹没。

并不是所有人，能走到这里，被这惊心动魄的铁蹄刺醒。像哑巴，张大着嘴，意外地，成为见证者。我是如何走到这样壮阔无边、所向披靡的世界，混迹于它们中间？有多厚的耳膜，能够承受它们的嘶鸣？马群怒卷，就像我们心上某种东西突然炸裂。我的心，野马奔腾。

如果马的脚下有火焰，草原就是燧石。

为什么不早告诉我，这些马，一直浩荡在天山脚下？它们的家乡是没有尽头的大地。在这片幽静的草原上，在马的鼻息的深谷里，当夜晚来临的时候，连梦境都带着箭镞的呼啸。马的疆域与天空重叠，有一千条路，属于这些精骛八极、心游万仞的天马。是的，它们就是天马，汗血宝马的子孙，有着高贵的英雄血统。你究竟有多么优美？上帝究竟如何精工雕出了你？

天空，灰色的钢，充满了冷漠，充满了对草原长久审美的疲惫。但是，天马搏动的心脏，就像鹰，在飞翔。没有倦怠，一如历史上最伟大的心跳，变成文字和诗。冰河铁马的壮美，"马毛带雪汗气蒸"的悲怆……

这些天马依然在这里。在这远方温暖的山谷，气候湿润，到处盛开着艳丽的千叶蓍、神香草、椒蒿、野紫苏、金莲花、藜芦、老鹳草、风铃草、橙舌飞蓬……草丛里奔忙着啮断草尖和处理粪便的甲虫，还有一些鸟，一些高傲的翅膀，与天马们一起，在这里，繁衍生息。

伊犁产良马，良马出昭苏。"天马来兮从西极"，这是《汉书·乌孙传》所记载。所谓汗血马、乌孙马、西极马，就是今日天山下的伊犁马——天马。青骊八尺高，侠客倚雄豪。它外表俊秀，双目炯炯，枣骝色的马毛细腻光滑，四肢具有非凡的韧性与弹性，腿形漂亮至极。它的鼻骨那么坚硬挺拔，以绝对的自信抵御奔跑中打向它的狂风。它线条流畅，步态优雅，勇敢且敏感，眼里含着草原的柔情。

三千年最古老的马，从你诞生之初就是传奇。当你奔跑，我把所有的敬意都系在马鬃的风上颠簸起伏。你四肢的迈动简直像在草原的琴键上飞弹，你一定是沉醉的，草原因此而妩媚。

那些疯狂的影子，雪崩一样。天山下狂暴的云，草原的脉动。谁能够阻挡那些马没来由地奔跑？除非它因无力或者衰老死去。最后怀着颓丧，倒在星空下。

视野太辽阔，我无法伸展这样的胸怀，我的赞美之辞空空荡荡。能看到几十个村庄，几十座山冈，几千匹马。能看到马群的洪水，像溃口的江河朝草原深处泻来，卷过一道道山冈，从草原上的最东到最西，从日出的地方到日落的地方。我无法对那些成群结队、无边无际在云彩下面奔跑撒欢的马说话。生命的激流，被人类丢弃的美德和高度。它奔腾，它信步。那长卷展开的天山山脉，与山脉相倚的膨胀不动的卷云，那些在高远天空展示自己孤独美感的鹰翅，那些让人的视线飞向最远地平线的烟尘与戈壁，都是它们的家。

草原的辽阔是所有文字的空白。在汗·腾格里峰下的木札尔特河、特克斯河、苏木拜河、纳林果勒河滋养的喀拉盖云端草原、加曼台草原、巴勒克苏草原、坎日喀特尔草原上，在云端奔跑的马，有着云的品质，有着天的神性。力量、肌肉、骨感、雄心、速度、决绝，如此集生命的完美于一身。是草原锻造的美艳，坚硬的蹄声，大地的鼓点，表达着时间的节奏。

风是用马的形象雕塑出来的，如果风出现，马就会出现，在这里尤其如此。

马是所有的风景。如果它在雪地上行走，它是风景。如果它在晨雾里咴咴长叫，它是风景。如果它在干旱的浮尘中奔驰，像一首高亢、雄浑、壮阔、忧伤的牧歌，它是风景。

如果草原上的日落只为一匹马的寂静伫立，这是巨大的瞬间，我们每个人都会在这种时刻找到献身的理由。

这古老的静默和飞奔，古老的沸腾的血与激情，是草原的基因。但愿我有一块丰饶的大地，被你践踏得尘土飞扬。但愿我有一片高旷的天空，能够盛满你回旋的嘶鸣。

一个人也许会憔悴，一匹马却不会；一个人可能会猥琐，一匹马却不能。勇猛与忍耐，凝聚自己的力量，英俊与狂野，结合成一个伟大的名字。马是疾风的化身。草原如号角，天空扩大着召唤。这是闪电聚起的暗夜。好马塑造出雄健的骑手。只有奔跑和迅疾的行动，对生命才至关重要。何况它们是一种天马，它们注定了要在天空和大地之间遨游。

"一代又一代，颈脖磨着马厩窗栏，磨平了木头，像海磨平岩石。"美国诗人唐纳德·霍尔对马充满了怜悯。是的,马的风光在草原上,而不是在缰绳、衔铁、嚼子和蚊蝇嗡嗡的马厩里。有时候它会冻得瑟瑟发抖,它的身体,被草原散漫的时间啮尽。它将失去骑手,回忆天地间自己陌生的蹄音。那些空旷的回声,一匹马曾经的血。

一个哈萨克人,在月光下骑着他的马在踱步。他也许是草原上的阿肯,用冬不拉传唱着一首关于天山汗血宝马的歌。他心上的马,只有一匹。伊犁天山远,天马天上来,长嘶惊万里,万里长云开。

在这片广袤的草原上,我们每个人的血管里都有一匹天马被唤醒,嘶叫着,准备奔向夜色茫茫的草原。

抚州古村

抚州的古意是从金溪的众多古井里冒出来的，这多少有乡野的清洌寂寥，如井口生长的青青蕨草，有自得其乐的大美。但一口古井就是一泓文化深泉，一鼎文化高汤。

抚州之奇在于才子太多。有个汤显祖就够了，却还有个王安石。有个王安石就够了，却还有个曾巩。有个曾巩就够了，却还有个晏殊。有个晏殊就够了，却还有个晏几道。有个晏几道就够了，却还有个陆九渊……当代有个舒同就够了，却还有个游国恩。有个游国恩就够了，却还有个盛中国……汤显祖的四部剧作称为临川四梦，王安石也被称为临川才子，曾巩也是，盛中国也是。王勃在《滕王阁序》中赞叹有"邺水朱华，光照临川之笔"句，不管是谢灵运还是谁，抚州才子们的管管如椽巨笔，写就雪碗冰瓯之章，才有了临川才子的美誉。

抚州，有两大可以永世炫耀的：临川的才子，金溪的村子。但历史上的赣东只有"临川才子金溪书"之说，意思是，金溪浒湾镇的木刻印书全国闻名，盛极一时，但竹桥古村却是

"金溪书"的发祥地和主要承印地。无论是浒湾还是竹桥，不都是古村子吗？于是我将民谚稍改为：临川的才子，金溪的村子。

金溪之奇在于古村太多，除了浒湾古镇、竹桥古村、仰山书院、东源古村，还有蒲塘古村、游垫古村、靖思古村、萧家古村……金溪县的山水中隐匿着一百二十八个古村落，近万处古建筑。其中国家级历史文化名镇名村三个、中国传统村落六个、省历史文化名村七个。村落中不但保存着大量明清时期的古民居、祠堂、书院、庙宇、牌坊、古井、戏台、古道、古桥，而且这些古建筑还生机勃勃，荫庇着古建筑的后人，在里面繁衍生息，枝盛叶茂。这里我看到一句话：金溪，一个没有围墙的古村落博物馆。

古建筑群，古村落，这些好听的名词，在幽暗的乡野闪着光，小得就像一块藏在草丛中的瓦片，大得就像那些伸入蓝天的飞甍翘角、青砖黛瓦、天井门楼、亭阁牌坊、石木砖雕。那些院落也好，牌坊也好，完整得像是一个朝代的梦幻之影，一个精雕细凿、千姿百态、气势磅礴的艺术大展。历史的窖藏一定是在乡村，它们保持着奇思妙想的细节，其顽强挺立的意义，在每年的新秋新荷中，在游鱼的穿梭和屋檐的雨水中，在瓜藤爬上篱墙的灿烂中，在我们千山万水而至的叩访中。

这些村庄的格局一定打通了曲折的心路，能够安放一些人的满腹心事，有许多的角落，许多的门扉，许多的锁，许多的苍苔，让许多的人隐身至此，达至几千年。它们的建造之复杂,之优雅,之沉静,之大气,就是为了召唤那些在异乡的游子和游魂的。一口村头老井,除了让清泉永在,久润饥渴的旅人和族人,它最大的作用就是等待。总有一天,几百年以后,在某一个时刻,它的水面上,会映出一张归来者的脸,我们活着的人也许看不到,但能感受到。在阵阵荷香中飘来的幽魂,在月光下,只要你魂兮归来,那口井的清澈的眼里,会映出并记住水中的某人,那才是最为亲切的,就仿佛,是那个刻在墙上和史书中的人,辉煌或者悲壮或者传奇一生的投影。是的,他的脸,他的心,总会在水井里荡漾,因为这是故乡之水。还有那些道路的扭曲幽深,那些院落的隐秘清凉,都是为了招引从这里走出去的所有人、所有故事和所有时间。不会衰老的村落,走进门楼遭遇到的那口水塘,就是你的洗濯之处,无论是洗去汗水、屈辱、荣耀还是风尘。水草在透明的塘底摇曳,一切都是新鲜的,白云和墙的影子,那些路上凹槽的车辙,我们听到了独轮车仿佛依然被人推着,他们走过的沉重喘息声和车轮的吱呀声从清晨的雾里传来,依然有行人奔走在这条古老负重的道上,为了生活和理想。那些书法的牌匾,似乎还冒着墨香,写字人手握着毛笔,站在牌匾下,正在远远地打量他浑沉敦厚的大字,和如今的人们一起欣赏着他的得意之作。那些门楼的雕花、牌坊的雕花、窗户的雕花,那些雕刻者,拿着凿刀,手上和衣襟上的灰尘来不及拍打,也在打量着他镌刻出来的美丽图案,并且相信必将流芳百世。他知道他手下的作品,将与这个村庄的建筑、道路、树木和水井一起,成为永恒的事物。而且他像预言家，他所做的这些是在雕刻时间和历史的骨头。他知道有一天如果这个地方将不可遏止地衰败，在即将成为废墟的时候，会有人重新发现它们的价值和美。这种美是全方位的，深刻的，代表着我们先人的所有智慧，所有哲学和风水，是一种聚族而居的力量，可以永久缄默在它的小巷中，即使道路废弃，会有人重新铺砌石头。门楼倾圮，会有人再竖巨柱。院落的石缸干涸，会有荷花重新绽放。破碎的石狮、磉磴、石鼓，天井中的阳光，总有人会让它们复原。因为古村的生命是无限并流传的，他代表了美，也让人生活在美中。

我们走进金溪的竹桥古村，在莲荷铺天的乡风中，我们看到了它穿越时间的绝美。美是一个古老的尺度，如果你安静，在石头上忘记时间，或在石头上磨着时间，都是美的。我头一次见到如此之深，如此之清晰的村头石板路的凹槽，行路人多么固执地走着相同的路径，在几百年的重复往返中慢慢由车轮刻成。但是，让时间先走，村庄再走。村庄慢了一步，保留了自己。

我看到一个老屋门上的对联，上联是：门少车马终年静。被时间和车马浮尘的嚣张忘记，何尝不是一种大福。来往的车马如饕餮厉草，磨平你满口白齿，像村前路上的深辙。

噢，这个村庄藏而不露，媚而不妖，静而不冷。

仅仅在这个竹桥古村，就有一百多幢明清建筑。但说幢似乎是独立的，而竹桥古村的建筑是一组一组的，是古建筑的群像，如文林第、十家弄、八家弄。它们互相勾连，互通款曲，亲密无间，雨雪天在环廊中行走不用伞不湿脚。我喜欢在这有着长长甬道的连体房中徜徉闲逛，还喜欢坐在它们的门槛上，深陷时光的幽处，摸着残缺的石狮和棱角分明毫无风化的门框，享受斜射过来的阳光——它们在窄窄的小巷间，吝啬地抛下一条明亮温暖的白线，与屋檐一起切割出这古老街巷的阴影。这被亢奋时代遗忘的村庄，仿佛没经历过激进狂躁的革命和兵荒马乱，是从明清直接跨入到今天的。这多么神奇。

我喜欢读那些碑、匾、墙上的字。禁碑。余大文堂。培兰。植桂。养正山房。苍岚山房。公和堂。锡福庙。怀仁书院。镇川公祠。武略春秋。耕读传家。乐成善举。劝农笃祐。惜字炉。桓雅。大夫第。司马第。文林第……这些建筑是宅院，它也可以是祠堂；是庙宇，它也可以是书院；是私塾，它也可以是公学。这里的建筑可以成为村庄和文化的一切，它们全氤氲在一派文化历久弥新的祥云中。

我最喜欢的字是文隆公祠的一块石匾，在通往花园小径的门楣上刻着的"对云"二字，这院落里的人算是活明白了。"不谓堪舆今未改，好峰依旧对门前。"庭前竹椅，一杯清茶，一卷好书，与碧山白云相对，这样的生活，恍如我们的前世。

浒 湾

从浒湾镇古河埠的石阶数起，每一块石阶都是明清雕刻的书版，镌满了密密麻麻的文字。岂止这些码头的石阶，踏入浒湾古镇的街道，幽深闾巷的每一块条石，建筑物上的每一片青瓦、每一块墙砖，都是浒湾曾经的雕版，铺展和堆摞着他们印制的匠心。那些在雨水中晶闪的石头与砖瓦，是无数苍老的思绪，从砖缝和石墙中伸出的翠蕨，是文字曾经翻滚、愈久弥新的智慧。而扔弃在墙角和街边的断砖瓦砾上长满的苔藓，是文字永远不死的灵魂。

我在古镇的小巷里遇到一个石拱门，上书四字："藻丽娜嬛"，此门竟然是全国重点文物保护单位，当然，与它一起被保护的是"浒湾书坊建筑群"。藻丽娜嬛是什么意思？弄得这小镇一派儒雅神秘。娜嬛指的是天帝藏书之所，藻丽指的是华丽的文辞。也就是，这地方，这浒湾，是天上珍藏仙书美文的神境。难怪了！

多么美好的形容，不就是一些印书的作坊吗？据说还有一个在旧时损毁的石拱门，上刻"籍著中华"四字，这也就明白了，原来，这里刻印的书籍，就是在赓续中华文脉，记录民族智慧。

房子已老，但街巷未废，烟火尚盛；人虽已逝，但书籍仍在，雕版亦存。从"中国印刷博物馆浒湾书铺街分馆"里，我们看到了许多宋、明、清时代的雕版，各种雕刻和印制的工具。那些雕版精致，每一块不仅仅是印刷的木版，且是精美的艺术品。不久前，浒湾古镇书铺街的居民左新模，翻修老宅天井时，意外发现了十二块清代的木刻雕版。而这条街上的洪寿云家珍藏的三块清代印花木刻雕版，和徐冬荣家的一块两截木刻雕版，也相继被发现。左新模家的十二块印刷雕版，藏在他家的天井木梁上，雕版有《易经》《康熙字典》《礼记》《诗经》等内容，想必主人当年是太喜欢这些雕版和它的内容，才藏之于梁上。抑或是散失之后幸存的宝物，作为家族事业曾经荣耀的见证，作为传家宝，悄悄保存它们，是留下美好记忆和怀念的方式。

浒湾的兴盛得益于它临抚河水利之便，得益于它曾是才子之乡，有众多的文化人特别是士人的加持。人们识书、识字、识书的价值、识书的流通环节，以及复杂的雕刻、印刷、装订工艺。这是文化鼎盛时期的一个标志，浒湾港口在当时以水运为主的时代，千帆林立、书籍成山，墨香弥漫街巷，灯火彻夜通明。浒湾在那个时代被称为"小上海""不夜城"足有几百上千年。看看"清代中国四大出版中心"：江西金溪的浒湾镇、福建连城的四堡镇、武汉、北京。小小的赣东小镇浒湾为何成为全国的出版印刷中心之一，与武汉、北京这样的大都市齐名且盛名？这实在是不可思议的。

说到才子之乡，临川（抚州）不会礼让。这里山川融结，魁垒秀拔，俊采星驰，巨公辈出，王安石、晏殊、晏几道、曾巩、汤显祖、陆九渊等，都是临川才子大军中的第一方阵。我两次到这里，惊异于此地的文化之盛，走到哪儿，都有高深和神秘尚在的古代书院，几乎村村有，这是选拔和培养人才的学府。历史上，抚州府考中进士的有二千四百五十名，状元五名。一个县的进士比许多省的还多。读书人之多，形成了一种风气，更多的是没有获取功名的文化人。读书人扎堆，爱读书，爱谈书，也爱藏书。在古代，书籍是紧俏物质，于是他们便自己动手，加入了刻印书籍的队伍，书香世家刻书印书，成了当时风尚。因此地没有重男轻女观念，女子也进书院读书，这些女子知书达理，动手能力比男人强，也加入了书籍的刻印大军。制版、雕刻、印刷和装订，她们是一把好手。史载："金溪浒湾男女善于刻字印书。""善于"就是文化的支撑，是一个地方文化底蕴的显示，就像有铜草花的地方一定有铜矿。印书不是卖饼，不是种豆，不是织布，是弘扬知识、传播文化的重要一环，是文化人干的心手合一的活儿。

浒湾的"浒"读许，这是个多音字，用在地名上，它就是读许，大约是住在水边的许家吧，果然如此。《金溪地名志》载，明代初年，许氏从本县后潭许家迁来，因建村于抚河河湾，故名许湾，又因在水边，后称浒湾。也有野史说乾隆皇帝下江南，至此路过，将石碑上的"浒湾"念成了"许湾"，于是依皇帝金口，以讹传讹，便读作了许湾。不管浒湾许湾，也不管水运陆运，即使当今水运衰微，浒湾码头看不出当年繁盛喧阗的景象，但抚河边仍有三个古码头、四个明清古漕仓遗址，让人们想象曾经的辉煌。在今下洲尾、仁里街、占家巷一带，大量保存完好或荒废的仓储、客栈、茶馆、赌场、批发商号和富商大贾的宅第建筑，麇集屹立。如"贡试纸栈"，曾是储备中国古代中央一级科举考试专用纸张的仓库，也混迹于寻常巷陌、陈旧杂院中。但破旧残损丝毫掩饰不住它们曾经的倜傥卓异，绝代风华。那些院落的规模与格局，结构与雕饰，门楼的典雅，窗棂的繁复，书法的厚朴端庄，石刻的精致神工，让我叹羡古人的生活真是用心至极。遥想这些房舍庭院新建落成之后，街上石板铺就之后的盛景，经济与文化碰撞的空前繁荣，真是令人怀念和向往。如今，阳光下的街石依旧铿亮如银器，这种醉人的光泽是时间的磨痕与包浆。车辙像是遥远岁月细流的凹槽，里面盛满了独轮车负重艰难转动的吱呀声，牵引着人们的思绪飞回到耀眼年代的巅峰盛况。一个个的山房，一个个的客栈，一条条的排门商铺，印刷、批发、转运，代表着中华智慧的纸书典籍就此从这个赣东小镇出发，走向全国乃至全世界有华人的地方。

　　古镇里，有的建筑正在加紧修复，里面的石板、木料、砖瓦，多是古旧之物，以达到整旧如旧。有的文保单位里，住着人家，大多是老人。这些房屋虽然采光普遍不好，甚至有些阴暗，有些杂乱，但院子里依然阳光明亮。从古老的梁上吊下的篮子里装满了防鼠的食品，板壁上挂有各种老物。有的院落被铁丝网密封，从网眼中可以看到肥大的芋叶、青翠的葱蒜、满畦的萝卜。街边，小孩坐在古老的山房门槛上晒着太阳，玩着游戏，炊烟正在小巷里漫溉氤氲，卖油面的店铺里挤满了饕餮的食客。打盹的老头，晾衣的老妪，奔跑的小狗，人们悠闲地洗衣、聊天、买卖。偶尔会从深宅大院里冲出一棵老樟树，犹如古镇精魂，守护着这里的人们。

在古镇，行走在二十一世纪的今天，多少有些穿越感。但生活就是这样，和谐于古老和现代的交融中，这就是金溪众多古村镇的现实，也是浒湾的现实。徜徉在车辙深深的石板路上，真不知今夕何夕。在金溪县境内，总共保存有格局完整的古村落一百二十八个，其中国保单位三个，中国历史文化名镇（村）七个，中国传统村落四十二个，省级传统村落三十一个，保留明清古建筑多达一万多栋，这在全国是绝无仅有的，它被称为"一座没有围墙的古村落博物馆"。而浒湾名列其中，且格外耀眼。

京兆世家、两仪堂、三让堂、善成堂、文盛堂、大文堂、敦仁堂、红杏山房、渔古山房、旧学山房、漱石山房，有些字体如"漱石山房"故意变形、有妖灵之气，更多则敦厚朴素。"刘五云"是一个纸业品牌，而且一直是明代至民国时中国的第一大纸业品牌，却藏在浒湾的曲折小巷深处。这些曾经响当

浒湾 ‖ 261

当的堂号，传播和保存了我们中华文化的燎天火种，承续了我们生生不息的文化基因。我欣赏浒湾镇口高大牌坊上的对联，牌坊正面刻有"贯通百家金溪书卷帙宏富，渊博六籍浒湾镇刻版留芳""匠刀藻版经史子集长续中华文脉，古镇书街历宋元明清再扬盛世儒风"；牌坊背面刻有"浒湾泊千帆载赣版名著出临汝，秀谷开万卷蕴宏图英才盛乾坤""江右商帮善刻印者浒湾人，古今典籍列街铺之金溪书"，正是准确的历史评价与赞誉。

天上有琅嬛，地上有浒湾。临川浩浩才子，金溪滔滔藻丽。

书铺街的东口，有一"洗墨池"遗址，墨池约一亩，池边曾有乾隆壬寅（1782）年所立"聚墨"石碑，字体遒劲豪迈，相传是晋代书法家王羲之手迹。虽石碑无存，但浒湾人蘸尽四海之墨、印尽天下之书的自豪与雄心仍在古镇萦绕飞扬，久不能去。《无量寿经》曰："光颜巍巍，威神无极，如是炎明，无与等者。日月摩尼，珠光焰耀，皆悉隐蔽，犹若聚墨。"聚墨也许说的是一种罕见的宝玉，但形容浒湾也很贴切，它不仅仅是浩瀚墨卷、煌煌典藏的出版之地，也是光颜巍巍、威神无极的文化圣地。

土家摔碗酒

从地图上看，恩施在湖北以西的更西，像一根钻头，钻到了湖南和重庆的腹部，或者像一根灵巧的触角，脚踩在荆楚，而头已探出身外老远老远；它的三面都不是湖北。也就是说，它并没有完全浸泡在荆楚风中，倒像个另类，有一种脱笼之鹄的感觉。它虽然与湖南和重庆交织一片，但它不是湖南，更不是重庆，这地方要它不奇也不行。

奇地产异俗，譬如此地的摔碗酒。

恩施土家族的摔碗酒，我见识多年也摔过几回碗，却无法参透其中奥妙，颇有敬畏，几番思量，不敢下笔。想想吧，你被邀请去一个宴席上做客，本是彬彬有礼之事，宾主相见甚欢，大家推杯换盏，长幼尊卑有序，敬酒吃酒，无不礼数到堂，怎奈一阵猛烈的砸碗声，尖锐的瓷片四处乱飞，人皆惊惶，心脏无力承受，血压嘣嘣暴涨。这顿饭吃的！

吃饭在鄂西有些地方如神农架叫呼饭，而巴东叫逮饭，都是很火急很暴烈的样子，连呼带逮，再砸几个碗也就顺理成章，不足为奇。

但再一细想，也觉不对，咋能把自己喝酒的碗给摔碎了，再找主人要新的碗呢？任何人，不管是南方北方，中国外国，假如你在人家里做客，必须对餐具轻拿轻放，符合起码的礼节教养。那年月，谁都知道，破损了的碗是不会轻易扔的，还得请锔匠师傅锔补。就算是大户人家也要厉行节俭，没有铺张到可以拿一沓碗来让你砸个满堂彩。

但恩施就是这规矩，喝顿酒，贴了酒肉饭菜还要欢迎你把咱家碗摔个七零八落，然后走人。好没道理！

摔碗酒说是起源于周朝，按本地的讲法，与土家族的英雄先人巴蔓子有关。当年巴蔓子将军因国内有难，去楚国搬救兵，楚国要求巴国给三座城。楚兵解救巴国后，楚使请巴国割让城池，巴蔓子不忍割自己国家的城，遂割下自己的头换取城池。重了信誉，保了国家。"将吾头往谢之，城不可得也！"而在割头之前，巴蔓子喝酒后摔碎碗，再拔剑自刎。这种大义人，天下少见，想想也够悲壮的。后人为纪念他，摔些酒碗也是学他的豪气，学他的做派，学他的舍生取义，学他的决绝笃诚。

这只是一种传说，要将自己的摔碗与历史英雄联系起来，壮胆是主要原因。也应了一句老话，喝酒喝的是气氛。但凡喝酒之人，都爱赌酒闹酒，逗了一时英雄，再多的酒倒入肚中，都不见踪影，只是苦了胃囊。最直观的豪情当然是将喝干的空碗摔了，以求结局响亮。叭！这一声，声、色、形都到了高潮，戛然而止，酒与人的魅力也到了巅峰。如果主人欣赏的是你摔得越多我越高兴，这个风俗也就无可厚非地站住了。

我猜想应该只有在酒馆里摔，都是一堆男人，都是一群酒仙，没多少拘束，有多大的力使多大的力，有多少碗摔多少碗。既然来了，都不当这个孬种，不输这口豪气，摔了碗，掏钱便是。好在碗不是碗，就是一小土碟，二三毛钱，摔多少也不值几个子儿，只要大家高兴，主客尽兴，值！

这摔碗也有讲究，初来乍到的，使了吃奶的力往地上砸，带着阶级仇、民族恨一样的，可碗砸地，还是整碗。按当地的规矩这要罚酒三杯，再砸三个碗。如果再砸不破，那可就麻烦大了。但我见到的潇洒摔碗者，是喝净后，亮底后，三个指头拈着碗，轻轻从头顶往后扔过去，一个漂亮弧线，碗自由落体，自然解体，四分五裂。那个美劲儿，那个姿势，煞是有派。

说到这叫碗的土碟子，也不是瓷的，应是陶，口沿上了点釉，是防划伤嘴巴。酒通常也不是白酒，是土家人的米酒，度数不高。每次也不会斟满，就一两口，喝了，摔了，再斟。就是白酒，也点到为止，不像如今通常的酒宴上，大玻璃杯上到满，溢出才为敬，还要一口闷。土家人将一杯酒分解成无数"碗"，真的就是为一个气氛，为多摔几个碗，为让酒馆里多有此起彼伏、噼噼啪啪的爆破声，酒没喝多少，碗摔了一地，图个热闹。

摔碗酒在恩施也叫"biāng当酒"，极有趣的名字。biāng

当,是个象声词,东西落地碎裂的声音。biāng读一声,相当响亮。三五好友碰上了,说,走,喝biāng当酒去!喝这酒一定是在农家乐,主要是在乡村。矮桌子,柳木椅,冒辣泡的腊蹄子火锅,少不了合渣、蕨粑、熏干子、腊肉,还得有几碟泡黄豆、泡辣椒、腌韭菜、萝卜皮、豆豉、凉拌折耳根。摔碗酒是草根的,下里巴人的,和泥裹土的,不是豪门盛宴里的东西。我几次喝此酒都是在村庄里,一桌有几个火锅,煮得热火朝天,自然会摔得天翻地覆、鸡飞狗跳。主人说,摔吧摔吧,碎碎平安!

以头换城也好,碎碎平安也好,都是借口托词,就是笃定了要摔这个碗,冲着"biāng当"来的。因而摔碗要有这种摔碗的环境,要有这种摔碗的冲动和气氛,桌上定不能有宵小之辈。必是合性投意、割头换颈的朋友才能凑一堆拼命摔一通碗,也没有旁人呵斥你无礼粗野。我看如今只有像恩施这种外界少扰的地方才能摔这个碗了,山野莽汉,生性率真不羁,待客如火。想起他们的山歌:"皇帝老儿管得宽,管得老子想发癫。"山高皇帝远,我兄弟们想摔就摔了,癫就癫一回,你又能把爷咋样?在许久以前的年月,土司要女人们的初夜,官家要老百姓的粮税,土匪要乡亲们的钱财,生活再怎么苦,酒碗还是要摔的。这就是强力的生存哲学,男人们不摔几个碗够不上巴人后裔白虎血脉,有时女人也摔。摔得稀里哗啦,轰轰烈烈,这阵势,就是一个破坏,激烈的、报复的、凶狠的、果决的、壮美的破坏。以破坏完成感情,完成性格,完成民风,完成人生。摔的那个劲头，就是宁为玉碎，不为瓦全的精神。不破不立，大破大立，重建一个自我，砸掉一个窝囊废，成全一个纯爷们。

楚之蛮，巴之雄，野风烈土，敢作敢为。生活其实是在传统无形的道德桎梏之下，人的行为被无数的观念锁链锁住了，一刻的冲破与爆发，有生命的新境。

往往大山大景之地，会有大俗大性。没有区眉小眼的规矩，不来精雕细凿的谨慎。豪气干云，掷地有声，想砸就砸个稀巴烂，这才是做人的真性情。

但也听说，此俗随着旅游的推波助澜，有愈演愈烈之势，某家酒馆一天要摔一万个碗。满地狼藉，不堪入目，惊心动魄。这些碗没有万年不能回归泥土。如果后人发掘，会耻笑我们是个纵酒肆色、尽情享乐、毫无节制的时代。如将其回收，碎成瓷粉，或者干脆与水泥一起，铺成大路，也算是废物利用。但我建议，若要保存此俗，最好是做成泥碗，即可降解。但摔声不脆，不荤不素，不如不摔，食客扫兴，生意不兴，如何是好？

让人又恨又爱的摔碗酒！

秋天栗子坪

栗子坪，秋来了。秋天是从玉米的枯黄开始的，但结实的玉米也终于成为粮食；秋天也是从路边的打破碗花花和野苦荬花开始的，黄的金黄，紫的艳紫。但秋天在栗子坪的天空是一阵掠过的云，飞腾如候鸟。像鹰一样小憩的印把子山，也准备凌空而起。云上的栗子坪在海拔一千三百米的地方，在生产湖北最好茶叶的五峰采花乡。但此处不产茶，产板栗，村庄的每个角落都有掉落的板栗，一颗颗的青果子，在路上、垄上任人踩、任人踏，在草丛间、水沟里任其老、任其烂。栗子坪的秋天，栗子熟了，玉米也熟了。白玉米，如此白，晶莹如玉，果然是玉石样的玉米，晒满了屋场，就像铺着一层和田玉石子料。咋这么多白玉米？莫非也是古代的种子？

这个古老村庄的秋天很有古意，像在宋人的画中。山是轻描淡写的山，水是飞瀑流漱的水，若用好听的声音形容，就是淙淙流水，每个屋前屋后都有山泉环绕。树是古树，人也有古貌。九十多岁的老人坐在秋阳的阴影里，像是活了九百岁。秋收在这里也是静悄悄的，先说了晒白玉米，再是收烟叶。还有晒红辣椒、紫茄子，也是秋收的色彩。一个收五倍子的，背着满背篓的五倍子从山上下来，也不说话，咧嘴微笑，有劳动者的羞涩。这种从盐麸木上采下的中药，囊状聚生物虫瘿，咋有这么多呢？这像不像很久远的生活场景？

栗子坪据说成村在十一世纪，它远离世界，山水相抱，战乱少侵，土家人在此繁衍生息，唱堂戏、跳丧舞、毕兹卡、撒尔嗬，载歌载舞，活得有声有色。这里除了有印把子山——有人叫玉玺，皇帝的官印，还有牛峰尖、金顶、马鞍岭、杜鹃岭、龙头岩、凤头岩、打子岩、卸甲寨、白溢寨。山上有古松，有从古至今飞流直下的小白龙瀑布，它的东面是峰尖，南面是得乐山、关门山，北面是帽儿山。还有蝙蝠洞、老虎洞、官藏洞，天然生成的香炉和天桥……山上的白溢寨，据说是明末大土司唐镇邦修建的帅府，古土司衙门、月拱桥、望湖楼、仙女观，一眨眼就是几百年，一条绝壁路通往苔藓深厚的寨子，年年春草掩石城。人说栗子坪的土家人神仙一样，祖祖辈辈生活在这等烟霞之间，枕石听松，拨苔捧泉，日丽千芳，风和百鸟，月寮烟阁，云榻水镜。古老的村落有明清时期的民居，山上有那么多寺庙遗址，有神奇的石臼、天坑。村庄风景呈西险东奇之态：西边金顶皇印、绝壁天眼飞瀑；东边三桥六洞、龙凤呈祥。五百多年的椴树枝繁叶茂，站立在路口，是村庄的见证。三月有独特的野生红花玉兰群落，杜鹃在山中卷起团团春火，珙桐在枝头舞出阵阵白鸽。村庄一夜醒来，妩媚野

秋天栗子坪 ‖ 269

性。到了秋天，这里依然有仙桃正红，与柿子桂花一起比艳。村里是一色的土家吊脚楼，五柱三棋，讲究的人家是七柱四棋。有新的，有旧的，都上过桐子油。土狗静卧不吠，阳光明而不妖，家家门口挂有农具、衣帽，背篓、背叉子都萦绕着劳动耕耘的体味。街道一尘不染，田垄庄稼整齐。吊脚楼上的板壁前，吊着白色的玉米。进屋去，火塘上鼎锅里煮着香喷喷的腊肉土豆，头上挂着一排排熏肉猪蹄，这等生活，皇帝只怕也要艳羡吧。

这里的农家乐可能与山外的不同，吃是一方面，吃的人大多是在此小住的人。夏日此地没有溽热，亦无喧嚣。爱上此地的人不少，一位老将军，慕名而来，从老远到此住了几个月，天天提着相机拍这儿的美景。沿路有栗花山庄、玉姐农家、染铺农家、奇泉渔家、临风阁农家、兴鑫农家，我们行到一棵至少两百多岁的古板栗树边，参天大树下有掉落的板栗铺路，有路牌"何家岭"，一个四合院，却有三户人家，原来是何家三兄弟。本来还有一兄弟，但这小坪住不下，住到坡底去了。几兄弟共一个屋场，中间有花台，合伙做农家乐，妯娌和睦相处，兄弟团结一心。我爬上何银星的吊脚楼，楼上有多个房间和床铺，干干净净。何家大嫂说，过去他们兄弟及孩子在外打工，十分辛苦，现在回来经营农家乐，一年一家也有十来万收入。一个客房平时八十元一间，逢上节假日，一百元一间。在这里避暑的人，吃香喝辣，一租就是几个月甚至一年，这里没有蚊子，也不用空调。吹山风，喝山泉，推窗满眼青山绿水，庄稼就在脚下,晚上星空当头,虫鸣蛙唱。村民纯朴好客,存有周礼之风,朴者勤稼穑,秀者事诗书。我看到一个农妇在田里种大蒜,刨出土中石块,对我们的到来似未有察觉,也许她对山外人不太在意,她沉醉的是刨土种蒜,这是这里的女人一千年来要做的事。

晚餐自然是秋收宴。村主任留我们吃晚饭,席开十四桌,这么多人,全村就像办喜事一样,村里的食堂热气腾腾。在北风垭上,北风有了些劲厉。饭不可白吃,村主任让我们留下些"墨宝",这是个有头脑的人。文人经过,茶酒招待,留几个字也是古风。我写了染铺、蝙蝠洞、杜鹃岭、打子岩、卸甲寨、自驾游驿站什么的,一个高山的野村有这么多美好的名字,是何等有趣之事。村主任告诉我们,村里几十年没来过这么多作家,我笑说,不说几十年,五千年这也是第一次啊。蒸肉、土鸡火锅、有机蔬菜、溪河小鱼……土家族宴客讲究的"十碗八扣"趁热端上八仙桌,待客人坐定,好客的村民抱着十斤大酒坛为我们斟酒,酒是苞谷老烧,村里用山泉酿制的,用土碗盛着。跑堂的十多个,添饭也是大木盆。这不就是盛大乡宴吗?村民说,村里办喜事也没有这么热闹。

体验了土家乡宴,泡一杯采花毛尖,村里又为我们准备了联欢的篝火晚会。点燃大木柴,锣鼓铿锵响,我们欣赏到了土家族的摆手舞、撒尔嗬和毕兹卡。土家男男女女围着蓬勃大火,唱着他们民族的歌,跳着他们喜欢的舞。火光熊熊,火星飞舞,栗子坪的寒冷被驱散了,夜空被映红了,山村的夜晚沸腾了。这古老的土家精灵之舞，灵魂之歌，在大火中飞旋，在霜风中扩散，在黛青色的山冈上激荡。

老想有这样一个去处，听流泉，看古松，杖藜桥东，足散烟霞。霜天古寺边，千里红尘外。村子不局促一堆，山野很开阔，每家守住一坪一丘，有山泉绕过，村夫古道热肠，状若圣人。庄稼安静，山峰沉稳，阳光白净，田畴井然。到了傍晚，山头红云聚集，群鸟归巢。心无物趣，坐有烟云。月下荷锄，默然相守，村霭袅袅，不问归期。宜昌五峰栗子坪，就是这样一个好地方。

五里坡

神农架有个神秘的邻居,它就是五里坡,养在深闺人未识。

四月,神农架的大九湖,已是春色迷离,纷红骇绿,芳尘袅袅,青霭澹澹。从湖滩钻出的芦芽,摇曳成浅荡,风起时,一片苍苍蒹葭。空旷的水域,岑寂的草甸,被四围的群山相拥着。

"往那边看,翻过四方台和五等子垭,就是重庆巫山的五里坡,那里有条大峡谷,五十多公里。"友人说。

其实,在它相邻的神农架大九湖,也有个地名叫五里坡,神农架大九湖的五里坡离重庆的五里坡不到十公里。怎么叫五里坡呢?这名字太恭谦,太朴素,太与世无争。在五里坡大峡谷的后面,紧跟着有小三峡、小小三峡这样的绝世景观,五里坡大峡谷还被列入世界自然遗产地。

"五里坡是个比神农架更神秘的地方。"朋友对我说。

我们翻过鄂渝界山,这几乎不要气力,因为,过去十分偏僻的神农架,已有很好的公路与重庆连接起来了。而且,这两地其实是一地,属同一个"世界自然遗产地"。五里坡是神农架世界自然遗产地的延伸部分,当年在向联合国教科文组织申报世界自然遗产时,经过了神农架和湖北省林业厅的批准。更加重要的是,它们同时穿过这个地球最神秘纬度北纬三十度,这个纬度被称为"地球的脐带""上帝之环"……

春天总是相似的,在同一个纬度上,有着许多相同的地质、气候和动植物基因。在大九湖,在神农顶,在五里坡,在阴条岭,金盏花、蔷薇花、飞燕草、断肠草、老鹳草、醉鱼草、淫羊藿、萱草、连翘、酢浆草都开花了,色彩艳丽,越是荒野,花越清新俊俏,毫不含糊地展示它们的惊世妖娆。大片紫色的鼠尾、青翠的野葱,像是山洪暴发,在坡地和岭上蔓延。独蒜兰、独花兰、卷瓣兰、杓兰,还有春兰、蕙兰等众多的兰花在涧谷中纵肆开放。上了山岭,噢,全是腾腾燃烧的杜鹃,全是红色的焰火,红色的氍毹,为春天盛装华服的走秀,铺上了厚重雍容的红地毯。这闪烁在三峡地区一隅的春天,在秦巴山脉的腹地,灼灼其华,熠熠其姿。

"我倒是很想看看八王寨和兰英寨。"我对朋友说。

朋友告诉我:"八王寨虽然是神农架流传甚广的故事,并确实有一个八王寨,但重庆巫山的五里坡,也有一个八王寨。还有神农架大九湖的兰英寨,也在重庆与神农架的界岭阴条岭上。实际上,它们是一体的,神农架林区是一个行政单位,而神农架却是一个地理概念,大神农架地区很大,是扬子准地台和秦岭褶皱系两个一级构造单元……"

五里坡，从忍子坪迤逦而入。过了一个叫"渝鄂汇芳"的新地名，但见山势盘桓，玉岫幽壑，暗香满谷，轻岚绕石，悬瀑阵势如沸，峭壁夹峙如笼。松涛琤琤，嶂岭巉巉，湍濑回旋青苔之上，群峰杳入白云之中……

我告诉自己，这里进入了巫山云雨之地，那些撩动变幻的云雾，在山头和山谷间缱绻绸缪，像是梦中的神女翻身。"晓雾乍开疑卷幔，山花欲谢似残妆。"

五里坡，有小石峡、筒子峡、猴子石、大河口、蜂桶坪、打鼓岭、九盘山、羊翻水、阎王鼻子鬼门关、姑娘岩等地名和观景台。大葱坪草甸上的姹紫嫣红，薄刀梁尖峰上的惊悚莫名，如此薄削的山形，世所罕见。而山体地质扭曲得更厉害，自然的塑形更夸张。一路溪水轰轰，一路鸟声翙翙。我们经过一线天，顿感步入地窟。而旗帜山却如两支古代的旌旗，在山峦间怒卷起来，皆因为薄如旗帜而名。它们的后面有更多的薄崖，薄崖之间的峡谷深不可测。我原以为"薛刚反唐"的传说只是神农架的特产，没想到这里同样有类似的故事，而旗帜山就与"薛刚反唐"的传说有关。倒钟坪的船形山，如一艘巨大的石船，在惊涛骇浪中颠簸，动感十足，气势磅礴。山崖间，农家的干打垒墙壁上，挂着丰收的苞谷、高搁的蜂箱。鸡群咯咯，羊群咩咩，牛群哞哞。蜜蜂和蝴蝶在阳光下聚集吵闹，在花朵间穿梭，它们的声音张扬着五里坡的春色。高大的巴山冷杉、云杉、珙桐、红豆杉郁郁葱葱，悬崖上的杜鹃像是森林里

五里坡 ‖ 275

溢出的一蓬蓬火堆。峡谷里如何不是世外桃源？"筵羞石髓劝客餐，灯爇松脂留客宿。"不用渔舟引路，只闻深涧花秾，时间凝止于四月丽景。芳径远，春溪满，杖藜行，绝尘山中，行歌青岭，云畔人家，桃李浮烟。野老无樵声，稚童有笑颜……

五里坡是继武隆和金佛山后，重庆市的第三个世界自然遗产地。它就在大神农架地区的腹地，在神农架的西坡，从湖北神农架自然保护区西南延伸过来，也是大巴山弧和川东褶皱带的接合部，三峡库区的生态屏障。据朋友说，神农架有的特殊植物五里坡都有，神农架没有的植物五里坡也有，生物多样性在这里表现得尤为突出。这里除了有三十多种国家重点保护的一、二级珍稀植物如珙桐、银杏、水杉、厚朴、红豆杉、水青冈、巴山榧、香果树、天麻、杜仲外，还是我国裸子植物的重要繁衍基地。而国家重点保护的一、二级珍稀动物也有三十多种，如金丝猴、豹、云豹、金雕、林麝和猕猴、黑熊、斑羚、大灵猫、水獭、鸳鸯、苍鹰等。五里坡发现的野生物种就有两千三百多种，动植物总和已经超过神农架。

常绿阔叶林和常绿阔叶混交林是我国较为特别的植被类型，是我国特有的亚热带森林生态系统，五里坡是一个重要的窗口。同样，这片地区深处世界最大的喀斯特高原中生态系统的脆弱带，石漠化是它的远忧和现状，但五里坡保存了完好的森林生态系统，阻止了这一可怕的进程，它的原生态，为我们抵抗喀斯特地区的石漠化提供了优良的典范。

在五里坡，经常会蹦出一些令人欣喜的新闻，都是发现的新物种，这里近年发现或命名了三峡白前、矮生假糙苏、圆唇对叶兰、叉唇钗子股（也是一种兰花）、毛弓果藤、小巧羊耳蒜、圆叶茅膏菜（捕食昆虫的植物）、五里坡派模蛛、五边巨疾灶螽等。

说到它的神奇，五里坡没有经受过神农架二十世纪六七十年代的斧钺之灾，有三万亩原始森林至今少人涉足。这片原始森林因为神秘难测，曾有过五十名科考专家组成的队伍深入其间，结果迷了路，失踪两天后才被找到。探访的科考队员对此语焉不详，于是再没人敢踏入这片禁区。

关于五里坡的神奇和神秘，传闻甚多。这里也有野人的传说，野人住在高山的山洞里，会抢村里的女人，野人与农妇生下的孩子，半边猴脸半边人脸。这个传说与神农架的略有不同。

有说五里坡原始森林中生长着一种唐朝流传下来的酸菜，人无饥饿时不会出现，只有人在山中因迷路特别饥渴时，这酸菜才会出现。

五里坡有九十九道隐形的石门，外人误入后则门闭合，会一辈子困在里面，再也走不出来。因此，只身进入五里坡的人有失踪之虞，皆因闯入了那九十九道石门，而当地人则不会。

当地还流传着一双会走路的石鞋的传说，说这双石鞋看见的人永远离它一丈远，你用竹竿去挑它，它还是一丈远。这双石鞋会走路，你是得不到它的。神奇的石鞋许多人都在峡谷中见到过。

这里还有一块"神仙稻田",里面每年会自然生长出野生水稻,打出的稻米圆润饱满,香糯可口。

红槽村,在五里坡的峡谷深处,产红米,口感奇异,营养极高,产量很低。这里还出产一种黑土豆,俗名"黑金刚",通体黑紫色,耐嚼,富含花青素和硒,做出的火锅菜肴堪称一绝。这个神秘的村落里,有一扇巨大的石壁,上面隐隐约约有许多黑色的凸起线条,像是有人镌刻出的神秘文字。当地人说,这上面是一部没人能读懂的"天书",即天上的神仙所刻。关于天书的传说,与神农架的非常相似。

在峡谷里一个叫山鬼坪的地方,有一汪奇特的大水潭,据说那就是传说中山鬼的居所,无人敢靠近,否则会怪事连连。当地人说,前几年,有一个外地来的采药人,为了采到金贵的金钗石斛,不听劝阻,偷偷进入山鬼坪。他正在崖上采药时,乌云滚滚,树丛中似有许多幢幢身影走动,还传来婴儿的啼哭声。采药人吓得收拾工具准备下山,突然一个身高一米左右的物体从他的身边飞快闪过。采药人回到山下的村里即大病。村民告诉他,那就是传说中的山鬼,当地人是从来不敢涉足山鬼坪的。

出生在神农架南坡的屈原,其笔下"被薜荔兮带女萝"的山鬼,出现在巫山的五里坡并不奇怪。有说山鬼就是巫山神女——西王母的女儿瑶姬,她变成了一块石头,一座山峰,在长江边的巫山云雨中生活。

巫山的"巫",正是巴楚文化中最重要的元素。巫的神秘，在五里坡的深山老林里浓厚地漫浸着。巫山是巫文化的重要发源地，但大自然的神秘巫术，在五里坡尤为耀眼。巫山的云雨圣境中，饱蘸着沉甸甸的神秘与神奇，它赋予了五里坡巫灵的传说与魅惑，这片笼罩着神话和巫风的大地，在北纬三十度神秘氛围的加持下，让仙灵不可测，巫鬼不可分。山鬼在这片云雨烘罩的山地自由出没，它就是巫山神女的化身，是所有美丽的想象和伊甸园幻景。

五里坡，不是一个坡；五里坡，也不止五里。五里坡，是三峡地区最后的净土，最后的香格里拉。

长白山

一

冬天的长白山。冷。冷酷和风。疯狂的风。不顾一切的风。吹人欲倒的风,像死去活来的嚎叫。八级?九级?抑或十级。可能更大。从未遇见过如此猛烈的风,不讲道理的风,暴虐无度的风。

寒冷。零下二十摄氏度。这不算什么。一上山,就冻坏了脸和手。僵直,破损。吹脸欲破。美丽的天池竟在此遭受如此的蹂躏和折磨,不吭一声?

每个人都像天池一样,在摧残中变得脆弱或者坚硬,像斧头恐吓木屑?

天池有什么样的定力?它冰封着,不动声色。像一坛封死的酒。什么时候能开启?看见它的碧波荡漾,看见它用冰雪锻打的水珠。

全是冻裂的石头,寸草不生。风是这儿最暴躁的主人和歌手，像一条恶犬。这儿会有阳光吗？会有春天吗？会有一朵花，在微风的吹拂下轻柔绽开吗？

这里，只有树，坚硬的筋骨和肌理。能够与风抗衡。石头都坚持不住而解体。人被憧憬裹挟，会匆匆逃离。这不是人生活的地方，你的手无法握住另一只手。问候之语还未出口就被冻僵掳去。

水比岩石坚强。它成为化石——冰。它紧咬牙关。它会醒来。

石头在地狱里，是一汪清水。像花朵在寒风中等待。

这里无法乞求。连火焰也无法说服它们。这些狂暴的风雪像鞭子抽打天空。

不要奢求太阳，连肩膀也没有。

火山口最冰凉的怀抱。

整座山，如被风刮倒的废墟。

就像布罗茨基写的："北方！一架白色钢琴冻结在冰山里。"诅咒这样的浪漫。我是一个残酷的现实主义者。正视眼前的风，站住，这就是一切。

天池会死去？它冰凉的手和面颊，已经冻得失去呼唤名字的权力。

太过严酷，森林活在这里是一个悲剧。它整天忍受着呵斥和鞭笞，像没有终点的精神劳役者，接触天空的机会就是吹折的机会。

休眠的火山口，瀑布喑哑。

二

白桦冻白了。红桦冻红了。美人松冻美了。山冻碎了。风冻怒了。

森林里有一些阳光的影子。是树影，还有人影，但都是阳光的影子。

松鼠在跳跃，在储藏着松果和榛子。

树倒伏。草已经枯了，雪还欺凌它。

那些虬曲的树枝就是它们出生后摸索的路。哪儿都不中，哪个方向都不对。于是它们成为畸零但绝美的生命造型。迷惘是最好的路。

只有白桦是最倔强的。它化装混迹于冰雪中，一下子冲入天空。

你活着，不能让母亲哭泣。

只有眼泪才是年轮。

我被针叶残忍的刺扎出了血。我疼痛着进入森林。那些赤裸的树木，每一棵树，都在全神贯注地经受和爱着。

眼睑被风撕开。而我在沉睡和蔑视中将关闭一切。

这里没有信仰和主义，他们靠自己活着。

在长白山，我想起最野蛮的时刻。在那里，被冰禁锢的日子。大雪呼啸，如此寒冷，唯一的诱惑是体内的呼吸。血开始行动。

可以唾弃这个世界，不可放弃拥抱远方和森林。可以忽略所有人，不可忽略山冈。

三

只有在夕阳浮现的时刻人们才会欢呼。才会想起炊烟。想起火炕、人参、灵芝酒。想起坚硬的松子和榛子。想起长白山的松鸦和熊。在晚归的时刻长白山才有人烟。想着他的冷面、狍子汤、泡菜，想着他的酸菜、猪肉炖粉条、小鸡炖蘑菇。

滚烫的夕阳在林间。这是大山独有的生气。

鹰在天空飞翔，它们的翅膀浸着光。在落日绛紫色的无奈和悲哀里，鹰和它们的影子是大地的安慰。

它跟着我们，夕阳，也许是壮丽的落日。它在群峰和森林之间，像一个独匪与我们兜圈子。它总是出现在黑暗降临的时刻，需要成团的光芒照亮我们对异乡茫茫夜路的恐惧。

苍山浴日。哦，苍山浴日。

在这里，最好的寒冷是忘记家乡。在颠簸的山路唱一首绿林好汉歌。在森林里，在雪原中，用盒子炮击打松尖上的积雪，让它们簌簌落下。

——在这里，他想起逝去的响马，曾滑着雪橇燕一般地穿行。

群山晕眩。巨大的黑夜会像梦魇降落。许多被黎明规划好的行程，血液舒畅恒温。我们在广告和市声中生活。在黎明低沉的钟声中出发或出殡。睡吧，无论再多的罪恶和谎言，都无法占领森林的泉声。鸟在啼叫。蜜蜂在冬眠。那些野蛮的念头，像林中游弋的兽，在夜里踏着积雪嘎吱嘎吱走动。

我愿意在雾气弥漫的寒冷中活着。没有理想，身处异地。就像怀着热望最后一个见你的人。

在即将谢幕的时候，会有奇迹。

四

我们到来的时候，我们的思想就像苔藓。

黑松是它们的队伍。

在针叶林中，升起了最凛冽的爱。

封冻的夜晚，冰凌像剑一样泛着寒光。

豹子的爪子在磨，在古老的树皮上。峡谷喘息，它怀抱自己的一生。

那些山上，我们把各自最卑贱的经历忘掉了。

像夜晚的风，我们的语言突然变得浑厚毒辣，不可捉摸。

听见我们内心的渴望，拖动群山和森林。

重返山冈，人变得不可欺辱。冬天像我经历的最长一次的爱情。在快乐的血崩中被窒息。

哦，万物死睡，不见巍峨高顶的山谷

可怕的半调色，没有清凉的溪流也没有爱的洞穴。

哦，在一根被拉得长长、指向光秃单一的手指上急奔而过的声音与城市啊。（瓦烈赫）

人间的草木不能代替遥远的山峰和森林。在高楼上，纵然视野再高，不及野外的一座土堆和坟冢。

景迈茶山小记

通往茶山的路，小方石铺就，汽车被硌得左冲右跳，犹如颠簸在大海上，如此坎坷的盘山公路，还是第一次体验。问缘由，说是因为怕沥青铺路对古茶质量造成影响。但这一定是一条通往深山和高山的路。在公路上盘旋了许久，云雾升了起来，夕阳变得巨大，晚霞浩浩荡荡，洒满了景迈群山。海拔在升高，云雾漫上道路和村庄，四围群山齿齿，壮阔无边。我们继续往前开，终于在一个极深邃、僻野的地方下车。噢，这就是有两万八千亩古茶树的景迈茶山中心。

终于得见这漫山满岭的古茶树，有树龄两千七百年的古茶树，也有几百年的古茶树，但都是古的，古代，古老，但不古稀，因为太多。要说说两千七百年前，那是东周的春秋时期，群雄争霸天下，刀枪剑戟叮当，逐鹿中原，血流成河。可是，在滇南的一隅，有一群人，与世无争，种着茶树，品着有兰花味道的普洱，过着他们慢吞吞的生活，享受着与天地和谐相处的日子。

古茶树并不是很高大，因为要采摘，所以都只有三五米高，直径也不粗，茶树长得很慢。是否经过人工的矮化，不得而知，但因为生长在高山云雾深处，这些茶树不事张扬，沧桑内敛，树干遒劲，虬枝如龙，造型山重水复，如人工培育的盆景，叶片青绿。上面寄生了许多苔藓、石斛等附生物，特别多的是一种俗称"螃蟹脚"的寄生植物。在普洱，或者喝普洱的茶客，"螃蟹脚"也是他们的一爱。常见他们将"螃蟹脚"与普洱生茶拼配在一起冲泡品饮，别有一番滋味。此物形似螃蟹的脚爪，这东西还有枫香槲寄生、枫树寄生、桐树寄生、赤柯寄生等。但景迈茶山上的螃蟹脚最好，而且专指景迈茶山上的寄生物，只寄生于树龄较古老的茶树上，也被统称为螃蟹脚普洱茶，其形卷曲伸展，细分出若干节，似扁茎灯芯草，闻之有浓烈的菌藻味和茶香味，这便是《本草纲目》所言的"形如蚱蜢脚者佳"的螃蟹脚。此物常饮可防止血管硬化，有消炎祛痰、清热利尿等功效，是景迈山古茶之外另一大产品。

我摘了几个古茶树的茶芽放在嘴里嚼，有一股老清香味，有点涩，介于苦和甜之间，但没有真正意义上的苦，几乎是甜的，味道很古朴。那天在傣族村寨的晚餐喝了景迈古茶，确实苦后带点甜的余味和兰花的香味。这么说吧，有兰香的茶，就是景迈茶山的古树茶，茶叶可泡二十泡，浓郁持久，清凉旷达，回味悠长，有野山茶的气韵魂魄萦绕杯沿，久久不能散去。

不知有没有叫"野韵"的景迈茶，我认为，野韵是这里茶叶的独特韵味。野山之茶，有仙灵高香，正是山野深林的神韵。这里的古茶树，造型古典，它的意境影响了中国的亭台楼阁水榭回廊，这些茶树上的叶片，最终飘向了小桥流水的庭院，飘向了文人雅士的案头，飘向了仙风道骨的生活。中国文化典雅神秘的一面，有这片茶林的贡献；中国人味觉的形成，也可能与这片茶树有关。

景迈山是中国六大茶山之一，千年古茶树的面积堪称茶山之最。这里产有一种茶叫"景藤腊告"，傣语就是千年古茶的意思。景迈山茶属乔木大叶种，十二大茶山中乔木树最大的一片集中在这里，也有中小叶种，混生在这一片大山之中。景迈茶山是茶树生长的圣地，茶人心中的圣山。二〇一三年国际茶叶委员会确认景迈茶山为"世界茶源"。它还被称为"古茶园的自然博物馆""东方的普罗旺斯"。

在景迈茶山，有布朗族和傣族等少数民族。布朗族源自云南三大原始族群之一的"百濮"，也称其为"濮人"，与德昂族、佤族有族属渊源关系。

因为有一千多年的种茶史，布朗人掌握了多种茶叶的制作："腊告"（干绿茶），"腊拉"（大粗叶茶），"腊贺"（糯米香茶），"腊各信"（小雀嘴尖茶），"腊广"（圆形的紧压茶，也就是后来誉满天下的普洱茶）。这些茶都是难得的精品，在景迈古茶园，在翁基村，随时可以喝得到。

布朗族与哈尼族一样，崇拜自然，信万物有灵，当地每家每户都崇拜茶魂树。尤其布朗族将"一叶两芽"茶抽象成符号，作为一种图腾，应用于民居建筑的屋顶装饰上，突出了对茶的感激与敬畏之情。

景迈山莽莽苍苍的古茶林，也有一些其他古树。我进入茶林，抬头看到高大的、雍容华贵的、有神秘感的另一种树，他们告诉我，叫杙依果树，结满了果实，但据说果硬难嚼，酸涩难咽。布朗族人一般会加入盐、辣椒、白糖等腌制凉拌后吃，舂碎，拌以各种调料吃。还有一种长尾单室茱萸，也是高古乔木，挺拔英俊，郁郁苍苍。

古茶林内有茶树三百多万株，在这片云海之上，布朗族、傣族，还有哈尼族和佤族，守着这几万亩古茶树，生存得那么优美，并保持着各自浓郁神秘的民俗风情，让文化和族群都焕发出历久弥新的活力。

我徜徉在这片阒静如远古的茶林里，地衣湿滑，植物葳蕤，有大树被时间掏空了树干，树洞里深不可测，应该有野兽光顾过。在这里，在人类与自然共同演化的过程中，景迈茶山，真正是天人合一的典范。这里的人们尊重自然资源，活在自然里，活在古茶林中，让那些祖先栽种的茶树成为他们永远兴旺的源泉，是他们的生存法则和生态智慧。

在景迈茶山，我学到了一些知识。古茶林生态系统植物多样性丰富，层次丰富，具有乔木层、灌木层（茶树主要分布层）和草本层。上层有构树、菩提树、桤木、西南木荷、红椿、乌墨、云南石梓、翠柏、腊肠树；中层有白花羊蹄甲、中国山樱花、楠木、苦竹、翠叶金合欢、龙须藤、芭蕉、大果榕、云南桫椤、漆树、番石榴、普洱茶、鸟舌兰、骨碎补、大叶梅、石斛、扁枝槲寄生；下层则有薤白、草、辣椒、薄荷、宽叶韭、烟草、密蒙花、蕺菜、水芹、灰肉红菇、干巴菌、奶浆菌。

　　我必须赶在天黑前到达千年古寨翁基村，我们在夕烟腾起的时刻，进入了这个中国干栏式建筑仅存的传统布朗族村寨。这个村寨被云海托着，在傍晚的炊烟里沉醉，古木成群，房舍特别，好像是一个与当下生活无关的世界。没有一栋水泥建筑，听不到一丝喧嚣，停车场的许多汽车才让我们回到现实。看车的牌照，都是从各省各地来这儿避暑的客人和爱好自驾游的潇洒人群。有的在这里一住就是半年甚至长期生活在此。村寨在一个山坳间，村子的上方是一座佛寺，旁边有一棵巨大的古柏，这种柏就叫翁基古柏。有巨大的树干，高达二十余米，胸径三米多，根部径围据说达十一米，已有两千五百八十寿岁。何人所植不知，但出生在春秋时期是一定的，一棵树为什么伟大成神？因为它见证了一个国家的历史，这么久远的生命难道不值得我们敬畏吗？

　　在这个村寨寺庙的高处，可以看到翁基村的全貌和下面的山谷，那儿还有几个寨子如芒景上寨、芒景下寨、芒洪，这些布朗族村寨，陡峭黑挂瓦下的干栏式建筑笼罩在古老的茶香中，深偎在古茶林里。

　　这里的云海非常神奇，在山谷中，平静如摊晒的棉花，如堆砌的冰块，盘桓在寨子的旁边，流连不去。

进入石头铺道的寨子，干栏式建筑的楼下是敞开的，楼上也是敞开的。楼下是养猪、养鸡和安放杂物的地方，现在是放摩托车和拖拉机的地方，干干净净，清清爽爽。屋檐下，有燕子窝，有蜂箱，有花钵，有芭蕉丛，有废弃的碓窝，有狗，有鸡，有红色的消防栓，穿着布朗服装的男女在村里来往。女人头上包着彩色的头帕，穿着绿色的裙子，斜背着手工编织的包，趿着拖鞋，皮肤较黑。更多的房子成了民宿，有更为时尚的装修和布置，布朗族的民族元素被扩大放在民宿的门口，比如布朗族的大葫芦一排排挂在干栏上。

寨子中心的一个建筑前是族人们祭祀的祭台，石头垒砌的台子上插着高大的竹竿，挑着白幡。

翁基，布朗语的本意是看卦，意为看卦选址的地方。布朗族的先祖带领族人迁徙到芒景这个地方时卜过卦，这地方本来就很好，如今又遇到乡村振兴，政府加大了对传统古村寨的投入，村寨的"古村落、古民居、古树群、古老的布朗族文化、古老的茶文化"五古一体，有着深深吸引外界的魅力，其布朗族传统建筑、传统制茶工艺、民居体验馆、民族节日，都是独一无二的人文景观和自然景观。而且结合得那么好，保存得那么好。

在翁基村的家家户户木屋檐口顶部的翘角处，都能看到完全一样的三叉形茶叶图案，这是翁基村的图腾。寨子里每年都会举行祭茶祖活动，村民也保留着近乎原始的布朗族烤茶传统。茶是大自然给布朗族的馈赠，也是村民自然崇拜的对象。

布朗族是茶的民族，翁基人世代与茶树为伴，以密林草木为生命的依托，是茶养育了他们，水攻、火烤、陶煨、竹酿，在生活的幸福美满处，茶香环绕着梦境。如今，翁基古寨的茶叶名满天下，加上这里的名气，更多的人来到景迈茶山，布朗人家的日子越过越红火。古茶树，不仅是布朗人的精神图腾，也是他们美好生活永远的摇钱树。

吃草根的节日

在普洱，有一个节日是专门吃草根的，这便是百草根节。凑巧的是，我在普洱采风时，正好赶上了这个节日。其实，百草根节就是与汉族风俗不同的端午节，一节两名而已，我们吃粽子，他们吃草根。但专门拎出一天另辟一个节日吃百草根，在全世界怕也仅此一家。

走过了太多的地方，奇遇了太多的世事，但绝对没有见过这旷世景象：满街嫩生生的、五颜六色的草根，茴香根、小红蒜、红参根、牛膝、当归、何首乌、天冬、伸筋草、鸡刺根、满山香、理肺散……当它们集中摆放到街上，散发出浓郁的山野草莽药材的新鲜气息。这片热带、亚热带茫茫大山的云雾深处，神秘灵性的植物根茎都给扒出来见天日，并摆上人们的餐桌。

所谓中药材，一般是挖掘根部，晒干入药，新鲜的草根很少进入菜谱，鱼腥草根是可食的，某些植物的叶子是可以泡水喝的。但药材一般来说都有毒性，需要炮制，黄精之类要九蒸九晒，否则毒性较大，是药三分毒，而普洱地方所吃的这些草根却无毒。我记得在韩国，接待方安排我们吃的高丽参炖鸡（鸡腹里放米饭），就是用新鲜的高丽参，所谓参，也是草根而已。普洱的山水间有这么多种草根，也说明热带雨林的植物太繁茂丰富，因为不可吃的草根更多，可吃的只是极少部分。

到了普洱，才知这里有"云南核心药库"之称。普洱人世代形成的"五月五，食药根，换肠肚"的独特习俗，已经深入骨髓，成为他们生活的一部分。在我国南方，因为农历五月气温上升，虫蛇爬行，在端午时必喝雄黄酒、插艾蒿，农历的五月被称为"毒月"。而云南普洱地处热带、亚热带，更加炎热潮湿，瘴疠横行，病菌滋生迅速，到了端午节前后，人渐慵怠，神蔫体乏。《思茅县志》载："端午节，天气热，五毒醒，不安宁。"此地正是热季和雨季交替纠缠之时，湿热熏蒸，风湿病、肠胃病和各类传染疾病纷至沓来，普洱人通过几千年的摸索，找到食药同源的办法，用各种新鲜中药植物根茎炖煮鸡、猪蹄、排骨等来益气健脾、化湿和胃、防病祛邪，进而调理养生。

炖一锅鸡汤要多少种草根？卖草根的农民告诉我，至少要茴香根、红参根、牛膝根、当归根、鸡刺根等，自己根据口味，也可以增减，一般三五种是要的。

我听说，普洱当地人，不论是汉族还是傣族、拉祜族、彝族、布朗族、佤族，在端午前后，一天炖一种，所用草根有的不下二十种，有的则是买一堆一锅炖。我看到的那些草根，有粗有细，有大有小，有的一团乱麻，有的理顺成束，有的是茎，有的带叶，有硬的，有软的，全是热带雨林的根茎。我略知一些植物，这些根，至少一半在南方的平原山林间是可以挖到的，但其他地方为何没有这个习俗？我百思不得其解。

到达普洱的中午，宣传部请我们吃了一顿百草根饭，一个大盆子里面一大堆鸡块，里面的草根也很芜杂。主人介绍说有牛蒡子根、当归根、茴香根、鸡腿根、麦冬根等。汤则是一股清香的药味裹着土鸡味，这种混杂的味道十分刺激味蕾，各种煮烂的药根我都尝了几块，没有太苦的，都有些甜味，但难以下咽，主要是喝汤。另外的几道菜，也都加了草根。

饭后我来到草根节的主卖场，这里有几条街，全是卖草根的农民。还没到端午，但草根节已经开始了几天，各种热闹的活动正在举办，如上海大世界基尼斯纪录的现场认证，在普洱思茅区阳光悦城七坊街的"原生药材展示一条街"，以总长度一千六百四十八点五米被认证为"规模最大的药用植物展卖会"。这条长街上，摆摊卖草根的展位数量达一千多个，草药根大宗的有鸡刺根（大蓟根）、土党参、野当归、牛蒡子、生藤、小红蒜、牛膝等两百余种。这一天，现场摆了一百三十桌"百草根"宴，太壮观了，熙熙攘攘的市民品尝了百草根炖的猪脚、牛排、瘦肉，还有新鲜石斛花炖蛋等各种药根搭配烹饪的美食，禽畜肉和新鲜草药的炖煮，那个香味飘荡全城，着实太特别了，一旦品尝，终生难忘。

我在长街上徜徉，看人们卖草根、买草根，向农民请教草药知识，以及什么草根煮什么汤。草根摊子摆到了会展外的大街，农民们守着他们一堆堆洗净的草根，那种来自山野和泥土深处的中药植物气味，沁人心脾。草根在当下，比喻的是社会普通人群，他们默默地生活，默默地付出，埋入泥土，身阶低微。但普洱的草根从地底下挖出，或粗壮或细长，或洁白或褐红，或端直或蜷曲，或球茎或块茎，每一种虽然不出众，但会集在一起，草根的气势和力量就呼之欲出，直击眼睛与心扉。那么鲜亮，琳琅满目，奇形怪状。植物特别是中草药的根茎原来是如此丰富，造型如此漂亮，显示山野那些藏匿地下的根茎是可以食用的，是可以治病去秽的，是姿态丰媚的，草根也有大用处，也是救命英雄与自然神灵。在草根市场里，我认识了牛蒡子根、天冬根、麦冬根、绿葱根（萱草根）、小红参根、臭参根（云参）、当归根、鸡刺根、茴香根、古登根（党参）、露水草根（也叫鸡冠参）、铺地丹根（地胆草）、老泡参根、生藤根、牛膝根、马尾根（一坨坨的就是黄精，也有的叫老虎姜）、防风根、五金子根、补冬根（土党参）、满山香根（山鸡椒）、毛丹花根（炖鸡蛋的）……

草根都不贵，三五元一斤，贵的二三十，属好药。山里农民去挖采，洗净，再挑进城来，一个摊上有百十斤，也卖不出多少钱来，只是强壮了市民的筋骨，滋补了他们的气血，满足了他们的口福，对中草药的认识与发展起到了推动作用。老妪早晨提着篮子上街，就可以卖一堆回去，家里的人是什么体质，适合吃什么草根，炖什么东西，老人心里都有谱，人人都是半个郎中。一般来说，炖猪蹄和鸡的较多，问题是一锅鸡或排骨，放入十多种草根，药效混合，不会互相抵消吗？话说回来，去医院开药方，一种病也不是开一堆草药吗？中药分君臣使佐，名目繁多，有的药酒放入一百多种中药材，据说疗效特好。在草根市场上，慢慢求教，这些卖草根的农民，个个都懂药性，卖什么，煮什么，治什么，都能圆满解答。比如当归补气血通筋络，鸡刺根排毒，党参、公鸡果根和茴香根补气（常言说：三年茴香根，赛过半支参），山白枝根、石菖蒲、鸡肚子根消食健胃，百部根润肺腑止咳嗽，九股牛（羊角天麻）清热解毒，露水草止咳镇痛，何首乌益肾乌发（想起在楚雄满街是何首乌炖鸡的餐馆），黄牛犀补肝肾强筋骨，绿葱根清热利尿，牛蒡子根疏风散热、解毒消肿，水牛犀散淤消肿，天冬根、大白芨润肺止咳，小白香、菜当归、小红参根和小红蒜根都是补气血，白花蛇舌草、粉果根、野生鸡刺根和重楼根都是消炎排毒，红白解根解百毒，红毛丹根活血祛风，猴子背巾根补肾壮阳、活血调经，回心草根养心安神，麦冬根润肺清心，爬树龙祛湿祛风，苤菜根清热利水、养胃止渴，山乌龟根散瘀止痛，生藤根祛风散寒、行气通络，岩七根治胃痛……

在端午时节的普洱街头，你不买草根，就是随便逛逛，植物嫩根茎的气息弥漫在大街上，微甜，微苦，微腥，真是沁人心脾，令人神清气爽。那些娇皮嫩肉、肥脆白洁的根，看着就能养眼养心，不吃它们看上一眼也能开神窍，祛邪秽。

关于植物的故事，关于草根治病救人的故事，在卖根人和买根人中间，都可以说出一串一串，非常传奇。普洱人对草根的迷恋，说穿了是对大自然的迷恋，人是靠植物活着并进化的，天人合一在这里表现出了极致。在普洱，我听到这里有一种可食的草根叫"脱腰药"，是健腰的，腰疼、腰肌劳损，吃了就好。这是老天独赏给人类的，如果是牲畜吃了它，马上会受到惩罚而"脱腰"，因为它们不配。上苍赏赐给人类的绿水青山，以及其间生长的无数美丽的植物和它们肥硕的根茎，就是我们生命的护身符、百宝箱。它为我们的生活贡献了来自山野的饕餮盛宴、奇幻口福，带来了愉悦的心境和健康的体魄。

太阳河森林

深入到太阳河的森林深处，小路边的树丛里有鹿的影子。"呦呦鹿鸣，食野之苹。"太阳河国家森林公园的刘总对我说，这是马鹿。我突然想到神农架有个叫马鹿池的地方，传说过去神农架到处是马鹿，现在已没有了它们的踪影。但在云南普洱的雨林里，我亲眼见到了马鹿，它们在低头吃草，似乎并不在意人的到来。为了将鹿引到路边，护林员经常在此撒盐，久而久之，鹿们就会聚集到路边吃草。马鹿很大，犄角交叉，呈灰色，马鹿的全身也是灰色，很容易隐蔽在森林中，它们温顺淡定，静若处子。

我靠近了几只马鹿，它们蜷在地上反刍，我闻到它们身上的一股气味。我摸它的脸，光滑的，微温的，又摸了它的鼻子，摸它的下巴，马鹿一动不动，它知道我不会伤害它，这来自它长期与人接触后的信任。我触摸这只马鹿的时候，远处的几只马鹿远远地打量着我。作为一个生态作家，写过多种动物，却从没有与动物亲密接触过，没有感受过来自另一类野外生物的生存，对它们的身体一无所知。它们的体温，它们的肌肤，只在想象的文字中。

马鹿的呼吸熨在我的手上，它的气息也是毛茸茸的，它柔软如笋的犄角，它黑色的嘴唇，它长长的睫毛，都有着自然神秘的伦理与操守，它比人更容易琢磨，有一种纯净的东西与我们的心灵默然交流，这些东西来自深邃的森林。

我们来到了犀牛区，刘总打开了一道栅栏，特地为我开放了一条通道，让我与犀牛亲密接触。这片森林河谷，曾经是犀牛的家乡。据记载，一九三三年最后两头犀牛被捕杀以来，普洱长达八十年没有发现犀牛的踪迹。二〇一三年，犀牛再现普洱，是从南非引进的。不过，在普洱曾经生活的犀牛是亚洲犀牛，是独角犀，而这是非洲犀牛，也叫宽吻犀牛。因为滚了泥，就是头庞大的泥牛。这些犀牛正进入发情期，一头有四吨重，就是巨兽，无论雄雌，前额都长有两个长吻，也就是双角。但母犀牛的角尖锐，犀牛发情，争斗的是雄雌双方，往往是母犀牛用它比公犀牛犀利十倍的角去挑公犀，挑得头破血流，遍体鳞伤，再行交配。这残酷的打情骂俏！

我给犀牛添草料，它们吃的是进口菖蒲草，铡过的，一天要吃三十公斤，还得添本地的草料。吃着草的犀牛不再亢奋，我摸它的角，真的锋利，有刃。但它们气味太大，也许是要熏走虻蚊，才出如此下策。过了一会，犀牛鼻子里发出响声，刘总说，它们又要打斗了，我们得赶紧离开。

上了一个坡，我看到了蜂猴，蜂猴就是我们常说的懒猴。

蜂猴躺在树上，正在酣睡之中。现在，蜂猴就在我伸手可触的地方，两只蜂猴，一大一小。饲养员用竹签挑了一只蚂蚱，放到蜂猴的嘴边逗弄它，蜂猴这才醒了。但饲养员故意不给它吃，让它来抓。这蜂猴伸出人掌一样的五指小手，来抓蚂蚱。它的动作迟缓，眼睛突出，褐色，像玻璃珠子镶嵌在眼眶里，好像没有眼珠，不见转动，跟瞎子一样。它的眼睛是一个凸透镜，白天瞳孔缩小，到了晚上会放大。蜂猴是世上最懒的灵长类动物，整个白天都在树上睡眠，一天可睡二十个小时。蜂猴的生活习性一点都不像灵长类，它太懒了，白天把身体蜷缩成一个毛茸茸的圆球睡觉，晚上在树枝上慢腾腾地爬行觅食，见什么吃什么，有吃香蕉的，有吃鸟蛋的。由于它很少活动，地衣或藻类植物竟在它身上繁殖生长，有时披着一身青苔，很难被天敌发现，所以又叫拟猴。它本身有对付天敌的办法，就是它腋下有毒腺，唾液也有毒，舔到毛上，谁吃到它谁死，难怪它懒洋洋吊儿郎当毫不在乎的，它有护身符和撒手锏。

大蜂猴吃了一只蚂蚱，饲养员又挑了一只逗它，让它抓不到，这蜂猴不急也不恼，最后抓到，又吃下了，接着蜷缩身子睡去。太可爱了，灵长类竟然可以有毒，大自然在制造它懒惰的时候，也给了它生存的武器。动物如此千奇百怪，我们有什么理由不去爱它们。

睡吧，睡吧，懒猴们！

我们告别它们继续前行。有许多大树，有太多的植物，有西桦，有刺栲，有球花石斛，有巴兰藤，有茶栎，有苏铁蕨，有圆叶米饭花，有三桠苦，有茶梨（这种梨很苦），有深绿山龙眼，有猪肚木、野柿、隐距越橘、云南草蔻、乌蕨、柊叶、尼泊尔桤木、珍珠荚蒾、楠藤、野姜、岗柃、白檀、红木荷、多脉冬青、见血封喉树、决明子、远古植物桫椤……我一路认着，记着。这里有国家保护的珍贵树种，被称为活化石的大王杜鹃、绒毛番龙眼、红椿、假含笑、团花八宝树，药用植物野砂仁，花卉植物山海棠、兰花等，这里仅兰花种类通过采集标本经鉴定的就达一百五十三种，被称为"天然花园"。

走过桫椤小径、蝴蝶溪谷、兰花幽园……一路我们认识了很多热带植物，在阴凉的森林中，我们仿佛穿越到远古西南边陲的深山密林，感受人与动植物的浑然一体，不可分离。

在蝴蝶溪谷，我们看到飞绕在我们眼前和花丛中的不少蝴蝶。刘总翻开他手机中的图片，都是他随手拍摄的，告诉我这里有金裳凤蝶、云南丽人蝶、中华枯叶蝶、巴黎翠凤蝶、中华翠凤蝶、红角大粉蝶、裙纹蛱蝶等等，还有一些奇怪漂亮的昆虫。

我在山坳里看到了巨大的滴水观音，比我平时看到的大了几倍，完全是疯长在这儿。

看到一只豪猪睡在一个水沟里，它的刺歪七倒八，估计是与谁打了一架，在沟里面壁生闷气。

又看到了猕猴，这些猕猴在这里显得很干净，眼里没有忧郁与隔阂。而且这里的猕猴也不好动，它们是一个群体，没有打斗。小猴依偎在母猴的怀里，显得弱小可怜，乖巧柔顺。

突然有人喊，树上有猿猴！我循声看去，一只白颊长臂猿正在高高的树上荡来荡去，身轻如燕。它们的两颊各长了一绺白毛，虽然个体较小，但手抓食物的方式与人类同，长相接近人类，除了毛发较长和手臂较长。它们向饲养员索要食物时，用的是招手，像是一个哑人与他人的交流，仿佛可以开口说话。因为身子轻巧，它们一辈子生活在树上，不会下地，这样可以躲避猛兽对它们的进攻。它们有着五岁孩童的智力，是我们森林里的亲戚。

这些灵长类动物，类人猿，至今还存活在云南的森林里，让我们能看到我们的近亲。想起在神农架的野人魅影，据说它们是南方巨猿和腊玛古猿的后代，但那只是飘忽的传说。而这里的白颊长臂猿就分明攀缘在我们面前的大树上，让我们想到人类远古的童年，在森林中生活的情景。它会提醒我们回忆起人类最古老的乡愁，我们的森林和森林中的生活，是多么悠闲自在，恍如天堂。

我看到了平顶灰叶猴，灰叶猴和白颊长臂猿是热带雨林中的标志性物种，也是普洱丛林中的土著物种，都濒临灭绝。但愿它们与人类相亲的日子更加久远，它们的身影永远跳跃在普洱的雨林中。离开时，听到白颊长臂猿悠长的尖叫声。这声音在山林、在山谷里，是凄怆的，难怪古人有"猿鸣三声泪沾裳"的诗句，这是它们的呼唤和倾诉。

我们正走着，突然同行的人说闻到了糯米的香味，刘总说是糯米熊来了。糯米熊的身上会散发出煮熟的糯米的味道，是浣熊科，学名叫熊狸，它一般躲着人。熊狸在受威胁时会变得异常凶猛，而在开心的时候会发出咯咯的笑声。熊狸以嗅觉与同类交流，嗅腺分泌的物质有类似热糯米的气味和爆米花的香味。

前面是一片开阔的湿地，叫茭瓜塘湿地，我看见了一头屁股对着我们的黑熊。这头黑熊在它的小窝棚里，刚睡醒出来。这里的黑熊经常与游客互动，因为它们丰衣足食，就会与人为善。蒲草摇曳，波光潋滟的湿地中有水禽和涉禽在此散步觅食，有牛背鹭、小白鹭、大白鹭、灰鹤、白枕鹤（头上也有一点丹红）、东方白鹳、黄嘴鹮。黄嘴鹮会把长嘴插进水里，用脚赶鱼到嘴边。

我们爬上一个高高的山坡，迎接我们的是几只小熊猫。哇，好可爱！这几只小熊猫肥胖得圆滚滚的，它们吃得太多了。饲养员给我一只一次性手套，让我喂它们，是切好的苹果片。我端着盘子，这些小熊猫就围上来了，抓着你的裤腿，像是老熟人一样。我刚坐下，有一只无耳小熊猫就扑上我的膝盖，找我要吃的。这只小熊猫生来无耳，饲养员就给它取了个贝多芬的名字。小熊猫脸真有点像熊猫，但有长长的褐黑相间的尾巴，它们站立时，就以尾巴作为支撑。我的苹果喂完了，贝多芬还找我要。它们吃得太多，饲养员说，正准备为它们减肥。

小熊猫全身红褐色，它们常栖居于树洞、石洞和岩缝中，早晚出来活动觅食，白天则在洞里或树丛间睡觉。睡时头蜷缩在四肢中，前肢抱住头部，以尾覆身。小熊猫的食谱与熊猫的差不多，喜欢吃箭竹的笋、嫩枝和竹叶，吃野果、树叶、苔藓，甚至捕食昆虫、小鸟或鸟蛋，也爱甜食。小熊猫是非常有趣的动物，可以用形容熊猫的词形容它们：憨态可掬。它们天生要得到人类的垂怜和喜爱。

这里的动物包括黑熊，都没有狰狞的面孔，一律淳朴可爱，无论臃肿、懒惰、乖巧、憨厚，都是可爱的，没有丑陋的动物，人类完全可以与它们和谐相处，玩耍逗乐。

接着的惊奇，是有那么多雏鸟，在一根朽木上。看到了笨笨鸟的小鸟，却很大。猫头鹰的雏鸟，白毛绒披身，有翠绿色的大拟啄木鸟的雏鸟。我看到一只大猫头鹰藏在幽暗的朽木洞里，朝外瞪着眼睛。它有个浑名叫"鬼瞪哥"，它把喂雏鸟的任务交给了人类。还有一只林角鸮，一只小红耳鹎——它有冠羽，头是黑的，当地叫黑头公。这些雏鸟的父母，比如一只大的鹞鹰，一只黑林鸮，一只林雕鸮，就歇在不远处虎视眈眈，看着自己的孩子，也注视着别人的孩子，想把它们吞了。

这些毛茸茸的小鸟，朝天张着讨吃的黄色大嘴巴，饲养员用小勺子给它们喂着精心配制的食物，这些雏鸟享受着饭来张口的幸福生活。

兽可爱，鸟更可爱。刘总给我讲了一个故事：一次暴雨后他们发现了一只死鸟，掀开它的翅膀，底下还有两只活的雏鸟。动物与人类都一样，都生活在这个世界上，有着一样的行为，有着一样的母爱。它们曾经是我们的邻居，人类是从森林中走出来的，终将回到森林中去。

一路上我拍到了许多蘑菇，那些撑着大大小小彩伞的小精灵，生长在密林中、腐叶间、草地上。我只是拍下照片，不会去采摘，这里的一切，不可动它，这里是所有动植物的乐园。

我看见许多徒步穿越森林的年轻人，他们背着旅行包，一身迷彩服，精神抖擞，兴奋莫名，有一种重回森林的开心。人类曾是森林中的一员，人类诞生在森林中，有四百万年或者七百万年的漫长居住史。往前溯一万年，我们才离开森林进行耕作。人类在如此漫长的岁月中靠森林养育，靠森林塑造，靠森林进化，这久违的家乡，早被我们抛弃遗忘了。如今，太阳河的森林有一种让人重返的渴望，将森林稍微打扮，就会让我们感到如此亲切，唤醒和激发基因中的记忆，让我们有拥抱和回归的冲动。动物、植物，都是我们家庭中的成员，它们那么可亲可爱。森林，人类最广阔温暖的家，在这里，每一片树叶的踩踏，每一声鸟叫，每一朵蘑菇，每一颗水滴，都是对我们深情的呼唤。

百花岭观鸟

百花岭在高黎贡山上,高黎贡五百多种鸟在这个地方可以看到三百多种。那些世上最美丽的生灵,就活在这片山冈上的森林里。鸟在海拔一千四百至一千六百米的地方活得最惬意,这里花果丰富,特别是浆果和核果,百花岭正在此海拔上。

我们住的民宿中有"鸟网"举办的"高黎贡山鸟类图片展",让我对高黎贡的美丽鸟儿们有了一个基本的认识。这些在百花岭拍摄的鸟儿,是天下最美丽的鸟,有着任何人都想象不到的美色。罕见的通红的血雀、大盘尾鸟,两根细长的尾翎、美丽的红喉山鹧鸪,剑嘴雀的弯喙,火尾太阳鸟,有像一道火光的尾巴。还有条纹噪鹛的头冠,一种黄冠啄木鸟的头冠,还有灰头鸦雀的绒帽似的头冠,还有斑胁姬鹛腹下一道道蓝色条羽,画家也画不出这么好看。还有白喉扇尾鹟飞竖的尾翎如一把团扇。还有仅见过三五只的褐翅鸦雀、点胸鸦雀、绿喉太阳鸟、锈额斑翅鹛、黑胸太阳鸟……鸟是上天的宠物,它们的羽毛如此漂亮,是上天精心描画的。

百花岭侯体国是高黎贡观鸟的一张名片,是他带动了高黎贡的观鸟经济,带动了一方旅游,带动了百花岭山村的致富,人称鸟疯子老侯、百花岭总塘主。他户口簿上填的是汉族,但他祖上是景颇族,家谱记载是从缅甸过来的。他十五六岁跟大哥一起学打猎,什么野猪麂子都打。有一次打一头大野猪,一枪没打死,大野猪冲过来,要不是他跳下崖,必死无疑。他也打鸟,他说这地方就是鸟多,这里山不高不低,有乔木也有灌木,属乔灌和落叶与常绿的混交林。打鸟是用弹弓打的,一天打一百多只,冬天特别多。这里有一种金雀花,冬天开花,这种花鸟儿爱吃,吃花蕊里的花蜜,常常一棵金雀花树上有几百几千只鸟,用竹扫帚可以刷下来。这些鸟有棕背凤鹛、蓝喉太阳鸟、红颈凤鹛、橙腹叶鹎、纹背捕蛛鸟、黑喉红臀鹎等。

老侯现在是真正的鸟类专家,高黎贡山的鸟难不住他,什么都认识。他说凡是在高黎贡打鸟的人,眼睛都会瞎掉,家里会有劫难。吃野生动物的人,是一定会得怪病的,一时不得,十年二十年一定会发病。他说野菌子万不可放鸡精味精,放了吃后必中毒。他说过去野牛吃有毒的辣浆果不会中毒,熊吃了再毒的草不会中毒,但如果它们吃过一次人工饲料,再吃毒果就会中毒。野牛只要吃过人类的盐,不是自然环境中的硝盐,再吃毒果必死。化学物质会破坏野生动物的免疫力,他说这是外国的教授告诉他的。鸟类带来的禽流感,传给人会致命,所以万不可吃鸟。现代人因为体内有许多化学物质,比方说,过去蚊子叮人,没有疤,现在,你被蚊子叮一口,会留下一个大黑疤。他捋起他的裤腿，让我们看他被蚊子叮后留下的瘆人疤痕。

他说以前吃知了，吃多少也没事，现在一吃就蛋白质过敏，蜂蛹也是。他说他小时候放猪，到藤子湾，稻田里的大谷堆下有许多泥鳅、鳝鱼。放了猪，让它吃田里的剩谷，他就去盘鱼，盘一袋子，让猪驮回来。中午带点盐巴，将鳝鱼抹点盐巴架火烤了吃。因为走十几里路，猪很辛苦，他奶奶就烦他说，猪吃了什么，满嘴的沫子，是不是中毒了？其实是走路累的。那时还在河里抓白条鱼，捉石蛙，到山上去割野蜂蜜。他打鸟是得了报应的，有一次爬柿子树上打鸟，打了三只，突然头晕，从树上掉了下来，头上砸了个洞，流了许多血。还有一次，他剪鞋子中的帆布，剪刀竟然反过来戳进鼻子里，流血不止。他父亲慌了，去找来一种"马皮泡"草药，才给他止住血。他说，过去山里的老猎户，打到什么时候住手呢？就是打到鸟出现怪叫声，他就不打了。高黎贡无论是什么民族，对大自然都有敬畏，在生活艰苦的年月，偶尔打猎，也不会满山乱打，把鸟兽打光。

与老侯聊天的时候，高黎贡的雨在夜晚越来越猛，林涛的呼啸漫过天空，鸟儿们在煎熬着，它们美丽，所以被欺凌，这些美丽纤弱的生灵活着可不易。老侯说，一到雨季许多鸟儿会死去，因为没有食物。这是多么悲伤的山林，但阳光里，鸟儿会啁啾如雨，高黎贡一定会保佑它们。

老侯是百花岭第一个"鸟导"，后来成了全国有名的第一

"鸟导"。高黎贡百花岭的观鸟路，是老侯走出来的。有个台湾来的观鸟朋友给他说，你建鸟塘，会有很多外国人来的。老侯记住了，认为这是个商机。因为来他这儿的人没地方住，于是他自己设计，建了新房。房子刚建好，央视七频道给他拍了《老侯的昆虫梦》，国内外就传开了。来了一些教授，也是来研究鸟的，找他，怎么找鸟，怎么诱鸟，老侯有办法，他于是建了鸟塘。是根据鸟的习性，鸟有两个习性，一是有食就来，二是爱干净要洗澡。

为什么要观鸟，有的不远万里来观鸟，他问那个台湾人，那个人说了一句话，让他印象深刻，他说：鸟比人美。

的确，鸟是比人美，没有任何外饰，自身带来的美，这是上苍给它们披上的华丽羽毛，鸟是世界上最美丽的生灵，是风水，是仙子，是神灵的化身，所以我们爱鸟。

老侯讲，高黎贡的植物许多是靠鸟传播花粉，还有的种子是靠鸟吃进肚中排泄后传播的，鸟可以飞三个月，飞得很远。他的鸟塘种的果树，到了开花和结果时节，可以吸引十几公里的鸟来，有的候鸟飞几万公里来。有的鸟是从澳大利亚来的，飞来三个月孵育后代，然后再带幼鸟飞回澳大利亚，他说一棵树的果实可以养活四百只鹦鹉。

百花岭是绝佳的观鸟地点，各个鸟塘都有独特的"明星鸟"。如一号鸟塘是绿背短赤鸲，三号鸟塘是剑嘴鹛，八号鸟塘是纯色噪鹛、酒红朱雀，十号鸟塘的明星鸟也是剑嘴鹛，十五号鸟塘是斑胸钩嘴鹛和灰翅噪鹛，十八号鸟塘是环颈山鹧鸪，三十二号鸟塘是短尾鹩鹛、凤头雀嘴鹎，八十六号鸟塘明星鸟是血雀……

又是一整夜的雨，永远是雨，高黎贡山浸泡在雨水里了。先是有鸡叫，接着听见了鸟的叫声。拉开窗帘，天色亮了，雨淅淅沥沥，屋顶上，两只早起的松鼠来回奔跑，卷着长尾。

吃过早点，老侯来了，背着拍照的长枪短炮，还有一把长刀，说是山上防野兽。我们跟着他往鸟塘走，下坡时，一不小心滑倒，一身泥水不说，右手触地，疼痛难忍，本来手腕伤过。爬起来，手腕痛得不行。到了老侯的鸟塘观测点，所有早起的迷糊、困倦和摔伤的手痛都没有了，因为鸟儿来了。老侯架上三万多的摄影长炮，然后去观鸟棚前的空地撒黄粉虫和苞谷沙。他在往一个铁架上穿苹果时，大雨中的灌丛小平地突然涌出了一堆鸟。哇，从未亲眼见过如此美丽的鸟，大大小小，先认识的是赤尾噪鹛，太漂亮，个头大，听说名字要改为七彩噪鹛。大仙鹟，一身蓝色。白尾蓝地鸲来了，灰眶雀鹛来了，棕颈雪雀来了，白颊噪鹛来了，锈额斑翅鹛来了，翠金鹃来了，点胸鸦雀来了。它们争食，啄苹果。两只松鼠也来了，老侯烦它们，它们食量大。他这儿的鸟塘，就是一个脚盆大小的水池，鸟是要喝水还要洗澡的，鸟爱干净，要防寄生虫，见沙则浴，见水也浴。一个鸟塘两个水塘，有人说这么小，不应叫塘，应叫池。

我惊叹这么多鸟，老侯说得出名字又写不出，因为老侯只有小学文化，读了五年级，留级五年，十年还没读完小学，可他成了鸟博士。又来了一批鸟,黑头奇鹛、栗臀䴓、褐色雀鹛、竹鸡。松鼠抢食凶,吓跑了几只。啊,红喉山鹧鸪来了,老侯不拍,说别急,小鹧鸪会来的,是只雌鹧鸪。但红喉山鹧鸪不是湖北常见的鹧鸪,太美太美,神经质地走动。还有红翅薮鹛叼了几条黄粉虫飞走了,喂雏鸟去了。老侯指着飞来吃苹果的一种有红有绿的鸟说,那鸟叫金喉拟啄木鸟,这儿有五种啄木鸟,这种最好看。太好看,它不停啄木头,一分钟五六百下,不会脑震荡,因为它的小头有三层防震装置,伟大的造物主!

啊,纵纹绿鹎来了,山鹪鸰也飞来,栗背短脚鹎也来了。顶顶漂亮的山椒鸟也来了,黑头黑翅红腹。他又小声说太阳鸟来了,在金铃花树下,我顺着他手指的地方,终于看到了我小说中多次写到却未见过的太阳鸟,那么小,拇指大,吸食花蜜的鸟。金铃花是老侯种的,老侯这里种了上百棵鸟爱吃的开花结果的树,有一棵结的小红果会引来许多鸟。他是在缅甸参加观鸟活动时看到的这种树,就扯了一根,现已经很粗壮。老侯说,你这里若有鸟喜欢吃的食物,它们几里、几十里也寻得到,鸟是灵物。我看呆了那种黑胸太阳鸟,那么小,太神奇了。他说太阳鸟这儿有五种,最漂亮的太阳鸟是火尾太阳鸟,一条红色长尾长过身体数倍,我说昨天看到了图片,它飞翔时像拖曳出一道火光。这些大自然的精灵,飞翔在高黎贡之上,莫非高黎贡真是挪亚方舟吗?

我在老侯的鸟塘里跟他一起看了两个小时的鸟,鸟越来越多。他告诉我,今天是下雨,如果晴天,鸟还会多。我们走的时候,老侯还在守候着他想拍的鸟。雨下得更加响亮,鸟儿们依然在雨中觅食,它们美丽,却也很辛苦。下山后看老侯的微信,他那天终于守到了红喉山鹧鸪带着几只雏鸟来觅食,一家其乐融融。

　　森林是世界上百分之七十五的鸟类的家园,而它们正在以自然速度的一百倍消失。祝福高黎贡百花岭的那些鸟儿吧,祝福它们拥有那片幸福的天空和森林。

苍山的西湖

明代出生于江南的徐霞客,曾经到云南大理,又游了苍山诸峰,但见云弄峰下,一湖阔大,名为西湖,竟大赞道:"悠悠有江南风景,而外有四山环翠,觉西子湖又反出其下也。"白族人拥有的西湖,白墙青瓦,鸡鸣狗唱,并无市声。花坞苹汀,芷岸野舟,菰蒲茫茫,波影沉沉。空翠烟扉,山色四围,雁声鸣处,孤月生烟。更有夕阳蜃镜里,渔歌归帆,绿苇摇风。

苍山十九峰中,云弄峰不高,有云弄峰影,抑或湖水弄影,亦云亦烟,云来雾去,气象就有了些森严,云下水泽更显阔大荒远。风起水涌时,群鸟飞腾于芦苇鼓荡之中,渔舟横泊于远渡沙渚之畔。哪一时,有文人叫上了"烟渚渔村",划小舟于大水深处,叩问摇桨撒网船家,不知归路,故称曰"西湖",此西湖就不能比西子吗?且无须浓妆淡抹,天生的美人坯子。

要溯到唐宋时,此地水患连连,有罗时、罗凤二兄弟捐田带众人开挖一水,称罗时江,直通洱海,西湖便成了洱海之源,于是各地渔民纷至沓来。有记载说,他们"连芜为畦,植柳为岸,结庐其上,汀港相间,曲折成趣"。聚居在水上荒岛,虽然有趣,但地基不稳,这里的白族人所做房屋多会倾斜,有的倒了,有的没倒。没倒的用大木支撑,倒了的移居他处重建。这水底下常人说是软泥,其实是一种泥炭沼泽,这泥炭当地俗称海煤,水下二米即可得,平均厚度四米,最深超过十五米,储量达三百九十万吨。当地人在柴薪不足的年代,多掘此泥晒干当柴。越挖越深,房屋掏空了,本来根基不稳,只好十年建一次房,自古如此。

西湖至今已有六村:张家登、清水塘、东登村、中登村、南登村、海塘村。有七岛:张家登岛、清水塘岛、东登岛、中登岛、南登岛、海塘半岛、清水沟半岛。近千户,四千多人。白族村落,聚村为画,村在湖中,湖在村中。下雨后,船在云雾中行,天晴时,舟在白云下划。白族白墙的倒影,加了些飞檐,挑在微波之上。众多小岛本来如琼楼玉宇,加上树的倒影,像是神秘修行之处,藏着隐士高僧,不与外界来往。大约云南以外没谁知道这世外桃源,如果有世外桃源,我认为此处应是。所谓烟渚渔村,有大静大荒之境,语言不足以说清此处"烟渚"二字感受。后来因水源重要,成了国家湿地公园,但当地政府不是将周围几千号人迁走,搞成收门票的公园,而是让世代居住的白族人继续居住,享受这山水画卷,水庄泽国。

接待我们的宣传部杜主任,他家竟然就住西湖边,从小在西湖长大。他邀请我们坐上他家的小船，让他父亲亲自撑船将我们载入西湖芦荡深处，荇藻之间，我们只好感谢老人家的一番心意。水中有纯粹清凉的水腥味，是水草和清水的美妙气味。这湖中水草茂盛，水鸟蹁跹，白鹭众多，歇息在水草上，浅滩中。大片芦苇站在水里，占有了巨大空间，有鱼在里面狂跳产卵，有鸟从里面窥探而出，想必芦苇中鸟巢不少。水特别好，透明见底，海菜花在水草上盛开，一切如儿时见到的老湖景。有仙气又有人间烟火味，亦仙亦俗，仿佛古代湖泽与人家。

头上长有蓑羽的小白鹭，还有中白鹭、大白鹭，原来是不同的。还有鹬、黄鸭、凫子、灰雁，在水中拖着两条分开的波纹，像是田垄耕夫，在水面播种什么，但又一头扎入水中消失，从很远的地方钻出来。最是此湖特有的紫水鸡，我们竟然看到了近二十只，紫头紫蹼，是世界上最美丽的水鸟。这些涉禽，为何只钟爱此域水泽，而不会飞到别处？此鸟不善飞，个体较大，目标也大，水中特有的"野味"，千百年在此处生活却从来没有被猎杀，白族人善待自然，古已有之。

杜主任带我们划船入湖的目的就是寻找紫水鸡，他说运气好的话应该见得到。船上有四五人，杜主任的父亲却撑得很快，船头笔直如箭，破水如刀。撑了几里水路，我们担心他撑不动，要换他，他说没事，每天撑船。杜主任说到钓鱼，但杜父不钓鱼，他是打鱼，一辈子就在湖上。船进入水巷，水路两边有茭瓜、菱、蒲，浅水处有了田畦，有了树，这些似在水中漂浮的田畦,种着萝卜、青菜,沟垄中就是水,泥土黑油油的,青菜翠生生的。这里应该有紫水鸡,杜主任听到了紫水鸡的叫声,我们也听到了一种奇怪的鸟叫,咕咕咯咯,拖着颤音,并发出沉闷鼻音。接着就看到了菜畦中的紫色水鸟,呈紫蓝色,深紫和浅紫相间的羽毛,像金属一样铿亮,红色的大嘴,红色的额甲,中长腿,大脚趾,翘动着尾巴,也不怵我们的船,在这水中半岛上优哉游哉,闲庭信步,又忽地飞入芦苇丛中。这儿是紫水鸡的天堂,也是人类的天堂。噢,一时蛙声响亮,鹭鸟成群,有水上云霭,有村里炊烟,云烟交织,如回云梦古泽。

杜父是村里渔夫,也是抓鳝能手,杜主任说他父亲一天抓十斤鳝鱼不在话下,鳝鱼在芦苇中,有冒泡的地方,下钩就能钓上来。杜主任说小时就是抓鱼,钓、下簖子、下网。钓的鱼主要是鲫鱼,有时能钓到几斤重的草鱼。还有一种小花鱼,贴石头上的,一天可钓两百条。他说小学时钓鳝太大从洞里拉不出来,只好去喊父亲。

船在湖上兜了一圈,杜主任说还没走到整个湖的十分之一。这个高原上的国家湿地公园,总面积有一千三百五十四公顷,真是够大的了。他要我们到他家去吃晚饭,船泊在村边,就叫西湖村。有许多开车来钓鱼的城里人,问他们渔获怎样,每人都有几斤闪闪银鳞,全是鲫鱼,大小都有。问他们钓鱼要钱否,他们说这是野钓,不要钱。问题是,这可是国家湿地公园啊。再问他们的钓船为谁所借?他们的回答更有趣,村里的船都不上锁，你要钓鱼自己解开船绳，就可划条船进湖，到时划回来即可，没人管你。白族人就是这样，有古人遗风。

湖上有许多收集蓝藻的设备，是一些黄色的浮筒，上面有收集的机器在工作，搅动着水花。在公园门口，一座日处理三万立方米的藻水分离厂正在施工中，这样便可保西湖永久的一类水质。

杜主任家是新屋，三层，也是白族人传统民居三房一照壁，四合五天井。他与爱人虽然在县城上班，县城也有房子，每个周末还是带着家人赶几十里路回来与父母兄嫂团聚，并不分家，这也是白族的家庭观念。

杜主任的家有四扇雕花的门，每一扇要两万多，四扇十多万，用的是胡椿木，雕的是梅兰竹菊、喜鹊白鹤。雕花精制，怕弄坏了，用玻璃镶嵌起来。

晚餐的菜是一锅野生鲫鱼，西湖的野鱼，味道好极了，鱼汤特别鲜。杜主任让我们多吃鱼，鱼有甜味，鱼刺也比别处的少。他说海菜此湖有很多，炖鱼汤加海菜，火锅加海菜，忒好吃。这里的蔬菜也是全大理有名的，不上化肥，全是农家肥。西湖的萝卜最有名，可以生吃，炖汤最好。用西湖的鲫鱼汤泡饭，简直是天下绝味。

洱海百分之十三的地表水来自西湖，与东湖隔河（弥苴河）相望，它们所形成的水网形状及所发挥的功能作用恰似洱海"双肾"。湿地是地球之肾，这二湖就是洱海的肾，在洱海壮实的躯体上发挥着举足轻重的作用，洱海和西湖是命运共同体。

  看到家家推窗临水下钓竿，舟上舀水，清水煮活鱼，此等生活哪儿可寻？最美的梦也没如此滋润。我们走时暮色中湖烟浮动，一片蛙声如鼓。白族人不吃蛙，留着它们在湖上聒噪去吧。

云端上的村庄

海拔两千二百米的光明村，在苍山的西坡，在云彩之上，在云端之上，在云雾之上，在云海之上。那个当初为此村庄写下"云上村庄"四字的人，他应该是诗人，是一个不凡的命名者，是他创造了一个在云中的村庄。

当然，这个村庄本来在云之上。我们从漾濞县城出发，在盘山公路上不停地盘旋，云彩正在这片山冈和森林中升起，白云蒸腾。我们与雨雾一起盘旋，这是美丽的雨雾，是充沛的雨水在这里缱绻留下的身影。森林在公路两边葳蕤荫郁，而绿色显得有些古老。两旁都是核桃林，可以看到粗壮的、怪异的核桃树，那是岁月太久的痕迹，风霜雨雪把它们扭曲削凿，但枝头却依然硕果累累，仿佛生命每年都可以新生和重生。

我们的车终于爬上一个山顶，是个彝族村，用树枝造型的门廊上写着四个大字：云上村庄。

太浪漫了，太诗意了。也许过去的生活是冷峻的、严酷的。已是六月天，天气却有着深秋的寒意，要不是这四处苍郁挺拔的巨大树木,我们的情绪会下沉。进入村庄,这个地方叫鸡茨坪,是光明村的一个自然村落,全是彝族人。这个古村的彝族房子不多,但古核桃树证明这个村庄的年岁。这是一个核桃打脸的村子,走在村道上,抬头是核桃,扫脚是核桃,一不小心,核桃就撞你满头满怀。那些不堪重负的核桃树,委枝地面,果子躺在地上生长,也没人管顾。房子和人换了多少茬,树没换,这些古核桃树都在三百年以上,最老的一千一百六十多年,有古核桃树六千多株,树高有的达三十多米,一个农家院子一棵核桃树就遮蔽了整个天空,单株产量在丰产的年份可达五六百公斤。栽树的彝人祖先,你何等伟大,老得像精怪的树,结嫩得像精灵的果,每户人家门前屋后都是这种古老的核桃树。如今,村里的核桃树连片发展到了两万多亩。

光栽树不行,还得人来管,还得阻止人的砍伐,一千多年的保护,这得多有韧性。而栽树的彝人,怎么想到要将满山栽上这种核桃树,怎么想到要为子孙后代留下这丰厚的、一劳永逸的遗产,让他们衣食无忧,光宗耀祖?现在这里的核桃果树,被称为"金果果""摇钱树""万年桩"。

漾濞核桃,也叫"大泡核桃",以果大、壳薄、仁白、味香、营养丰富而闻名,这在一千多年前是怎么被发现并大量种植的呢?抑或与这里的水土有关?康熙《云南通志》中有"核桃大理漾濞者佳"的文字。农业农村部在这里立了一块大石头,上刻有:中国重要农业文化遗产,云南漾濞核桃—作物复合系统。

在光明村，人人都是种植专家，还在核桃林下种植粮食、中药材，发展生态养殖。光明村的村民有一支活跃在全国的近千人的核桃嫁接专业队伍，春节一过就会出发到重庆、广西、四川、湖北、西藏等地从事核桃嫁接服务。而这个古村成为大理苍山的特色旅游村，因为它在云上，有营养丰富的核桃，又有那么多古核桃树，游客如织，不畏山路，在此长期居住的外地人也不少。

我们去老查家，他家门口就有四棵古核桃。去老查家有指示牌，老查叫查洪祥，家里接待过几任省领导，现在，他家的客栈叫"核桃客栈"，客栈虽然时尚，但古核桃树保护得很好。两个儿子分了家，各分了五百多棵核桃树。查洪祥大儿子查守荣和弟弟查守杰依托父亲的客栈，各自开了一个农家乐，小儿子查守杰曾是联合国维和部队军人，驻黎巴嫩，以色列飞机天天炸，好歹他回来了，种核桃，搞民宿，很幸福。如今老查家老品种土鸡也卖出了名，兄弟俩便在山上的核桃树下养起了土鸡。两兄弟的农家乐一天就可卖出去四百只土鸡。查氏兄弟还在冬天腌制火腿和腊肉，用松针熏烤，这种腊肉游客非常喜欢。

我在老查家吃着核桃，壳用手捏即破，油质多，咬在嘴里油津津的，榨出的核桃油是保健食品，含丰富的维生素E，油呈清澈的黄绿色，做菜用此油，香味正，品质好，益健康。过去核桃榨油是用大石杵，现在找不到这种榨具了。这里的妇女过去上街会把干核桃仁用头帕包起拎到集市上卖，一公斤干核桃仁可卖六七十元，一包干核桃仁卖完了，就买一大袋大米背回去。

我在村里看到，这里的院墙篱笆也是用古核桃夹的，处处是核桃树，那棵村里最老的核桃神树，一千一百多年历史，每年村里都要在此进行祭拜，它是彝族人心中的萨秘母。传说彝族姑娘萨秘母，为了寻找一捏即破的核桃，听了老虎的话，与铁核桃树合为一体，就会成为泡核桃，于是她牺牲了自己，才有了彝族人种植的泡核桃。每年，彝族人为念她的好，围在这棵神树下载歌载舞，献上祭品，希望神树萨秘母保佑彝族后代，依靠核桃过上幸福美满的生活。

村里近年还造了不少核桃主题民宿客栈、核桃主题广场、云上四季花海、草坪咖啡馆，有一条核桃步道，全用铁核桃铺就，你可以光着脚丫子行走，这真是一条保健按摩的独特步道。

我们在陈树军家吃饭，虽然六月了，山下正在暑热中，可山上却在下雨，山风一吹，寒意袭人，大家烤着火，吃着核桃。陈树军家只有一百多棵核桃，但他兼搞餐饮，收入可观。这儿的风景没说的，最高处是马龙峰，有四千一百多米，还有玉局峰。陈树军说，靠山吃山，靠核桃吃核桃，核桃花一串串的，花期也长，过去没人理，此花不香，也不勾引蜜蜂，现在则成了美食。还有核桃炖羊脑、核桃扣肉、核桃炒腊肉、核桃八宝饭、核桃肉丸子、核桃叶炒火腿、核仁荷叶饼、核桃糕、香酥核桃、青椒煸新鲜核桃仁、核桃仁炖鸡蛋、核桃炖猪脚、

云端上的村庄 ‖ 323

核桃馅汤圆、核桃拌生皮、核桃粥。核桃树上有寄生的松萝，松萝用开水一焯，凉拌清火。寄生的白参，开水焯后凉拌也是美味。现在村里又开发出了核桃茶和核桃酒，都好喝。

我们在老陈家吃着一桌的核桃宴，味道和口感都很特别，这种饮食在别处是品尝不到的。大家喝着核桃酒，吃着核桃腊肉火锅，暖意融融，寒气从身上消散了。

彝族是一个从不砍树的民族，心善如草木，这片山林交给他们，是大吉，是万幸，这样的村庄就有救了，不愁他们不会富裕，因为善良的人总会有好结果。他们的结果就是结一千年、一万年的核桃果。席间，大家都称赞这里是世外桃源，我说，加一"核"字更好：世外核桃源。

我在光明村总想着这逾千年的古树，经历了多少战乱，遭遇了多少狂热，莫非千年中这些村庄没遇到一个手贱之人，没遇到一把亢奋的斧头？中国的农耕社会在这里如此完美、优雅、浪漫，自然山川在这里如此昌盛、郁勃、自在，我觉得它们在嘲笑那些自鸣得意的现代文明，以为农耕就是落后和愚昧的，但这里有静默的大智慧，有顽强抵抗现代文明的基因。山川中的草木一旦站稳也是不可战胜的，无论是水边的村庄，云上的村庄，得古木而活，得清水而媚。这些云水鬘景中的乡村，给浮躁的现代文明以灵魂的滋养和深刻的启示。

茈碧湖边的古村

茈碧湖边的古村梨园村，只种梨，这是白族先祖的先见之明。这个村的白族人，历史上一定彬彬有礼，没出过狂热的忤逆者，没有将这满地的祖业糟蹋掉，因此五百年来的七千四百多棵古梨树，保存和延续了一个村庄梨花盛开、梨子满园的历史。

斜风微雨，碧波涌动，烟霭袅袅，青山苍苍。雨很细，细如丝，像编织的丝线，将茈碧湖织成一张蓝色的锦缎。茈碧是一种植物，茈碧花是湖中的美味特产，又称睡莲菜、瑞莲，夏季开花，类似莲蓬，多为黄白色。当地的志书上说：茈碧花似莲而小，叶如荷钱，茎长六七丈，气清芬，采而烹之，味美于蓴菜（莼菜）。我们坐快艇去往梨园村，此时的茈碧还未开花。快艇划破四山的倒影，在湖心远处，白鹭掠过湖面，扇动起浪烟。当地朋友说，茈碧湖有一种独特的自然奇观，叫"水花树"，因为湖水是可以直饮的一类水质，透明的深水底，会冒出一串串晶晶闪亮的水珠，在阳光的照射下，就像一株缀满珍珠的玉树。这种奇景，只有在天晴阳光充足时，才有可能见到。

湖很大，快艇也快，几乎是贴着水面飞翔。但风雨添凉，这里海拔毕竟过了两千米。茈碧湖是洱海源头之一，与三岔河、海西海一起，洱海百分之七十的水来自此。

梨园古村大地名叫大河头，是一个三面环山一面临水的隐匿山谷。明嘉靖年间世袭邓川土知州阿氏的后人，阿迁乔带着两个儿子阿筱聪、阿林聪以及一些族人，来到这湖边的原始森林中，种植梨树，代代只种不伐，形成了如今的梨园村。没有人知道五百年前，阿氏祖先在此为什么只种梨树，并相信梨子能够养活阿氏的后人，繁荣昌盛。现在新老梨树已达数万棵，气势更加壮观。

梨树的确是有情调的树，是树中仙女，春风一到，千树万树，白花盛开，人神欲狂。梨花是怒放之花，满树洁白的花朵，清香沁人，蜜蜂啸聚，嗡嗡乱飞。这样的春天对在高寒山地生活的白族阿氏人来说，是一次生活信心的重建，一种精神的苏醒。不仅人，一个村庄一定要有花朵装扮，在这个山谷里，种满梨树，春天就有了一种祥和盛大的气势，整个村庄就有了青春的热情和活力。等花朵开得烦了，一阵风吹来，又会摇落一地花瓣，传说中美丽的梨花雨就会婆娑而下，整个村庄笼罩在梨花纷飞的花雨中。哦，一场梨花雨，无限乡愁生。

我们登岸，即到了梨园村村口，石头上刻有四个大字：世外梨园。村牌坊有一副对联：远道而来莫辜负湖光山色鸢飞鱼跃,近期归去应难忘美俗淳风气爽文香。

又鸢飞鱼跃,又气爽文香,自然景观与人文景观都有了。村里的古树是苍苔满身的古树,都挂上了牌子,验明正身,往树上看,青果累累,树干如此皱老,怪模怪样,盘虬扭曲,在村里霸占了阳光、地盘,雨水没有落地,全停歇在枝叶上,使得这里有一种深邃而又神秘的氛围。加上白族人家的白墙黑瓦,庭院深深,仿佛走入一个古时传说的村庄,又依稀是我们遗忘了千年的老家。有牛在村里徜徉,没人牵它。有狗在路上溜达,没人惹它。牛与狗兀自逍遥,也恍如从古代走来,并不真实。路是石板路,条条干净,加上雨后,路上亮晶晶的,像是被人擦拭过。村里的房子飞檐翘角,龙沟凤滴,没有一家不是精心建造的,没有一家有破损处,每个院落的墙上都是新画幅,一直逶迤至古梨树尽头。而且家家门前都是花盆,里面的品种琳琅满目,姹紫嫣红,争妍斗艳。雨中在村里漫步,就像魂归古代,恍兮惚兮的穿越感油然而生,心中早已是唐宋魏晋。

我们走进阿福客栈,院子里有各种盆花,有几个鸟笼,白族人爱养鸟,院子里要有响亮的鸟叫。老板娘把我们迎进去,十分热情。我们在这里碰到几个外地老者,有男有女,是从重庆来这儿避暑的。他们说,每年夏天他们都来这儿,像候鸟一样,在此长住至少三个月。重庆游客说,梨园村有好山好水有古梨树,夏天凉爽,在这里生活赛过神仙,来这里避暑的人全国各地的都有。

我们爬上客栈的楼顶，竟是一个楼顶花园，白族人园艺水平都很高，各种盆栽造型别致，青枝绿叶，每盆都修葺得清清爽爽、古灵精怪。往村中看，白族人家房舍都在梨树之中，树阴之下，整个村庄掩映其中，隐隐青果挂满村庄。到了梨子成熟的季节，来吃鲜梨的游客挤爆村里的角角落落，但村里有一个规矩，凡摘吃梨子的，不收钱，想吃多少吃多少，装进肚子的，免费；带走的，付钱。

这就是古风。

白族人亲善自然，村庄在霭霭祥云中，无争斗，无小人，无恶语，无红尘，只有鸟鸣山幽，花径人行，茈碧湖如此洁净，则是人心外化。千年古梨，苍苔满身，石斛寄生，却又年年新果，圆溜如一树稚儿，这祖先种树的荫庇，让白族世代在清甜的日子里。

梨园村在茈碧湖北岸，是国家第三批传统文化村落。百多户白族人家，又有古梨园，又有茈碧湖，种树、捕鱼，鸡鸣狗吠，炊烟袅袅，碧波尽处，村路通幽。家家梨树浓荫下，户户梨花飘窗中。极好的水，极香的空气，极美的人，与世无争，与花果为伴，颐养天年，如何不能长寿？全村八十岁以上的老人就有四十多位，最长者已有一百零五岁，因此梨园村还是云南美名远扬的长寿村。

所谓古风，我以为就是温和对待大自然的一草一木。世世代代以来，梨园村都有一道不成文的乡规民约，不准损害和砍伐树木，这是一道道德和信仰的鸿沟，不可逾越。改革开放后，集体的果林分给私人承包，土地开发和使用由村里统一规划，不允许在梨树林周围开垦土地，于是保护了古梨林这祖先留下的遗产。

古梨树保存了，但梨子不值钱，因为太多太多，每年结出的果子却没有市场，只有掉地上烂掉。不过都知道的另一原因是，这地方离外界太远，没人知晓。古梨树上结的果，运出去成本太高。过去村里出去的唯一通道，就是坐船过茈碧湖到对岸。这个村子，外人只是听说，跟传说一样缥缈，很难进来。后来国家建设茈碧湖环湖"万亩湿地"工程，茈碧湖的名气起来了，吸引了游人，梨园村的古梨树群就慢慢传扬开去了。村民开始办农家乐、水上游船，每年春天梨花开时，游人无数，人们陶醉于此，必留宿一晚，梦中梨花的清香令人脱俗去秽，不忍归去。

农家乐在这里乐的是山高水远，有自己养的土鸡、有大理白族人爱吃的生皮（半生的猪肉蘸佐料）、乳扇（一种奶酪）、地参、菌子等。村里有大量的狗，却不吠叫唬人，到任何家里串门，狗先摇尾巴，主人必热情接待，院子中一坐，就有梨子和好茶端上桌来款待你。这里民风淳朴，真如进了桃花源。

我们在雨中登船离开梨园村，那些生长了数百年的、庇佑着一个村庄的梨树群，渐渐消失在水天处。这大水中的村庄，这静如山水的村庄，将永远在梨花的香风迷雾中美丽着、优雅着。

去往独龙江

去往独龙江，先得要穿过怒江曲折险峻的公路。

云彩在天空爆炸。一阵一阵，一排一排的云，以大阵势向天空卷去。群山聚首。高旷邃远的高黎贡山，太高太高，谁给予它们如此崇高的礼遇？生命如此庞大，谁能够铲除它们的存在？谁能够掐熄怒江的怒吼？没有仇恨，因为充沛，所以怒吼。生命如此，不可改变。那个为此江流命名者，是它唯一的知音。

从怒江傈僳族自治州州府六库出发，一直沿着怒江前行，过了腊玛登，怒江大峡谷更加深切，水流更加湍急，山色更加狂野，天空更加高远，气象更加凛冽。流石滩与瀑布直冲而下，树在拼命往山顶爬，巨大的石头也爬上了峰顶，蹲在最高处，像一尊尊传说中的巨神。这里是神的国度。

怒族人称怒江为"怒日美"，意思是怒族居住的大江。这条发源于青藏唐古拉山的大江，在高黎贡山和碧罗雪山的猛烈夹击下，将滇西切开一条巨大的伤口，形成两千多米深的大峡谷，一路直泻，挟持着万山水流，粗壮的水流束成瀑布，像数万条飞龙，从山褶中，从峡谷里孵化而出，向着怒江汇聚，浩浩荡荡，变成咆哮的怪兽，变成不可一世的怒江。

路上，我写下了这些词句：白练轰响，有如撕扯的风雪，被鹰煽动的激情。飞越石头的寒冽。鞭笞的喊叫。冰凉的火花。割开高黎贡的血管。鼓动翻滚的翡翠矿脉。无法航行，但它是江。不可驾驭的水。一头狂乱的巨兽，在峡谷里嚣嚷。永不枯萎的喉咙，用漩涡垒砌的声音。冰凉的诅咒。诞生一万次，死去一万次。漆黑的羽箭，滚烫的语言。创造谷物、米酒、剽牛和文面，创造土地、习俗和女人的狂潮。大地的红血球。赤裸裸的欲望之躯。苍穹下的野生歌谣。摧枯拉朽的岩浆。高举自己生命的磷光，日夜不息地赶往安达曼海。

怒江花谷是美丽的鲜花盛开的峡谷，这里沿着怒江，一路花开，五颜六色，纡朱曳紫，云蒸霞蔚，仿佛来到了神话的国度。在汹涌奔腾的怒江两岸，形成温馨妖娆的花带，抵制着怒江咆哮的惊悚，安抚着旅人的心。

我们终于到达了贡山。在街头，我看到了另一个花海：独龙族、怒族、普米族、藏族、傈僳族……她们彩虹般的服装让那些娇小的身影变得有些妖冶，而她们安静的行走变得有些神秘，不知道她们来自哪里，从哪一座古老的宫殿里走出来？那些色彩是怒江和高黎贡赐予的，是给民族严酷生活的一种文面和彩绘，也许是一个民族的另一种图腾。在神灵和法师们活动的区域，人们有权将每一个头饰、胸饰、绲边、袖口、纽扣、花纹、色彩赋予神性,让神和天地之灵住在身体里。

夜宿贡山县城丹当,怒江就在枕畔。早晨,高黎贡俱在浓浓的、厚厚的云雾被子下,整个森林依然像黑夜那么黑,天空的颜色单调而寂寥,云雾一动不动,依然在沉睡,只听得见怒江在峡谷夜以继日的嘶吼。在广大密林深处的中缅边境,仿佛只有它们是永远活着的,并且将永远活下去,带着它们与生俱来的力量和生命。这片传奇的大地,因为怒江的涌动,每时每刻都在微微战栗。人们无法无视它的存在,内心轰响,辗转反侧,或者安然大睡。一定有许多感激的和魔咒的传说,因为恐惧,因为赞美,因为无法靠近。石头在水下翻滚煎熬,穿过高黎贡层层叠叠的围栅,敲打着大地。我一夜无眠。

我坐在另一个奔涌的江边。这是另一条高黎贡山的大江,一条同样深刻的大峡谷,在更偏远更狂野的地方。独龙江。这里巨石累累,曾经有更加凶猛的洪水将这些石头推到此地,成为沉重的、不会腐朽的地球垃圾,成为千万年坚硬的浪渣。当然,也许是恒久的冰川伟力。现在,这些水依然猛烈,深耕着河床,将更多的石头拱向岸边,但是江水透绿透绿的。

独龙江,奔跑的翡翠。高黎贡女神的手镯。我在石头上用泥块写下了这几句话。走遍世界,没有见过如此碧绿的江水,它可能是世界上最美的河流。

高黎贡山巅使太阳过早地成为夕阳,阴影漫过独龙江。天空很矮,云朵触手可及,当它们划过山尖时,仿佛一把就可以抓下它。一个文面老妇在路上走,她的牙齿掉光了,但面色红润。我想起在贡山县城一次碰见三个文面女，我与她们合影，其中一个还主动搂住我，那种带点娇羞的热情，让我措手不及，她们年轻的时候也许有比现今更热烈的爱吧。听说文面的理由是防外部落的人抢，就像鬼子来了女人往脸上抹锅底灰一样。另外，独龙人相信文面后到了老年少皱纹，事实如此，原因不明。不管理由如何，在滇西与缅甸和西藏接壤的深山老林里，在高黎贡和嘎娃嘎普雪峰下，还有这样一个文面的民族，它像历史的活化石，最后顽强地孑存着。

悬崖峭壁上的公路只是一条印迹，这里整个森林充满了野兽的气味。古木参天，天高不可名状。高黎贡越来越威严，古貌磅礴。从山上往下看，独龙江就是一条大青蛇，在峡谷的底部游动，这里才是中国最后的秘境。在中国境内的独龙族人只有不到七千人，为人口最少民族之一。这里与西藏察隅一山之隔，与缅甸也一山之隔。

守着一个火塘的独龙人，靠着那一蓬升起的火，如何熬过了一个又一个四面高山紧逼的沉沉黑夜，如何熬过漫漫寒冬？高黎贡山和满头白发的嘎娃嘎普雪峰、碧罗雪山，将对生活的隐忍、煎熬和期待一股脑压在他们头上。

独龙江乡是全国最闻名的乡镇，这里修一条通往乡镇的隧道竟然让国家主席和总书记牵挂，这是什么原因呢？一是，独龙族是一个"直过"民族，即直接从原始社会进入到社会主义社会；二是这里在高黎贡和担当力卡雪山的莽莽林海深处，极其封闭，每年从十二月至翌年六月间，大雪封山长达半年之久。这个乡在这个时段与世隔绝,也就是说,这个民族有半年时间是"消失"的民族。没有多少人能够走进独龙江峡谷,没有多少人来过。那些独龙族人,谁都不知他们怎么在冬天生活。这里被人说是人神共居的地方,因为离天很近,离高寒也很近。

千百年来,独龙江上只有溜索,在打通隧道前,这个民族还在刀耕火种。在通往独龙江的高黎贡山二十三公里路上,有四百个拐弯,被称为世界上最危险最难走的公路。如果硬闯,碰上泥石流和雪崩只有死路一条。打通了通往独龙江的隧道,建了四个雪棚通道以防雪崩和泥石流。刀耕火种的时代结束了,砍伐森林的时代结束了,我们今天才能在独龙江一带看到真正的原始森林,感受到高黎贡山创世之初的风貌。

过了隧道,我们看到峡谷下的独龙江更加碧绿。在五千多米的担当力卡雪峰周围,每上升三百米就有一个不同的植物带,景色殊异……

现在的乡政府孔当是个美丽无比的小镇,新建的木楞房保持了独龙族民居的原貌,用铝片创造的"茅草顶"是一大发明,永远也不会腐烂的"茅草",却有着茅草覆顶的温馨、美妙的效果。但每个村也有不同,比如在靠近缅甸和西藏察隅的熊当村,设计的是仿古民居的石片瓦建筑,最下游的马库村已到了热带雨林,用篾片编织外墙,通风透气。一律人畜分离,配有专屋厨房,不再是火塘又烤火又做饭又睡觉。安居房工程由国家包揽全部费用,一家两套,一套自住,一套搞旅游民宿、水电入户、村庄道路硬化、广场、垃圾处理、化粪池、邮政通信，一切按照城市建设标准。这种生态文明的生活，让他们一步跨入社会主义。他们种草果，种重楼，国家提供种苗和技术培训，不再毁林种地。

独龙族被称为"太古之民"，作为靠大自然生存的民族，独龙族与云南其他少数民族一样，也崇拜自然的力量，相信万物有灵。自然界的一草一木，一山一石都是有灵魂的，山精木魅遍地，他们将自己的安危与命运寄托于神灵的庇护，崇拜着自然界的山川河流、树木岩石。也因此，独龙江畔生态的完整性得以延续至今，森林和水资源完全保持着原始风貌。

独龙族对火、对山、对上天的崇拜产生了伟大的至高无上的火神、山神、天神。独龙族人隆重的"剽牛祭天"和祭山神的"射猎"活动，围着篝火载歌载舞，是求火神对自己和族人的赐福护佑。

在这里我看见了巫师、长老。他们的脸上有树菀和苔藓的痕迹，他们是这块土地的通灵者。女巫师，很瘦，穿着简朴，唱着念着，撒着米，仿佛她是大地掌管稻米的女神。也许女神就是这种样子，劳碌、艰辛、瘦小、黧黑，但她关心与死亡和悲伤有关的事，关心灵魂的去处。她与天地间游荡的祖灵有神秘的联系。看见了剽牛的道具，但场面庞大，巫风翻卷。无数独龙人的心在剽牛场上开始激荡，开始在铓锣的指引下，在剽牛长矛的指引下，围成一团，唱歌，祝祷。

"我们来了唻,我们高兴咯,一杯水酒呦,表表心意咯。一杯酒,高黎贡山敞开怀,一杯酒,独龙江水情意长,远方的朋友啊,请喝一杯独龙酒,独龙儿女的盛情和祝福让您乐开怀哦。"在松毛铺地的隆重仪式中,独龙族青年男女唱着他们的迎宾酒歌,将我们迎入他们的"怒哇德噜拉姆"现场。

"怒哇德噜拉姆"为独龙语,"怒哇"指剽牛,"德噜"含有"召集全体氏族成员聚会"之意,"拉姆"为"舞",意为"剽牛召集全体氏族成员聚会舞",简称为"剽牛舞"。

剽牛的是两个巫师——"乌"和"南木萨",一个从左边刺,一个从右边剽,巫师喝着酒,酒要比平时的浓度高一倍。将酒喷在牛身上,猛喝猛跳,进入巫灵的境界,周围的人端着碗和一块石头祈祷……我们看到的只是表演,是两个人在大麻布下装扮的"牛"。所有的仪式是完整的,剽牛的男巫师、撒米的女巫师、长老、酒、长矛,都是真的,都是平时村里剽牛场景的重现。盛大的场面,独龙人的祈求、祝福、驱魔……这就是一个民族的信念、聚合、力量,这就是"怒哇德噜拉姆"。让所有的人,所有在场的人,被酒、魔法、长矛、鲜血激起野性的热情。在太阳下,在铓锣的敲打和众人的念祷声中,在手舞足蹈的狂欢中,在挥汗如雨中,完成了一场农耕时代的杀戮与祭祀。

从怒号的怒江里,从碧绿的独龙江里,从莽莽的滇西原始森林里走出来,怒江的声响,独龙江的绿,是沉淀我们梦境的明矾。云帆飞舞,烟霞激荡的高黎贡山,你的雪峰和森林是天堂的标识。侠客有长剑,众神有家园。没有了怒江和高黎贡,神灵将栖居和安息于何处?

我惦记着高黎贡的群山烈马,怒江之上的大水苍龙,独龙江上奔跑的翡翠,那里才是我想象的天境。

哈尼梯田

哈尼梯田，这无数个世纪哈尼族用血汗垒出的农耕文明的极致风景，在天上云水间耕作的奇迹，矗立在云端的立体湿地。

如果从土锅寨的箐口村往上看去，哈尼梯田一直通往天边，也一直通往天上。如果从坝达梯田往下看去，哈尼梯田一直通向大山腹地，也一直淌下红河河谷。

我没有去老虎嘴梯田，因为下雨，道路阻断。但在图片上可以看到，从老虎嘴梯田往上看，哈尼梯田蔓延至远方蓝色的观音山高峰，直接云彩，往四面看，像一条扭曲狂放的大河奔腾着向下跌去。而你似乎站在大河呼啸的深处，在巨大的漩流中飞升或下坠。

这狂潮般的梯田，这风起云涌的梯田，这挣扎在云水之间的梯田，这用土和水垒成的人类壮观的天梯，聚集着农耕时代的最壮丽造型。这些田，这些水田，这些人们小心围筑起来的一块块小水域，可以看到哈尼族的祖先们，他们要在此生根繁衍的巨大决心。这是一个伟大的决定，也是一个伟大的工程，他们一定得到了上苍的神示，哈尼人的天资和聪慧，让他们在漫长凶险的迁徙中找到了一方梦寐以求的乐土。这里的高山全是肥沃的土质而不是刮不出一寸泥土来的满坡乱石。这里流水奔泻，森林阴郁，鸟语花香，鸟们叼着野生稻在枝头狂哚欢唱。

红河穿过滇南的群山，这条河流古时被视为文明与野蛮的分界线。红河北岸习惯称为江内，是文明教化风俗醇厚之地。而南岸俗称江外，是一个人烟稀少、狼奔虎窜、瘴疠弥漫之地。有唱"江外"的民谣："江外河底，干柴白米，小谷饭，芋头汤，有命快来吃，无命归西天。"

如今的"江外"，比如红河州元阳县的哈尼梯田，却是震惊了世界的秘境，壮美的梯田告诉世人，在这块外人很少踏足的地方，生活着一群哈尼人，竟然用十几个世代的不懈奋斗，创造出了让世界惊叹的大地奇观。

生存之难，可以想见；生存之美，让人仰止。

十九万亩，这只是一个县域的数字，但在红河哈尼族彝族自治州境内，梯田规模宏大，气势磅礴，全州有一百万亩梯田，绵荡在红河（元江）南岸的红河、元阳、绿春以及金平等县，只是，元阳县的哈尼梯田最为壮观。其十九万亩的梯田是红河哈尼梯田的核心区。元阳除了有哈尼族种植梯田外，还有彝族、瑶族、壮族、傣族等多民族种植梯田。实际上，元阳哈尼梯田是以哈尼族为主导、其余六个民族（彝、苗、瑶、壮、傣、汉）共同耕种的结果，其中当地傣族种植水稻的历史和耕作水平尤为久远。

二〇一三年六月二十二日，在柬埔寨金边举行的第三十七届世界遗产大会上，红河元阳哈尼梯田被成功列入世界遗产名录，成为我国第四十五处世界遗产，同时也是云南省第五处世界遗产，中国首个以民族名称命名的世界遗产。

发现哈尼梯田的桥段有多种版本。有一个版本说，一九九五年秋天，在哀牢山深处的元阳县攀枝花乡一个叫作老虎嘴的山崖边，汽车到达这儿时，突然一个急转，有一块巨石突兀横亘在眼前，一般开车时司机会小心翼翼，从悬崖边往下看，万丈深渊，狂风呼啸从山谷底冲天而起，可在这山谷之中，竟然奇景显现，这儿有一大片广阔的梯田，层层叠叠，起伏连绵，错落有致，铺向四周的群山，爬上山顶，布满天际云端。据说刚好车上有个法国人让·欧也纳，博士，人类学家，浪漫的法国人也许是浪漫惯了，也许是少见多怪，看到脚下的梯田时，竟然被雷打痴了一般，嗫嚅汗久不能语，身体颤抖，突然跪倒在岩石上。过了一会，终于双手举起，惊叹道："哦，上帝！这怎么可能！我的上帝呀！"

以上说法的后续是，让·欧也纳博士将元阳哈尼梯田介绍到西方，轰动一时。此后，法国有个著名影视自由摄制人杨·拉马，两度来到元阳拍摄哈尼梯田。杨·拉马制作的专题片在法国巴黎上映后，元阳哈尼梯田一时间风靡法国，被法国媒体称为"人类第七大奇迹"，从此哈尼梯田名扬天下。

那天上的湿地，云雾中的镜子，破碎的田畈，艰难开凿的赖以生存的稻田，太小，对我这个平原上长大的人来说，那一望无际的平原，大到可以忘记地平线。而哈尼人在这山上开辟的水田，可以说像是小孩子"办家家"一样的游戏，一块最小的田只能插几蔸秧，一个平方米。没有规则，陡峭，随意。可是，年深月久的垒砌，一代又一代人，将一座座山岭全部拢成田埂，挖成水田，关上水，种上谷子。这固然是一种奇观，但这样的奇观是一个民族艰难困苦生存的记录。想起"学大寨"年月垒梯田的镜头，每一块小田，都是汗水与血泪和成的。

天上的湿地，天上的梯田，天上的稻谷，天上的劳作者，天上的歌声和天上的生存。这个民族是我国最独特的民族，是最让人敬重的民族。把群山弄成良田，勤扒苦做，愚公移山。水田的活是最苦的，何况是在大山之上。又没有大路，听说下一次田有的要在梯田间的田埂上走十好几里地，要是赶着牛，要是挑上一百斤稻谷，要是背上一百斤稻草，上山，下山，这耕种和收获多么艰苦，这日子多么没有趣味。壮观的梯田中是在泥水里挣扎的生活，而且这水田里的收成很低，一亩才三四百斤，简直比平原上的稻子少了一千多斤，这样的劳作是不是得不偿失？

奔流直下的水如何被这个高山上的民族拦截？他们在山顶的栽种是如何获得成功的？他们怎样利用这恶劣的生存环境让自己真正像住在天堂？

在发现哈尼梯田之前，这个民族的劳作被忽略在我们的视线之外，他们神秘的存在就像是森林中的传说，若隐若现：有一个高山上种稻的民族，有一群人，总是把那片挖得看似千疮百孔的山体弄得稻花飘香，稻谷金黄。这个民族从遥远的西北旷野，历经了七次大的迁徙，颠沛流离，历经了九起九落的数万里艰难跋涉，即使在灭族灭种的危难关头，仍保存了他们的稻种。哀牢大山和红河湍流，挽留了他们，并让他们聆听到祖先和神灵的暗示，学会在云雾深处开辟高山，蓄藏流水，耕云播雨，金谷满仓。

哈尼人认为，这天地间有三个世界，这三个世界繁华而圣洁：高耸的天空是神灵居住的地方，广袤的大地是人和动物生存的地方，深邃的水底是龙蛇水族游弋的地方。哀牢大山山脉高齐云天，气贯长虹，云雾蒸腾时，几与大地相连，而他们开垦的梯田中，云水相映，蜃气涌动，分不清天上人间。山上禽飞兽走，水中鱼跃波欢。哈尼人正生活在这天、地、水三个世界之间。

谷穗在秋天爆响的时节，整个大山向外界传诵着这种沙沙的声音，这是生命在大山间的美妙绝响，是一个民族延续的方式，讲述的方式，宣示的方式，是他们心中的歌声。

箐口村属土锅寨村委会的一个自然村。村头的一块关于"箐口民俗村"的牌子上介绍，因为这儿位于老箐边而得名。"箐"在云南到处都是，也许这是一个云南专用的字；箐是一种小竹，意指树木丛生的山谷，但云南人说的是山箐，就是山沟旁的意思。这牌子上还有文字说："该村落是哈尼族长期生产生活与大自然和谐发展的典范，集中展示了'森林—村落—梯田—河流—云海'融为一体的人文与自然景观，堪称'世界一绝'……"

在箐口村的村口，土锅寨李学书记在等着我们。如果不是有人介绍他是这个村的书记，管五个自然村，我还以为他是一个司机或是一个村民。李学朴实，憨厚，黑胖，平头，穿着短裤、拖鞋，没有多的言语，只是陪我们走，也不像有些主人拼命向客人介绍情况。从公路往下走，石级边一个老人背着背篓在歇息，可以看到下面的村庄，有政府帮着修建的蘑菇房，小广场，卖旅游产品的商铺，比如有手工艺品，纺织品，有银器店。老人八十多岁，戴着哈尼人特有的草帽，穿橡胶水鞋，背着一些从山上打来的猪草，他没有放下背篓，而是将背篓靠在高高的石坎边。这是一个哈尼老人的活雕像，我们想象他在梯田的泥水中滚了一辈子，现在他从泥水里爬起来，做一点力所能及的农活，他的生命已经渡过了难关，到达平静的晚年，虽然眉宇间有一点对风霜雨雪的忧郁。

一个小孩在村里的一眼古井边爬，不知要干什么，那古井引的是山上的泉水，有三个用石头雕的出水口，年头久远，那小孩就踩在一个伸出的出水口上，李书记见状赶忙跑过去将小孩抱下来，以免他栽进水井中。

我在想，这样的高山上会有泉水？我对哈尼梯田的无知马上将要结束。我还想，一个梯田中的村庄，能有多大呢？可是，我在箐口村穿进穿出，在村巷里忽上忽下，这么多石板小路，这么多流水沟渠，这么多参天大树。古老，用在箐口村太准确了。那么大的水不知从哪儿流来的，奔流直下。一个桥，发亮的石板桥，桥下水花四溅，水声嗡嗡，一个哈尼妇女在淘沙，旁边的道路正在修补。我们上了很多石级，是多少代哈尼祖先为后代铺就的？这里的人也说不清了。但一个古村落所要求的，这儿全有。

李书记带我们去的地方，是游客不会走的路。是村后，是哈尼人真实生活的地方，也是梯田的中心部位。我不敢提出要求让他带我看看箐口村的寨神林，但我看到了箐口的神泉——白龙潭。这个白龙潭用石砌的，潭中一处翻着水花，有两棵树歪长在水中。水清澈，不深，水底有绿色的藻蔓，有游鱼。李书记说这处白龙泉外，还有一眼长寿泉。二泉有名是因为泉水很灵，不会生孩子的人饮了白龙泉的水后就会生儿育女，喝了长寿泉的水后会长命百岁，我相信这里的水好，这二神泉是梯田稻子的水源之一。

而在旁边，我们一路走过了几条从山上奔流而下的溪河，李书记告诉我，他们土锅寨有三条溪河，一条是土锅寨河，一条是箐口河，一条是大鱼塘河。这些溪河是从观音山流下的，四季不断，这几条河，就是箐口这片梯田的水源保障。我在村里经过了三条小溪，都可以称作河。站在箐口河边，水势更大。这么多的水，日夜不停地流淌，多少田地不可以蓄满呢？所谓山有多高，水有多高，在这里应验了。涵养水源，就像种

344 月亮耙的故乡

植粮食一样，种下树，保护树，水就有了。同行的朋友说，这里哈尼人爱种的树，是水冬瓜树，就是桤木，这种树，根系发达，是涵养水源的主要树种，在哈尼族的村寨上面，都种有大量的这种树，不消耗水，却制造水。哈尼人是属于大自然的，他们尊崇自然的规律，在自然循环的系统里生活，不逾越自然，不欺骗自然，不亵渎和榨干自然，而是养育自然，弄懂自然，让自然乖乖为人服务。

在白龙泉旁，几个年轻人坐在精制铺砌的石坎上，将脚放进奔腾的泉水中濯洗和消暑解热，十分悠闲。下面是一个水塘，都不大，围养着一些鸭子。这是一个卢姓村民的水塘，他正在这儿看管他的鸭子。我问他养了多少只鸭子，他说有六十只。我们讲话时，正站在几棵大树底下，旁边也有水塘，但秧田就在眼前，梯田就铺展开了。从我们所处的脚下看，这水田，跟江南的水田无二，也是泥埂，也是水沟，也是一样绿得似翡翠的秧苗。但这水沟的流向却比平原上的复杂，高高低低，四面散去，田呈扇形展开，给人感觉好像这些梯田没有图片中展示的梯田那么陡峭，是在一个丘陵地带，身在梯田中心，你会产生这种错觉吧。还有那些鸭子，那些浮萍，那些小池塘倒映着哀牢山蓝得像画片一样的天空，上面点缀的白云，鱼的游动也会使人产生错觉，这是在海拔一千七百多米的高山之上吗？这些鱼虾是如何翻山越岭从红河里爬上来的？还有水中大量的生物，不会是高山上的"原住民"，山上只有森林和陆地生物生长。想想世界真的太神奇，这天上的梯田，涵养着多少世界的隐秘。在田埂上，有一大一小两头水牛，这里只有水牛，耕水田的，它们安详地在田埂上吃草，它们的影子也倒映在水中，煞是好看。

我们继续行走，路边有大量的绿蒿、解放菜、鱼腥草、水芋和一些开花的不知名野草。无论山有多高，有水的地方就会有水生生物。不只是有房舍，不只是有梯田，村里还有许多大树，田畈间也有许多树木。那些大树都是几百年的，树上长满青苔，有的叫油油树，有的叫毛毛树，有的叫盐树果（就是盐麸木）。在蘑菇房的前面或后面，每家都有一个水塘养鱼，也围着些鸭子嘎嘎大叫。我看到了稻草盖顶的水碾房，听到了沉重的水碾被水推动的声音，看到了水碓，水磨，听到了水磨轰轰的磨面声、水碓咚咚的舂米声，像来自远古。截取水流的冲击力，建立起一劳永逸的水能作坊，这跟截取水量让它们进入梯田的智慧一样。水太珍贵，不能白白流淌浪费，每一滴上天赐予的水，对哈尼人都是有用的。在水碾水磨的转动声中，这农耕时代的桃花源向我们扑来，这箐口村的美妙生活，这鸡欢鸭唱，这清泉石上流的风景，这秧苗漫山遍野摇曳起伏的碧绿与壮丽，不能不让人为之倾倒。

村子里的房屋与街道弯弯曲曲，但都是石头石板精心铺成的，村子整洁，污水进了管道，有垃圾箱。有的屋檐的木梁上，搭晾着干枯的扁豆，有的堆着稻草垛。有鸡成群在踱步，也在牛卧着反刍。从山上流来的水经过每一家屋旁，水是洁净的。水在山上的村庄里绕来绕去，绕进稻田，再在三千层的稻田里绕来绕去，让稻子吃饱喝足，再流下红河。水的绕弯艺术，令人眼花缭乱。

我们一路看到的秧田漠漠，鸟飞鱼跃，溪水潺潺，牛哞鸭叫，恍如来到江南水乡，这里有江南的情调。但过了一处湾田，到达敞开处，是一个村里的制高点，观景台，突然山风呼呼，树摇竹撼，寒意袭人，高山之气回荡于村寨田野，我才回到现实——这里是海拔近两千米的高山，这里是天上的梯田。

的确是生存的奇迹，哈尼人把一座山挖成水田，用了十几个世纪，说白了，这是一种艰难的讨生活，如果他们能够占有平原，也不至如此吧。

在坝达观景点能看到的梯田，哈尼语称"欧补奇冲乡等"，即箐口、全福庄梯田。这部分梯田坡度较平缓，故田块水面稍宽。据说冬末初春观看此田最佳，每天早晨、中午和下午都可以向游客展示不同的景观。当地人说，箐口梯田看的是云海，坝达梯田看的是落日。在箐口，云海没有看到，但清晰的视野让我对哈尼梯田有更直观的感受。看落日的坝达梯田，我不仅看到了落日，还在梯田旁吃了一顿梯田红米饭。在坝达几个观景台，可以看到包括箐口、全福庄、麻栗寨等连成一片的一万四千多亩梯田，这里境界更加阔大，气势更加壮烈，仿佛哈尼人排兵布阵的凛冽雄风。在六月风吹稻浪绿潮奔涌的时节，虽然梯田的立体感不是太强，但梯田巨大浩荡的面积、弯曲柔美的线条、陡峻峭拔的风姿，大起大落的气魄，令人叹为

哈尼梯田 ‖ 347

观止。往往一坡就有成千上万亩，它从海拔八百米的麻栗寨河沿山而上，山岭连绵，四通八达，互相勾连，一直爬伸蔓延到海拔两千多米的山头。这儿的梯田有三千六百多级，简直是万架天梯，盘旋直上，飞入天际，矗立云霄。在梯田上面，浓云奔驰，如湍如潮，大气淋漓，浓云笼罩下的一万多亩坝达梯田，呈现出壮怀激烈的诗情，耕耘大地的豪迈。把天地间的所有山冈变为良田，这种凌云壮志，只有哈尼族的先人们才能具有。

傍晚，西天云彩燃烧，通红一片，背着"长枪短炮"的摄影发烧友们成群结队地进入坝达梯田，开始捕捉夕阳下梯田的光影。我们在略有些寒冷的坝达观景点旁的哈尼农家乐用餐。我们吃着红米饭，吃着哈尼腊肉、稻田鲤鱼，喝着古树茶，吹着从梯田里漫上来的风。五十多岁的钱书记无比怀念小时候的梯田生活，他给我说，他们村有梯田一千多亩，稻田里养鱼，养鸭。小时候有趣的生活记忆就是捉泥鳅，捉鱼，捉黄鳝，捡田螺，放鸭。他说小时候的水比现在的大，螃蟹在树下到处爬。稻田里养的本地鲤鱼，八年才长三寸，不像现在的鱼，不过割大稻时抓的鱼很好吃。最好吃的是稻田里的螺蛳，打汤，煮四十五分钟。他说他什么汤都不喝，就喝螺蛳汤，实在太美味了。他讲述的五十年前的情景，现在只能凭想象，螃蟹到处爬的过去肯定是回不去了。但他说水比现在的大，这是让人忧虑的，水少是因气候的变化，还是因乱砍滥伐？他的解释是现在杂树种多了，所以水就少了。也许，这只是原因之一。

他说哈尼人种的梯田水稻有香糯、紫糯、冷水谷、小红谷,都是红米。他们小时候吃的一种米叫月亮谷,亩产只有三百多斤,那个口感,现在没了,很少见到有人种。我说既然那么好吃,为什么不种呢?他说主要是产量低,能找到有人家种一两亩就不错了,都是自己吃。他说到在这里种稻太辛苦,全是人工,没有任何机械。如果打了谷从田里背回来,一天只能两趟,最多三趟。打工两三年,就可以回家建房,而种梯田,建不起房。过去哈尼族种田的主要是女人,因为这里有句老话:男人造田,女人种田。梯田是男人造的,种田的自然是女人,但现在男人也下地干活,毕竟时代变了。过去哈尼族女人在家地位不高,禁忌很多,女人受了许多苦。哈尼族女人大多偏瘦,服饰复杂,因在高海拔的地方种稻谷,紫外线强烈,皮肤都有些黝黑。在梯田中插秧割谷包括从数里外的山上山下挑稻草回来,都是她们的身影。当然,没有这些风俗与传统,包括这些梯田的种植,是不可能保持下来的。

在我们吃饭时,落日下的梯田,风吹稻浪,绿波起伏,仿佛山妖奔跃。一些人拍夕阳梯田,拥挤着找镜头,一些人在夕阳下的稻田里牵牛背草回来,他们现出劳动者的沧桑和疲惫。因成为世界文化遗产地、国家湿地公园、全国重点文物保护单位,这些田也就只有停留在原始的农耕文明中,不能动一草一木,成为被人观赏的对象。美则美矣,但这样的牧歌与诗意,让哈尼人不能承受命运之轻,显得有几分残忍……

鱼鸭稻共作，是哈尼梯田的特色，更是哈尼人的创造发明。稻田养鱼在我国已有一千七百多年的历史，有人以为，稻田养鱼仅仅是为了给农民增加点收入，如今的"虾稻连作"在南方稻谷产区十分流行。但，这一传统耕作技术隐含着大智慧，即可以解决稻田除草也可以解决杀虫问题。

稻田养鱼可减少水稻种植投入，少施化肥、农药。通过养鱼对害虫、杂草都有控制作用，鱼的粪便也是天然肥料，灭稻螟的效果也明显。梯田的鱼鸭稻共作，这三种东西都成了有机食品，提高了价值。

哈尼梯田中养殖的鱼类主要以谷花鱼、鲤鱼、鲫鱼、江鳅、墨鱼为主，梯田中养鱼不喂食，依靠森林中淌来的流水中的浮游小生物和稻花粉为鱼饲料。这种鱼因为是泉水与云雾养大的，清甜细腻，少鳞少刺。

在箐口和坝达，在梯田中不时传来鸭子们欢快的嘎嘎声，这不仅是一种生产耕作方式，也给梯田带来了欢乐和热闹。禾苗还没有抽穗灌浆扬花，它们在稻田里尽可以玩耍，稻里有螺蛳，有小虫，有鱼，有杂草，有害虫，它们像环卫工一样，将稻田打扫得干干净净，它们不爱安静地觅食划水，而是用嘴巴啄动水稻根部和泥水，促进了水田养分物质的流动，刺激了水稻的生长发育，虫没了，杂草没了，农药化肥也就没用了，流下红河的水是洁净的。

哈尼梯田作为世界自然文化遗产，不是死去的文明，始终是一个永远鲜活的生命大系统，生命大循环，世界农耕文化的典范，一个活态的、现在进行时的文化遗产。我们在哈尼梯田中会得到更多的生态观念与启示，哈尼梯田的古老智慧是一个宝库。湿地难得，这块将整个山脉垒成人工湿地又兼有自然属性的梯田，更是世界湿地的独特标本。在耕种的全球梯田中，秘鲁有一千六百万亩，只有二百万亩在生长庄稼，梯田种水稻的寥寥无几。中国的哈尼梯田是顽强存在的范例，而且生机勃勃，年年丰收。

元阳这地界，明明崇山峻岭，没有一块平地，却是稻米生产大县，就在于梯田基本是水田。在梯田上种植红米，这也是哈尼人自己的口味和饮食习惯千百年选择的结果。根据哈尼族口传史诗，元阳梯田红米发源地在元阳县马街乡乌湾禄蓬村，自有梯田就有了红米。

我在坝达梯田吃的晚餐正是红米，这红米饭黏糯成团，饱胀红润，香气袭人，有森林和山泉水的自然气息。我食欲大增，吃了足足两大碗。加上在梯田中生长的鱼，满口哈尼梯田的神秘气味。红米不是现代农业技术的产物，它固守古老的品质，使用古老的稻田耕作方式，在一千三百年前的泥垄里，在同样的山泉和木质犁耙中，在牛哞声中，在高山之巅，经历着繁缛、漫长、细心的梯田稻作过程：挖头道田、修水沟、犁、耙、施肥、铲埂、修埂、造种、泡种、放水、撒种、薅草、拔秧、铲山埂、割谷、挑谷、扳谷、晒谷等二十多道工序。还加上"积肥塘"冲肥，加上夏季雨水从森林中冲刷出的腐殖质引入梯田，营养秧苗，而水是各种矿物质极高的森林涵养泉水，种出的米有泉水的品质，是真正的山珍。

我住在元阳老县城新街镇的云梯大酒店，看到房间里有当地的宣传册，宣传当地的红米产品有留胚红糙米、精制红米、精制水碾米。还有红米糊、红米茶、红米黄酒、红米酱油、醋、红米糖等。

哈尼梯田，是一片被哈尼人血汗浇灌出来的神田，一千多年来它默默无闻，但它养育了一个民族，成了穿越时间的农耕时代的不朽经典。

高高的洛茸村

从洛茸村看去，周围全是皑皑的雪山，可以看到白马雪山、玉龙雪山甚至梅里雪山。这儿海拔三千六百米，在"人间天堂"普达措，它是唯一有人居住的藏族村落，也是有名的松茸之乡。

藏语中"洛茸"的意思是"与世隔绝的地方"，这里的确太远了，车一直往上开，开到了白云生起的高高的山梁。

在洛茸村的宽阔草场里，洛茸河逶迤流向远方，漱石溅玉。森林茂密，云杉高耸，牦牛成群。刚下了一场阵雨，河水流淌的声音格外清亮，大树上长满了松萝、苍苔和菌子，一些自然衰老死亡的树木倒在溪边。云雾往上漫延，一会儿就冲腾至山巅，形成天空喷泉般的白云。散落在山坡上的三十多栋藏式楼房，雕梁画栋，色彩艳丽，这里的藏式民居其构件装饰异常精美，造型雄阔庄严，被称为密肋梁柱排架结构，外观的雄伟靠的是数十根巨木支撑，每一根原木胸径至少一米，用巨木做起的两层或三层的楼房，具有庙宇式的恢宏，这也是家庭富裕的象征吧。在香格里拉，有多少藏式楼房，又将有多少巨木，得砍伐多少森林？问到此，说是过去从缅甸或东南亚其他国家进口的木料。

益西长着一张高原红的圆脸，他带我来到他出生和成长的洛茸村。这里的六月，因为高海拔，似乎夏天才刚刚开始，到处盛开着锡金报春花、高山海棠花、灰背杜鹃花、狼毒花、黄连花（鸡脚刺）、灯笼果花（果实是极酸的醋栗，就是茶藨子）、绣球藤花。除了满地的牦牛，还有藏香猪小巧玲珑地钻在灌丛里。藏獒静卧在路口，并不咬人。

益西在普达措国家公园上班，是洛茸村出来的大学生，毕业于原云南民族大学香格里拉职业技术学院（现为香格里拉职业学院）。感觉他就是典型的藏族人，皮肤有点黑，汉语很流利。他的老婆毕业于西南林业大学，在普达措实习时与他相识相恋，毕业后就结了婚。

路上他给我说，他们村全是藏族，他家以前主要是靠养殖，七八月份采松茸，一年有六七万的收入。松茸主要是出口，迪庆一年出口八百吨，普达措就有四百吨，占一半。

我终于到达这个高海拔的村子，这个寂静淳朴的美丽村落，在雪山和河谷的怀抱里。我的第一印象是，这个村子虽然也养殖牦牛和藏香猪，却没有常见的畜便气味。一问，才知他们的猪和牦牛都养在离家很远的地方，建有圈栏。过去藏式民居一楼主要喂养牲畜，但现在的房子不会了。

益西家的房子实在令人震惊，在围墙外的车库里，有一辆面包车，一辆手扶拖拉机，一辆小型厢式拖拉机。他父母去草场放牧了，他从一个隐秘处掏出自家的钥匙开门。进入院子里，我面对的是一座宏伟的民居，用宏伟二字没有任何夸张。我在那儿连连赞叹，他谦虚地说，他们家的房子在村里不算最好。他说藏族人做房子不像汉族，几个月就建起了，他们建一栋房子可能要三十年。比如这房子二〇一七年落成，而这些巨型立柱，是二十年前从外地买的，一根当时就要八千元。我估计现在八万也买不到了，这样的古树没有任何地方可以砍伐。益西家的院子很大，两边的耳房是平房，无论是楼房、耳房，都是藏式的雕花风格，斑斓绚烂，富丽堂皇。他带着我参观他的房子，一楼全是房间，他说正在搞民宿和农家乐。这儿名气大，来村里的人却不多，只因为山高路远。

我细细看他的那些房间，里面的装饰全是木头。他的婚房就在一楼，他说，因为妻子在香格里拉上班，他住城里，很少回来。他向我展示他们全家的照片，一家三代七口人，都在真心地笑着。

我们上了二楼，这里更加气派华丽，全是木地板，木头墙壁雕饰有龙，有各种花纹，其精致程度、繁杂程度，赛过无数的庙宇，让人叹为观止。大堂中间的大立柱上缠挂着许多哈达，有许多个大小佛龛，供奉着他们心中尊敬的喇嘛和活佛。中间有火炉，但烟道伸出了屋外。还有专门念经的房间，因为他的父母每天都要念经，念经房有提供给喇嘛住宿的地方。二楼房子的阔大，完全可以成为两百人的会议室。我说，如果民

高高的洛茸村

宿住满了客人，这里是一个欢聚的场所，他说正是这么设计的。我问他这房子建起要多少钱，他说差不多一百万。如果是在汉族地区，这房子应该值五百万。

说两句中堂的那根巨木吧，胸径应该快两米，应该有一千五百个年轮了。我说出我的猜测，益西不置可否。我心里嘀咕，人真的是非常渺小，一个人无论如何伟大也不应该占有一棵活了一千多年的树。何况一家要占十几棵，这些树年久成精，是有魂的，别以为它们死了。

我们在二楼的平台上看整个洛茸村，一个个藏式院落相隔较远，鸡犬不闻。藏房顶上，有的飘着白色旗，有的是黄色，有的是红色。益西说，白色的旗代表六畜兴旺。黄色旗表示家里出过活佛。红色旗表示家族中有人当过喇嘛。河谷里有成千上万的牦牛在那儿，洛茸河优美地从草甸流过，亮晶晶的，像一条被风吹起的哈达。他指着对面的山上，说那里是栎树、云南松、杜鹃等混交林，生长松茸的地方，他们过去就是在里面捡松茸，因为二十多年不砍树了，里面的松茸很多。

我上到二楼之上的阁楼，即暗三楼，这里琳琅满目，有藏民真正的生活，挂满了腌制的藏香猪肉、香肠、猪皮，应该有几百斤。他说这是自家养了杀的，也是为了搞农家乐。当然，也有来这儿的游客，加了微信后，每年给他们邮寄，还有牛肉干、松茸和其他野生菌。

他家在阁楼里存放有大量的马具：木马鞍、铁马镫、马辔、笼头、衔铁等，都很有些年头了。他说过去他家里有十几匹马，普达措有了些名气后，他的父母和其他村民一样，将自家的牧马配上了马鞍，让游客骑行。他说他不到十岁，就牵着马载游客在这一带湿地、草甸、森林里游玩挣钱，一天能挣一百元。有些村民还在草地上摆摊卖烧烤、零食和土特产。村民是富了，但草甸被践踏得乱七八糟，湖水也污染了，森林里的野兽也逃跑了。后来普达措建起了中国第一个国家公园，这一带是公园核心区，受到严格的保护，村民们退出了烧烤、摆摊、骑马等经营活动，由国家公园对村民进行生态资金反哺，除工资之外，每年可反哺人均五千元，户均一万多元。

益西带着我去村主任家，村主任边玛家的藏獒非常凶猛，被链子锁住了，见来了生人，不停地狂吠，挣得铁链哗啦地响。他家的房子有些旧，但也很气派，只是他家的一楼还养着些牦牛。他正准备吃午饭，见我们去了，非要让我们一起吃，我们告知他在"悠幽庄园"已经订好了午饭，想与他聊一会。我们就先出了院子，让村主任吃饭，他一再说不好意思。

过了一会，边玛村主任来到我们歇息的转经筒小屋，我们坐在木条椅上，他谈了一些村里的事。"现在富啦，"他说，"打猎不是人干的营生，过去穷得没鞋穿，现在呢，家家每年都有十多万元的收入。"他说他的一个女儿现在在昆明财经大学读书，去年村里还有个孩子考取了中央民族大学，国家公园的"教育反哺"让村里的孩子都有出息了。边玛说："这里高寒，过去半农半牧，种青稞、洋芋和蔓菁等作物，现在种地的人不多了，都在国家公园打工、护林。每年从五户村民中抽出五人组成专职护林队，每年轮换，就是为了更有效地保护好我们的青山绿水。"我问他房子没打算盖新的吗，他说，现在不准建房了，你的房屋没有达到三十年，不得私自拆旧建新。藏族人非常注重生态保护，没建成国家公园前就把生态保护写进了村规民约，不准砍树。现在家家户户用上了节能取暖炉和太阳能热水器，柴火用量减少到每人每年不得超过一立方米，都是在山上捡拾的枯枝朽木。过去藏马鸡不多见，现在只要下雪，到处都是。还有黑熊和各种动物，都能看得到。

我们离开的时候，听见藏族同胞推动屋里转经筒并喃喃地念着六字真言的声音，我知道他们的心里有神灵。

离村子不远的地方就是"悠幽庄园"，四合院的藏式建筑。而它的周围，洛茸河在这里形成了一片很大的湿地，有步道、木亭、小桥。白色的高山海棠花满树绽放，灰背杜鹃在河边一丛丛如紫色的花海，一头吃草的白牦牛仰着头望着我。洛茸河里果然有许多鱼，就像边玛村主任说的，他们村里的人从不捕这河里的鱼，也不让外人捕，虽然村里也有人吃鱼，但没人敢捕。

洛茸村是太高太远了，但这里真的是天堂般的存在。我在网上看到一句话：在洛茸村三个小时，感觉肺洗干净了。

云南片段

群　山

安静的群山,排列着,坐在高处。

它们是老人,所以坐得很高。

它们有许多人,围着我们。

这是什么意思?是怕我们受侵害和打扰?

是想占据更多的地方,使其成为它们盘踞的领地?

有时候我们尊敬它们,是因为它们高大。让人类蜗居在狭长的河谷地带,被它们的霸气折服,让人类的生活局促、逼仄——他们自谦在"牦牛角尖的地方",而石头无声地行使着至高无上的权力。

在云南,我看见太多的群山。有时候觉得它们是神,有时候觉得它们是魔。人类如此卑微,还要崇敬它们。也许,人的命运只能如此,特别是,住在群山之下的人们。

大理的老房子

　　三十年前我去的时候,走进大理古城,一眼见到的,是一排低矮老旧的破店铺。
　　风花雪银、寸家百岁银坊、福顺祥、吉利银器……
　　三十年后,依然是它们,依然老,依然墙体驳落,屋顶上摇曳着瓦松。
　　任何地方,推土机都在窥伺着它们,想将它们铲除。还有开发商和残忍的时间,都对它们虎视眈眈。因为它们太衰老,不堪一击。三十年,多少这样的老房子灰飞烟灭,成为恶俗水泥建筑的牺牲品。成为怀念。
　　那么多全世界跑来的人,人挤着人,来到大理,不都是来看这样破旧的老房子的吗?太挤,人太多。人太多,是因为这种老房子太少了,只有大理或者丽江保存了它。往后推六十年,哪个县城又没有大理一样的城墙?哪里没有大理一样的老街?每个县都是大理和丽江。然而,如今,只有大理是大理,丽江是丽江。其他的,全没了。

丽　江

　　八百年的路。八百年的石头。
　　是麻石。风化得太厉害。已经凹凹凸凸。根本不能称为路。已经不能成为街道的组成部分。像一些朽骨。岁月的朽骨。

磨鞋。再好的鞋也会磨去，比刀还狠。

一个高跟鞋女人会被崴脚。如果她偶尔闯入这个叫丽江的古城。她会狼狈不堪。

可是我一下子回到了八百年前。马帮的铃声在早晨清寂的街道上走过。店铺的排门没有打开。薄雾在街巷流溢，纳西人的炉子也没有升起早饭的炊烟。矮脚马打着响鼻。他们大包的货物是通往远方古道的沉重的风景。

这多么美！

古老的路也许是最美的。慢，但美。

慢悠悠的生活，走着路，看着脚下，选择下脚的地方。每一步都记得。在想事儿。呼吸均匀。想昨夜的梦，梦里的钱财和女人。在惺忪中慢热。因为此行太远，不要着急，时间有的是。

不像路。像在走着的山间。

好在这里的人不会撬动它。不会另外在上面铺上水泥或者沥青。他们知道，要有一条这样的路，让步子放缓，来看两边琳琅的风景。

我走到一个叫卖草场的小街。当地人叫它"日其塘"。这片狭小的空地是马帮添加草料的地方，也是歇脚休整的地方。

嗯，就叫卖草场。直奔这里。马们在这里成群，驮上新鲜的草料。而马帮的人们抽着烟,在这里说着话儿。全是熟人。也不全是。交易。坐着。暂时卸下大包的茶砖、布匹、药材、玉石、烟草。从很远的地方来,到很远的地方去。

卖草场的气味是新鲜草的气味。可以有马粪。还有马的叫声,马打斗的声音和寻找配偶的声音。马锅头(马帮的头领)臂上的银饰闪着权力的光。黝黑精瘦的人们,长途跋涉的行者,他们是这个地方的生气。

现在他们全都不在了,远离了,逝去了。卖草场还在。他们买过卖过的地方还在。他们的魂还在。身旁穿行的人流不真实,只有我们想象的马帮和堆积如山的草料是真实的。气味久久不散。这是岁月累积的。历史看起来虚幻,但比现实更真实。

一个晚上。摩梭人的店铺里,一个女人的织布机还在响着,她的梭,在经纬线上奔跑。

她的眼神那么专注。织机上,只有红白黑三种颜色。而她的花腰带却七彩缤纷,是她自己织出的,她的腰上围着一弯彩虹。

就像乡村的夜晚,待家人睡去后,一个勤快的摩梭女人,坐上织机,开始了她的工作。可是,她的店铺的对面,夜晚的歌舞正在疯狂上演。只有几步,就是丽江娱乐城。丽江"义乌"小商品市场。丽江集贸市场。丽江"精神病"集散中心。就是醉生梦死。我只听到那轧轧的织机声,很小,要仔细倾听。我听到了摩梭女人的心跳。

我决定买下一条围巾，不管多贵。那上面有摩梭女人所有的体温和投注，还织进了夜晚安静的织机声。

马帮们依然待在古城里，叼着烟，戴着牛仔帽，骑着矮脚马，成为表演。

我在小巷里，看着牵马的人来了，大叫着："花姑娘来了！"

一个中年妇女，坐在马上，气宇轩昂，俨如新娘。

马帮应该是沉默的，因为行远路，语言变成了石头和风。只有呵斥牲口。可能恶语相向。可能咳嗽，因为抽烟和伤风。也可能，向后面传递安全的信息。

马帮们的马异常漂亮，我欣赏着。这些马温驯、坚韧、沉默。还有着属于它们的途标、马旗、响铃、毛渣、花缨、绣球等佩饰。一如它们去往远方跋涉的祖先。

只有马是不会变的，它们属于古老的生活。

雪山上的水流下来了。它们日夜不停，汩汩而行。

傍水而居的人，每天看着它们。听着它们。嗅着它们的清新气息。每天，雪被分解成流水的声音，那么多，没有工厂，可是冰雪自然融化了，成为流水。

有几千年了。不止吧？也许有几万年几十万年了。几百万年，也许。

玉龙雪山

玉龙雪山。众神的居所。鹰的故乡。
白云和天空的眠床。满头飞白的山。
拒绝草木。不需要任何掩饰。
只有石头属于时间。雪属于时间。
生命中的一种白。在最高的地方。

  我到达了四千五百零六米的高度。我拍照留念,摆酷。我还要往上。我在突然出现的雪地上打滚,双手冻麻。我没有高原反应。所有人发狂地在雪地上奔跑。雾像舞台上的道具。是不是在天上?我竟然到达了我所歌颂的神的居所。是谁把我送上来的?我有什么资格在这里欢呼和撒野?我是不是在亵渎?
  云在我身旁漫卷。这些白得像梦的丝绒的物体。
  这么洁白的雪和茫茫的雾。也许神去逡巡另外的山头了。他在更高处看我们糟蹋他的寝宫——那在寒冷中远离人间的雪庭。

  抗不住了,这些租来大衣的凡人。
  一些人开始打战。一些人开始呼吸困难。
  一些人开始祈祷。一些人开始吸氧。
  一些人开始撤退。一些人不见了。从哪儿来,还从哪儿回去。

我后来悄悄走了。我听见了神无声的呵斥。我听见了我被神山驱逐的声音。

湖与城

香格里拉。普达措。碧塔海和属都湖。不声不响的净土。

森林森森。圣湖寂寂。杜鹃烈烈。牦牛是高原大地上最安静的哲人。

在碧塔海，几株巨大的树倒在湖边。但是，它们依然活着。还有几棵树死了，倒在水里，从水中伸出它们光秃秃的手臂，可是它们的姿态依然优美。

在这里无论生还是死，都是美的。生命超脱了轮回。

独克宗古城。传说中的月光城，茶马古道上的千年重镇。

它的废墟上似乎还有袅袅的青烟。一股悲凉的煳味弥漫在山顶巨大的金色转经筒上。

香格里拉的古街。一个上海商人烤火的悲剧。半夜时分，你为什么怕冷？愈靠近神愈冷。烧掉的是街，天空依然很蓝，不在乎地上的这点废墟。

那个巨大的转经筒，消弭了天地的惨痛。

我走在废墟上。四方街成为一片瓦砾。纵横交错的石板路，一队队的马帮，摩肩接踵的人群，被火驱赶，成为空旷的遗址。水在呜咽。

风马经幡猎猎抖动，飘扬着。香格里拉，你千年白色雪山的倒影，终于逃不过今天，被灼烧成焦黑。

他们说，月光城死了。月光一地，照着废墟。

一个拉弦子的藏民

他拉着弦子，他跳着弦子舞。他一个人。他个子高高的，脸膛红红的。戴着厚厚的毡帽，穿着藏服。

弦子。"兵央"或者"热巴"。藏族胡琴。

简陋的胡琴，琴杆和拉弓很短。弦是马尾。弓弦是马尾。琴筒是挖空的香格里拉之树。羊皮或牛皮的筒面。不是独奏，不是在月光下独诉。是跳着，在舞蹈中拉动和演奏。

他在拉一曲藏歌。他在跳一曲藏舞。刀在他腰间。他那么热烈，也那么淡定。

他结束了，拿起一瓶啤酒当水喝了。他要回家。

天还没有全黑。我在楼下问他："你多大开始拉弦子？"

"我很小放羊的时候就会拉。"

"你现在干什么？"

"还是放羊。"

"我有一百只羊。"他说。

他骑着摩托走了。他在草原上，在世界最后的净土香格里拉放羊。跟着白云和雪山一起放羊。在圣湖和神山边放羊。

他在我们遗忘的地方放羊、演奏和舞蹈。

卡瓦格博

所有神山的轮廓都是简单的，玉龙雪山、哈巴雪山、梅里雪山，都是。它们线条简洁，高不可攀。高与洁白——终年不化的积雪是它们与生俱来的威严，跟金字塔一样，是大香格里拉地区一座连着一座的白色金字塔。

香格里拉，是香巴拉的国土。圣山，圣湖，庄严的云彩，一切仿佛在天上。这里什么也不缺，唯一缺少的是氧气。不需要太多的肺部吐纳，神灵的呼吸缓慢，时间在静止。就像天空的鹰，钉在云上。咆哮的声音远去，寂静是神山的根。已经接近了天空，那种深蓝到达了天空深处。这是天堂，这就是香巴拉，天正在我的怀里。

云彩啸聚在白马雪山。云彩是群居动物，它们能幻化成一百种精怪，这些天上的巨兽，在云南高原上膨胀肆虐，游弋奔跑，是被上苍保护的闲客。人们仿照着它们的行踪和轨迹布置内心的格局，铺垫灵魂的梦榻，把干净的一块腾出与它们共眠。云彩，大地的情人，山峦的闺蜜。

去往白马雪山的路上，云彩沉瀣肆虐，流泉飞溅，峡谷深切，怪石嶙峋如阵，藏居峭壁临渊，生存不易，人神皆如此。沿着湍急的金沙江，道路险峻，下坡的路长达十公里。江对岸，有机械在艰难地开拓一条路，石头推入江边，上面又在垮塌，而许多地方有泥石流推拥的巨石堆。

往梅里雪山奔去的滇藏线上，有自驾游的，有骑摩托的，有骑自行车进藏的。这些孤独沉默疲惫不堪的朝圣者，来自南北各地，甚至有许多老人。金沙江干热河谷两岸的山崖上，寸草不生。而在更高的山上则郁郁苍苍。左手，翻过高山即澜沧江，再翻过澜沧江峡谷则为怒江。这就是世界自然遗产"三江并流"的上游。翻过海拔四千二百米的白马雪山垭口，便进入了梅里雪山。

白马雪山上雨雪霏霏，原始森林中巨木拥挤，造型雄壮，松萝飘摇在冷杉上，像是被森林挂得衣衫褴褛的云彩。大片大片的大白花杜鹃、亮叶杜鹃、灰背杜鹃、腋花杜鹃开在山坡，就像山冈覆盖了一层大雪。山顶上的积雪一线一线拖曳下来。牦牛在公路上结伴而行，像一群苦行僧。穿过两个五千米深的隧道，接近德钦县城时，终于看到了梅里雪山，它海拔六千七百四十米，粗大的明永冰川从山峰冲腾而下，冰舌舔舐着深切的峡谷。

我在海拔三千四百多米靠近西藏察隅县的飞来寺住下，是一栋藏式风格的"梅里假日酒店"。推开窗户，遥远的天空里就是梅里雪山，梦幻一样地存在着，在晦暗的森林之上。我们在雪山的脚下，仰望着这座世界上最美丽的雪峰，她在云雾中半羞半憩，咫尺天涯。梅里雪山主体雪峰是平均海拔在六千米以上的"太子十三峰"，它的主峰叫卡瓦格博峰，但对梅里雪山，也统称为卡瓦格博。这里是澜沧江与怒江之间的怒山山脉，滇藏边界，也是三江并流世界自然遗产腹心地。而卡瓦格博峰至今是仍未有人登顶的处女峰，这样一座不允许攀登的圣山，据说在古时曾是一座无恶不作的妖山，是能变幻能移动的魔山，引诱人们消失在它的怀抱中。后来是密宗祖师莲花生大士历经八世劫难，收服了卡瓦格博山神，从此便成了藏传佛教的守护神，成为胜乐宝轮圣山极乐世界的象征。卡瓦格博为藏区八大神山之首，统领另七大神山，诸神都聚会于卡瓦格博峰顶。

喜马拉雅是可以攀登的，比她高近两千米，但卡瓦格博既然是"佛塔"，是众神之山，则不可让人的脚印玷污。二十世纪初，就有人企图征服她，将她踩在脚下。我对纪录片《卡瓦格博》记忆犹新，这座神秘的神山，无数的攀登者最后都没有回来，葬身在她神秘的风雪中，一个个成为山神的祭品。最悲惨的是一九九一年一月四日，中日登山队十七名登山队员在梅里雪山遇难，当时是失踪。多年后，当地山民才发现他们的遗体和遗物。在那些遗物中，日本登山队队员佐藤的日记，记录了死亡前几天的神秘事情：他们看到海拔六千多米的帐篷外呼啸的暴风雪中人来人往，吵闹声很大，甚至还夹杂着女人的笑声和婴儿的哭声……发着高烧的队员高喊着："他们来了，他们来了……""我们错了!下山来不及了。他们来了,救救我!黑暗笼罩我,我无法逃脱!救救我,我不想死……"还有人记录了看到一个穿着白色长袍、头戴羊角帽子、手持银色权杖的老人。按山民的说法,他们是因为得罪了山神,而遭此劫。如此惨烈的牺牲后,从此,梅里雪山的十三峰,都禁止攀登。这座雪山,也许将成为人类永久的禁地,最后神秘的香巴拉净土……

在飞来寺里,建有"中日梅里雪山登山勇士殉难纪念碑",用中日文刻下的诗是:秀峰大地静相照,高洁精神在此间。

晚上,我一个人从酒店出来溜达,在这个叫飞来寺的小镇上,有不多的店铺开着门,而作为寺庙的飞来寺则在不远的山坡下,只能看见它在夜晚浑厚的剪影。从梅里雪山上吹来的雪风,高寒劲厉,头顶布满的经幡在夜风中呼呼飘动,发出神灵般的宏大的吟诵声,而卡瓦格博雪山则在云雾深处进入了深沉的睡眠。

这样高海拔的夜晚,一个人在行人稀少、灯光昏暗的神山脚下行走,有一种奇异的感觉。风很冷,但我热望的、充满期待的与卡瓦格博的遭遇,会看到那"日照金山"的壮观景象吗?此次行程,忍受着"高反"、一路艰险,不就是为了看到早晨的太阳的金汁一点点泼上卡瓦格博的山巅,然后漫泻到整个雪山吗?这是自然的金碧辉煌的雪山宫殿,璀璨似梦。只有雪山之神才掌管着这滔滔无尽的金汁,让她一次次披上绚烂高贵的天堂金衣,所有的雪山都被天上的金光笼罩,而太阳尚未出现,但纯金的冠冕已渐次在天空出现,那该是多么的幸运。

雪山是夜半闯入梦中的神灵,我睡在诸神之侧。清晨六点,太子十三峰还在安详地沉睡,云雾如几片抖落的鹰羽飘散在山腰,我急切地赶往不远的观景台。路上,一些跟我一样的朝圣者三三两两地出现了。天空阴沉,雪山十三峰有一半包裹在云雾中,可以依稀看到深谷下的澜沧江和几个村庄。我准备徒步去往的雨崩村在前面山梁的背面,而明永冰川和斯农冰川则冲出了黎明前的晦暗,明目张胆地往峡谷淌去,这个姿势已经存在了千万年。在一溜白塔和经幡满天的观景台上,面对着横亘在前的雄壮的梅里雪山,我跪下了,不是因为我卑微,而是因为我崇拜。那些遥远不能至的,皆为神灵,比如天空。卡瓦格博是天空安放在人间的一座山,只有上苍才有如此庞大的神器置放于此,并且让云彩终年值守着她。

有微雨疏滴,我等待着,所有的人等待着。不信如此虔诚的朝圣者看不到她金光辉耀的尊容。我和藏民们一起煨桑祈福,我请了香柏枝和五谷(有青稞和麦子),然后烧柏枝,撒五谷,洒清水。也和他们大声喝喊,默念六字真言,绕煨桑台三圈,消灾免祸,祈福延年,再去佛像前点燃酥油灯。煨桑祈福的仪式在朦胧的晨光中结束,细雨突然住了,天空明亮起来,无数彩色的经幡更加呜呜飞舞,像是在呼喊太阳的光芒。太阳终于露脸了,首先照在半山腰,缅茨姆峰现出来了,她是卡瓦格博的妻子,是大海神女。接着,如一组古堡的五冠峰被照亮,将军峰也露出它的威严。再接着,更高大的卡瓦格博峰从云端走了出来,它披着宽大的白袍,像一只雪鹰,然后端坐着,或者站着,太高大,在云端,这是神创造的神。而他的妻子缅茨姆峰,这位大海女神,是绝世佳人,没有比她更俏丽的雪峰。天上的金汁一点点地流下,一点点地靠近,一点点地抚染……终于,卡瓦格博像一尊金铸的、端坐的、昂首的神鹰,它绵长宽大的雪翼也慢慢变得金黄。其他十二峰则在阳光的晕染中,呈现出浓浓、深浅不一的金色,有的新鲜,有的古老。这时候,在云彩的幻化下,它旁边的雪峰,趴伏在它的膝下,像是被驯服的金狮,一左一右,狮毛张扬,透明柔软如金箔。而金鹰的底座是庞大的雪山山体,坚硬的岩石和雪崖,和奔流的冰川在峡谷和森林中鼓荡。我的梦想,我的期待,都在阳光准时来临的途中变为了壮丽的现实,这对一个远方而来的虔诚朝拜者,是一次圆满的功德。我一遍遍祈祷着,直到那飞扬的云旗卷上群山之巅,变成天空销金的火焰。

卡瓦格博,在藏语中意为:圣洁的白雪山峰。

白竹山中

我被响亮的锣声惊起。我的耳膜，我的身体。我刚刚在村里巨大的古树下行走，再顺着古石阶爬往祭天山的祭天平台。这响亮、震撼、短促、沉重的锣声，在这个古老彝族村寨震荡，打破了它的寂静，这个古村的底色是寂静的。

原始森林笼罩的白竹山里，李方村是"三笙"之一大锣笙的发源地。三笙指彝族的老虎笙、大锣笙、小豹子笙。笙是舞蹈的意思，这是一种古老的傩舞，一种图腾之舞，是彝族在自己的生活历程中创造的独特的艺术语言，独特的生命舞蹈，它与火有关。

彝族是一个崇拜火的民族，村里的男人们穿着草衣，草衣是用稻草编织的，像编女人的辫子。裤腿上绣有火焰，锣上也画有火的图案。李方村的彝族人，因久居森林，他们的大锣笙有着森林的庄严、肃穆和神秘。大锣笙叫"跳锣"，又叫"捂锣"，击锣后又急捂。敲，敲得山摇地动；捂，捂得寂寂无声。当他们把锣敲起又迅速捂起的时候，这里面肯定有着深藏的东西，虽然他们说这里面的故事与祖先和一个落难的皇帝有关，但我认为没有这么简单，这里有一个民族的内心隐秘。他们顿着脚，跳着脚，仿佛地上有火。这固然是在他们火把节上的跳动，但他们的节奏就是在这一顿一敲一捂中表现出彝族先民的图腾崇拜和禁忌。他们为了娱神娱鬼娱祖先，要尽量将这些后人打扮得怪异、凶猛、狂野、强悍，与鬼神近，与人族远，与天地神祇一起欢呼生命的冲动和激情，一起向生活中的磨难困苦宣战。蔑视命运、疾病、灾难，让族人和村庄退去阴暗秽气的东西，让火光冲腾、照耀每一个角落，包括人内心的角落。草衣、草裙、裸臂、赤足，领舞的一男一女——师公师母戴着青面獠牙、鲜艳夺目的吞口面具，头插两簇长长的箐鸡尾毛，疯癫、夸张，但又庄严、神圣。李方村的这一对现存吞口木质面具，为明代制作，有香港人想以百万买走，村里人不为所动，这可是村里祖传的宝物。

农历六月二十四日是彝族祖先的难日，不可进行娱乐活动，故跳锣要到二十五日才开始。二十五日，跳锣的众人将一头壮牛抬举向祭天山，祭祀天神、地神、山神和他们的彝族罗婺人祖先，由村里的毕摩念诵祭祖经文，然后跳锣的男人出场，各组由八面大铜锣开道，师公师母领舞逐户笙歌。户主则敞门相迎，家中的堂屋供桌上摆置米、酒、肉、水果及香烛。跳锣者先在院子里跳，再进入堂屋舞着火把驱邪除祸，祝五谷丰登，六畜兴旺。跳锣者们吟唱着彝族的古歌，主人端出饭菜于锣面上，与跳锣者一起喝酒吃菜。在跳锣时毕摩还要念经，念经要念十二段——大锣笙舞全套也是十二段,每念完一段,便要给火把敬酒。经文没有书,都是背下来的,毕摩张成兴说,只有他和张成有可以念完全套经文,念全套的时间是三个半小时。张成兴说,念经是个体力活,从火把节的六月二十六到二十七两天,要不分昼夜把全村五十四户人家都念遍,如果不给哪一家念,他们就会觉得一年都不好,所以每家都要去念,毕摩不是那么好当的。

二十七日,所有跳锣的男人绕寨而行,跳锣起舞,最后在祭天广场上围火而舞,祈求诸神保佑,驱害除疫,全村风调雨顺。二十八日要送火神归山。由毕摩手执熊熊火把领路,跳锣者鸣锣舞蹈随后,向山中进发。来到山上平坦的一块荒地中央,燃起熊熊篝火,众人围火起舞,叠罗汉、跳火堆、踩火犁、舔火犁,还要喝哑巴酒、吃哑巴肉,昼夜狂欢,直至旭日东升。

在这个古树成荫的村庄里,我看到了彝族人在他们的森林中宁静生活的图景。进村就撞见了两棵千年的大树,这样的树大得太令人震撼了。猪栗树,它们的每一个枝条都长成了大树,每一个枝丫都庞大无比,长着茂盛的寄生植物,而且这些寄生植物也枝繁叶茂,也如一个小树林。这两棵古树不是简单的造型,仿佛是四面八方都被他们巨大的枝叶占满了,还爬满了藤蔓。仿佛一棵树就是一座山,就是一片森林,就是一个村庄。没有见过如此庞杂的大树,我往祭天山爬去的古台阶路上，两边又是一棵棵古树，爬上祭天山广场，山上还有更多的古树，广场被古树围绕着，这里像是过去和前世的感觉。进到村里，每家每户、屋前屋后还是古树，一口古井旁边，一个大树蔸上长着两棵完全不同树皮、不同树叶的古树。一棵叫云南山楂，一棵叫厚叶梅，又名酸梅子。它们身上的苍苔也是百年前的苍苔，厚、旧、沉。寄生植物是它们的浓密体毛，是它们的胡子。

关于大锣笙，有一位当地诗人写的《大锣笙赋》，刻在这个村的景观长廊里，赋不错，意境开阔浩荡，古文功底深厚：

……彝民山居，自然之子。日月星辰，举头聊叙。飞禽走兽，串亲认戚。天地父母，山水兄弟。花草姐妹，石木夫妻。山中鬼魅，毕摩调协。山中生机，天地人谐。……落难王子，潜回城池。受教罗婆，以德化义。施舍济众，追随人密。振臂一呼，扫纣除桀。夺回王位，改旗易帜。天佑此王，丰衣足食。王威远荡，声望远弥。堂上王子，常思恩遇。委派重臣，入山访亲。山高水长，哀牢腹地。白竹山下，祥云翱集。李方村民，日作月息。不愿侍王，不做附丽。大王喟叹，真乃神彝。苦荞蘸蜜，心忆髓记。药到病除，妙手仙医。和善怡乐，宽胸大志。特赠大锣，灾消祸离。话音未落，天乐齐起。晴空丽日，鲜花随雨……

大锣笙的来历就是这样的。自然之子的彝族，与日月星辰来聊叙，以飞禽走兽为亲戚，天地是父母，山水是兄弟，花草为姐妹，石木为夫妻，山中鬼魅由毕摩去打理，于是山中有生机，天、地、人和谐一片。

在村里的一个村史展览中，我看到了这个民族对大自然的崇拜，看到了祭山神的供品有猪蹄，有腊肉，毕摩的手杖是一根古藤，上面缠绕着蟒蛇皮，神秘诡谲。他们漂亮的院墙取自当地的黏土成干打垒，这种房子冬暖夏凉，坚固美观。整个村庄都在古树荫庇之下，就像有祖先的手为他们遮挡着风雨骄阳。

因为先天的禀赋，深厚的根底，天生丽质，国家在李方村投入了一千多万，让它更加美丽，成为人们乡愁的触点，灵魂的寓所。休闲广场依然在古木环抱的山上，路灯灯影在浓密的古树阴影里摇晃，景观亭、景观长廊、大火塘、青石板路，依然古风犹存，彝族风格的红墙青瓦，整洁的街巷道路，鲜花古树，山水相依。

我拜访了这里的毕摩张成兴，我们到他家里去的时候他正在门口卸自己农用车上的饲料，他把我们迎进他的院子，他的院子和楼房在村里都是一流的，干净漂亮。他的屋檐下的笼子里有一对少见的山鸟，家里有密密匝匝的灯笼花，三角梅占满了整整的一面墙，鲜艳夺目。水管前有一口巨大的石头水池，他说这都是他的祖父传下的。这么大的长方形水池，用一整块石头是如何凿出又如何毫无破损地运回村子？因为他是毕摩，所以我认为他法力无边，这口石缸也许是毕摩神力的象征。

他的法笠上是一只鹰，鹰眼镶上了玻璃珠，但鹰的翅膀覆盖着整个法笠。鹰下是一个葫芦，他说葫芦因救过彝族人的祖先，所以是吉祥的象征。有两条红色的流苏，还有两只从耳朵边吊下来的鹰爪，在胸前两边晃荡。我拿起鹰爪在胳膊上轻轻地挠了挠，疼痛。鹰爪似铁，寒光闪闪，鹰生前抓过无数的猎物，有噬肉啃皮的雄风，虽然爪子被人掐断了，但有着神秘的、凝固的、雕塑般的力量感。毕摩戴在头上的这只鹰，透出整个山林的野性、神性和秘密。鹰爪是毕摩的护法物，也是毕摩的象征物，相传彝族祖先由雪变人时，是老鹰飞来用翅膀盖在雪人身上的，还传说彝族远古英雄支格阿龙是鹰的儿子，所以，毕摩以鹰为保护神。

张成兴看不出有七十岁，他双手粗大，眼珠发绿，似从神灵世界归来。毕摩本来就是通鬼神的，一半是人，一半是神，在人神之间来回穿梭，知人识鬼。他说，他干的事就是生死事，婚丧嫁娶，人畜生病，都要消灾祛病祈福。

他是第四代的毕摩了，一个毕摩必须经过数十年刻苦钻研学习，掌握大量的彝文经典，能主持重大祭祀活动，才能成为职业毕摩。毕摩无所不能，精彝文，背经书，懂鬼神，识谱牒，会占卜，识百草。更要有爱心，行道义，轻钱财，不杀生。

毕摩的法器主要有法帽、鹰爪、铜铃、切克（法扇）、拉图（马缨花木雕刻的黑虎头）、神签等。

张成兴说，如果你生了什么病，他能算到你碰见了什么鬼，然后针对性地来驱鬼。他说他平时跟大家一起种地，到了火把节，在农历二十三日就要到祭天山上带着男人们去接火种。两户出一个男人，山也叫杀牛山，到了山上，杀牛，用牛祭火神，再煮牛。过去钻木取火，也有用竹片、火镰取火。这种向大自然取火的方式，也是对大自然的一种还愿和感激。取火后煮牛肉，家家会拿来盐巴、酒、油。村人们在山上吃牛肉，祭天。烧几块大石头，洒酒，洒净水，祈求五谷丰登、无灾无病、六畜兴旺，再便是把火从山上取下后往每家每户送火种。火种放进火塘后是永不熄灭的，当天烧完将火炭埋在火堆下，第二天又继续用。

我问他，你见到了神吗？他说，我没有见到过，但锣声一响，神灵就到。大锣笙就是召唤神灵与祖先来一起过节、一起跳舞的。

我好奇的是，这个村为什么留下了这么多古树？在与跳大锣笙的几位村民的交谈中，他们语焉不详，有说是因为留下了这些古树，来当诱饵的，等豺狼虎豹走到这儿的时候，休息躲荫时，村里的猎人就来打。在与毕摩的交谈中我才弄明白。张成兴说，他们彝族人有许多禁忌，比如大树不仅不能砍，就是树上掉下来的"胡子"（寄生植物）也不能动。如果树上有喜鹊窝也是不能动的，它象征着吉祥。树上胡蜂窝就算对人有危害，也不能烧，烧了是不吉利的。松子不能捡，捡了同样不吉利。为什么这么多大树？因为这座山是杀牛祭天的山，大树下有一个土主庙，土主庙管这边的土地和森林，所以在这山上不能动刀斧，否则家破人亡。土主庙是他们的天神，哪家下了小猪，添了牛犊，生了小孩，要去烧香供酒给土主报喜、还愿。

这就是彝族人敬畏自然得到的大收获，想一想吧，没有这些古树，这个村也不能成为古村，没有这些古树，这个村子也就散了，树把一个村子的族人聚集在一起。

我们从村子旁边上了白竹山，才更加感知到彝族兄弟对山林的一草一木都不能动，是千百年形成的规矩。

白竹山原始森林的特点是它离大路和村庄太近，跨一步就进入了。

白竹山自然保护区，海拔两千五百五十四米，是我国除西藏墨脱外，纬度最北的热带季雨林分布区。这里有许多罕见的树种如国家一级保护野生植物长蕊木兰，国家一级保护野生动物豹子、黑颈长尾雉、林麝、蟒等。走进去，立马古木参天，密林如网，在一条通往李方村的牧羊小道的两边，没有任何树枝折断的痕迹，苔藓如古生，倒伏的大树无人动它，据说这是大雪压断的。更多大胸径的树一棵连一棵，树上的苔藓和寄生植物竞相生长，郁闭度如此之高，森林之神没人敢惹，也就躲过了一代又一代的兵燹、灾害，就连"大炼钢铁"的三年都没有动它秋毫，这真是一片被上苍保护的森林与土地。

一路上有许多野菌，长在腐草间，长在朽树蔸上，长在倒伏树上，有红色的，有绿色的，有白色的，有的在一棵死树上长着一簇一簇，竟然没有人摘它们。我们爬上高处，看到了森林中有一大片马缨花古树，马缨花是双柏县的县花。

一只鹞鹰在森林的上空悄然飞翔，天蓝得毫无道理。天蓝则高，云白则净。在这片彝族人居住的森林里，大自然始终保存着童贞之状，这是宗教、习俗和禁忌守护的大地，人们的心中供奉着一座神山，山中的草木鸟兽都有着绝世权威。

在回来的路上，我们经过了白竹山的万亩茶园，太养眼了！每座山头每条沟壑都是整齐美观的茶垄，它们的垄头，种有许多雪松。这里的云雾茶，除了有云雾的气味，还有雪松松脂的香味。我站在垄头，有牛在哞叫，还听见茶垄里有青蛙的叫声，神秘诡异。云彩在这里悠长懒散，鸟鸣声像是在嘀咕。有了茶园，白竹山就变得端庄丰腴，仿佛新妇出浴。黑羊、黄牛，在山道上大摇大摆，旁若无人，唯我独尊，它们才是这里的主人。

我们在茶场小憩，喝了当地最好的白竹山云雾茶，果然有松脂的香味萦绕在杯沿。汤色清碧明亮，香味馥郁绵长。在云南能喝到这么好的绿茶，太感意外。我以为云南人只喝普洱，只生产普洱，但在楚雄，却只喝绿茶。茶场的人说，这么好的茶叶我们不会制成普洱。这哀牢山脉生产的绿茶，几千元一斤，比普洱价格高，也是真正的有机生态茶，不上化肥，不打农药，比如茶园用的是粘虫板来除害虫。

我们品着茶,看着风景。这儿视野开阔,云淡风轻,听林场的人说着这儿仙人桌和精怪塘的奇诡故事,这高山上满坡满畈的茶园,有一种森林童话般的魅力。

森林和村庄,在千年的童话里鲜亮地活着。

遍地野生菌

鸡㙡菌、松茸菌、松露菌、羊肚菌、黑牛肝菌、白牛肝菌、干巴菌、青头菌、铜绿菌、鸡油菌、虎掌菌、红葱菌、白葱菌、荷包豆菌、皮条菌、离窝菌、谷熟菌、煤炭菌、刷把菌、奶浆菌、见手青、大红菌、香喷头、珊瑚菌……

菌太多。在云南,蘑菇叫菌子,不叫蘑菇。我在云南的许多时间里,在吃菌子的季节,只听到一种菇,叫茶树菇,其他全叫菌子,我也不知道这是什么原因。叫菌子,我揣摩,会亲切些吧,山野的气息浓些吧。在大棚里不经风雨人工培育的菌才叫菇,说"野生菌"三个字,就有一种森林中的腐殖质散发的气味,还有雨雾的味道,有山泉的味道,有菌子神秘拱出大地的诡谲氛围。这些带着土腥味,又满含森林清香的、吸收了天地灵气的精灵,这些不要撒种,年年会冒出地面的尤物,这些肥胖的、丰腴的、裹着些微泥土和腐叶的、色彩各异的菌子,放在鼻子下闻闻,真是沁人肺腑,就像在吸吮森林和大地的体香,而且是深藏的,被它们不小心带出来的。

云南到处是菌子,楚雄尤盛,楚雄被称为野生菌王国。

楚雄有可食用和药用的菌子三百多种,一年野生菌产量达两万多吨,经常食用的有十多种,跟青菜萝卜一样普通平常。楚雄人真是有口福。有一句话是:世界野生菌,精品在楚雄。世界四大名菌松茸、块菌、羊肚菌、鸡油菌,中国十大名菌大红菌、干巴菌、鸡𡎚菌、鸡油菌、块菌、牛肝菌、松茸菌、松乳菇、羊肚菌、榛蘑,都是楚雄的常见菌。

我们到楚雄的第一顿饭就是吃菌锅,"菌锅"这个名字也是第一次听说,更是有生以来第一次见到火锅里煮的全是菌子。身穿鲜艳彝族服装的服务员将鸡油菌、红葱菌、青头菌、荷包豆菌、皮条菌等倒入有鸡肉的汤锅,就这么一锅,必须煮半个小时才能食用,否则中毒不管。

楚雄之"楚"与楚国有关,楚将庄蹻,在此开滇,并带来了汉地的文化与习俗。"庄蹻开滇略地,至此曰楚……明以楚雄名之,殆取楚雄威远播之欤。"我在楚雄还多次听说当地考证的古云梦大泽在楚雄,作为云梦泽所在地的湖北人,我不想发表意见,多出一个云梦未尝不是好事。这云梦在混沌之中,似与野生菌有某种神秘的联系。在如云似梦的原始森林中,一朵朵菌子像精怪一样钻出地面,它们披着云梦似的轻纱,带给森林魅惑的景色。

服务员手拿着手表,坚称要煮三十分钟后才能开锅。但我们已经等不及了,菌子在鸡汤中煮沸的味道勾引我们的味蕾。我现在明白菌锅就是不点别的菜,菜在一锅中,每人先来一碗菌子加上鸡。吃了,再来一碗菌子。喝汤,菌汤,天下第一汤。吃完再煮谷熟菌、香根、铜绿菌、沙老包等。吃三碗菌子,饱了。

我满口菌香,看了这个店的菌子,还有白参、九月菇、羊肚菌、牛肝菌、干巴菌等。热炒的菌子菜有红烧羊肚菌、火腿烧菌块、蛋黄虎掌菌、羊肚菌焗鲍鱼、干椒炒红葱、鸡㙡汤……这家做的是大众菜,听说菌子可做出高档的全菌宴。不过,我还是觉得菌锅最鲜美。

晚上在双柏县吃饭,又是一大锅菌子,还炒了干巴菌、牛肝菌,凉拌有野生木耳。干巴菌的确好吃,昆明卖到一千多元一斤,羊肚菌五六百元一斤。又是一碗一碗吃菌子,太过奢侈,主人不让吃饭,说现在是菌子上市的季节,这些菌子都是大众菜,大家尽管吃。我认为最好吃的还是青头菌,可他们说这里也就十多块钱一斤。在云南以外,这一定是不可能的吃法,至少在城里,这种吃法一定是败家子吃法。

楚雄彝族的菌锅,简单,丰富,好吃。也因了他们的锅底老汤,据说有至少七种野生菌干片,加上猪骨熬制七小时以上,加入当地的乌鸡为野菌提鲜,异香扑鼻。再加上煮的各种野生菌,这汤就是汤王了。吃过几碗野菌子之后,再喝上一碗汤,这汤中的营养已是满当当,浓酽味醇,这世上到哪儿找这么好的汤去?

噢,满街是吃菌子的人,满街的菌子,满街的餐馆人满为患,老百姓也能点上一个菌锅,三五好友,喝上一壶苞谷酒。

这生活，赛神仙。

菌子属林下经济，只有森林保护好，空气湿润，才能生长菌子。在当地的画册上看到一个小孩抱着一个直径有一米五以上的巨型灵芝，还知道了他们每年都要评菌王。当地人告诉我，在双柏，松茸很多，虎掌菌不少。平常人家不会吃很贵的，像青头菌、鸡油菌、九月黄、谷熟菌都是大众菜。吃菌时节为六七月份，一直可吃到十月份。事实上，三月春雷响，春雨下，菌就钻出来了。

楚雄人把采蘑菇叫赶菌子，最繁忙的菌子季，就是雨季，雨季的雨一来，赶菌子的人就全往山上跑，如过江之鲫，如一窝蜂。到了周末，城里人都会携家带口到乡下或郊外的山上去赶菌子，等于郊游，又饱了口福。为什么叫赶？因为菌子会跑，菌子是有脚的，它来无影，去无踪，必须迅速赶到它，将它逮住，收进我们的篮子或袋子中，否则三四天就会腐烂生虫。

五月端午，鸡枞拱土。五月十三，鸡枞喷汤。菌子在雨水和温度的呼唤中，在清风中，在草丛中，在腐叶里调皮地探出头来，伞状、喇叭状、火把状的菌子漫山遍野。"要吃鸡枞找旧窝，要赶菌子满山跑。"比如松茸、干巴菌，就常躲在松毛下面，发现有松毛凸起的地方，扒开松毛，必有收获。鸡枞菌常常在惊雷中破土而出，顶开泥土，你只要小心翼翼地剥开泥，鸡枞的骨朵就露出来。松露就是块菌，黑坨一样的像是煤块，据说母猪拱过后的地方才能找到，因此俗称猪拱菌。珊瑚菌是橘黄色的肥大菌块，粉嘟嘟的，在雨水过后，显出玉感，就像水中摇曳的珊瑚。

赶菌子不用走很远的路，楚雄市中心即有个原始森林叫紫溪山，是云南省面积最大的森林公园，距昆明最近的一片原始森林，滇中最大的天然植物园、滇中植物基因库、滇中林海花山、茶花之乡，历史上曾以"六十六座寺，七十七座庵，八十八座林"闻名云南。但紫溪山已经是楚雄市的城中山，楚雄市民只要走十几分钟，就可以进入原始森林，名副其实的国家命名的"森林城市"。

要搞清楚菌子的生长环境，像香菌、鸡油菌、白参、木耳、灵芝只会生长在枯朽的树干上，岩耳是长在悬崖上的。虎掌菌、喇叭菌、刷把菌是根据菌子的形状来叫的，铜绿菌、谷黄菌、青头菌是根据颜色，香喷头、干巴菌、鸡㙡菌是根据味道、口感来说的。金黄色的松毛菌，大的有几公斤重，北风菌小而成簇，运气很好才能采到。

在茫茫哀牢山、乌蒙山、百草岭三大山脉的原始森林里，在金沙江、元江（红河）流淌的水域，野生菌前仆后继，蓬勃出现，像是地底下有源源不断的山中精灵被唤醒一样，要破土而出。

在野生菌上市的日子里，楚雄各家餐馆会推出千奇百怪、琳琅满目的野生菌菜肴。什么爆炒牛肝菌、蒸青头、油炸鸡㙡、土司干巴菌、松茸炖乳鸽、掌上明珠、五彩山珍、雪中送炭、

遍地野生菌 ‖ 387

凉拌松茸和块菌、脆制沙老包、腌制刷把菌。在野生菌全席中，有什么松茸戏龙虾、雪花羊肚菌、金盏干巴菌、干煸红见手、牛肝菌炒牛柳……"山珍过桥"是用食用野生菌烹制过桥米线的汤，配料也改成松茸、鸡枞菌、竹荪等。还有什么都督山珍烧馍、牛仔骨铁板野生菌、块菌鹿筋鲍汁捞饭、野菌煲、香酥野菌排、牛肝菌爆牛柳、将军神功羊肚菌汤、青辣椒炒牛肝菌、虎掌菌炒青椒、北风菌炖鸡蛋、鸡枞蒸火腿。

菌子还能加工成各种产品，松茸酒、块菌酒，油炸菌子、风干菌片、冻干松茸、盐渍松茸、菌子酱。这些个性张扬的山野精灵，走进人们的餐桌，从山珍成为寻常菜，这得益于大自然的慷慨馈赠。

在楚雄这个野生菌王国中，讲到经常食用的菌子，可记下供美食家、饕餮客们参考：

松茸，又叫松口蘑、松蕈，长在松栎等树木下，有独特的浓香，是世界上珍稀名贵的天然药用菌，还是我国二级濒危保护物种。烹饪后口感有如鲍鱼，润滑爽口达极致。松茸在日本被奉为"神菌"，日本人信奉"以形补形"，这点与中国人一样。也被奉为抗癌奇菌，据说广岛、长崎遭原子弹轰炸后，多年寸草不生，却神奇地长出了松茸，他们就认为这是松茸抗辐射、抗癌的铁证。楚雄松茸闻名日本，到了采挖季，日本人购买后空运回国。松茸是日本人接待贵客时必定配备的一道佳肴，是身份的象征。而欧洲人也爱松茸，还爱块菌，据科学研究，块菌（松露）能抑制癌细胞的扩散。

牛肝菌是云南特有的一种野生菌，有白、黄、黑三种。喜欢生长在青冈树、宽叶麻栎树下，菌体大而肥，菌柄粗壮，营养丰富，是治疗不孕症的良药。

虎掌菌，俗名虎巴掌菌，为菌中之王，国宝珍品，是云南向历代朝廷进献的贡品之一，被誉为"香茸"。异状、奇香是虎掌菌的两大特点。虎掌菌无盖无柄，菌体上长满一层纤细的茸毛，呈黄褐色，并有明显的黑色花纹，因形如虎爪而得名。新鲜的虎掌菌都有浓郁的香味，制成干品后香味更加浓厚持久，但此物稀少。

大红菌散布着妖魔的红色，一看就是毒菌，外地人不太敢品尝。但当地人告诉你，在云南和楚雄这里，你尽管放心大胆享用。红菌是珍稀菌，全国年产红菌只有四万多公斤，而且是无法进行人工栽培的。红菌口感特别好，尤其富含抗癌物质硒，有明显的养血抗癌功能，能提高免疫力，对产妇乳汁减少、贫血、儿童佝偻病都有奇效。每年雨季一到，来收购菌子的外地商人，首选这些个头饱满、口感鲜美的大红菌。

干巴菌，又名绣球菌、松毛菌、对花菌、马牙菌。但长相奇丑，蔫蔫巴巴，无菌盖，无菌裙，更没有其他菌子的肥美丰腴，采时有清香，烹调后更是鲜香无比，是云南独有的菌种，价格昂贵，为至味绝品。

奶浆菌，我在云南一圈转悠下来，农民到处摆放着这种菌子出售，掰一点则有白色浆汁流出。因浆液中含有异性蛋白质，蛋奶过敏和海鲜过敏者须谨慎食用。

青头菌在菜市场中虽然比较便宜，但味道柔和，入口细嫩松软，味道醇长。采青头菌，要在阔叶橡树林或松杉混合林中，它们大多群聚，你采了一朵，旁边不远一定有第二朵。

鸡枞菌是菌中之冠，长在松林、白栎、杜鹃、滇椎栗等混交林里。因纤维结构、色泽近似鸡肉，食用时又有鸡肉的香味，故得名鸡枞。采鸡枞的特点与青头菌同，只要你采到一丛，附近还有两丛，据说它的生长与白蚁窝有关。楚雄的做法是煮汤和油炸，鸡枞油的做法是将撕成小条的鸡枞加入花椒、干辣椒，放到油里炸，将鸡枞里面的水分榨干，最后加盐调味。这种炸鸡枞，可以长时间保存，作下饭佐菜，还可以用它煮面。如果用此油烹饪炒菜，更是异香扑鼻。我在楚雄菜市场看到鸡枞菌那么粗那么长，楚雄森林的肥力非同小可。

见手青被称为难以抗拒的美味。因为有毒（含乌头碱），会产生腹泻、幻觉、昏睡不醒的症状。"生拌见手青，天上小飞人。"据吃过的人说，会看见闪烁的物体、飘浮在空中的小人、四周水波荡漾、密布的面孔。不及时送医院救治，有生命危险。但吃见手青的人多，要处理得当。一般来说，烹饪菌子时必须加入大蒜，如果蒜瓣保持白色就相安无事，若蒜瓣变黑，这一盘菌子有毒无疑。另外任何一种菌子都要彻底烹熟，多煮些时间，让毒素分解。如果菌子中毒，危及生命则不可取。有个作家给我说，他家来客，有小孩吃了见手青，就老说许多人在她面前跳来跳去，后到医院输液才好。给我们开车的师傅说他吃过一种叫"滑肚子"的菌子，也是出现幻觉，眼前有人又跳又蹦，用手去拍打又没有，这种菌要多煮几遍再炒。

香喷头，被称为野生菌中的贵妃，金黄艳丽，肉质细嫩，硕大丰美，雍容华贵，可以长到草帽那么大，每朵有一两公斤重。香喷头破土后，周围会有浓郁的香味，逃不过采菌人的眼睛。

没有森林，就没有山珍，在哀牢山和乌蒙山中生活的彝族人，十分懂得保护他们的家园，对山林是满满的敬重与感激。在每年的开山节上，彝族人盛装华服，举行祭祀大典。先祭天，因为天上住着各路神仙。再祭地，大地孕育和养育所有生灵。更要祭祀古树神灵，是古树让他们每年有赶不完的菌子。参与祭祀的人肃穆虔诚，菌农纷纷杀鸡宰羊献给山神树神，祈求年年风调雨顺，多出菌子，多找松茸。祭祀过后，才能进山赶菌，是神灵给他们打开了山门。

"借此山水鲜，饱我烟霞腹。过时无人采，含香萎空谷。"云南清代诗人师范的这几句诗把吃菌子的俗境提升了，以山水之鲜，饱烟霞之腹。其实，对菌子这类森林与大山的精灵之物，真是吃过之后可以有烟霞缥缈、云水空灵的境界。

云雨梦乡

夏天，是云南的雨季，我在这片大地上行走。这里空气凉爽，云雨翻腾，鲜花盛开，植物绿得像是抹过油、上过釉似的，连我每天吃的蔬菜也像染过色一样，绿得有点虚假。我记不清有多少次在云南行走，但行走的感觉总是在与天地接触时才产生的。天空有高耸的云，带着突兀膨胀的重量，层次分明，体积庞大，飞腾和拥挤在这片美丽大地的上空。有一阵一阵的大云，有无数的群山在云下聚首，仿佛远古滇人的列阵，也像是众神在此。云彩有如此的气象，在这个世界上是罕见的。沈从文可能没有其他言辞来形容云南的云，他写道："见过云南的云，便觉天下无云。"他还说："云南的云似乎是用西藏高山的冰雪，和南海长年的热浪，两种原料经过一种神奇的手续完成的。色调出奇的单纯，唯其单纯反而见出伟大。尤以天时晴明的黄昏前后，光景异常动人。"这光景真的动人。他还说到云南傍晚黑云压城的景象，说这样的云不会有暴雨。

我也多次见到这层层黑云，而不是晚霞，这也是云南云气所积的独特天象，好像地底和山腹间突然冲出的大群野象。没有舒卷的云，没有懒洋洋的云。云如冲天凤羽，云如沸腾鼎锅。

想起"滇"这个字的发音，清脆，飞扬，轻巧，神秘。当云南的朋友说到滇东、滇西北、滇西南、滇东南、滇中的时候，我感到这些方位的大地与山水，有被云彩推拥渐渐幻化成凤羽和沸水蒸腾的感觉。大地腾跃起来，云南的所有植物和动物都随之腾跃，就像云南河流中奔腾的水。云南，这个巨型的亚洲水塔，正蓄满了上苍所积蓄的水乳，向那些等待滋养的土地、天空和人民，输送去他们生命的必需，并且塑造着亚洲的体魄、气质与灵魂。

但彩云之南的云，因为常与那些高大的雪山相伴，比如梅里雪山、白马雪山、哈巴雪山、玉龙雪山，它们也染上了雪山的气质。有一次我从外地采访回昆明，看到了那拥挤的、冲腾的、浩荡的云彩，在更深邃更高远的地方，我看到的是一座座雪山样的云，凝止不动，雪山耸立，高大庄严，这样的云就是活脱脱神话中的宫殿和城堡。这让人幻想莫测的云，是属于云南的，是云南人独享的天空幻境，精神大餐。

在去滇西采访的路上，我这样感叹："往滇西之路天色放晴，太阳恍出，光影相送，云如跑马，山势森严，雾气相激似蒸锅，雨后青山如绢拭，柔碧袭人，缱绻万端，不可名状。"云与山如此庄严大气，天空如此开阔高远。她来自西南暖湿气流（也叫孟加拉湾暖湿气流），和中国另一支降水水源太平洋暖湿气流在此盘桓流连，潴积相亲，缠绵难舍，终于形成了亚洲的水塔。

当我第一次听到"亚洲的水塔"这个词时，我正在雨季扰人的雨水中，每天看着那二十四小时不断的雨，是怎样拼命地浇灌和洗濯这块土地，也折磨着我这个湖北人的神经。没有看到过如此漫长的雨，没有看到过这么汹涌澎湃的雨，就像老话形容的：天上挖开了个大口子，天河决堤。比如在保山的五六天里，雨没有一刻停下。腾冲的朋友告诉我，在他们那里，有时会连续下一个月的雨。

想想那会是一种什么样的无奈心情？

但充沛的雨水将大地滋养得碧绿葱翠，葳蕤蓬松，整座整座的山峰，整条整条的山脉都像是因为人工浇灌而树木繁茂，高大的树群和植物像是堆砌的，大地的空间太少，而植物太多，它们只好像春节火车站前的乘客，推拥着、吵嚷着、堆叠着生长，仿佛不要土地也能在山岭上屹立一千年。在西双版纳，一个朋友说，他们那儿有个故事：一个人去赶街，要挑担子，随便折了一根竹子当扁担，下了山，将折断的竹子插到地上，过了几天，这根断竹又长成了竹子。还有一种说法：在云南，你就是插根筷子它也能发芽。

在这里，一年三千毫米的降雨量不稀奇。我想到有一年去南疆，在吐鲁番，下了几分钟的稀落小雨，迎接我们的朋友说，你们是我们的福星。我们问为什么，他们说，因为你们带来了阴天，还下起了雨。难道因为天阴了就是我们给他们带来了好运？正是。那个地方年降雨量只有不到五十毫米，几乎整年不下雨，连阴天都是极少的，没有人家备雨伞，不像云南这地方，出门必带雨伞，而且总会碰到雨。

云与水，云与雨，云与山，是结伴相生的。云南的多水，云南的四季春色，云南的花香满地，云南的古树满山，云南的烟与茶，云南的中草药，都是上天赐予和奖赏给云南人的珍宝。

腾冲的秃杉王、大杜鹃王，都是千年之树。而在布朗族聚居的景迈翁基村，我看到了有两千七百年的古柏，在勐海县南糯山和镇沅县千家寨竟然有两千七百年的野生茶树。也就是说，在春秋战国时代这些茶树就在滋润中国人的口舌。随便走到抚仙湖边的禄充渔村，会看到一排排的古榕树遮天蔽日，在另一岸边路居镇，看到了有一千二百年的古榕树和与它一同生长的同样岁数的黄葛树，树根将一座古石桥生生地撬起来，并长到挡住了桥口的路。在景迈茶山，我看到了漫山遍野的数万亩古茶树，还有造型美丽奇特高雅绝世的古椤梂树。而南糯山成片的千年古茶树就像南方水乡的杨柳一样平常，西双版纳有六座古茶山，全是数百年和千年古茶树。在漾濞县的光明村，整个村都是几百年上千年的古核桃树，一家门口就有四棵五百年以上的古核桃树，所有做篱笆的院树也是古核桃。在路边，那些古核桃树新结的青果子垂落地上，可称得上是名副其实的果实累累。而在洱源县茈碧湖边安静的梨园村，村里有一万余棵几百上千年的古梨树，在唐朝就开始结果，如今依然青果满枝，依然甜蜜如初。一棵树会有如此旺盛的生命力，而且这些古树都深藏在云南少数民族如白族、彝族、傣族、布朗族等聚居的村落和山沟里，没有人砍伐，人们爱树如他们的血脉和生命，如一个村庄和民族的祖灵。在屡屡被破坏和惊扰的农耕文明中，能够保存如此多古树木的，只有云南。这些生长的力量和环境，也只有在云南才能找到。

我在云南时，一路吃得最多的是野生菌。在路途上，走到哪儿都是卖野生菌的农民。那么多的森林，那么多的雨水，那么多的高山，人间美味野生菌如松露、松茸、牛肝菌、干巴菌、羊肚菌、块菌、鸡枞菌，还有遍地的便宜又好吃的青头菌、血菌、奶浆菌、铜绿菌等等，随便在街头就可吃上一锅。还有煤炭菌，十元称一堆，烧熟了黑乎乎的。云南不仅是动植物王国，也是野生菌王国……

那些滇金丝猴、黑颈鹤，都出现在云南的山水间。还有中国最大的野兽亚洲野象，这些巨兽徜徉在云南西双版纳和普洱的热带雨林里，它们从长江流域甚至黄河流域被一路追赶，为时间、被破坏的植被、食物的匮乏和人类的捕杀所逼，来到了云南大地喘息，并找到了热情接纳它们的生存空间。还有白颊长臂猿、黑冠长臂猿，这些人类的近亲，它们在林中的树枝上跳跃腾飞，让我们依稀看到了远古人类祖先的影子，可它们竟然还存活在云南多雨的密林深处。

上苍垂青云南，这个中国的云雨梦乡，所有生灵的魔幻乐园。

抚仙湖风闻

深黑的裂缝。盛满邃寂的大缸。吞噬天空火焰的古灶。在群山的沉梦间痉挛的涛声。荒野。巨型的水,钢刺般发亮。

有一种传说中的海马,我看见它骑着星空的烟尘,蹄音滚烫,潜踏在深夜粼光闪烁的湖面。被浓夜的凛寒激起的水,柔软的晶体,似箭,似玉。清冽的蜃雾,混合着神灵飞翔的水之碎屑,如羽,如霜,披覆在它的身上。

静悄悄远古出征的壮士,失落的江湖嘶鸣。一匹古滇人的骠骑。它惊散在刀丛剑林中,无数兵士的鲜血和尸体拭亮铜蹄,越过传说的山峦,到达这片水域,寻找它失去的主人。堑壕。被风雪掐断的霜天号角,在凌厉的锋刃中闪现。波浪的阵地。旷野的屠戮。它探出头来,星空如炬。它在总攻的前夜死去和复活,马的热血熨烫着黎明。黎明的大火飘摇拖曳。它依然等待着,怀有英雄之气。

骁腾万里,垂鞭拂云,金辔银鞍,侠骨悠香。耆耆春潮涌,萧萧霹雳弦。

据道光《澄江府志》中记：在抚仙湖中，"有物如马状，浑身洁白，背负红斑，丈尺许，时出游水面，迅速如飞，见者屡获吉应"。民国《江川县志》记："乾隆四十三年，抚仙湖中于十日内有海马出现，自江川立昌前起，向东南奔腾，水如翻花，至宁州塘子岸边没……"

另一种传说中的水底暗城与尸蜡，一具具人壳。晃动的白影。黑暗的城市。远古的通衢。幽冥深处的悲恸传说，如寒箭穿心。这片水域永远属于滇人。在云贵高原的夜空中飞过的候鸟，带来阒寥的唳叫。深不可测的水底，是为了守护他们永恒的寂静和秘密。

湿黑悠长、苔草丛生的街道，被水浸泡的古老石板路。陈旧的院墙和方砖。祠堂匾额上刀刻的字。水井沿的凹绳痕。盛过雨季的石臼。磨损的台阶。床榻。石鼓。沉重的锁和生锈的门环。黑魆魆的、深陷在星月下的牌坊。神龛里的雕像。曾经碾过的车辙。窗棂。雕花的门楣。屋顶的水草模仿着瓦松的身影摇晃。凝重的、永世不腐的石头，游动在街道和院落里的鲭鱼。尸蜡，僵硬行走的幽灵。被埋在水底潜伏的夜行者。被水彻底隔绝的世界。他们超脱疼痛，没有呼吸，内心平静，远离火焰和爱情，并不知道自己已经死去。

飞阁缭垣的墙堞。箭楼。瓮城。栈桥。被时间销蚀的道路和小巷，停止了脚印的折磨，没有了喘息，爱恨和呼喊渐渐冷却。像潮湿阴黑的花朵，在大水深处开放。这悲伤的繁花，地狱之蚌。不再思念人间，是他们战胜时光的唯一利器。万劫不复的生命也许是这样的,我不能猜想他们的内心,安静到什么深度。这是生命最后的形式。这被人怀念和暗夜啜泣的人,成了天人相隔、咫尺天涯的世界。把一个人的废墟沉入水底,这是时间的杰作。所谓传说,就是不死。所谓神话,就是不活。故园永无归期。

……一群又一群人撩开水草,从黑暗深处走来,像琥珀般的幽灵,顽强保持着前世的尊严和生命的幻象。刻过石碑的錾子,敲打过的铜鼓,发出沉闷的响声。法师和毕摩披毡下的手势,吟唱咒语的含混拖音,被神灵的到来惊起。在水下冷却所有欲望比得到欲望便捷。不再经受高原上的烈日和淫雨,在漫长的凉寒中像活着一样死去,像死了一样活着。你无法等待他们终有一天倒下的碎裂声,像一根根生命的针,钉在那个荒凉的、被水草纠缠的暗城,不再愤怒和詈骂,心如死灰地站着,站着……站得笔直……

……清晨花巷的叫卖声。款款走过的女子和雨伞。街道上几片轻旋的花瓣,像失血的瘢痕。一个在晨曦中推开窗牖的女子,鬓鬟轻拂,罗襟初掩,她看见茅店月色下走去的人,一个负剑远行的孤客。一杯浥去轻尘的早酒。一盏刻写至鸡鸣五更的豆灯。一个吟诵者。一个从噩梦中逃脱的杀手……黑压压从远处街道上走来的人群,他们着古代的袍褂,像是一群黑浪和石头扑向沸腾的水底。他们忽聚忽散,一惊一乍,宛如神秘的行者,被人间行刑的冤魂。溺死者。被这儿深不可测的水密封,在时间的遗忘中苟活着,和那个传说中的水底暗城一起,成为天空的恐惧。

夜色越来越深。时间的外壳已经石化,水是他们的天空和星群。

湖中还会出现一种巨环,在夜晚的湖泊水面缓缓升起。暗夜的渔火汇入月光,浪迹天涯的一个渔人,他看见一只圆环,一只巨大的圆环——它从沉重的水体漫升起来,它在湖面上旋转、漂浮。在雾气聚散的深夜,它无声无息地出现,像悬浮的天体,在抚仙湖宽阔无垠的烟水之上转悠。这也许是仙人的浮槎,它巡行在午夜时分,现身在月光深处。一个老渔人,几乎窒息地看着它持续悬浮、旋转,然后梦幻一样地消失,逸出人间的视线。

抚仙湖的鲭鱼阵阵势很大。它们优雅、神秘、潜行。亲见者说风浪起时,看见它们像翻覆的大船,其实是鱼脊。

每年的五月至八月,数以千计的大鲭鱼在大鱼的引领之下巡游湖中,常出没于月圆之夜。在鲭鱼队伍的旁边,一定有数条白色的大鱼护航。传说它们从湖中孤山下的蛟宫里游出,那个神秘的宫殿由十根金柱顶着,里面快乐生活和遨游着数不胜数的大鲭鱼。它们首尾相接,像是表达对渔人的蔑视。这些抚仙湖中的巨兽,它们的出现是一次轰动。月光里的精灵,鳞片闪闪的黑甲武士,乘激越的疾风群游于天地之间,持鳍如戟,浪焰炸开,它们是肉型的礁石。

海蛆又名鱇浪白鱼,为抚仙湖独有。车水人又名渔人,海蛆的诱子和杀猎者。

剿杀海蛆的人们，在昏茫寂然的灯火下，用波光粼粼车起的水，制造激流的幻象，诱使海蛆逆流而上。这平静中的杀机，用一条人工修筑的水道、一架水车、几个大酒瓮似的鱼篓组成。它们全是险恶的机关，夜半张着血盆大口，像一个饕餮者，永远胃口十足地吞噬着源源不断的愚蠢海蛆。

无声的杀戮持续了几个世纪或者更长。湖边的人们将这种渔获作为他们生活的重要部分，面带微笑，暗藏杀机，是他们最终成长为渔人的必经之路。

马灯。水车。汩汩的水流。渔人阴沉的眼睛和程式化的动作。几乎不屑于眼前水中游动的、前仆后继的海蛆。看啊，它们身材苗条，秀丽可佳，淡黑色的身影，排列有序地进入这条水道，再进入小口狭窄而大肚如坛的鱼篓，再也游不出来……它们太多，多得让人厌恶，像海子中的蛆，渔人轻蔑的称呼并不能唤起它们的自尊，它们的结局是自投罗网，束手就擒。

天空中满是鱼的造型，那些巨鳞的云，那些让他们向往的收成，变成铺天盖地的海蛆，填满他们的欲壑。咯吱咯吱的车轴，艰涩地转动在蓑笠的烟雨中，湿冷的夜雾让山影和庞大的树冠沉凝，沿岸的渔火深潜于雾霭的梦里，猩红，时隐时现，又抽搐着身子跃入湖中。车水人用水车艰难、固执、疲惫的转动声，承续着祖先发明的骄傲。这样持久的、坚韧的、神志不清的混沌战场，凄怆迷人，演绎出人鱼斗争的故事。在盛载着千古悲剧的波涛间，一星星浪火跳闪耀金，被神话频频送上岸边的水沫，冰凉地打在脸上和石头上，倾泻成悲愤无声的水之语。

夜空深穹在锯齿样的群山上分外荒旷。海蛆的路那么曲折短暂。出生就是猎杀。它分不清生死都在同一条路上,全是水的诱惑。生命的最后一段完全是一个骗局,但它们不会回头。

从禄充村到明星村,两三里的沿岸水边,有至少百年的石砌水道,像是城墙和灌溉系统。它们却是海蛆的墓道,吸引着新来的殉道者。湖中密密麻麻、鲜美可口的海蛆,越来越少,不是因为它们的精明,而是人们的滥捕。二十世纪八十年代,年获还有四百吨,现在所剩无几。八十年代一对才三毛钱——澄江这地方,卖鱼不论斤,论对。而今这种海蛆——鱇浪鱼,已经几千元一斤,成为抚仙湖凋零的果实和记忆。

抚仙湖水深一百五十八米,海拔一千六百米。湖的存在已经有六百万年。因为没有任何外来河流水源的补给,自然置换一次要一百六十七年蓄水两百零六亿立方米。十三亿中国人人均可得十五点八吨。湖水透明度达七至八米。如此透明的水体,近似于一种无,在透明的空气里像幻象一样存在,船浮在空中。这是一个经受百万年蹂躏羽化成仙的湖泊,冰莹的巨翅,带着云贵高原和罗藏山脉一起飞升。

她使我想起我见过的贝加尔湖,我走向那个远东西伯利亚的湖泊时,记得那澎湃的、摇曳着碧色火焰和图腾的水,旷世的寒冷逼着我们匆匆离开。

抚与仙两个字组合在一起,具有玄音。清道光《澄江府志》载：抚仙湖"东南诸山，岩壑嶙峋，悬窦玲珑。中有石、肖二仙，比肩搭手而立，扁舟遥望，若隐若现，相传仙人慕湖山清胜，因留其迹，故以名湖"。二仙人肖与石，哪方神仙，史载语焉不详。

我真不知道还曾经有一个这样的湖泊，她活在我们国土的高原上，在茫茫的滇中群山间，像一个修为高深的隐士，出没在云雾缭绕的传说顶端。无尽的荒野和奔向星群的山冈，波焰的响声干硬地敲打在石头上。这残存的大水，一直以寒澈的形象忍受着干旱、地震、现代化污染狂飙的凌辱。顺着罗藏山脉的褶皱，进入大水的内部。从禄充渔村的沙滩一步步走向她的边岸，水亲切地舔舐我的脚踝。接近六月的阳光，刺眼，但不炫目灼热。我们国土上最清澈剔透的水，抚摸着我。让我成仙——抚仙之湖，每一个到来的人会因为各种际遇而爱上她。

贞洁。高尚。单纯。丰腴。妖娆。灵异。滇中的浓云在湖上激荡。孤山岛，仿佛是这座亘古水泽废墟上独存的柱础。阳光是古老法器包浆所泛出的圣光，宽仁、慈慧、沉静，抚摸着人类婴儿时期的巨水摇篮。

这沧海桑田的景象，像一罐圣酒贮藏在幽深锐利的群山之间，甚至，遗弃在八荒，忍受着千万年孤独的创痛。

时间的烙印无法驯服一滴水。透明的古水，我终于像回到从前，双手索取，掬上清凉的一捧，送进嘴里品咂。水质的标准叫一类水质，而心灵和味蕾告诉我，这是圣水，仙饮。这是上苍的佳酿，风格凛冽，缠绵，而且有着智者和哲人的甜意，这是古老文化和哲学的味道。水影晃动,水的本色接近于古代。一个遥远而来的旅人,可以卸下一切,名利、荣辱、苍凉的心和对世界的诅咒。卸下惊惧、仇恨、杀戮、暗算、关隘与险阻,不必怀有射雕青山、饮马黄河的壮志与野心,在她的抚慰下,独享这旷世难逢的滔滔风月,苍苍烟水。雨收远岫,风度疏林,晚来闲望,夕阳天外。

我住在湖的东岸,遇忧度假酒店。这个幽静的、时尚的、有着花草和木廊的民宿,精制高朗。打开窗户,可见抚仙湖浩渺的湖面。碧峰四围,晚霞透亮,云团舒卷,宛似天庭的火焰。穿过巨兽般的大水,远山像烧炼的铁坯销镕落日。

如一只巨蟹悄悄爬上来的云,散开在更浓黑的晚云中,夹杂着水汽和山岚,吐着泡沫。燃烧在山尖的烟霭如一次燎荒。一只渔船,一星孤火,离岸越来越远。白色的尾迹是耥平的肥垡,苍波浴日。云团被烤灼出一个大洞。一会,天色骤然暗了,黑夜兀自来临。湖上的风加大了力量,沉重的气息山一样扑过来,让这片湖水越来越远。星星又大又亮,好似许多仙人挑灯夜行。月亮像是仙人佩戴的饰品,飘移在天空。山影与水影,湖岸与岸岬,小心翼翼地忖度着。不能再进,也不能再退,终点大约是这里了。夜晚的蚊虫飞撞玻璃,山风呼啸,发出嗡嗡的奔跑声,就像一个高原的浪子。而湖在浓夜中含烟酣睡,梦境在漫漶,吞噬着千年的寒寂。

白昼的喧嚣只是短暂的,黑夜的横行具正当性。浸透了无数墨汁沉夜的湖面,只有一些鱼的眼睛像燔火一样,在蓝色的

抚仙湖风闻 ‖405

瞳孔里闪烁。很深的沉默之后，会有一两声鸟或者浪花辗转反侧的呓语。

月光垂下。那只紫檀金钗似的渔船，像一个古老的魅影被聚光在月光之下。没有尽头的水上月光，铺展在湖上的通衢，交给了一个风浪里寡言的渔夫。

在暗夜笼罩的湖之东岸，抚仙湖这坛圣酒正悄声如呓地打开，偷放在人迹渐散的群山间。高原的神仙们即将在旷野中叩舷对饮。或者，面对这坛琼浆，将有大地上的曲水流觞、诵唱。神灵们在月光中飞翔而出。

一连几天的夜晚，我都在浓黑的罗藏山中，在那片湖水星空里浸泡。淡褐色的月亮挂在天穹，湖水在森严的月色里略显暧昧黯淡，她行走的窸窣声发自很久以前，从邃远的时光里传来，经过几个世纪，在自己的回声中盘桓踽行，让我夜不能寐。孤独。磅礴。盛大。独处在莽莽群山一隅，被亿万年天地的沉默压下她的喊叫，像钢锯割裂着高原的冷漠。等待被发现，她为此贞守了几百万年。隔窗眺望，月光荒远，星空幽寂，山影如魅，涛声如泣。怎样的悲痛才能配得上你的诉说？

云团簇动，群山之顶，湖为天空的弯远而俯首称臣。潮湿黧黑的风，摇动着湿地的芦苇，飒飒生凉的低吟一直在滚荡。又一忽猛然震响，像一个疼痛的痉挛者，被清寂把守着，折磨着。野草。野风。野云。野鱼。野天。一切的野物。在冥想和凝神中，水的激浪喷涌在袅袅升起的月光里。

这片月，与这片水如此纠缠缱绻，仙袂飘飘，脚步轻灵，各自模仿着对方天赋的灵跃与颦笑。游弋与潜伏在星云黑暗中的水，仿佛藏进一片深坑，昏聩茫然。但那些远山的白光处，仍是我们对浩大落日念想的窗口。远古之时就已埋进湖底的城池，在月光照彻的云隙处复活，变成向晚的不夜城。

罗藏山脉间，抚仙湖属于遗落于荒野的神珠，只接纳沟涧和天上的雨水，作为孤独存在的一个特例，从银河里淌泻坠落，依然仙风道骨。隆起在云贵高原上的山脉，是一组群雕，天气晴朗之日，从罗藏山（亦梁王山）顶望去，滇池、抚仙湖、阳宗海、星云湖、杞麓湖，这些遗落在高原的天镜，养育着大地上的生灵。她们是滇人心中的教堂，洁净的精神院落，被云空擦拭的玉池。阳光蒸腾，蜃气弥漫，她们在大山的庇护下，像是冰河时期遗藏的冰块，闪现着寒冷传奇的白焰。

凹陷和坍塌，雷暴和地震，衣衫褴褛，割咬着舌头，天穹的注视像钢铁一样冷硬。所有宏大的叙事结束了，战栗、悲痛、愤怒、呻吟、号叫都归于零。更宽广的是平静、映照和存在。存在是永久的秘密，天大的事。这只碗，盛着宽大的水，在我们汲取的时候看到水的内部，有悦耳天真的响声。在这里，在贴近她时，浑如昆仑之玉，薄如彩蝉之羽。曾经挣扎、破碎、崩裂、压榨、喘息和痉挛，成为毁灭世界的浩浩能量，成为恶魔，但最后，她成了雪乳和美玉。

在野蛮暴力的创口上愈合和生长的蓝，是真蓝，把无数幽鸣山涧的水抚抱敛纳，任凭生硬的寒寂刺痛，慢慢感化为日光月鉴。这人间的绝饮，是谁让她们明眸皓齿，纤芳不老，风华绝代？

据康熙《江川县志》载："明洪武十年，江川地震，明星湾子沟有独家村，因地震陷落入湖。""清乾隆十七年江川地震，秦家山抚仙湖边田荡入湖中者甚多，而最多者二十三户。"民国《江川县志》载："抚仙湖滨有村曰冯家湾，其村关圣宫门首原有石埂一路，所以防波浪之淘田禾。民国十三年四月十二日午时，石埂间忽响，声大震，冲出黄烟一堵，向湖之东南而去。农人群往视之，石埂连田陷于湖内，旁边陷成大坑。"在古滇国都城的一次地陷中，一对老年夫妇从这里的深渊中逃出，不知所踪。

抚仙湖是一个断陷湖泊。

徜徉玉龙雪山

如果你在甘海子一万四千多亩人造森林中，向玉龙雪山仰望，这座绵延、高大的雪山是另一种庄严的体形，仿佛触手可及。浩荡的松林伸展着它们的枝干，烘托群山。森林茂密，树木粗壮，阵阵山风吹来，激起呼啸的林潮，气势壮观。可是，谁能想到，这里曾遭受过一场火刑，一九九九年三月四日，甘海子与玉湖村之间突发森林火灾，让这美丽的山冈成了不毛之地，一片灰烬残烟。

我走进玉湖村和甘海子，这片人工造林地，有一块石碑，是玉龙纳西族自治县立的：森林北至干河坝山梁，南至玉湖长流水大沟，东至保护点山脚，西至雪山岩裸地。

雪山，就是玉龙雪山。

金沙江是长江的上游，别称"丽水"，古时认为金沙江源于青藏高原犁牛石，而称犁水，后因犁、丽谐音，写成丽水和丽江。丽江之美，美在古城，但更美的是它的森林、雪山和湖泊。

我走在丽江古城中，踏着八百年前的路，八百年的石头，已经被岁月风化，凹凸不平，根本不能称为路，不能成为街道的组成部分，这条路只适合凭吊和怀想。八百年前的马帮的铃声，在早晨清寂的街道上走过，店铺的排门没有打开。薄雾在街巷流溢，矮脚马打着响鼻，他们大包的货物是通往远方古道的沉重风景。卖草场的小街，当地人叫它"日其塘"，这片狭小的空地是马帮添加草料的地方，也是歇脚休整的地方。骡马在这里成群，驮上新鲜的草料，而马帮的人群抽着烟，在这里说着话儿，暂时卸下大包的茶砖、布匹、药材、玉石、烟草。卖草场充斥着新鲜草料的气味，有马的叫声，和马打斗的声音，马锅头（马帮头领）臂上佩戴着特殊的银饰，这是他们权力的标志。马帮们是长途跋涉的行者，精瘦、精神，面目沉静。

玉龙雪山上的水流下来了，穿过街道，在每一家门前流过，它们日夜不停，汩汩而行。傍水而居的人，每天看着它们，听着它们，嗅着它们玉洁冰清的气息。每天，雪被分解成流水的声音，那么多，那么美。

你在城里一抬头，就会看见玉龙雪山。

丽江是我国著名的林区，也是生物多样性突出的区域。但当年为了支援国家三线建设，丽江的森林在刀斧下呻吟了二十多年，直到一九九四年，国家的生态意识苏醒，停止了对丽江森林的砍伐。据当年的伐木工人说，当时金沙江上游砍伐的木材抛入江中，到四川格里坪拦截打捞，木材中途被礁石撞碎、被人拦劫，浪费惊人，丽江和金沙江流域的森林资源破坏殆尽，满目疮痍。现在，你经过虎跳峡镇的红旗村，山坡上还残留着一排排触目惊心的伐桩，那是森林被毁后的断壁残垣，好像还能听见这些死去森林的哭泣。

"天保工程"之后，生态恢复，大规模植树造林，却在二十世纪末遭受了大火。为了重新绿化这片废墟，每天有一百多匹骡马和两百多人在山上种树。在蚂蟥坝，人与骡子上去，人的脚上会爬满旱蚂蟥，骡子也是，被蚂蟥咬得四处跳脚。在玉龙雪山上，千军万马种树忙。

这里主要种有云南松、高山松、云杉、冷杉等，这也是过去山上的土著树种。经过这些年的人工生态修复，现在的自然生态也出现了。我们在这片森林里看到了自然生长的马桑、黄连花、酸浆草、各种蕨类植物、龙爪菜、狼毒、荚蒾、火棘、紫菀、短刺栎、野棉花、野蔷薇、象鼻洋参、南星、茶藨子、野牡丹、芍药、马缨丹、金丝桃、金银花、薄荷等。一些野兽、鸟类也相继回来了。在六月，花开正艳，生物多样性正在恢复，一座火灾前的森林正在勃勃重现。

我来到玉龙雪山保护得最好的原始森林云杉坪，保护所的邓所长陪同并讲解。他手指着山谷对面的山，叫东山梁子，是一个汉族村庄，不远是牦牛坪，藏族村庄。但见云杉坪目力所及处，全是苍茫林海，玉龙雪山昂首挺立，所有的森林都拱卫着它。云杉坪在玉龙雪山自然保护区东麓，这儿海拔三千二百四十米，古云杉在这块巨大的草坪周围遮天生长，黑郁不可名状，朽木倒伏，苔藓如毡，松萝飘荡，野花满谷。抬头就是玉龙雪山的主峰，冰雪已经拖曳至此。虽是六月，冷风如割，全是山顶吹下的雪风。

玉龙雪山从最低的虎跳峡到最高峰扇子陡，分布有暖温性河谷灌丛、山地湿性常绿阔叶林、山地落叶阔叶林、暖温性针叶林、高山杜鹃灌丛草甸带、高山流石滩冻荒漠植物带和现代冰川。玉龙雪山在纳西语中称为"欧鲁"，意为银色的山岩。十三座冰清玉洁的雪峰连绵不断，如一条巨龙凌空飞舞，所以称为玉龙。而云杉坪纳西语称"游午阁"，意思是"情死之地"，又名锦绣谷。这个锦绣谷是年轻纳西族男女旧时的殉情之所，传说凄美绝伦：纳西族青年开美和于勒排，被过去一夫多妻制的封建婚姻羁累扯离，因向往两人世界的自由情爱不得，相约在玉龙雪山中的云杉坪殉情而死。之后每逢农历六月火把节，丽江周围村寨的青年男女，便携着开美和于勒排的纸人，来云杉坪祭奠这对忠贞的情侣。云杉坪还是纳西族传说中的理想天国"玉龙第三国"的入口处，东巴经记载这个第三国里"有穿不完的绫罗绸缎，吃不完的鲜果珍品，喝不完的美酒甜奶，用不完的金沙银团，火红斑虎当乘骑，银角花鹿来耕耘，宽耳狐狸做猎犬，花尾锦鸡来报晓……"

这块原始森林的完美保护，玉龙雪山自然保护区管护局冷局长告诉我，一是因为这儿山高路陡，砍了也运不出去；二是纳西族的传说起到了重要的作用，没有人敢砍伐这里的神树。

冷局长告诉我，云杉坪现在名满天下，在国外很有影响，被称为中国的伊甸园，是世界级的浪漫之地，许多外国人常年在此流连不去。

云杉坪主要有丽江云杉、川滇冷杉、帽斗栎、铁杉、吴茱萸五加、筇齿械、短梗稠李、蕨叶花楸、桦叶荚蒾、云南杜鹃等。我们沿着草坪边缘往前，成群的绵羊在吃草，或者闭目在大树下歇息。邓所长给我讲他在伐木队工作的故事，当我看到一棵笔直的大树惊叹时，他却说，这棵树不成材，中心是空的。我问其故，他说，别看它粗大，我们一看，就知道它空了，叫它次加工材，就会留着。你看，上面分了岔，再敲，发出嘣嘣嘣的声音，就是空的。我用石头一敲，果然嘣嘣有声。如果中心是实的，不会有声音。

这里有成片的红色报春花，有白色的鬼针草花，有漂亮的弯曲花萼的象牙参，有三叶委陵菜，有碎米子花，还有许多不认识的花。在古树和野花间，我看到许多对在此拍摄婚纱照的年轻男女，他们的丽影倩姿在玉龙雪山和原始森林中闪现着青春的光芒。过去纳西族青年男女的殉情处，如今婚纱摄影的热门地。雪山之中长满了奇花异草的仙境森林，这幽静、神秘、深邃、幸福的花园，正是我们早已失去的大自然乐园，它深藏在丽江，深藏在玉龙雪山的温暖怀抱，它的确是属于世界的人间乐土伊甸园。

腾 冲

腾冲在高黎贡西麓，这里的群山从天空俯冲直下，像一条斑斓巨龙，从世界屋脊西藏念青唐古拉山脉呼啸而至，将高黎贡的气质一下子擢升到奇崛雄峻的境界。古老的秃杉，古老的大杜鹃花树，古老斑驳的被遗弃在高山密林中的茶马古道，千百种鲜艳美丽的鸟类，千百种珍贵的动物，扭角羚、蜂猴、白眉长臂猿、孟加拉虎，在飘浮的云雾深处，在厚重的青苔上，在漫长的雨季里，在蜿蜒奔腾的河流、地热和雪山的伴随下，既黯旧也新鲜地活着，既沉默也响亮地活着，活成人类追怀的最后一片净土，活成地球生物最后的挪亚方舟。

高黎贡是世界奇观的"三江并流"——世界自然遗产的核心组成部分，高黎贡因为太高，阻挡了来自印度洋的暖流，像母亲张开双臂，形成的U形地带，保护了这里所有活着的生物，这里藏着天地的大慈悲。

在古代，高黎贡山是隔绝与天堑的代名词。古人们体验到这座大山的险恶，连徐霞客也"慨然者久之"。然而，当交通的阻隔不成问题，人们面对着这巨大难攀的高山，看到闻所未闻的风景与禽兽，山川与河谷，才知道它已经成为我们这世间最为神奇的地方。在所谓"蜀身毒道"废墟上，留存的那些深刻的、显豁的人类足印和马蹄踏痕，无数次走过的人们，感受到的是惊险而诱人的旅途，是毒道之毒，是诅咒和无奈，血和泪交杂在一起的辛酸羁旅。但他们一定热爱这里的一切，不然不会把他们与骡马的脚印年复一年地拓踏在这里，告诉后人，这条路是他们一生的欢乐与希望。

一百年来，国内外专家们在这里驻扎出入，他们的成果告诉我们，因动植物资源丰富，高黎贡山是"世界物种基因库""世界自然博物馆""生命的避难所""哺乳类动物祖先的发源地""东亚植物区系的摇篮""雉鹊类的乐园"。高黎贡还是云南八大名花的故乡。

高黎贡在发现之初是属于一个景颇族高黎家族的，这个家族可能在古代势力庞大，掌管着这片云水苍茫、波澜壮阔的大山，但这只是名字来由的一种说法，高黎贡天生是属于世界的。高黎贡还有一个有趣的别称——"大地的缝合线"，说它是在印度板块与欧亚板块镶嵌交接带附近，是两大板块碰撞挤压抬升而成的山体。

腾冲是一个有八十八处温泉、九十九座火山的城市，这个城市的雨水太多，多到让人快发疯的地步。难道不能停歇一会儿吗？在腾冲有时会下一个月的雨，我在保山和腾冲的五六天里，就是这样，雨没有一刻住过。这样的雨像是天河破了口子,就这样倾倒着,像是一个不会枯涸的巨大瀑布,朝腾冲的头上无休无止地泼来。当地朋友告诉我,腾冲这地方,平常上班包里都要带一把雨伞。也许到了雨季,但这样的雨水淋在这块土地上,还有什么不可生长的呢?他们说,这里随便坐下去,一屁股就坐了三种草药。这里植物丰富,是中草药的宝库。在腾冲还有一种说法:一个人的大理,两个人的丽江,一家人的腾冲。因为这儿适合全家人度假,腾冲是度假的天堂。

高黎贡保护区管理局毕局长的手机里,全是高黎贡的动植物。他拍的红颊长吻松鼠、树鼩、血雀非常漂亮。他的手机里蝴蝶五彩缤纷,他说蝴蝶在高黎贡有多少种,现在还数不上来,在来凤山,两平方公里不到,他就拍到了一百零六种。蝴蝶是指标性物种,有污染的地方蝴蝶是不去的,而且蝴蝶对气候也很敏感。关于鸟,他已拍到四百种。他说到高黎贡是地球物种的挪亚方舟,即使世界上的物种全部消失,靠高黎贡的物种,也可以重造一个生机勃勃的地球。现在的情况是,地球的物种每天都在消失,而高黎贡天天都能发现新物种。

他说以腾冲二字命名的动物就有腾冲掌突蟾、腾冲拟髭蟾、腾冲黛眼蝶、腾冲青凤蝶。还有红鬣羚、羚牛(高黎贡亚种)、云猫、菲氏叶猴、小熊猫、白眉长臂猿,这种长臂猿严格实行一夫一妻制,繁育能力低,很注重群体间的感情,它们只生活在原始森林的大树上,从不到灌木丛和人工林来,如果森林砍伐,剩下灌木和人工林,它们就往更高海拔的森林走。也就是说,它们的存在,代表着原始森林的存在。说到高黎贡腾冲段的珍贵鸟类，毕局长如数家珍：白尾梢虹雉、血雉、宽嘴鹟莺、金枕黑雀、斑胁姬鹛、大杜鹃、戴着小红帽的栗头鹟莺、红眉松雀。他在手机上调出图片，他拍到的火尾太阳鸟，长长的红尾，真像一道火光。

都知道高黎贡有大树杜鹃王，高黎贡的杜鹃花可以从春节一直开到八月份，花期长，本土的杜鹃就有六十多种。一共有两百多种杜鹃，从山脚开到山顶。西方人百年前在高黎贡发现大树杜鹃轰动世界后，中国科学家发现了大树杜鹃群落。在面积为零点二五平方公里的范围内，有四十多棵大树杜鹃，胸径一米左右的有十二棵，这是一个深藏不露的、盖世无双的杜鹃王国。

人们熟知的那个英国的植物猎手乔治·弗瑞斯特，他的名字与大树杜鹃连在一起。此人在高黎贡山里跋涉几个月，见到壮丽的大树杜鹃后长跪不起，成为一个老外被中国古老植物折服的案例。这个人多次将高黎贡山的数千种植物标本带回英国，以装点皇家植物园。有一句话说：没有中国的杜鹃花，就没有西方的园林。此人究竟弄走了多少杜鹃，不知道。当地的生态作家瞿鸿生说，欧洲的杜鹃花雍容华贵，流淌着高黎贡高贵的基因。

高黎贡动植物的伟大血统，西方人最知道。

云南名花第三种是玉兰花，叫滇藏木兰，是木本花卉，几十米高的花，在早春凌霄开放。报春花，高黎贡的品种非常多，有一百多种，占全国品种的一半。百合花，在其他地方，百合通常只开一至四朵，而云南这地方却不同，其中有一种大理百合，花开竟达三四十朵，高黎贡随处可见。兰花在高黎贡更是丰富，高黎贡山被称为兰花王国，而保山则别名兰城，民间很早就流传着保山"屁股一坐三棵药，脚走三步踩兰花"的说法。云南的兰花闻名世界，有一百余属五百三十多种。被称为世界名花的绿绒蒿花色艳丽、具有很高的观赏价值。在被人们誉为"天然花园"的滇西北，高山峻岭之上、雪山幽谷之中是绿绒蒿的繁衍生长之地。龙胆花，云南有百余种。龙胆因"叶如龙葵，味似苦胆"而得名。云南有一种深蓝色的龙胆被引种到英国皇家植物园时，曾轰动一时。

在腾冲，除了大树杜鹃的故事，还有秃杉的故事。秃杉属国家二级保护树种，有林业专家在二十世纪八十年代说，秃杉大树在中国只有十多棵了。但他们不知道，腾冲到处都是，在天台山有满山的秃杉，净是大树。天台山秃杉林现存八百多棵，最大的约八十年树龄，胸径达一点二米，腾冲因此被公认为"秃杉的天堂"。在腾冲的腾越镇罗绮坪村，有一棵古秃杉相传是大理国时代种的，被称为"千年秃杉王"。此树经受过千年不断雷劈，但依然郁郁葱葱，枝繁叶茂，巍峨遒劲。

在和顺镇魁阁有两棵古秃杉，至少有五百年的树龄，民国时有一豪绅欲将其伐做棺木，激怒乡民。当时任云南第一殖边督办的李曰垓，挺身而出，率众护树，写了一首《双杉行》长诗，中有诗句说"有敢伐者头可斫"。这种保护古树的气概，如护家人。

猴桥镇永兴村村民段自伍，特别爱秃杉，二十世纪六十年代就在他的"老祖坟坡"种下了一千多棵秃杉。在他的带动下，永兴村就种下了三百多万棵秃杉。

我在雨中采访的新岐村也是一个爱栽树的村庄，这里因古朴的村子、参天的大树、淳厚的民风，而成为腾冲乡村旅游的热门地。

在沙坝林场陡山、鸡素洼林区，在莽苍无边的森林中，到腾冲的斛健庄园，这个森林中的石斛庄园，几公里的进园路都是石斛夹道。这是一个石斛的世界，各种大秃杉上，也绑着让其生长的各种石斛，红花油茶上，更是寄生着茂密的石斛。石斛那么大，那么多，多到数不胜数，什么鼓槌石斛、大苞梢石斛、铁皮石斛、紫皮石斛……鼓槌石斛的花是黄色的，是可以食用的，可以泡茶、煲汤。石斛在湖北神农架被称为金钗，是延年益寿的神药，金钗中"人字钗"最贵，数万元一斤，据说泡的药酒喝了会使人身轻似燕，石斛（金钗）的传说很多，它们长在悬崖绝壁之上，经受日月天光的照耀，下临深潭，有鼯鼠的照看才有仙气。

这里是石斛的世界，又不仅仅是石斛的世界。这里同样拥有森林、茶山、峡谷，乡村旅游的硬件都有。穿过一条条石斛小道，可以看到这里的森林十分茂密，上百年的秃杉林，蓊翠高耸，遮天蔽日。我们喝了一杯石斛茶，这茶有植物的味道，有一种远远的、隐隐约约的森林气息，一种清香。据负责种植的技术员说，他们的石斛种植全是生态有机的，不用化肥。因为大量的石斛是寄生在油茶树上的，管理也不会太麻烦。在红花油茶树上，一年一亩可以收获五十到八十棵石斛，一年采收一次。他们开发的石斛产品有很多，比方那些在林中阴陈的石斛酒，还有石斛鲜条、石斛金条、石斛茶、石斛花、石斛盆景、仙草饼、石斛口服液、石斛酵素、石斛破壁粉、石斛花精油、石斛面膜等。在石斛餐厅，面对鸡素洼山谷的袅袅云雾，餐厅推出的石斛宴更是丰富多彩。有石斛烀鸡、庄园三宝（鼓槌石斛的叶、茎、花）、石斛煎蛋、石斛花秘制五花肉、石斛黄焖鸭、石斛花核桃包、石斛米线、石斛馒头……

腾冲作为云南的生态名片，境内森林资源丰富，木材储量居云南省第二位，森林是腾冲最为骄傲的资源。翻看我拍摄的腾冲雨季的照片，绿色植物张扬恣肆，云雾飘溢至街边溪畔，珠围翠绕，满眼鲜活，这个被称为中国"极边第一城"的地方，静谧如处子，仿佛在高黎贡的森林中穿行，所有街道和绿树都有深山湿漉漉的气息与韵味。

我到腾冲的第一天，看到大街上到处是花海，他们告诉我，腾冲有二十五万亩花海。这个县级市已建成公园二十一个，全国绝对无二。欢乐湖、来凤山、植物园、腾越文化广场、瑷珲公园……不是小公园，而是城市大公园。腾冲的火山、温泉世界独有，这里的温泉有治病康养的碳酸泉、硫磺泉、氡氟泉等，每年来此的国内外康复人群逐队成群。

腾冲不仅是动植物王国，儒家文化在这里保存得也很完整。虽然腾冲是极边城市，西南边陲，但这里汉族占绝大多数,原因是腾冲人大多是内地戍边的后代,带来的中原文化传承扎根很深,没有遭受冲击破坏。军屯、农屯、商屯文化非常丰富,汉族礼仪在这里很突出,因为这里的高黎贡大山,翻越太困难,避免了各个朝代各种势力的侵扰。而清代时,闭关锁国,但腾冲因为地理原因,成为比上海更繁忙的"海关",进出口量超过上海,从缅甸印度进来的货物源源不断,清政府管不着,这就叫山高皇帝远,也多亏了高黎贡的荫庇。腾冲保留了好山好水,好的传统文化,是一块世外桃源。要体验原汁原味的中原文化,到腾冲找得到,这也是中原人记得住乡愁的地方。

腾冲人自谦是小地方,但有大乡愁。的确如此。

雨林漫步

出西双版纳的机场，看到长长的走廊里有一块关于西双版纳的广告：你在都市森林，送你原始雨林。

这个广告词好。说不出的好，就是好。都市的森林是水泥的丛林，人欲的丛林，生存搏斗的丛林，冰冷、灼热、亢奋、争斗、枯燥……但雨林是湿润的，温情的，慈祥的，和蔼的，被植物的气息包围的，被鲜花点亮的，是雨滴和溪河的漂洗，是一场身心解放的大自然艳遇。

我不知道茶树是否为雨林树之一种，但我知道的是，普洱茶的古六大茶山，新六大茶山，都在西双版纳，只有一个在普洱的景迈山。我问他们，为什么思茅改成了普洱，而西双版纳没改在前头，让思茅抢走了？他们说，西双版纳历史上归思茅管。原因明白了，当作一个说法。但我想说的是，西双版纳的绿意也是十分汹涌的，西双版纳是上天垂青的一块土地，在这个纬度——北纬二十一至二十二度上，几乎全是沙漠，如新疆、伊拉克等。但西双版纳绿潮澎湃，主要原因还是距离海洋较近，受印度洋西南季风的控制和太平洋东南季风的影响，得两洋之风，雨水充沛，也是因横断山脉所扼，让暖湿气流回旋于此，雨季漫长，成了植物王国。

至于承认西双版纳有热带雨林，经过一番争论，那个英国女王的丈夫爱丁堡公爵菲利普亲王在一九八六年，担任世界爱护野生动物基金会主席时到了这里，看到了七八十米高的、称为热带雨林标志的望天树，于是世界才承认中国除了海南，西双版纳也有热带雨林，五百万亩。后来他的孙子，即戴安娜的大儿子威廉王子也来到这儿，亲手喂了被救治的小象羊妞和然然。现在这片热带雨林保护区在西双版纳三个县景洪、勐腊、勐海境内。

傣族寨子有水源林、薪炭林，竜林——就是一个村寨的神树木，那是不可以动的。当地朋友说，竜林真的很神秘，他们一起下放到西双版纳的知青，有两个跑进傣族的竜林，结果一个精神失常，一个得病死了，你无法说清这其中的蹊跷。在薪炭林里，种的是一种铁刀木，黑心的，当地人把它称为"迈戏烈"。每年秋收季节，粮食入仓之后，傣家人就开始砍伐黑心树柴薪。黑心树寿命长，生长速度快，萌芽更新力强，植株生长旺盛，燃烧火力大，砍伐一次，就足够全年烧柴用了。西双版纳是我国目前保存面积最大、物种资源最丰富的一片热带雨林。这片热带雨林之所以能保存下来，原因之一是居住在热带雨林旁边的傣家人，没有靠山吃山，祖祖辈辈种植黑心树，不到热带雨林中去砍柴烧。傣家人常说：黑心树真好，黑心树火炭烤出来的鱼肉最香。黑心树的种植救了热带雨林。

我在傣族村寨如热带雨林中的曼掌村看到，村民家家种着花草树木，古木成荫。村里有千年的菩提树、大芒果树、大榕树，盘踞在村中心。每家几十盆甚至几百盆（罐）花，有的放在门口，有的吊在屋檐，有的放在屋顶，有的鲜花夹道；种花的器皿有的是陶，有的是木，有的是瓷，有的是塑料。凡是露土的地方一定要种上花草。有荷花、文殊兰、黄姜花、黄缅桂、鸡蛋花、地涌金莲、马厉筋、红黄花、曼陀罗、飘香藤、蓝花草、马缨丹花、仙人掌、紫薇、鹅掌藤、千年木、朱芋、棕榈、观音棕竹、虾衣花、千佛手等，结满了各种甜果的柚子树、杨桃树、芭蕉、枣子树、芒果树，雨林里到处是破土而出的竹笋。这里的花瓣可以摆成画框出售，妇女们都佩戴着香袋，头上插着鲜花，服装也很鲜艳，每个人都像是一蓬盛开的行走的花丛。

我们看了村里古井"喃香"井，还有寨神林、寨神道。为什么植物要茂盛？傣族人选择居住地，建寨一定要有林和箐，建勐要有河与沟。寨前渔，寨后猎，村寨依山傍水。山林、河流、平坝，是傣族祖先建寨时最看重的三要素，按傣族古老的谚语说："森林是父亲，大地是母亲，天地间谷子至高无上。"但森林永远是被傣族排在首位的，人们的生活资源来源于这里的热带雨林和村里遍植的各种神奇植物。

傣族把很多花草树木神化甚至尊为图腾。傣族尊崇了千百年的"五树六花"：菩提树、大青树、贝叶棕、槟榔、椰子树；荷花、文殊兰、黄姜花、黄缅桂、鸡蛋花、地涌金莲。为了保护箭毒木这种珍贵树种，使其免遭砍伐，傣族弄了一个传说，箭毒木就是打虎英雄波洪沙的化身，于是没人敢砍了。许多树木如大青树、望天树、菩提树都有美妙的传说和故事，有了神性。在傣族和西双版纳各世居民族这里，孔雀、野象等动物，都是美丽、善良、吉祥和力量的化身，不得伤害。

走进西双版纳的景洪，大街上到处是大象的雕塑，到处是大象和孔雀的图案，而且被描绘得金碧辉煌，可爱至极，异域风情扑面而来。

《西双版纳报》的一个玉姓朋友与我聊天时，说到傣家村寨的往事和傣家人的禁忌。她回忆起她们寨子旁边有一大片芒果林，几百年的历史了，属于整个寨子，熟了大家去摘，风吹掉了拿盆去捡。她说挖竹笋要留一些，不然新竹就少了。她们也经常带着弟弟去隔壁的哈尼寨子找苦笋，去收割后的稻田里，翻开稻草找田鸡、螃蟹。溪沟里的鱼，一拨一拨游着，你根本捉不完，就跟梦幻一样的感觉。捡田螺，捉螃蟹，吃不完就做螃蟹酱。到八月份，田埂上到处是螃蟹。她们还去河里捞青苔，晒干，烤了，混在糯米饭中吃，煮鸡蛋吃。她说傣族虽然信佛教，也有自然崇拜，禁忌很多，比如与树木有关的，筷子不能乱敲，板凳不能用脚踢，山上的树都是有灵魂的。人死后与树木在一起，称"到橡胶林施肥去了"。

云南山地民族的信仰与文化，是与森林和生态紧密纽结在一起的，他们对绿的图腾和对树的崇拜无处不在，神山、神林，当作一种非凡的力量来顶礼膜拜，对自身之外的生命的敬畏，蕴含着高深难测的生存伦理与道德，所谓"蒙昧"的外表下，深处是不可言说的生态哲学与真理。

在西双版纳国家级自然保护区的勐腊保护区望天树景区，这里的植物就是高大，叶子就是阔大，什么都是大。在雨林，植物是疯长的，就像老天爷用了超级膨大剂，滴水观音的叶子可能有几米大，望天树有七八十米高，简直不能叫树，像人工矗立的超级木头，太高，望断蓝天。为了不让这么高大的树被狂风吹倒，这树长出了固定树蔸的板根，四个方向都有，板根宽大，高到几米，比人工的固定更科学，而且绝对没有豆腐渣工程，上天全心全意地在帮忙。上天为了不让望天树的种子掉落时摔碎，给种子安上了四片大叶子，降落时就跟降落伞一样旋转着从几十米空中慢慢下降。遇起风时，这些种子还可以飞翔，传播到远处。造物主真是太伟大，什么都给想好了。难怪傣家人相信雨林里有一个神，不然，我们无法解释这些现象。

雨林中除望天树外，还有山红树、八宝树、大叶木莲、黑毛柿等珍贵树种。林中层次分明，林上有林，有一种眼镜豆的豆荚，长度竟可达到一米五，是木质大藤本植物，攀缘于热带雨林的大乔木上，也是热带雨林中非常神奇的植物之一。我还看到一种扁担藤，像树一样，比树还粗，保护区的朋友用刀子划了个小口子，水竟然像喷泉一样流出来，我品尝了一点，这水清凉微甜，听说营养价值很高，含各种微量元素，只管畅饮。有巨龙竹，七八十厘米粗，当地百姓将它砍了，一节做一个饭甑。这里有最长的藤本植物白藤，长到几千米，太不可思议。这里的古椿树需数人合抱，分泌毒液的箭毒木，俗称"见血封喉"。有一种西米树可以分泌出纯度很高的淀粉，这里的香蕉树起码有五米高，旅人蕉张扬高飘，火炬姜的花像荷花，却比荷花更大。虾脊兰的花叶同样巨大，野芭蕉叶子辽阔，小小的芭蕉熟了，一串串的，但籽多肉少。倒伏的大树和板根也有死的时候，烂在溪沟里，上面长满了白色和蓝色的蘑菇。有两棵望天树，一千三百岁，高达八十米，因此成了树神，成了游客的许愿树。有一个地方有五棵古树，叫五指擎天，两棵是绒毛番龙眼，一棵是猴欢喜，长满红毛果，有点像红毛丹果，这五棵大树为雨林的顶层树。有一棵琴叶风吹楠，高达二十四米，种子含有一种固体油，可以使坦克在零下四十多度运行，是国防工业机械润滑油增黏降凝剂的主要原料。

在雨林里，藤本绞杀木本太厉害，好像它们有世仇。大叶榕也在绞杀大树，攀缘向上后，如蛇一样将树死死缠紧，让它不能呼吸，里面的树最后缠死了，烂掉了，留下一根树的空洞，这大叶榕就在空洞外生长着，看得人触目惊心。有一棵见血封喉大树，在保护区的旅游小广场边，可惜已经死了。这棵树少说几百年，同行的朋友说，这棵树的死，是小生态破坏了。一棵树，是一个生态系统，你若是搬走了一块石头，扯去了一根草，它的小生态环境就改变了，树就会死去。生态是神秘的、脆弱的，我们必须小心侍弄它们。

在这里的热带雨林科普馆里，我看到了一套用见血封喉树皮做的衣服，白白净净的，看着很柔软。这套衣服有上衣、围裙、帽子。这箭毒木虽说剧毒，但纤维细长柔韧，剥下树皮后，要在水中浸泡一个月，再反复捶打，冲洗，除去毒汁，做衣，做被褥，都非常好，弹性十足，如今在雨林的人家还偶尔有人穿这种衣服。

在这个保护区里面，有一种神奇的动物叫鼷鹿，个头比较小，它有一个特点，就是在涉水之后行走能力短暂丧失，倒地不起。因此它常常在过溪河后被猛兽吃掉，或被人捕捉。

我们爬上了空中走廊，是在望天树的树腰搭成的。二十世纪九十年代，美国植物学家摩尔为了近距离、多角度观察望天树热带雨林，建议当地政府修建了这条凌空三十六米，长五百米的空中走廊。噢，这真宜登高望远，但这条高空栈道距地面委实太高，因为绳索的晃荡，走廊的长度，令人恐惧、不安、揪心，太难走。步步是风景，虽然我们体验到了雨林的宏伟、神奇，脱离了溽热的地面，凉风习习，人如飞燕，但对于雨林，我们不应该站在它们的腰间，而应在地上仰视。对这片热带雨林，我们必须向它们脱帽致敬。

在过去的一个世纪，经济的起飞，科技的进步，人类的生活彻底改变了地球的面貌。人类从来没有如此便捷和幸福地生活，也从来没有这么疯狂地对自然资源无限攫取，对生态残忍破坏。未被惊扰毁灭的"净土"，只有在云南这些少数民族地区保存着，譬如西双版纳的原始热带雨林。

感谢这里的人民，保管守卫着地球和人类的优秀遗产，守卫着大地最后的荣耀与尊严。

野象记

象是吉兽，象永远是温和的、友善的。它庞大，粗糙，长相怪异，长鼻子，但它带给人们的是安全感，与人为善，载物负重，任劳任怨，仿佛是人类的奴仆。但象更是佛教中的神兽和瑞兽，普贤菩萨的坐骑是灵牙仙的六牙白象，六牙白象是菩萨所化，以表威灵，象征着"愿行广大，功德圆满"。

我们想象的野象，地球陆地上最大的巨兽，徜徉在西双版纳的热带雨林里，它们扇着蒲扇般的大耳，踏着石磴般的巨脚，气吼吼地行走，在水中嬉戏、滚泥。它们吃香蕉，吃芒果，掰玉米，糟蹋庄稼，与野兽搏斗。它们也被人驯化，进行表演。在东南亚密林深处，这些驯化的亚洲野象只剩下悲惨的一生。从生下来就被训练拉木材，在深山老林里，它们拉着沉重的原木，在深沟泥泞中跪着拖曳，而主人用大棒抽打着它们，那哀惨的叫声回荡山林。在一个视频中，外人问他们为什么要这么抽打象，主人说不打它不听话。那些人养一头象就等于养了十个奴隶，伤痕累累的亚洲象的一生，就是劳役的一生。我在电视上看到的非洲象也很悲惨，每天为寻找食物和水源而在骄阳下不停奔波，在毒辣的太阳下没有阴凉，小象会活活晒死，大象会生生渴死。

可在云南西双版纳的热带雨林里生活的数百头野象太幸福了，浓密的雨林食物丰富，永远不缺水源，也没有人侵犯它们，没有任何天敌，它们就是林中之王，这儿是它们的天堂。

野象谷在西双版纳国家级自然保护区的勐养片区，这个山谷里生活着五十群、三百五十头野象。它们的祖先不是从来就在这片雨林中生活的，在基因记忆更远古的时候，它们曾经生活在黄河以南、长江流域，因气候变化和人类的捕杀，它们的栖息地被洗劫践踏，于是它们的祖先带着家眷开始了漫长的溃逃和迁徙，来到了云南。在这里，它们遇到了善良的人类，腾给它们一片土地，让它们永久避难，繁育生存，成为这儿的主人。这里的人们爱上了它们，赋予它们许多传说和神话，把它们塑造成神的化身，让它们免遭杀戮，休养生息，成为如今国家一级保护的对象，成为我国的旗舰物种和明星物种，而且被列入《濒危野生动植物种国际贸易公约》附录I物种，严禁国际贸易。所谓旗舰物种，是因为热带雨林中的许多种子非常坚硬，必须经过大象的肠胃消化排出后才能发芽，大象是雨林植物繁盛生物链中的顶层生物。

如今，它们的栖息地还有约七千平方公里。我在普洱采访的前两个月，一头野象闯入了普洱城中。这头成年野象在深夜城市的马路上大摇大摆，目中无人，像一辆坦克碾压着城市人们的神经。因为它太庞大，所以被城市排斥，连续两天出现在城里之后，它被麻醉枪击倒，"请"出城市，抬回森林。这证明什么？唯一证明的是，在这片区域，野象群正在扩大，它们没有受到过人类的威胁，所以可以在城市长驱直入，也许，这座城市也曾经是它们生活的地盘呢。

西双版纳是亚洲象在中国唯一的栖息地，野象谷，是生活在勐养自然保护区东、西两片区的野生亚洲象交流会聚的中心通道。野象谷内自然资源丰富，汇集了热带雨林、南亚热带常绿阔叶林及众多珍稀动植物种群。在这里，游客时常会看到野象群出现于沟谷中，几个象群相互驱赶的吼叫声此起彼伏。它们毕竟是野兽，而且体型巨无霸，那种群象的怒吼回荡在雨林的时候，会让人胆战心惊，不寒而栗。

我们去野象谷的"中国云南亚洲象种源繁育及救助中心"，看望和了解那里救助的野象。接待我们的大象医生保明伟，是全国农民工模范，是保护野象的功臣。他说他们干的工作就是救助在野外遇险的野象，但帮助这些庞然大物不容易，何况它们野性未泯，在清醒时会攻击人。而且野象是记仇的，同行的朋友说到二十世纪七十年代，上海科教电影制片厂在这里拍《捕象记》纪录片，记录上海动物园在西双版纳捕捉一头小母象的过程。为了捕捉一头小象，当时动物园专家找了当地村民配合，打死了五头大象才抓到这头合适的小母象。在这部纪录片拍摄过程中，有的象是因为麻醉时间长，没有醒来，有的是因为没有养殖经验，有两头小象还没有运出西双版纳，不到一个月就死了。据捕象队的人回忆说，他们捕捉这头后来取名"版纳"的小母象时，它的妈妈一直在叫。它一叫，整个象群都在那儿吼叫，在那山沟里面象群的叫声惊天动地……

据科研人员观察和当地百姓反映，自捕捉小象打死几头大象后，这个象群家族重新集结，疯狂报复人类，捕捉地有两个寨子，一个是上寨，一个是董寨。大象在上寨的时候，它不从农田里穿行，而从很窄的田埂上走过去。偶尔一条腿掉进去它会很快上来在田埂上走，不踩庄稼。到董寨以后，它非要到长势很好的秧田里打几个滚，把秧苗踏坏。因为，董寨就射杀过它们的同伴和亲人。还有一个真实的传闻：半年后帮上海捕捉小象的村民家里所有家畜都被野象搞死，家人和亲戚天天被野象侵袭，庄稼颗粒无收，这个村民被搞得精神失常，几年后就死了。

保明伟告诉我，大象的智力相当于人类九岁儿童的智力，无比聪明。比方今年它吃过庄稼的地方，明年它一定还会来。农民为躲避野象把粮食埋地下，用瓦盖上，野象也会找到并扒开瓦吃粮，吃饱了再把瓦盖好。保明伟说，他感到野象是因为祖辈被人类猎杀，仇恨的基因传了下来，所以救助非常困难，它们体型庞大，要用吊车、大铁笼，有时可能会攻击人，一头成年亚洲象的体重可达三吨。

这些在此接受救助的大象是如何受伤的？有的是在搏斗中受伤，有的是从山上跌落受伤，有的是心脏问题等先天性疾病而被成年象抛弃。大象很聪明，它们会有意把生病的幼象放在人类居住的村庄附近，指望人类来救助幼象。

中国云南亚洲象种源繁育及救助中心在野象谷建成，到目前为止，救助中心已成功救助了十八次（头）野生亚洲象，并成功繁育了五头小象，目前仍有十头野象在这里接受康复训练。

我们进入野象的生活区要进行紫外线消毒，进去第一个看到的就是网红小象羊妞。羊妞是在二〇一五年八月十八号因脐带感染休克后，在普洱思茅的橄榄坝救助成功的。那时它出生才十天。医护人员精心救治，却找不到象奶，决定给小象喂羊奶，因为羊奶的成分接近象奶。象和羊都是喝奶获得某些抗体的，不像人，生下来就自带抗体面对世界。因为喝羊奶长大，于是就叫了羊妞。在门口屋主的信息栏中，有羊妞的自我介绍：我叫羊妞，我是一个美丽的女孩子，我是羊年出生的，是羊年救助的。我从小喝羊妈妈的奶长大，民间一直有个说法，名字越土越好养活。

说到羊妞的玩耍，它在雨林山坡上用四肢玩滑梯的视频在央视播出过，但最初是"象爸爸"随手拍的，哪知放到网上，让羊妞成了超级网红。有一段它撒娇的短视频，在抖音上总播放量超过三千多万次。

我们一去羊妞就迎了上来，当然是它"象爸爸"带着的。壮实的肥羊妞跟图片上来时的瘦骨伶仃模样判若两个，"象爸爸"走哪它跟哪，真是脚跟脚，手跟手。我们进入羊妞生活和睡觉的地方，房子很大，有空调，而且"象爸爸"是与羊妞睡在一起的，玩更在一起，要从小就与羊妞建立起女儿与父亲之间的关系。刚开始，"象爸爸"睡的是高低床，羊妞睡在旁边的草垫上，但它慢慢康复与"象爸爸"建立感情与信任后，就很调皮撒娇了，甚至要爬到床上和人一起睡，半夜把"象爸爸"给吓醒。

羊妞要喝奶了，"象爸爸"用塑料大奶瓶灌满了一大壶，他先给羊妞喝了一些，然后交给我，让我体验一下给象喂奶的感受。我拿起奶瓶，大奶嘴对着羊妞，羊妞就含着奶瓶咕噜咕噜地喝起来，就像饥渴的孩子一样。是的，它们就像孩子，只不过，模样与我们不同罢了。

再往前，是一头叫然然的十六岁母象的家。它是二〇〇五年七月七日被救助的，是亚洲象种源繁育基地及救助中心收留的第一头野象。然然个头很大，俨然是一头成年母象，像淑女一样乖巧懂事。营救它是一场惊心动魄的事件。野象谷护林员在溪谷中的一条河道内发现了一头受伤的小野象，一走一瘸，护林员终于看清它的左后腿被夹野猪的兽夹牢牢夹住了，伤口已经溃烂及骨，上面满是蝇蛆。救助的医生和专家组赶到，两个神枪手提着麻醉枪，用了一个半小时才找到合适的角度举枪瞄准。但第一发麻醉弹射程太远，从小象肚皮下擦过。第二发打在屁股上，马上被小象用尾巴刷掉。这时候象群动怒，几头公象朝着救助组掩藏的方向猛冲，七八十个救援人员落荒而逃，赶快撤离以自保。

枪不行，大伙商量还是用传统吹管麻醉的办法。小野象麻醉倒下后，大家还要驱散那群企图抢走它的野象。因为麻醉药效只有两小时，不注射解药小象将会窒息而死，还要将小象装进吊车运走。现场的民警不停鸣枪示警，但野象们将生死置之度外，毫不理会枪声，四头成年野象一同向前伸出鼻子，各自卷住昏迷小象的一条腿，欲把它拖走。其余大象则排成一行，和营救队员对峙着，不时发出绝望愤怒的吼叫。民警们打光手中的子弹，野象群依然不离不弃，护着昏迷的小象，最后民警只得发射催泪弹。浓烟和刺鼻的气味让野象慌乱起来，哀叫着退向密林深处。

小象得救了，慢慢痊愈，因为来自大自然，他们给它取名然然。后面的故事还是然然家族的，在然然获救的第二十天，然然家族的十几只野象冲进野象谷景区，将路边的铁制路牌和垃圾桶全部捣毁，把用麻醉枪击中然然的刘德军校长追得东躲西藏……

然然被调教得非常懂事，我用小篮给它喂香蕉，给它一个，它就用长鼻子顶端卷去我手中的香蕉，丢入大嘴中。没门牙，有臼齿，牙齿一生换四次。有一口好牙才能咀嚼，才能高寿，象的寿命与人类的相同。你给它吃一根香蕉，它用鼻子拍打一下地面，是向你表示谢意，吃一根拍打一下，有礼貌，懂规矩，得调教，会感恩，比一些坏人好多了，不会恩将仇报。它鼻子发力可达三百公斤，要坏起来一般人根本受不了，将你踩成肉饼是很容易的事。然然的左后腿留着一块凹进去的小碗大的伤疤，走路好像没有太大的问题。现在然然经过野外训练，准备重返密林。

救助野象的故事，每一个都很精彩，也很惊险。比如还有昆六、强强、平平、依嫩……

与野象们的亲密接触，喂它们奶喝，喂它们吃香蕉，还让野象给我回敬了十来个礼，森林中的动物却有人类的礼节，而且一个不挪，周到谦和，它们是上天派来的亲善大使吗？它们是来向人类表达雨林的问候和爱意的吗？

我问保明伟，你们的工作危险吗？这是明知故问。保明伟憨厚地笑着说，哪有不危险的。他就在救治野象时摔倒受伤过。他回忆起救助昆六的故事，昆六是头成年公象，攻击力强。他们吹过麻药管后，要在一定时间内让公象昆六站起来，如果躺的时间太长，会压迫心脏窒息死亡。那一次，他们三个人在等待昆六醒来时，被象群包围，有一个后来被吓病了，很久才治好。面对野象发怒，必须将身上的东西马上扔掉，要往下跑，斜着跑，往四十五度坡度的地方跑，有坡就连摔带滚，什么都不顾。如果还不能甩脱野象，最好是爬树，要大树。人与野象的安全距离是一百米，如果距离三十米，基本能跑掉。大象的时速是六十公里。摆脱野象要引开它们的注意力，扔东西要扔远点，让它们对你扔掉的东西产生兴趣。

我们在野象谷的"想象吧"吃了一顿"象餐"，就是野象吃什么，我们吃什么，让我们体验一下野象们的生活。胡萝卜、黄瓜、香蕉、西瓜、雪梨、菠萝、刺五加、水香菜、水蕨菜、龙爪菜（开水焯一下即食）。这个象餐厅的桌布是用芭蕉叶铺的，用芭蕉叶包的年糕，用苦藤花苞清炒，清热降火。刺五加炝肚片。水果拼盘里有荔枝、黄瓜、波罗蜜、芒果、菠萝、小西红柿……把这些水果雕刻成各种花朵。菠萝挖空里面放糯米饭，当然还有西双版纳的烤肉烤鱼。野象吃的东西都是绿色环保的，好吃的，野象们唯一不吃的是肉鱼，是荤腥，就这一点与人类不同。

西双版纳热带雨林中涌动的野性，以野象为最，是生态环境生机蓬勃的标志。这片野性的大地上，自然的力量逐渐强大强悍，预示着雨林的未来无比雄健和壮美。

走景东

去往景东，是一趟艰苦的行程。

景东是云南的一个县，却有无量山和哀牢山两个国家级自然保护区，是地球同纬度带上生物资源最为丰富的自然综合体，在不到万分之一的国土面积上保留了全国三分之一的物种，有"中国黑冠长臂猿之乡""中国灰叶猴之乡"等"国字号"的美誉。

景东在无量山和哀牢山腹地，但是，从大理走，它又与大理较近，接受了最早的大理国文明，高考升学率非常高，文化与教育在普洱领先，景东人被称为"普洱的犹太人"。可是从普洱出发到景东，几乎是千山万水。雨季来临，通往景东的路泥泞难走。快到镇沅时，我们的车又被拦住了，拦路的人说，要我们后退几里路，绕过这段修路工地。我们上了他所说的山，山路异常狭窄，好在师傅在部队开过车，有丰富的经验。可是上了一个荒凉的岔道后，我们无法再前行，手机无法导航，没有问路人。我们凭着方位，商量了一会，决定往下走，果然走对了。

走着走着，走进了一条小溪河，汽车只能在水中破浪前进，好在水不深。又进入一个与世隔绝的村庄，我们在村里探路，见一个人问一个。我无法确定车是开往哪儿，风景很美，村庄很安静，有零星的农家，干净整洁，木柴垛得整整齐齐，鸡在喝水，狗在打盹。这一趟竟走了九个小时。但我们在山里绕来绕去，像是开往梦一样的地方。往常，从思茅到景东，要五个小时，但我们从早晨开到下午，还没有看到尽头。一路青山叠叠，溪水潺潺，没有见到荒山秃岭，各族人民在这儿安详生活，即逢端午，每过一个集镇，街上到处是卖菌子的，牛肝菌、青头菌、铜绿菌、奶浆菌、刷把菌。我们在中途吃到了寸长的山溪小红鱼，做汤，非常鲜，也有许多水果。

走到一座危桥边，是一个可以走汽车的吊桥，前面分明写着"危桥封闭，禁止通行"。我们不能后退，只有这条路，这座桥。师傅说，试试看，车小心翼翼地开上桥，桥在晃动，但我们还是开过去了，勇敢的师傅不愧是军人出身。又回到修路的工地大抚河边，我们看到，在高高的悬崖上，在云端之上，工人们正在修边坡，这太令人惊悚了，但愿他们安全。

一路上，许多大树古树，就在路边，在田间，没有人砍伐它们。这些老龄树，在云南的大地上可以活两千多年，是它们的福分。两千多年，谁杀兄，谁弑父，谁登基，谁下野，谁造反，谁称帝，谁有三宫六院，谁吃人参燕窝，与树没有关系，它们在云南深山里郁郁苍苍地活着，吞云吐雾，枝繁叶茂。

景东县城是少有的干净，县城大街上少有闲人。景东虽然是彝族自治县，但县名是傣语，景是城，东是坝子。景东，就是坝子城。

景东之所以有名，在于它的两个国家级自然保护区，还在于它是中国首个TEEB项目示范县。所谓TEEB项目，是由联合国环境规划署主导的生物多样性和生态系统服务价值评估、示范及政策应用的综合方法体系。生物多样性也就是我们常说的生态系统，这个系统是所有生命的摇篮，更是人类衣食住行的依赖。但目前地球的生物多样性现状已经被破坏，动植物栖息地锐减、环境污染、人类生活的过度干预和过度开发、外来物种的入侵等都严重威胁着生物多样性，地球上的物种正以超过正常水平一千倍的速度消失，地球环境，人类生存，都受到毁灭性的威胁。为了拯救地球的生态，国际社会已经行动，组成强大的防线遏制生物多样性的进一步丧失，而TEEB则被广泛认为是展示生物多样性价值的有效工具，目前全球已有三十多个国家和地区启动了TEEB国家行动。

中国TEEB项目在景东，景东是示范县，这是因为景东生物多样性在全国具有特殊地位。景东的生态底气太足了。黑冠长臂猿、灰叶猴、黑颈长尾雉这些极其珍贵的动物，只有无量山和哀牢山配保护和藏匿它们，两座大山白雾冲腾，云似飞鬃，万峰昂立，野气笼罩，是西南边陲对抗现代文明的"大杀器"。黑冠长臂猿之啼声悠扬，清亮，婉转，神秘，穿透森林云空。猿者，无尾，猴者，有尾。猿越来越小，是因为空间越来越小。曾经在中华大森林奔跑的腊玛古猿和南方巨猿早已灰飞烟灭，但闻说它们的后代还如魅影飞跃在神农架大山中，谓之野人。但愿这是事实，不是幻觉和古老的愿望。

黑冠长臂猿同样是我们的近亲，孑存在景东的森林中，被这里最后的属地庇护着，被世界自然保护联盟列为极度濒危物种，数量比大熊猫还要少。目前，黑冠长臂猿在全球仅存千只左右，在景东县境内哀牢山和无量山共有八十九群，五百余只。

灰叶猴也是国家一级重点保护野生动物，亦称菲氏叶猴，银灰色，脸部黑色，眼、嘴周围的皮肤苍白。四肢细长，头顶的毛浅银灰色，呈冠状，也是世界濒危物种，主要栖息于原始常绿阔叶林中。景东无量山现有灰叶猴约两千只，可能为国内最大的印支灰叶猴种群。

景东加入TEEB项目，其实是景东人的眼光。从保护黑冠长臂猿到灰叶猴，这是历史形成的生态文明民风，不然，有多少猿与猴会被人偷猎灭绝，这样的例子还少吗？我们的灵长类近亲被善良的景东人保护至今，这难道不是巨大的功德？破坏一座雨林，将致使无数生灵涂炭。

在景东，我读到一块清代的碑刻，立于路东村石岩社，碑为大理石质，镶嵌于大庙内的山墙上。碑首刻有"勒石垂久"四字。碑立于清道光二十二年（1842），碑石上写明石岩村禁伐林的四至范围，说"蓄树滋水禁火，封山不数载而林木森然荟蔚可观"。碑文严格规定："禁纵火烧山，犯者罚银叁拾叁两；禁砍伐树木或修树枝，罚银叁钱叁；禁毁树种地，违者罚银叁拾叁两；禁在公山砍柞把，犯者罚银叁两叁钱……"一百八十多年前的"封山育林碑"，告诫子孙要保护好森林，有林才有水，有林有水才有好生活。

景东无论是彝族还是傣族，对生态环境的保护深入到了民族的信仰中。祖宗们不砍伐森林，是认为树是他们的神。传说在很早以前，生活在无量山下澜沧江畔的少女沙壹捕鱼时触木有感而怀孕生十子。这十子中有一人即成为后来彝族的祖先，沙壹也被尊称为彝族太始母。彝族也是树木的后代，彝族人每年都要祭祀树神。又传说后来彝族的首领在一次战争失败后，族人无处躲藏时，就用自己的肉身化作大森林，让子孙们躲在森林里逃过民族的灭顶之灾，这是多么有象征意味的传说。后来彝族认为天下的大树就是自己的首领，每年设竜祭祀，不得随便砍伐树木。从此，祭竜设竜头，设有树长保护树木。

彝族的树长制是中国最独特的生态制度，在景东也有一块碑记载选举树长的事，始于清嘉庆二十年（1815）六月二十六日，无量山文旧村，出台一系列禁止乱砍滥伐的规章制度，决定设立刘应举、李如松等九人为树长，并且勒石为誓，景东各地争相效仿。有文章回忆，当年"大炼钢铁"，又遇饥荒，景东人饿死不毁林开荒种地。为保护一株老树不被砍伐，村人誓死守护，让时任云南省委书记的开国上将阎红彦大为惊叹，极力推崇。树即是神，木不可伐，这些执拗的信仰与情怀，为景东留下了青山绿水，无边财富。

我在景东还听过一个护林员讲的故事。护林员叫陶政坤，过去也是猎人，他说事情发生在二十多年前，当时，陶政坤的大哥，在山上打中了一只母长臂猿的腹部，等他靠近才发现，母猿带着崽子，双眼满是泪花，一只手指着小猿，另一只手左右摇摆，似乎在说："不要打我，我还有孩子。"陶政坤大哥被这个场景震惊了，他打猎一辈子，从来没见到过长臂猿流泪，禽兽也有母爱，堪比人类，他最终放过了长臂猿母子，把枪丢在了崖下。回来后他就要求弟弟们绝对不能再打猎了，野兽也是通人性的。多年以后，他大哥出现了剧烈的腹痛，怎么也治不好，他总叨念说这是那一枪的报应。大哥死于腹部剧痛。

黑冠长臂猿的确是山中的精灵，是有仙灵之气的，不可亵渎，更不可猎杀。黑冠长臂猿成年可达到八至十公斤重，臂长是身长的两倍，它们在树冠荡悠如闪电，转瞬即逝，很难发现它们的身影。公猴全身都是黑色的，头顶上有一块短而直立的冠状簇毛，母猴背上有灰黄、棕黄或橙黄色，基本是白色毛发，头顶上有棱形的黑褐色冠斑，幼猿淡黄色。杂食性动物，动作敏捷，能抓住松鼠、鼯鼠。据说它们的一生全在树上，绝不下树饮水，以防天敌，仅靠树叶上的雨露补充水分。因此，有长臂猿生存的地方，一定是生态系统最为完好的地方。长臂猿是生态最好地方的指标性物种，它们是与猩猩、大猩猩、黑猩猩并称为四大类人猿的高级灵长类动物，它们的叫声被称为天籁。在景东的日子里，我无缘近距离听黑冠长臂猿的叫声，因为它们太"鬼",神出鬼没于深山。但在当地护林员录制的视频中,我听到了这些猿神秘、悠长、凄厉、灵异、高耸的嚣叫,在森林的上空,在我们看不见的地方,它们固执地发出它们存在的声音,向天地诉说着它们的心声,真是无比的美丽遥远。森林中这些来自远古的歌声,莫不是我们人类曾经呼喊过的回声?

救助一只黑冠长臂猿幼崽的故事让人感动。这只猿崽活了九个月零三天,它的妈妈不知为何失手让它掉到崖下,树丫将它的一只手穿透。它的母亲守了它几天,后来放弃了。我们的"追猿人"护林员发现这只受伤的小猿后,立即对它进行包扎,把它背出森林,送到县医院。但因为感染时间长,它最后死去了。这只长臂猿幼崽,现在被制成标本,陈列在县林业局的展示馆里面。

那些保护黑冠长臂猿的优秀护林员,人称"人猿泰山",过去都是当地的猎人,现在是守护生态的卫士。还有一名叫黄蓓的江南女孩,是中科院昆明动物研究所的女博士,为追踪黑冠长臂猿,写她的博士论文,在无量山上待了四年,多次遇险,有一次差点被泥石流埋了。那一次,有三位村民遇难。整天在山野追踪黑冠长臂猿,她攀爬悬崖比当地男人都灵巧,平均一周穿破一双袜子,一月穿破一条裤子,终于与黑冠长臂猿结下了深厚的情谊。四年以后,黄蓓要离开无量山监测站了,临别前的那天,她特意买了一只羊,邀请当地十一户老乡到监测站告别聚餐。那晚,她跟村民都喝醉了,她跑到后山上,向夜晚的森林高声呼唤:"长臂猿,长臂猿,下来呀!下来呀!"她不停地呼唤,泪流满面,长跪不起。乡亲们也跟着她一起跪下,一起流泪。第二天一早她走时,满山回荡起长臂猿高亢悠长的啼叫声,像是在送别黄蓓,表达着它们对这位相伴四年的女博士恋恋不舍的感情……

天下最美神农架

记得小时候看过碧野先生的一篇《黄连架》，我想象中的"架"，就是高山平地，种满了黄连。在神农架，叫"架"的地名不少见。架者，直上直下也，险也。传说我们的先祖炎帝神农在此，为救天下黎民，想到此山顶采药，不能上去，只好搭天梯架而上。又传说他后来在此搭架设坛，驾鹤西去，成为仙人。"架"也应有架势之意吧，说此山有威风凛凛之架势，如我神农老祖，所以，此山为神山，国人必须朝拜。

神农架，是传说有野人出没的地方，这大约是神农架最大的"梗"，而传说野人是南方巨猿和拉玛古猿的后代。湖北宜昌一般称神农架为南山，南山——南面的老山里有红毛大野人，两米多高，见人就笑，来无影去无踪，叫"野人家家"。照说，这些古猿的后代应都绝种了，只有一两块骨头的化石。但是如果你有足够的运气，你会与它们相遇，何况见过野人的山民和游客也有成百上千了。何况，这里还有更多神奇的东西，还有棺材兽、驴头狼、大癞嘟（巨型癞蛤蟆），有各种奇花异草，珍禽异兽，还有山精木魅。不过，在这里，我更欣赏触手可及的大气蒸腾的景象，群山一眼望不到边，世界似乎没有尽头，思绪可以在更远的天空中起落，峡谷因为畸形发育而残损深切。可以看到二亿五千万年至六千五百万年前"燕山造山运动"而导致的扭曲狰狞，褶皱断穹。看到经历第四纪冰川刨蚀的地貌和U形谷，巨大的冰斗、角峰、刃脊、漂砾，巨大的擦痕等。可以看见因为高寒而在湖北任何地方看不到的冰雪、雪线和凌柱、冰瀑，看见因地壳碰撞和挤压而产生的河流、瀑布。看见那些躲过第四纪冰川侥幸活下来的草木与鸟兽，鸟语花香，白云缥缈。

二十世纪四十年代，一个叫贾文治的房县县长，带了一干人马去探察神农架，打给当时南京政府的报告称：神农架"古木参天，翼蔽如城……浓林如墨，鸟飞难通……八月中旬降雪，翌年五月底始融，积雪山顶，达数月之久。且一年之中阴霾四合，罕见晴日。山顶常为云雾所笼罩，其土壤中含水分特多，故树上满生苔藓，如遇日光蒸发，瘴气时起，嗅之令人不爽"。虽然已够神了，不过我所听到的瘴气袭来时可不是这般文静模样。神农架瘴气如一阵飓风卷来，有感应的百兽赶在瘴气卷来的一刹那前，疯狂奔逃，人若与瘴气相遇，则九死一生。有人亲眼见过瘴气在森林卷来时天昏地暗、飞沙走石、百兽疯逃的阵势，可谓惊心动魄。

在作家碧野的《神农架之行》中有这样一段：

"神农架可真是我们的万宝山！世上稀有的树，像马令光和梾桐，也出在我们这神农架哩！"

"树木很多吗？"我们的木工师傅可感兴趣。

"多啊，是我们华中的最大林区！要是用神农架的木材造百多丈长的大轮船，就可以造十多万艘！"

老人眯着眼睛骄傲地微笑说。

我们都伸舌头。

"最多的是冷杉，高得撑住天，木质细，坚实。"老人接着说，"还有银松、银杏、楠木、枫香、山毛榉、水青冈、鹅耳杨、铁坚杉、红豆杉、红叶甘檀……"

在我们小时候听到的传闻中，神农架有砍不完的树。我们老家每一个单位，都有驻神农架办事处。干什么？买木材，木材在平原上奇缺。我见过从神农架运来的树，十几米长，几人合抱，一棵树能打几套家具。

也是，中国唯一以林区命名的行政区，就是神农架了，大兴安岭也不能称为林区呀。

我至今记得第一次到神农架时的印象：所有的树上爬满了青苔，滴着水，人们面目古朴，和善安详，仿佛是另一个世界的人。一棵棵野柿树上挂满了灯笼样的柿子，秋天满山是大大小小的红果；在山上，草甸一望无涯，中间的箭竹丛一概呈长方形，且间隔几乎一样，就像是人工种植的。是谁这么种植的呢？只有神仙了。我的强烈感觉是：神农架是神仙居住的地方。我记得当时信口想了四句诗，如今只记得最后一句：天下最美神农架。

神农架究竟多美？你无论从保康进入，还是从房县进入，或从兴山进入，一到神农架的地界，就会感觉到一种异样的气势。神农架那葱茏紧逼、高山大壑的氛围和气场与其他地方完全不同，给人的精神能量完全不同，真可谓诸神充满；你无论是春天去、夏天去、秋天去，还是冬天去，都有一股你从未遭遇到的、撞击你心扉的神秘和宏伟气势。深切的河谷，高亢的群山，阴森无边的森林……就算如今有国道从中穿过，就算有了高铁，就算能见到大量外国游客，就算她二十世纪六七十年代被开发砍伐过，就算她是如今人们常去的旅游目的地，是中国的康养胜地，每年夏天挤满了避暑的人群，可她依然强烈固守着一种古朴，一种未被人惊扰的古朴，一种深藏的清洌洌、醇幽幽的气息，犹如它出产的"地封子"酒。

二十多年的热爱和贴近，书写和讴歌，行走与居留，缱绻与注视，我已知道了春天不仅燃烧着各种杜鹃，如秀雅杜鹃、毛肋杜鹃、粉红杜鹃、红晕杜鹃、映山红等，它还会开出野苦桃花、杏花、蔷薇花、山楂花、野樱桃花、野核桃花、蕙兰、春兰、扇脉杓兰、独蒜兰、独花兰、火烧兰、百合、商陆花、飞燕草花、珙桐花；夏天盛开着马桑花、旋覆花、芍药、火棘花、桔梗花、党参花、倒挂金钟花、连翘花、龙爪花、醉鱼草花；秋天则是坚果、核果、浆果拼命成熟的季节，山楂果、五味子、石枣、火漆果、红枝子、四棱果、八棱麻果、野香蕉、老鸦枕头果、八月炸，给街头的人们带来了多少甜蜜和惊奇。连黏稠的蜂蜜也成担成担地被挑上街卖，人们的手上拿着一串串的五味子，边走边吃。还有那些成熟的新鲜核桃、板栗、榛子、松子。冬天呢？我知道冬天在雪线之上无端地就会下起一阵雪霰，冰瀑在山崖上呈现出壮美的气势悬挂着，流泻着，那是一种凝固的美。到处是玉树琼枝，冰箸垂立。成群的金丝猴在翻着卷皮的红桦上向山下张望着，它们金色的皮毛如贵妇人的披风一样飘逸、高雅。到处云雾蒸腾，气象森严……

如今我已能听清各种鸟语，山凤的、松鸦的、苦荞鸟的、杜鹃的、算命鸟的、爱啰唆的墙角树莺的、美丽戴胜的、白颊噪鹛的，爱在溪边玩耍的北红尾鸲、白鹡鸰、褐河乌，美丽的红嘴蓝鹊、相思鸟、铜蓝鹟、酒红朱雀、赤胸啄木鸟。我看见过吸食花蜜的蓝喉太阳鸟，它是中国特有的"蜂鸟"，比蜜蜂大不了多少；我看见过一对对的红腹锦鸡从巴山冷杉林中穿过，在早晨的时候，它们跳起艳丽的舞蹈，高唱着"茶哥！茶哥！"，这些林中的舞女，它们的叫声使山林变得湿润润的；我还认识了各种栎木、唐棣、水青冈、虎皮楠、猴樟、连香木、血皮槭、紫茎、华榛、鹅掌楸、翻着卷皮的红桦、沉郁的巴山冷杉林和雄健的秦岭冷杉林、铁坚杉、紫杉、红豆杉、麦吊杉；我看见过神农架的数十种云海，能说出她每一道峡谷的名字，每一条河溪的名字。充沛的香溪河源的水、神农溪源的水、六道河的水、官门河的水、九冲河的水、落羊河的水、野马河的水、阴峪河的水、宋洛河的水、青杨河的水……我如今常住香溪河边上，夜夜听着她不息流淌、不舍昼夜的水声入梦。这座大山为什么会涌出这么汹涌无尽的水来呢？这可真是个奇迹，这座山究竟有多么旺盛的生命汁液？

可还有一些更奇怪的河水，红花的潮水河一日三潮，涨潮时浊浪翻腾，山呼海啸一般，这儿远离大海，这潮水从何而来？官封的鱼河，就是鱼洞，遇春雷滚滚之时，洞里涌出千千万万的长条鱼来，当地人称洋鱼条子，一律筷子长，无鳞，味鲜无比，且鱼腹中生一颗鱼虱，蚕豆般大小，专治食管癌。后来生物学家们说是齐口裂腹鱼。还有那盛夏的冰洞、忽冷忽热洞、燕子垭的燕子洞，那些千千万万的海燕，为何在神农架大山里繁衍生息？

我认识了传得很神的神药文王一支笔、七叶一枝花、江边一碗水、头顶一颗珠，我知道了金钗（就是石斛）的奇异和与飞鼠相伴的故事。林海、雪原、激流、高山，这些在我眼中不再只是眼花缭乱，而是一桩桩一件件能说出来龙去脉的五光十色。越是深入，越是感叹神农架之神，神农架之美。多少未涉足的千沟万壑，峡谷中藏着峡谷，森林中藏着森林，该会有多少未发现的秘密。空谷有幽兰，深山藏俊鸟。这块被称为"中国大地的深处"的土地，在地质学上又被称为"中央山地"。她高过黄山，高过庐山，高过峨眉山，当然，更高过武当山。虽然她只是谦逊地叫"架"，可这"架"却是在华中地区雄视一方，睥睨一切的巍巍高山。你可还知道她是联合国教科文组织圈定的"人与生物圈计划"的成员，是"亚洲生物多样性保护示范区"，你可知道她挂有四块以"国家"命名的牌子：国家森林公园，国家地质公园，国家湿地公园，国家自然保护区。她也是世界地质公园，中国十大最美国家森林公园之一……

抄一段关于这个神奇之地的介绍：神农架是全球性生物多样性王国，拥有被称为"地球之肺"的亚热带森林生态系统、被称为"地球之肾"的泥炭藓湿地生态系统和被称为"地球免疫系统"的生物多样性，是中国特有属植物最丰富的地区，是世界生物活化石聚集地和古老、珍稀、特有物种避难所，有维管束植物三千七百五十八种，野生脊椎动物六百多种，拥有珙桐、红豆杉等国家重点保护的野生植物三十六种，金丝猴、金雕等重点保护野生动物七十五种。神农架是世界级地史变迁博物馆，地表出露中包括前寒武纪、古生代、中生代、新生代的所有地层单元、地质纪年、山岳奇观、岩溶地貌和古冰川侵蚀遗迹，拥有中元古界、新元古界的标准地质剖面，古生代、中生代、新生代动植物化石群。其自然资源及其生态系统的完整性、原真性、不可再生性和不可复制性全球少有。

这个神秘神奇之地，等待有更多科学揭秘的一天。

有一种说法，神农架已开发的景点不是最好看的，最好看的是未开发的风景。但我说，神农谷的风景，金猴岭的风景，板壁岩、燕天垭的风景，也是绝无仅有。特别是神农谷，这个多次更名的地方——比如曾叫巴东垭、风景垭等，就是一处仙景，从上往峡谷底望去，石林已够惊心动魄，鬼斧神工，如果在峡谷中穿行，那是一种什么感受？太子垭、金猴岭是真正的从未受刀斧惊扰的原始森林，在这里面，你有可能与各种野生动物相遇。飞流直漱，青苔肥厚，奇花异草，古木参天，金猴岭的负氧离子每立方厘米达十六万个，天生桥景区负氧离子最高峰值为每立方厘米二十七万个；燕天垭的彩虹桥，浮在茫茫云海，苍苍群山之上……只不过这些景致全在公路边，而公路未通的地方确有数十个比这些已开发的景点更令人叫绝的。比如，你可知宋洛河的惊险和峡谷的神奇吗？那峡谷最窄处只有十几米，河里奇石遍布，水流湍急，吼声如雷；你知道还有一处当年仅次于武当山的道教遗址中武当？你知道白岩吗？那白岩凌空突起，像一组远古的城堡，气势磅礴；你知道下谷坪的三十六把刀吗？三十六峰薄如刀刃，横陈山中，让人震悚；你知道川鄂古盐道和坪阡古镇吗？你知道送郎山吗？你知道猪槽峡和龙溪瀑布群吗？你知道神秘诡谲的烂棕峡吗？龙溪瀑布有十几道，其壮观程度不可名状；龙溪村如世外桃源，深藏在猪槽峡与龙溪瀑布之间。而猪槽峡，我的评价是：大三峡不如小三峡，小三峡不如猪槽峡。本人为此写过一首诗："壮哉猪槽峡，美哉龙溪村，有此灵山水，三峡不足论！"新华乡的烂棕峡因太深僻，被称为神农架最后的秘境，听说那儿有"癞嘟"——巨型癞蛤蟆，伸出长长的带毛爪子抓岸上的行人。一个在新华乡工作过多年的朋友有鼻子有眼地对我说：烂棕峡的洋鱼条子巨大，催生子（飞鼠）红淌淌的，峡壁上有大片金钗神药，太险，你打不到它，采药人进去后，会莫名失踪。峡谷里的娃娃鱼和大山龟都是金闪闪的，几十斤重……还有传说在木鱼七溪坪，有一巨坑，坑内绝壁上有三万只板斧鸟，此鸟凶残无比，嘴阔翅硬，无论什么鸟误入坑顶，便有铺天盖地的板斧鸟咆哮攻击，直到把你撕扯得身首异处。而有人见坑底森林中有巨蟒、巨蚁、野狼成群，它们在坑底已经生活了无数个世纪。巨坑正中央有一喷泉，泉水在喷射时，有通体透明的阴河鲮鱼随水冲出泉面。山民说，每年农历五月初十清晨，坑底的森林就会剧烈摆动，有呻吟声、惨叫声传出，久不能息，十分瘆人，一般人不敢靠近……

如果说神农架只有野人之谜，那就大错了。神农架除有传说中的棺材兽、驴头狼，还出现过鸡冠蛇、九头鸟。谁都知道神农架逮住过几头白熊，我曾在武汉动物园看到过神农架白熊，这白熊可是个怪物种，当地山民说，它是不冬眠的，还会学人类的一些动作。关于白化动物，除了白熊，还有白蛇、白林麝、白乌鸦、白金丝猴等。更玄妙的是还发现了许多红化和红毛动物，如红毛野人、红色大鲵、红青蛙、红蛇、红癞蛤蟆、红毛野猪、红狐狸等。照理说红化和红色动物无法保护自己，红色是进化中最易被淘汰的颜色，但神农架却拥有这么多逆进化物种，不是奇了怪哉？也许这儿就是上苍选择的大自然的挪亚方舟吧。这里有各种动物一千零五十多种，其中兽类七十多种、鸟类三十多种、两栖类二十多种、爬行类四十多种、鱼类四十多种、昆虫类五百六十多种。美丽的金丝猴、白熊、金钱豹、青羊、鬣羚、野猪、黑熊、大鲵、金丝燕、白鹳、金雕、毛冠鹿，在这里被护佑、被珍藏，成为人类对森林这个古老乡愁之地的直接怀念与触摸。

还有更为神奇的传说是，这儿有麒麟，更有恐龙孑存。当年林区党办的老严送我的一本回忆录《往事悠悠》中，有一章专写他在六十年前目睹水怪的事——那水怪巨大，长着蛇头，也就是水中的某种恐龙子孙吧。还有奇怪的树哼、山哼、地哼。我曾去过发生地哼的阳日湾，地下时常发出恐怖的哼叫。就说二十世纪九十年代吧，中科院北京植物研究所的几个教授在神农架发现一种怪光，亮如电焊，几个晚上围着他们的帐篷，那怪光忽东忽西，用枪打什么也没有。而听当地人说，这种怪光经常在山里出现。中国第一野人迷张金星在他的回忆录《野人魅惑》中讲述了他在南天门多次看到飞碟，成群飞过神农顶……神农架千奇百怪的事儿已经被我"魔幻"到我众多的小说中去了，但那只是挂一漏万，九牛一毛。各种神秘神奇的事在这块土地上层出不穷，每年都会有一些神农架的奇闻传遍世界，这些绝非编造。就像一首歌唱的：神农架真是有点神。

神农架历史上是虎狼横行之地，也是流放之地，避乱之地。因她正好是巴山与秦岭的交会处，又是巴楚文化沉积带的中心，在此，秦、巴、楚文化猛烈地碰撞，产生了一种十分奇特的文化，这种文化遗世独立，被顽强地保留下来。因而，她的美不仅仅是自然生态之美，还有一种文化生态之美，是风光，也是人文。现在，这儿发掘出的神农架梆鼓，我们已经感受到了它的神奇魅力。这种用整木雕出的鼓，当它敲响，是如此深沉、厚重地向我们传来，它发自莽莽苍苍的森林中，就像神农架这座大山的心跳，让我们久久地激动和沉醉，我们仿佛听见了神农架遥远的、神秘的召唤……

野山有茶魂

神农奇峰茶、绞股蓝茶，还有青天袍茶、神农高山云雾茶、神农架松针茶，都喝过有些年头了。在神农架红花坪村黄运国（神农耕者）家，帮他采过几次茶，写过他的生态茶园。神农架茶是高山茶，仅是炒青，就可泡五六泡，其他的芽茶就更好。还有白茶、红茶、野茶、杜仲茶、百草茶。神农奇峰茶形尖削似剑，犹如奇峰，便有了奇峰名。奇峰茶色泽翠绿，白毫显露，气味清香馥郁，汤色嫩绿清澈，滋味醇厚甘爽，叶底匀整明亮。神农百草茶源自神农架数千年的药食两用配方，茶叶之外，加入了松针、红景天、杜仲雄花，都是百年古生植物。而神农架野茶，是神农架作家韦群送我的，真正山间的野茶，包装上印有"手作荒野绿茶"字样，是她自己手工炒制的，味醇重，有荒野气息，有大山气质。

"野茶无限春风叶，溪水千重返照波。"（李郢）想到野山的野茶，不觉又一个采茶季到了，又是"春风品茗时"（杜甫）。人多怀春，盖如今世态寒凉，冬去春响，润雨一夜，看东风千树。而在城里触春却非易事，满目依然灰色，四季红尘暴土，何处有古道远芳，何处见寒木初芽？春的消息只在山野间，轰轰烈烈，兀自燃烧。好在，神农架友人又从山中寄来新茶一盒，于是急不可待拆开，取少许放入杯中，开水冲泡。于是焙炒的春色醒来，杯中春涛骤起，支支绿芽凝翠，清风溢香。春晓雀舌鸣，碧峰青烟绕，顿时心高神旷，魂萦山野。一杯茶，就这样把一座山，一道泉，一畈春，一个艳艳四月推到我面前。到处是川谷飞岚，云奔雾驰，流水淙淙，新叶爆绽……茶确是山之精灵，春之信使。

茶诗多多我不喜，却记得神农架本土作家胡崇峻的一首采茶诗："山姑采茶负篓行，老农焙茗带雾蒸，泅绿香溪一杯水，分来长江万里春。"

香溪水常流如碧玉，出自山间，沛然狂肆，水质甘洌，还因为香溪有香魂昭君，神农有茶祖。茶祖者，炎帝神农也。陆羽《茶经》说得很清楚："茶之为饮，发乎神农氏。"传说是这么说的：炎帝神农为给人治病尝百草，一天，神农在采药中尝到了一种有毒的草，顿时感到口干舌麻，头晕目眩，赶紧找一棵大树背靠着坐下，闭目休息。这时，一阵风吹来，树上落下几片绿油油的带着清香的叶子，神农随后拣了两片放在嘴里咀嚼，没想到一股清香油然而生，顿感舌底生津，精神振奋，所有的不适一扫而空。他好生奇怪，于是，再拾起几片叶子细细观察，发现这种树叶的叶形、叶脉、叶缘均与一般的树叶不同，神农便采集了一些带回去细细研究，后来，就把它命名为"茶"，神农架正是神农氏搭架采药尝百草的地方。胡崇峻在神农架搜集的民间故事却是这么讲的：有一只专门为神农尝药的药兽，一天吃了巴豆果屙痢死了，神农就把它放在一棵青叶树下。过了一夜，这药兽却活了，原来是那青叶上滴下的露水滴到药兽嘴里，解了毒。神农把那青叶放在嘴里细嚼了一遍，觉得又解渴又提神，就知这是好东西，便教百姓栽种，用此嫩叶熬水喝解毒，这就是茶叶。神农架有一首民歌这样唱道："茶树本是神农栽，朵朵白花叶间开。栽时不畏云和雾，长时不怕风雨来。嫩叶做茶解百毒，每家每户都喜爱。"传说归传说，现如今果然在神农架发现了古茶树，在青天袍，在三堆河，发现的古茶树达三亩之多。神农架因山高雨足，云雾缥缈，所产皆好茶。

说茶发乎神农，闻于鲁庄公，神农架之茶，照我看与鲁庄公似无瓜葛，那是另一支了。炎帝神农在此发端，自鲁庄公之前，荆楚之乡，虽被北方或江南视为蛮夷之地，喝茶种茶的历史比哪个"庄公"都早，应是茶之正宗，发祥之地，自成体系，自有品性，这是没有疑问的。古人说喝茶一碗喉吻润，两碗破孤闷，三碗搜枯肠，四碗发轻汗，五碗肌骨清，六碗通仙灵，还有什么附灵性之说。要我说，通仙灵也好，附灵性也罢，神农架十万大山之茶，自有她的山野之气，莽林之魂。江南茶的细雨微风，小桥柔柳，绝不是神农架之风格。"从来佳茗似佳人"，这只是醉后苏轼的戏言自慰，神农架大山之茶，绝不忸怩作态，养的是浩然之气，通的是天地之灵。山品既

野山有茶魂 ‖ 459

高，茶品不得不高。此中茶有野劲，高山流水，松风浩荡。品这里的茶品的是味，提的是神。当今人六神无主，被商业世界折磨得气血渐衰，心如火宅，谵语连连。世道如此狂乱，茶如何还是佳人，让你放松警惕，沉溺温柔之乡，声色犬马？要壮阔你胸襟，重振你魂魄，让你汲纳天地精华，山川雨露，林涛水吼，剔除浊恶昏聩之气，升华你山高水长之情。若论有梳理之器，澄清之法，神农架的高山茶就是佳选。

喝出茶的野韵，当然要野山之茶。可让杯中群龙竞舞，松雪万点，高香喷薄，正是山野深林的神韵，大千世界的绝饮。李白说，茗生此中石，玉泉流不歇。石中茶有玉泉声，说的是有什么样的环境，生什么样的茶。我在神农架神游写作多年，深爱此地茶，喝后腋下生风，胸有大壑，笔飞语烫，双目清澄无翳。神农架茶是挟了千钧的绿潮，汲了万山的香魂，其沉雄静壮，遒劲旷远无他茶可比也。

野山出好茶，神农有茶魂。

花　事

神农山区，植物汹涌，花事纷纷。衔华佩实，千娇百媚。

茶花在冰雪中悄然绽开，近乎透明，就像一朵朵冰做的花。梅是野梅，遍山的蜡梅，它们是冰雪催盛的花，比雪白，比冰软，比所有的花绚烂。

齿萼报春的紫色是从春雪里开始亮起来的，它不惧寒冷，它趴在地上，但它最早嗅到春天的气息。这无比勇敢却低调的花，是早春的信使。"始有报春三两朵，春深犹自不曾知。"（杨万里）紫花地丁也在春雪中挺身而出，视凛寒为无物，与齿萼报春一起，以紫色为信号，争相报道春来的消息。

白鹤梅，这么俊俏的花，小心翼翼像绢丝一样，能否不这样香呢？疯长的铁线莲，吊在崖上，多么惹人怜爱，生怕它从崖上摔下来，它的白花是一个山林寓言，它圆突突的花蕊和四叶花萼，是与雪争白的勇士，它叫雪里开……

棣棠是高贵、宝贵、金贵、珍贵的花，金黄色的花，瑰丽的花，就像是用金箔打制而成的，就是一股脑儿的金黄，却不懂香，就是恣意、任性，金朵满枝，不怕挤攘。淫羊藿淡紫的花开，有如一群飞翔着的俏翅的小鸟，这森林的皇后，俏丽的花朵。最美的淫羊藿在神农架，叫木鱼坪淫羊藿。

柳兰的紫红那么纯粹，不掺杂念。含笑在巧笑倩兮，美目盼兮。它不孱弱，紧实肥厚，浅黄花瓣，浅紫花蕊，坦坦荡荡。凤仙、拳参、小小的鸭跖草花、马兜铃花、薯蓣、荚蒾、秋英——八片方正之瓣的花，石竹的粉红、亚麻的浅蓝，都那么谦逊。点地梅为什么叫喉咙草？你也曾经喊叫过？你在腐草间开出的花，是春天的喉咙。大串大串的橐吾花和益母草花轰轰烈烈，像一蓬蓬黄色和红色的火焰蹿起在溪边。

一簇山茱萸，是登高怀念故人的黄花，辟邪之花，是秀丽的花。楼斗菜花，它紫色的花瓣围着白色的花瓣，还有黄色的花蕊，如此造型，剑胆琴心，而且它每片花瓣都是漏斗一样。蓝星花是误入凡尘的小仙子，在这片森林里，它依然是仙子，它就是在天上。它蓝得那么羞怯，在露水中不堪重负，这蓝色的裙边夹着的五星，谁让你是这么朴素的仙子？旁边还有它的蓝色姐妹——蓝雪花、蓝铃花、蓝雀花、翠雀花、倒提壶花……

紫堇，攀附在石头上，断崖上，草坡上。层层叠叠的紫堇，十朵小花，妖冶着烟斗样的花舌。韭花白色中的蓝脉，是上苍在你的花瓣上镶嵌的一条蓝色小溪，是上苍绣出来的。红色中的紫脉，蓝色中的白脉，你这猸子精一般的花，多少甘露洒在你的根须，助你成长……

西番莲的花是智者设计的，有着智能时代的繁复，如血似丹的花朵，这还不够，顶着丝状的花冠，像精灵们的幻手，然后又顶上三个裂柱和五个花萼，就像远古华贵的皇冠，富丽堂皇。西番莲，这魔幻之花，一定是上苍设计的最精巧的花。

独蒜兰总是张着艳紫的双翅，睥睨群芳，这美丽的飞行器，有着它神秘的驾驶舱，向着神灵的目标飞行。柠檬的花不像它发酸的果实，是蜜蜂频繁光顾的花序，它像一个快人快语的山姑，来吧，吃我吧！

鹅掌草、大火草、打破碗花花，这些近亲的植物和花朵，都是斑斓亮丽的风景，成片开放着，挑着长茎的花团，漫坡流淌……

倒挂金钟花是花中的蝙蝠，它头向下倒挂着，就像挂着满枝的风铃，叮叮当当的响声在花丛中响起。朱顶红、龙爪花、石蒜、彼岸花，这些庞大的石蒜科家族，花开似火，花放如剑，如春天的彩焰，如花炮，射向大地的眼帘。

忍冬花忍受着冬天，可它是花树，当它开放，就是无数的白色鸟群聚集在枝头。飞燕草花也是满树一串串小巧的紫色鸟群，但珙桐花却是珙桐上歇着的一树鸽子，是神农架最美的花，一到四月就张扬着翅膀，在春风中振翅欲飞。这些白色的精灵，白色的神鸟，是被何人豢养于此树，翩然飞荡？

蚌兰如蚌；枸兰如枸；剑兰如剑；鹤兰如鹤；蝴蝶兰如蝶；蟹爪兰如蟹。

菊花是一个太大太大的家族，雏菊是暖融融的地毯。千

花事 ‖ 463

里光、香菊、秋菊、蒲公英、天人菊、金鸡菊、凤毛菊、狗娃花、刺冠菊、旋覆花、矢车菊、木茼蒿、毛鳞菊、蚂蚱腿、小疮菊、鼠毛菊……这么多的菊花，这么多秋天的温暖，这么多金黄如阳光的花溪，耀人眼目。百合也是，百合在神农山区是家大业大的名门望族，都是那么清香远溢，像湿漉漉的少女。杜鹃也是，这么多春末初夏才会在高山上开放的杜鹃，红的、白的、粉白、粉青、紫色、淡紫……璀璨夺目，炫晶幻彩。

板蓝花成双成对，弯着它的花卷筒儿，就像引诱你误入花筒中。在秋天割蜜和采摘五味子、野香蕉、八月炸的时候，路边能碰到多少紫斑风铃草，风中的铃声亮得发紫。常山是花中结出的果实，这花瓣包裹的果实，这艳丽健硕的秋花与秋果，多么神奇异端。伞状的柴胡花，黄得晃眼，远看像油菜花一样，大富大贵。还有伞状的当归花，白色的花簇，一茎一茎。半夏、天南星花的紫色佛焰苞，魔幻似的花筒，花非花，叶非叶。

紫玉簪撑开了紫色的幌子摇晃在山野，这花的幌子，缀满花枝的玉簪子，插在一群群花妖的头上。尾萼蔷薇是最易招蜂引蝶的，它们引来了团团簇簇的天上蜜蜂、灵蜂，它们的开放无所顾忌，就像野性未泯的山精木魅。

虞美人是老林的妖姬，它像扭曲的女人之唇，是印在大山的唇印。虞美人就是传说中的虞姬，古代拔剑自刎的一个烈女子，这是她生命游荡至今的幽魂……

扇柄杓兰花，在圆圆的扇状叶子中挺身而出，它的花大而美，格局闳阔。蕙兰的香这么浓艳，像成熟的村妇。缫丝花是野花中的贵妇，它大、圆、厚，华丽至极，是弃在野地的富婆。八角茴、木姜子花、瑞香花，它们开花过后是流蜜的日子。

吊石苣苔花吊在树上，从苔藓里撑出，洁白的花瓣透着红线，腐朽与神奇都在一瞬间。

卷丹的花色好似虎皮斑纹一样浓重，它伸长如蛇的花萼，翻卷的长度是那么潇洒自信。独活的伞状花序成簇地白着，像是有人将它们分成了若干份，装置在每一根茎叶上。它们独自摇动的时候，没有一丝风，它们是植物中沉醉的精魂。

千屈菜的大红大紫，美人樱的吵吵闹闹，蜂斗菜的蓬蓬勃勃，薰衣草的疯疯癫癫，栀子花的羞羞答答，小飞蓬的破破烂烂，茶蘼的凄凄婉婉……

六道木花萼的短刺，月季的尖刺，火棘的硬刺，采摘它们可要小心。七里香，香七里；九里香，香九里。芍药的别名叫将离草，哦，将离草，有多少离别，见一次，别万世。萱草花叫忘忧草，采一朵，忘掉忧。高山海棠长在乔木上，它叫断肠花。想人想断肠，每到伤心处……

商陆花、胖婆娘腿花、大蓟、七七芽花总是盛开不败，灿艳绮亮。黄芪、金钗、头顶一颗珠、七叶一枝花、江边一碗水和打破碗花花劲鼓鼓地在腐殖质中生长；春兰、蕙兰、独花兰、火烧兰发誓将芳蕤尽吐。森林的所有花妖都聚集在这里,炫耀显示,没有颓丧和抑郁,展览着它们的天生丽质,华靡奢侈。到处是生存的智慧,生命的美艳,神灵的光辉……